Wisconsin 1898. Gertrude ist eine Tochter aus »gutem Hause«, deren Weg in vorgegebenen Bahnen verläuft. Doch dann verliebt sich Trudy in Oskar, den Schöngeist mit dem strahlenden Blick, der nichts auf Konventionen zu geben scheint und so ganz anders ist als ihr Verlobter. Hals über Kopf heiraten die beiden, um im Norden Kaliforniens ein neues Leben zu beginnen: auf einer abgelegenen Insel vor der Küste gehen sie dem Leuchtturmwärter und seiner Familie zur Hand. Die Umgebung ist unwirtlich, das Meer wild und das Klima rau. Trotz der harten Lebensbedingungen fühlt sich Trudy mehr und mehr zu Hause. Während ihr Ehemann ihr zusehends wie ein Fremder erscheint, erkundet sie gemeinsam mit den Kindern des Leuchtturmwärterpaares Flora und Fauna des kleinen Eilands – doch die Insel birgt ein Geheimnis, das Trudy vor die schwerste Prüfung ihres Lebens stellen wird.

Christina Schwarz wuchs im ländlichen Wisconsin auf und lebt heute in Südkalifornien. Ihr erster Roman »Novemberkind« sorgte beim Erscheinen für Furore und stand wochenlang auf der Bestsellerliste der New York Times.

CHRISTINA SCHWARZ

# DIE LEUCHTTURM WÄRTERIN

Roman

*Aus dem Amerikanischen von Almuth Carstens*

Die Originalausgabe erschien unter dem Titel
»The Edge of the Earth« bei Simon & Schuster, New York.

MIX
Papier aus verantwortungsvollen Quellen
FSC® C014496

Verlagsgruppe Random House FSC® N001967
Das für dieses Buch verwendete FSC®-zertifizierte
Papier *Lux Cream* liefert Stora Enso, Finnland.

1. Auflage
Deutsche Erstausgabe Februar 2016,
btb Verlag in der Verlagsgruppe Random House GmbH, München

Umschlaggestaltung: semper smile, München
Umschlagmotiv: © Petyr Campos/Arcangel Images
ally reproduced by Igino Marini.
arini.com
pust, Aalen
edia GmbH, Pößneck
ng: sc
nany
1316-5

.de
tbverlag
og www.transatlantik.de!

Für Ben und Nicky

und zum Gedenken an
Margaret Meyer,
die sich auf eigene Füße stellte,

und Scout

## *Jane*
## *1977*

Ich werde mir nicht anmerken lassen, dass ich hier geboren bin. Leute fragen immer, wie es war, in einem Leuchtturm aufzuwachsen, und sind dann von der Antwort enttäuscht. Ich bin keine große Geschichtenerzählerin. Jedenfalls ist das Aufwachsen in einem Leuchtturm nichts Besonderes, wenn man nichts anderes kennt, und ich kannte nichts anderes, bis ich Point Lucia mit neunzehn verließ.

Das war 1912. Und seitdem bin ich nicht wieder hergekommen. Nicht, dass ich nicht gewollt hätte, aber damals, bevor es die Route 1 gab, war das sehr aufwändig. Ich ließ zu, dass mich die üblichen Anforderungen – durch Studium und Beruf, Ehe und Kinder – vom Ort meiner Kindheit vertrieben und fernhielten.

Es wäre schön, wenn mein Enkel Danny und ich das Kap jetzt allein besteigen könnten, ohne diese vereinzelten Touristen, die mich in ihrer Belanglosigkeit daran erinnern, dass Mrs. Swann nicht mehr dort oben ist.

Ich erinnere mich an den Tag, an dem sie vom Meer zu uns kam. Die Berge hinter uns waren zu hoch und zu dicht aneinandergedrängt, um jemanden durchzulassen, der Ozean dagegen erstreckte sich wie ein Teppich vor und unter uns, und jeden Tag glitten darauf Schiffe vorbei, manche mit großen weißen Segeln, die sich im Wind blähten, manche mit einer Rauchsäule wie die Fontäne eines Wals.

Mein Vater war Hauptleuchtturmwärter, aber Point Lucia galt als ein so wichtiger Posten, dass er zwei Gehilfen benötigte, und der rotgesichtige Mr. Finnegan ging nach Kuba, um den Schlächter Weyler zu töten, also sollten wir einen neuen bekommen. Wir Kinder hofften, er würde mehr von unserer Sorte mitbringen.

Meine Brüder sahen das Schiff als Erste, und dann riefen wir alle: »Die *Madrone*! Die *Madrone*!«, und liefen an den Rand der Klippe.

»Nicht zu weit nach vorn, Jane!« Meine Schwester griff nach meiner Hand, aber ich war doch nicht so dumm, von einem Berg zu fallen, daher entriss ich ihr meine Finger und stellte mich dorthin, wo direkt unter mir die milchige Gischt um die schwarzen Felsen schäumte.

Der Wind wehte so stark, dass man sich gegen ihn lehnen konnte, und manchmal, wenn die Wellen zu hoch waren, ankerte das Schiff und wartete besseres Wetter ab, deshalb waren wir auf eine Enttäuschung vorbereitet. Aber schon bald wurde das Beiboot voller Fässer ins Meer heruntergelassen. Es war immer aufregend, die Ankunft eines Beiboots zu beobachten. Oft wurde es überschwemmt, und wir mussten uns ohne Mehl oder Zucker oder Bücher oder Weihnachtsapfelsinen behelfen.

Erst als sie ein ganzes Stück herangerudert waren, erkannten wir, dass die Person mit dem um ihren Kopf gebundenen Hut eine Dame war. Da ich kindischerweise angenommen hatte, Mrs. Swann, also Schwan, wäre ein großer weißer Vogel mit aalförmigem Hals, geschwungen wie der Buchstabe »S« in meinem Lesebuch, war ich ernüchtert. Mein Vater kam mit dem Fernglas und hielt es uns nacheinander vor die Augen. Ein Tuch bedeckte das Gesicht der Frau.

»Sie muss sehr hässlich sein«, flüsterte einer meiner Brüder.

Gertrude Swann. Danny – mittlerweile müsste ich ihn wohl Dan nennen, aber Großmütter dürfen sich solche Schnitzer erlauben – war in einem seiner Kurse unten in San Diego in einem Buch auf ihren Namen gestoßen. Ob ich wisse, fragte er bei seinem Anruf, dass eine frühe Meeresbiologin in Point Lucia gelebt und gearbeitet habe? Eine Frau, die die Gezeitentümpel erforscht hatte?

Selbstverständlich wusste ich das. Ich oder einer meiner Brüder oder meine Schwester hatten sie ja mit ihrer ersten Seeanemone bekannt gemacht. Es beeindruckte Danny, dass meine Welt vielleicht doch ein Quäntchen Relevanz für seine haben könnte. Das ärgerte mich natürlich, aber ich nehme, was mir geboten wird, und nutzte den Moment der Verbundenheit zwischen uns. Ich erzählte ihm, ich hätte gelesen, dass der Leuchtturm für Besucher geöffnet sei; vielleicht sollten wir beide ihn uns einmal anschauen.

Im Grunde wollte ich nur mit Danny reden und planen; ich glaubte nicht, dass ein solcher Ausflug wirklich zustande kommen würde. Doch siehe da, er fuhr nach San Jose in seiner kleinen japanischen Kiste, deren Rückfenster halb heruntergekurbelt war, und sein struppiger blonder Schopf reichte fast bis an die Decke. Ich spendierte ihm Crèpes bei Rosemary und Tim und quetschte ihn übers Collegeleben und so weiter aus, und heute Morgen standen wir früh auf, und da sind wir nun, an einem Ort, der unberührt ist vom üblichen Müll der Zivilisation.

»Tatsächlich gab es damals noch andere weibliche Leuchtturmwärter.« Die ehrenamtliche Führerin beantwortet die Frage einer breitschultrigen Frau in einem olivgrünen Anorak, die eindeutig ihre Hausaufgaben gemacht hat, wenn auch nicht vollständig. Die Führerin erzählt uns von Charlotte Layton, die als Leuchtturmwärterin in Point Pinos blieb, nachdem ein Bandit ihren Mann erschossen hatte, und von der eleganten Emily Fish, die Rennpferde hielt und Porzellan bemalte. »Und oft«, fährt sie fort, »waren Ehefrauen inoffizielle Leuchtturmwärter. Die Männer wurden ermutigt, ihre Familien mitzubringen, weil dann ihre Frauen und Kinder als Gehilfen arbeiteten – unbezahlt natürlich.« Sogar jetzt noch, 1977, nicken die Damen in unserer Gruppe und verziehen den Mund zu einem verbitterten Lächeln, als sie die offenkundige Wahrheit zur Kenntnis nehmen.

Die Führerin bleibt stehen. Sie ist eine Rentnerin in Strickhosen, ihr Haar von einem unnatürlichen Apricot unter der gummierten Kapuze ihres Regenmantels, auf den der Nieselregen perlt. »Geht es Ihnen gut?«, fragt sie mich in dem besorgten Ton, der ausschließlich Kindern, Haustieren und Alten gilt, obwohl in Wahrheit sie es ist, der die Puste ausgeht, kein Wunder bei all dem Gerede.

Es ist eine steile, sehr lange Klettertour bis zum Gipfel des Kaps, auf dem der Leuchtturm und seine Nebengebäude an einer schmalen Straße stehen, die sich um den Felsen schlängelt und erst weit nach meiner Zeit hier angelegt wurde. Die Ehrenamtliche, Linda oder Lydia, das habe ich nicht richtig verstanden, versuchte am Fuß des Berges, mich vom Aufstieg abzuhalten, wahrscheinlich, weil sie keinen Herzinfarkt miterleben wollte. Es stimmt zwar, dass ich runzlig bin wie ein verschrumpelter Apfel – nachdem ich schon Daten genannt habe, wäre es sinnlos, mein Alter zu leugnen –, aber ich bin gut zu Fuß. Ich kann meilenweit laufen, wenn ich mir meine Kräfte einteile. Außerdem bin ich früher hier auf allen vieren hochgekrabbelt; das könnte ich heute noch, wenn es sein müsste.

Das Nieseln hat aufgehört. Ich schaue nach Westen übers Meer, eine alte Angewohnheit, und werde mit einem blassen

Schimmer am Himmel belohnt. In ungefähr einer Stunde, bevor wir wieder absteigen, wird es klar sein, das weiß ich.

Unsere kleine Gruppe löst sich auf. Zwei verdrießliche Teenager und ihre Eltern haben, fest entschlossen, die Kletterpartie schnell hinter sich zu bringen, die Führung übernommen. Hinter ihnen trödelt ein kleiner Junge, gefesselt vom Anblick der Wellen, die sich tief unten unermüdlich an die schwarzen Felsen werfen, und seine junge Mutter zerrt ihn zurück, obwohl keine Gefahr besteht, dass er hinunterfällt. Als Kinder lagen wir oft auf dem Bauch und spähten über den Rand oder stellten uns so hin, dass unsere Zehen in die Luft ragten. Wir wussten, was möglich und was unvernünftig riskant war. Vermutlich hätte der Boden unter uns jederzeit wegrutschen können, aber eigentlich gab es sehr wenig Erosion. Schließlich besteht ein Kap aus dem harten Material, das bleibt, nachdem das weichere Gestein abgebröckelt ist.

Ein Mann mit schütterem Haar und seine unangenehm laute Frau streiten sich darüber, wer die Kamera im Auto gelassen hat. Die Frau im Anorak stellt weitere Fragen zu der Leuchtturmwärterdame hier in Point Lucia. Die Leuchtturmwärterdame! Als ob sie ein sprechendes Pferd gewesen wäre.

»Sie war aus Minnesota«, antwortet Linda – oder Lydia.

»Wisconsin«, flüstere ich Danny zu.

Das Kind will auf den Arm. Die Führerin ruft den Teenagern mit vor Besorgnis schriller Stimme zu: »Bitte alle zusammenbleiben!« Schütter und Laut vermeiden es, sich anzuschauen.

Danny entdeckt einen Schwarm Delfine erstaunlich nah am Ufer, was uns genug Antrieb für weitere dreißig Meter verleiht. Jemand fragt, wie weit das Licht des Leuchtturms zu sehen ist.

Um uns von der Anstrengung des Kletterns abzulenken,

erzählt uns die Führerin von Schiffbrüchen: Manche Schiffe kenterten, weil der Kapitän betrunken war; manche wurden im Sturm zerschmettert oder liefen bei Nebel auf Grund, die meisten aber sanken einfach deswegen, weil Menschen Fehler machten und etwas ansteuerten, dem sie hätten ausweichen sollen. Alle möglichen Güter gingen verloren – Bier und Gerste, Lack und Salz, Holz und Butter und Chrom –, die Mannschaft dagegen überlebte meistens. Sie erzählt eine besonders traurige Geschichte, die ich schon von meiner Mutter kenne, über einen Leuchtturmwärter, dessen Boot gekentert war, nachdem er den Lohn für sich und seine Männer vom Tender abgeholt hatte. Er ertrank, weil das Gold in seinen Taschen ihn in die Tiefe zog. Deshalb wurde mein Vater auch nie bar bezahlt.

Endlich erreichen wir den Leuchtturm, der ein ganzes Stück unterhalb des Gipfels erbaut wurde, sonst wäre sein Licht von dem Nebel verdunkelt worden, der dort oben oft herrscht. Jetzt, da es aufgeklart hat, ist es unmöglich, sich diesen Nebel vorzustellen, Nebel, so dicht, dass man nur noch verschwommen sieht und nicht mehr weiß, wo man sich befindet. Selbst ich kann mich kaum mehr an diese Art Nebel erinnern, wenn die Sonne scheint.

Der eigentliche Turm ist nicht der hohe, schlanke Zylinder, den man an einem solch erhabenen Ort vielleicht erwartet, sondern ein gedrungenes, viereckiges, einer mittelalterlichen Burg ähnliches Gebäude aus schwerem grauen Stein. Er ist sogar noch kleiner, als ich ihn in Erinnerung habe. Ansonsten scheint er von außen seit fast siebzig Jahren weitgehend unverändert geblieben zu sein (während ich selbst die üblichen Verwüstungen erlebt habe). Drinnen dagegen ist es im Sockel, wo früher der Kessel fauchte und zischte, still wie in einer Gruft. Und leer.

In meiner Kindheit war dieser Raum eine Art Versammlungsort mit einem Kartenspiel auf dem Tisch und irgendeinem öligen Maschinenteil, das repariert werden musste, dem äußerst wichtigen Dienstbuch des Wärters und einem Glas mit gelben Stiften auf einem Bord neben ein, zwei Büchern, darunter *Flaggen vieler Länder,* aus dem wir uns gern Lieblingsfahnen aussuchten, mit dem großen schwarzen Werkzeugkasten voll nützlicher Geräte, die wir nicht ausleihen durften, auf seinem Stammplatz am Fuß der Treppe neben dem Korb mit Nähzeug, mit dem die Frauen ihre Zeit verbrachten. Das alles war weggeräumt worden. Damals roch es nach Pfeifentabak, Kerosin, Öl und Holzrauch; jetzt riecht es nur nach Stein.

Linda führt uns nach hinten zur Wendeltreppe, und wir marschieren nacheinander hinauf. Ich merke, dass ich das Metallgeländer umklammere wie mit fünf, aus Angst, meinen Füßen zu vertrauen. Oben drängen wir uns auf die kleine Plattform zwischen Leuchtfeuer und Fenstern, in die so genannte Laterne. Man erwartet, dass wir die Linse bestaunen – ein riesiges ausgebogtes Juwel –, und Schütter tut es. Die meisten Männer begeistern sich für die technischen Details. Ich aber bin ungeduldig. Es passt mir nicht, dass wir uns nicht frei bewegen können. Das Leuchtfeuer, ein Wunder der Wissenschaft des 19. Jahrhunderts und Lebensunterhalt meiner Familie, war eine ernsthafte Angelegenheit und daher nicht Schauplatz meiner Kindheit. Es ist nicht das, was ich mir anschauen wollte.

In fast allen Fenstern sind Einschusslöcher.

»Vandalen«, erklärt Linda. Ich stelle mir vor, wie sie sich hierher hochschleppen, diese große Mühe auf sich nehmen, nur um dann beiläufig zu zerstören, was ihnen gerade einfällt. So ist es heutzutage eben. Es stimmt zwar, dass es auch zu meiner Zeit kaputte Fenster gab, aber deren Zerstörung hatte ganz und gar nichts Beiläufiges.

Was ist das? Man hat uns ins Freie auf die Galerie bugsiert, um die Aussicht zu genießen, doch es ist die Außenseite der Mauer, die meine Aufmerksamkeit erregt. Sie ist bedeckt mit einem Mosaik aus Steinen und Muschelschalen und den Gehäusen von Abalonen und Strandschnecken. Hier ist ein getrockneter Seestern. Und hier ein Teil des Skeletts eines Seeigels. Da der Rückenschild eines Krebses. Ich berühre die Stücke und male mir aus, wie ihre geschickten Finger sie in den weichen Zement drückten, denn ich brauche keine Führerin, um zu wissen, wer dieses Nixenschloss errichtet hat.

Schließlich betreten wir den Weg, auf dem ich all die Jahre lang hin und her gerannt und gegangen bin. Er ist jetzt asphaltiert, aber die Ausblicke sind so sehr dieselben, dass ich ebenso gut wieder ein Mädchen mit im Wind flatternder Schürze sein könnte. Wir schlurfen durch die Werkstatt mit der Bohrmaschine und den Sägen und dem Schleifstein – alles säuberlich geordnet –, kommen an dem kleinen Stall vorbei, jetzt vermutlich leer, wo meine Eltern eine Kuh und einige Hühner hielten, und gelangen dann zu dem großen steinernen Gebäudekomplex, in dem die Leuchtturmwärter wohnten. Seit drei Jahren, seit es auf diesem entlegenen Außenposten elektrischen Strom gibt, muss hier keiner mehr leben.

»Die meisten Sammlungen von Gertrude Swann wurden nach ihrem Tod aufgelöst«, sagt Linda und steckt ihren Schlüssel in das Schlüsselloch, »aber ein paar ihrer Sachen haben wir gefunden und eine Kopie des Katalogs, den sie zusammengestellt hat.«

Wir treten ein, und mich überkommt das verwirrende Gefühl, das unvermeidlich ist, wenn man nach langer Abwesenheit einen Ort besucht, der einem einst so vertraut war wie die eigene Haut. Die wenigen Möbel – ein modernes Sofa im

Wohnzimmer, eine Kücheneinrichtung, die offensichtlich aus den Fünfzigern stammt – kenne ich nicht, die großen Fenster mit den breiten Simsen dagegen sind dieselben wie früher, und auf den schmalen Dielenbrettern liegt immer noch kein Teppich. Auf einem Tisch im Wohnzimmer hat man kunstvoll einige Seeigelskelette arrangiert – sie arbeitete viel mit Seeigeln – und ein paar hübsche Objektträger, die sie aus Glasglocken und buntem Papier selbst gemacht hat. »Spielzeug« nannte sie sie ein bisschen verlegen, weil sie wissenschaftlich wertlos waren. Einer enthält einen winzigen Seestern, ein anderer eine Locke aus zartem Seetang.

»Igitt! Da sind ja Haare drin!«, sagt einer der Teenager.

Es sind meine Haare, in meiner alten, echten Farbe, und die meiner Brüder und meiner Schwester. Sie hat uns die Strähnen als Andenken abgeschnitten, als wir Point Lucia einer nach dem anderen verließen. Ich war die Jüngste und ging als Letzte.

Eine Kopie ihres Katalogs ist auf einer Seite aufgeschlagen, die den Kelp behandelt. »Zwischen dem wogenden Kelp lebte eine Otterfamilie«, höre ich sie sagen, denn sie war meine erste Lehrerin und eine Geschichtenerzählerin, und ich lauschte aufmerksam.

»Sie war ziemlich sonderbar und geheimnistuerisch«, sagt Linda. »Sie bestand darauf, allein hier zu leben, nachdem der ursprüngliche Leuchtturmwärter und seine Frau in den Ruhestand getreten waren, obwohl der Leuchtturm eigentlich von drei Wärtern betrieben werden sollte. Aber inzwischen war es keine so aufwändige Arbeit mehr.«

»Ich habe gelesen, dass eine Art Ungeheuer von Loch Ness ihren Ehemann getötet hat.« Das ist wieder Anorak.

Ich sehe, wie sich Danny, ganz der junge Wissenschaftler, abwendet, um sein Lächeln über solche Fantastereien zu verbergen. Einige andere jedoch, die zweifellos schon angefangen haben, an die Bloody Marys zu denken, die sie im Nepenthe bestellen werden, oder an die Comichefte, die sie im Auto liegen gelassen haben, horchen auf.

»Die Leute glauben, es könnte ein Hai oder Orca gewesen sein«, sagt Linda. »Damals war man noch abergläubisch.«

Diese Herablassung gegenüber der Vergangenheit war zu erwarten, aber ich weiß es besser.

Nach Mrs. Swanns Tod entdeckten meine Geschwister und ich, dass sie uns einiges vermacht hatte. Mary erhielt ihre Sammlungen von Präparaten – sie gehören inzwischen mir; und Edward sollte ihre wissenschaftlichen Instrumente erben – er war vor ihr gestorben, ohne dass sie es wusste –, die jetzt auch in meinem Besitz sind; Nicholas bekam den handgeschriebenen Originalkatalog und ich ein Manuskript.

Oben auf der ersten Seite hatte sie in der Schrift, die ich so gut kannte wie meine eigene, notiert:

*Meine liebste Jane,*
*das hier habe ich vor einiger Zeit geschrieben, und ich möchte, dass du es bekommst. Ich hoffe, es wird dich interessieren – dich geht die Geschichte von allen Crawley-Kindern am meisten an. Jetzt, gegen Ende meines Lebens, verspüre ich plötzlich den Wunsch, dass jemand erfährt, wie sie lebte.*

Dieses letzte Pronomen machte mir zu schaffen, da es scheinbar ohne Bezug war. Aber sobald ich das Manuskript gelesen hatte, glaubte ich zu verstehen. Ich weiß, was hier geschehen ist. Oder kenne zumindest eine Version davon. Wie ich schon sagte, sie war eine Geschichtenerzählerin.

## KAPITEL 1

Wir waren tagelang gereist, um Kalifornien zu erreichen, und es dauert nur Stunden, um von San Francisco nach Point Lucia zu gelangen, doch sobald wir über die erste der tausend Wellen gehoben wurden, wusste ich, dass diese Teilstrecke mich am weitesten von dem Zuhause wegbringen würde, das ich so überstürzt verlassen hatte. Zunächst trieben wir durch kalten Nebel, geleitet nur vom ungleichmäßigen Klimpern der Bojenglocken. An Deck stehend, sah ich nicht einmal die Wasseroberfläche. Aber nach ungefähr einer Stunde begann die Sonne durchzukommen und gab den Blick auf eine pittoreske Küste mit sanften Hügeln und niedrigen Klippen frei.

Delfine (keine Fische, sagte mein Mann, sondern Säugetiere wie wir) schwangen sich neben uns aus dem Meer und wieder hinein und wechselten dabei wundersamerweise immer gleichzeitig die Richtung, als wären sie durch eine Schnur miteinander verbunden. Auch Oskar flitzte hin und her, saß in der einen Minute bei mir und hielt meine Hand und stürzte in der nächsten an die Reling, lief dann weg, um mit dem Kapitän zu sprechen, kam zurück, um mich auf eine Besonderheit der Landschaft hinzuweisen oder über eine bemerkenswerte Eigenschaft des Schiffes zu informieren oder mir einen riesigen, mit Zähnen bewehrten Fisch vor die Nase zu halten, den einer der Matrosen vom Heck aus gefangen hatte und dessen Augen immer noch wach und vorwurfsvoll blickten. Schließlich musste ich ihn bitten, sich weniger um mich zu kümmern und mich den elenden Wellen in aller Ruhe trotzen zu lassen.

Irgendwann entdeckte ich einen Leuchtturm und ein hübsches weißes Cottage nebeneinander auf einem saftig grünen Rasen und erlaubte mir eine Minute lang zu hoffen, es wäre unserer.

»Nein, das muss Pinos sein«, sagte ein Matrose. »Schön, oder?«

Hier sei eine Frau Leuchtturmwärterin, erzählte er mir, unterstützt von ihrem chinesischen Diener. Sie stamme ebenfalls aus China, obwohl sie weiß sei. Der Matrose behauptete, sie halte Rennpferde, züchte Rosen, spreche Italienisch und spiele Sonaten auf dem Klavier.

»Opernarien singt sie nicht?« Ich war inzwischen richtig seekrank, und so hatte ich, obwohl ich einen Witz machen wollte, nicht den passenden Ton getroffen, denn der Matrose runzelte nur die Stirn und überlegte wohl, ob die weiße Chinesin auch diese Fähigkeit für sich beanspruchen könne.

Vor uns veränderte sich die Landschaft, wurden die sanften Hügel von steilen, zerklüfteten Bergen verdrängt, die sich dem Meer nicht freundlich näherten, sondern eher dagegenknallten. Von diesen Bergen waren Stücke abgebrochen, die sich als zackige schwarze Felsen ins Wasser gestreut und meterhoch klaffende, unmöglich zu heilende Wunden hinterlassen hatten.

»Da ist Lucia«, sagte der Matrose beiläufig und ignorierte höflich, dass ich über die Reling gebeugt war.

Ich sah auf, um meinen ersten Blick auf den Leuchtturm zu werfen, dem wir zugeteilt worden waren, mein neues Zuhause. Er stand ein Stück unterhalb des Gipfels eines kleinen Berges – Kap nannte ihn der Matrose –, einem groben braunen Felsvorsprung, der nur durch einen Streifen Sand mit dem Land dahinter verbunden war. In Point Lucia gab es keinen Rasen, kein weißes Cottage, keine Rosen. Auf dem Gipfel darüber war ein grauer, gegiebelter Koloss zu sehen, erbaut aus Steinblöcken, wie man sie für Kasernen und Asyle und Gefängnisse benutzt. Um das Hauptgebäude verteilte sich ein Durcheinander aus Nebengebäuden. Auf diesem Berg wuchsen keine Bäume, und die wenigen, die schief und verkrüppelt zu beiden Seiten an der Küste standen, reckten ihre Äste landeinwärts, als wollten sie in diese Richtung fliehen, wenn sie könnten.

Ich wurde zusammen mit unserem Koffer und etlichen Holztonnen und Metallfässern und dem zähnefletschenden Fisch in ein Beiboot verfrachtet und durch die Brandung gerudert, bis uns der Ozean schließlich auf den Strand spie, wo die Matrosen das Boot verblüffend schnell ausräumten. Einige Fässer – an der Mühelosigkeit, mit der die Männer sie anhoben, erkannte ich, dass sie leer waren – warteten. Sobald die Matrosen das Boot mit ihnen beladen hatten, legten sie wieder ab und ließen uns allein zurück.

Oskar, der in die Wellen gesprungen war, um beim Stabilisieren des Bootes zu helfen, war tropfnass.

»Wir sehen aus wie Schiffbrüchige«, sagte ich.

»Du nicht.«

Es stimmte, dass ich vom Wasser unberührt geblieben war. Trotzdem fühlte ich mich schiffbrüchig, als mir die Stiefel in den Sand sanken. Falls für das Stranden an einer wilden Küste angemessene Kleidung existiert, kamen ihr meine lavendelblauen Handschuhe und der taubengraue Schleier sicher nicht nahe. Während Oskar auf das Kap zustapfte und mit um den Mund gelegten Händen Hallo rief, stand ich hilflos da, unsere Reisetasche umklammernd, und atmete den Gestank ein. Dicke schlangenartige Taue waren über den Strand verstreut, als wäre hier ein Heer von Medusen abgeschlachtet worden. Schwärme schwarzer Fliegen, die den fauligen Geruch illustrierten, umsurrten das Wirrwarr.

Plötzlich sprang ein Junge hinter dem Berg hervor, dessen nackte Füße im Laufen Sand aufwirbelten. Ich sah, wie er Oskar energisch die Hand schüttelte und eine Geste in die Richtung machte, aus der er gekommen war.

Als sie bei mir angelangt waren, rückte er zur Begrüßung seine Mütze zurecht. »Ich bin Edward«, sagte er. »Wir hätten nicht gedacht, dass die Verwaltung uns eine Dame schicken würde.« Er grinste so gewinnend, dass ich nicht anders konnte, auch ich lächelte.

Er schulterte den Fisch, bedeutete Oskar, dasselbe mit unserem Koffer zu tun, und erklärte, der Rest würde später abgeholt. Dann ging er voran – eine sehr lange Strecke, wie sich herausstellte –, über den Strand und um das Kap herum bis zu einer kleinen offenen Plattform auf Rädern am Fuße einer unmöglich steilen Rampe. Auf dieser schmalen Holzplanke musste der Aufzug qualvoll knarrend mit uns den Felsen hinaufbalancieren.

Ich hatte nicht noch mehr Kinder erwartet, doch da standen drei weitere, feierlich aufgereiht, ein ungefähr zehnjähriges Mädchen mit verschmierter Brille und straff geflochtenen, wenig schmeichelhaften Zöpfen, das sehr schüchtern wirkte, ein Junge, die zierlichere, jüngere Version des ersten, und ein kleines Mädchen, dessen zerzauste Haare sein Gesicht verdeckten. Ihre Haut war gebräunt von der Sonne, und je jünger sie waren, desto mehr Pigmente schienen sie aufgesogen zu haben, sodass die Älteste, das Mädchen mit den Zöpfen, die Farbe von schwachem Tee hatte und die Kleinste dunkel war wie eine Eichel. Aus einem Nebengebäude tauchte ein Mann mit schon leicht gekrümmtem Rücken auf, der sich die Hände an einem Tuch abwischte. Und dann, als wir quietschend die letzten Meter hinter uns brachten, kam eine Frau auf uns zugeeilt. Sie war groß und hatte lange Beine und einen langen Hals wie ein Reiher oder Storch. Ihr Haar war weiß gesträhnt und zu einem unordentlichen Nest hochgesteckt, und sie trug Männerstiefel.

Verlegen strich sie sich mit ihren rissigen Händen über ihre fleckige Schürze, während Oskar mich von der Plattform hob, und wiegte sich sacht hin und her, als könne sie einfach nicht stillstehen. »Schön, Sie kennen zu lernen«, sagte sie mit einem kurzen Kopfnicken. »Hoffentlich bleiben Sie bei der Stange.«

Der Mann mit dem schmutzigen Tuch schüttelte uns die Hand und nickte beifällig. Offenbar waren wir genau das, was er bestellt hatte. »Henry Crawley«, sagte er, »Hauptleuchtturmwärter.« Er war einen Kopf kleiner als seine Frau und schien von Sonne und Wind gebleicht worden zu sein; seine Haut war so hell, dass er fast farblos wirkte. Seine blassen Augen tränten in dem grellen Licht.

Über Mr. Crawleys Schulter hinweg sah ich, wie der Tender, der uns hier abgeliefert hatte, zügig über die gewaltige, ruhelose Fläche des Meeres auf den nördlichen Horizont zudampfte, und verspürte eine so kalte und überwältigende Beklommenheit, dass ich meine Verzweiflung fast herausgeschrien hätte. Aber ich riss mich zusammen und griff nicht nach Oskars Hand, denn ich war ein erwachsenes Mädchen, das sich zu benehmen wusste.

Ein weiterer Mann kam den Weg entlang. Er hatte es nicht eilig, uns kennen zu lernen, sondern schlenderte scheinbar ziellos auf uns zu, den Blick wie ich auf den Ozean und das verschwindende Schiff gerichtet. Die dunkelbraunen Haare, die unter seinem Bowler sichtbar waren, wirkten wie mit einem Jagdmesser geschnitten.

»Mein Bruder, Archie Johnston«, sagte Mrs. Crawley und seufzte, als ob sie sich wünsche, es verhielte sich anders.

Wir begrüßten ihn, doch er taxierte uns unhöflich, bevor er antwortete. »Habe gehört, Sie sind aus Wisconsin«, sagte er schließlich.

»Oh ja«, erwiderte ich allzu eifrig, mehr als bereit, seine schlechten Manieren zu übersehen, weil es so tröstlich war, an meine Heimat erinnert zu werden. »Kennen Sie es?«

»Ich weiß, dass es von dort ein langer Weg ist, nur um eine Stelle als zweiter Gehilfe eines Leuchtturmwärters anzutreten.«

Oskar lachte. »Vermuten Sie tiefere Beweggründe?«

Mr. Johnston starrte ihn an. »Ich weiß nicht, was ich denken soll.«

»Nun komm schon, Archie«, sagte Mr. Crawley. »Bring doch diese netten jungen Leute nicht so in Bedrängnis. Die meisten würden mit Freuden die Chance auf diesen Posten ergreifen. Zeigen wir Mr. Swann den Leuchtturm und machen ihn mit seinen Aufgaben bekannt.«

Archie Johnston hatte recht mit seinem Misstrauen, obwohl die Vergehen, derentwegen wir Milwaukee verlassen mussten – das Zunichtemachen der schönsten Hoffnungen von Familie und Freunden –, nicht von der Art waren, die das Gesetz verfolgt.

## KAPITEL 2

Meine Eltern hatten mir in Milwaukee den Weg in eine herrliche Zukunft geebnet, glatt und überschaubar wie die weiße Decke auf meinem Rosenholzbett. Nach meinem Abgang vom Milwaukee College for Females sollte ich Ernst Dettweiler heiraten. Unsere Hochzeit wurde geplant, zunächst scherzhaft, als unsere Mütter uns als Säuglinge im Juneau Park spazieren fuhren. Aber warum auch nicht? Ernst war ein netter, geradliniger Junge, der den Freuden des Lebens aufgeschlossen begegnete und klarmachte, dass er fand, ich gehöre zu ihnen. Ich hatte ihn gern wie den Sonnenschein. Und meine Mutter sagte liebevoll: »Bei Ernst weißt du, was du bekommst.«

Wir sollten in einer der neueren Straßen der Innenstadt wohnen. Obwohl noch kein Hochzeitstermin festgelegt worden war – genau genommen hatte Ernst noch gar nicht offiziell um mich angehalten –, hatten mein Vater und Onkel Dettweiler sich zwei, drei mögliche Häuser angesehen, und meine Mutter hatte schon die Pfingstrosen ausgesucht, die sie in meinen Garten pflanzen wollte, und die Möbel aus ihrem eigenen Haus, die sie mir überlassen würde. Natürlich wurden von uns jungen Leuten auch eigene Ideen erwartet. Innerhalb gewisser Grenzen waren unsere Eltern sogar gerne bereit, uns gewähren zu lassen.

Trotz alledem – oder vielleicht gerade deswegen? – verspürte ich ein vages, aber hartnäckiges Unbehagen, als stecke irgendwo unter meinen Kleidern ein kratzender Strohhalm, der sich nicht entfernen ließ. Anfang September, zu jener Zeit, die so reich ist an Verheißungen für die kommenden akademischen Monate, hatte unsere Collegedirektorin in der Menomonee Hall eine Ansprache gehalten, in der sie uns Mädchen ermahnte, der Welt zu Diensten zu sein. Sie hatte eine lockere, aber deutliche Verbindung zwischen einer gelungenen Ovid-Übersetzung und der Fähigkeit einer jungen Frau hergestellt, einen Beitrag zur Erbauung der Menschheit zu leisten. Je länger ich darüber nachdachte, desto weniger glaubte ich an diese Verbindung beziehungsweise an mein Talent, sie so zu knüpfen, wie andere es passend fanden. Direktorin McAdams hatte die Wichtigkeit der Haushaltsführung für das Gedeihen einer Gesellschaft betont und stellte Hauswirtschaftslehre, praktische Nächstenliebe und literarisches Schaffen als geeignete Gebiete dar, auf denen eine Frau mit College-Bildung von Nutzen sein könne. Und dann gab Florence Nightingale das Beispiel für höhere Ambitionen ab. Aber ich wusste, dass ich keine Florence Nightingale war.

Miss Dodson, meine Krankenpflege- und Biologielehrerin, hatte mich eines Tages nach dem Unterricht zurückgehalten. Ich hatte angenommen, dass sie mich ausschimpfen würde, weil ich den Kopf meiner Freundin Lucy so nachlässig bandagiert hatte, doch Miss Dodson hatte mich gedrängt, das Unterrichten in Erwägung zu ziehen.

»Ich glaube«, sagte sie, während sie die Gliedmaßen von ihrer Holzpuppe abschraubte, »es ist gut, wenn eine junge Frau ein, zwei Jahre lang ihren eigenen Weg geht, bevor sie sich an einen Mann bindet.«

Ich bewunderte Miss Dodson mit ihren strahlenden braunen Augen und der kompromisslosen Wissbegier. Sie regte ihre Schülerinnen – mich zumindest – dazu an, die Funktionen von Lebewesen zu hinterfragen, wenn sie deren Geheimnisse enthüllte. Sie hatte als Kind Polio gehabt und ging deshalb mit einem leichten Hinken, das den Takt vorzugeben schien, wenn sie vor der Klasse hin und her schritt und uns zum Hinschauen anhielt: »Ihr müsst beobachten, Mädchen! Nie etwas voraussetzen, immer genau untersuchen!« Während sie im alltäglichen Gespräch eher zurückhaltend und nüchtern war, geriet sie ins Schwärmen über »die raffinierte Flechte, die noch dort gedeiht, wo andere Pflanzen sofort eingehen würden«. Wir kicherten, aber nur die Reserviertesten von uns konnten sich der Begeisterung und Hingabe entziehen, mit der sie sich ihrem Forschungsgegenstand widmete. Auf ihren Vorschlag hin malte ich mir aus, wie ich in gestärkter weißer Bluse und schwarzem Rock über mein eigenes Klassenzimmer gebot und auf der Tafel mit farbiger Kreide selbstbewusst ein Herz und die von ihm wegführenden Arterien skizzierte.

»Warum sind Sie Lehrerin geworden?«, fragte ich kühn.

Miss Dodson wirkte ein wenig verblüfft. Ich glaube, sie war eher daran gewöhnt, andere anzuleiten, als über ihre eigenen Motive nachzudenken.

»Wahrscheinlich, weil ich die Schule gern hatte. Sie erlaubte mir, meinen Verstand einzusetzen.« Sie lachte kurz wehmütig auf. »Das war viel spannender als alle meine anderen Möglichkeiten. Naturkunde interessiert dich offensichtlich«, fuhr sie fort und lenkte das Gespräch damit wieder in Bahnen, die ihr angenehmer waren.

Es gefiel mir tatsächlich, dass die Naturwissenschaft, wie Latein, Ordnung in die Welt zu bringen schien, während Geschichte und Literatur meiner Meinung nach eher Unruhe in ihr stifteten. Wenn wir Pflanzen und Tiere studierten, machte Miss Dodson uns immer auf Beispiele für Symmetrie und Effizienz und Kooperation aufmerksam. Und ich liebte das Klassifizieren, die Erkenntnis, dass auch die ungewöhnlichste Spezies Merkmale hatte, die sie mit anderen teilte, und sich daher einer Gattung zuordnen ließ, die sich wiederum in Familien gliederte, und so weiter, bis das ganze Rätsel des Lebens, theoretisch jedenfalls, klar kartografiert war.

Vielleicht würde ich mich nie an einen Mann binden, verkündete ich beherzt, als ich Lucy von Miss Dodsons Rat erzählte.

»Wie Miss Gregor, meinst du?« Lucy riss die Augen auf.

Ich lachte. »Du hältst ja nicht viel von mir. Miss Gregor? Was ist mit Miss Dodson?«

»Oh, Miss Dodson. Na ja, sie ist ein besonderer Fall, oder? Sie schafft es, all ihre Leidenschaft auf ihre Arbeit zu konzentrieren. Ja, das bewundere ich. Aber, Trudy...« Sie legte mir feierlich die Hand auf den Arm. »Findest du sie nicht ein bisschen hinterhältig? Sie erinnert mich an einen von diesen Krebsen, die sich in einem Schneckenhaus verstecken.«

»Und ihre Stirn und ihre Augen sind so weit vorgewölbt.«

Lucy lachte. »Nein, im Ernst, ich will nicht, dass du wirst wie Miss Dodson, so sehr wir sie auch bewundern. Das ist doch nichts für dich. Wenn du Ernst heiratest und ich Charles heirate, dann wohnen wir nebeneinander und besuchen uns durch die Hintertür immer gegenseitig.«

Die Vorstellung, in diesen oder ähnlichen Schulräumen zu bleiben und das, was ich gelernt hatte, an andere Mädchen weiterzugeben, damit sie es wiederum weitergeben konnten, langweilte mich ebenso wie alles andere. Als Lehrerin, so fürchtete ich, würde ich ein Glied genau der Kette werden, die mich gefangen hielt, mir eine Zukunft verwehrte, die nur ein kleines Stück jenseits meiner Wahrnehmungsfähigkeit aufzuschimmern schien.

Was hatte ich mir gewünscht? Eins hatte ich ganz sicher gewusst: Ich wünschte mir etwas, das ich nicht kannte. Nun, das hatte ich bekommen.

## KAPITEL 3

Mary wird Ihnen alles zeigen«, sagte Mrs. Crawley und legte ihrer älteren Tochter einen Moment lang zärtlich ihre raue Hand auf die Schulter. »Janie, möchtest du mitgehen?« Das kleine Mädchen lehnte den Kopf an die Hüfte ihrer Mutter, und Mrs. Crawley strich die Haare des Kindes hinter zwei zarte Ohren, die wie die Henkel von Teetassen abstanden, sodass neugierige braune Augen sichtbar wurden. »Ihr beide«, sagte die Frau zu ihren Söhnen, »solltet Holz holen. Wir brauchen ein schönes Feuer heute Abend.«

Die Jungen sprangen davon, und der Blick, den Mrs. Crawley ihnen hinterherschickte, war gereizt und liebevoll zugleich. »Ich sorge fürs Abendessen«, sagte sie und wandte sich abrupt wieder mir zu. »Sie haben Ihre Küche ja noch nicht eingerichtet.«

Meine Küche eingerichtet? Was sollte das heißen? In der Schule hatte man uns beigebracht, in einem Glas braunes Mehl zum Andicken und Färben bereitzuhalten. Ich konnte weiße Sauce machen und Obstsalat und ein Backblech säubern. Meine Mutter hatte mir gezeigt, wie man mit dem ausgelassenen Speck, den sie in einem grünen Keramiktopf aufbewahrte, einen Kuchen backt und Wolken von geschlagenem Eiweiß vorsichtig unter eine Eiercreme hebt. Ich erinnerte mich an einige der Lektionen, die sie unserem Mädchen erteilte: Gläser und Tassen umgekehrt in den Schrank zu stellen, damit sich kein Staub in ihnen sammelt, oder die Asche aus dem Herd zu holen, ohne sie zu verschütten, oder wann man das Wasser im Becken wechselt. Ich fürchtete, diese zufällig gespeicherten Wissensfragmente würden nicht ausreichen.

Tatsächlich hatte ich das Gefühl, dass meine Position der Marys näher war als der ihrer Mutter, obwohl ich mir Mühe gab, das zu verbergen. Meine Führerin, die beim Gehen an ihrem Daumennagel kaute, stand am Beginn jenes schwierigen Stadiums im Leben eines Mädchens, in dem sie nicht mehr niedlich, aber auch noch nicht hübsch ist, und man nicht weiß, ob sie es je werden wird. Sie war unfertig, ihr sommersprossiges Gesicht eine plumpe, knochenlose Scheibe, und sie hatte die Angewohnheit, ihre kleine Brille zurechtzurücken, indem sie sie mit einem Finger immer wieder hochschob.

Zuerst brachte sie mich zum Stall, wo mehrere braune Hühner herumstolzierten und -pickten, vollkommen auf den Boden konzentriert und ohne Interesse für die Tatsache, dass ihr Flecken Erde hoch über dem Meer hing. Ein Hahn mit grünem Schwanz wandte uns argwöhnisch, ähnlich wie Mr. Johnston, ein schwarzes Auge zu.

Das kleine Mädchen, Jane, wagte sich vor. »Ma sagt, die Hennen würden einen Fuchs nicht mal erkennen, wenn er sie beißt«, sagte sie. »Ich hab noch nie einen Fuchs gesehen. Und du?«

Ja, hätte ich, teilte ich ihr mit.

»Adler hab ich schon gesehen«, fuhr Jane fort. »Sie sausen runter« – sie machte mit den Armen eine ausholende Geste des Fliegens – »und schnappen sich die Küken.« Hier streckte sie die Finger aus wie Krallen und spielte ein Zupacken. »Das ist grausig.«

»Ma sagt, die Adler müssen auch essen«, sagte Mary, und Jane nickte zu dieser Weisheit.

Überrascht sah ich hinter dem Stall eine Kuh wiederkäuen.

»Ma sagt, Kinder müssen Milch trinken.« Jane warf mir einen taxierenden Blick zu. »Sie hat gesagt, du würdest uns Butter machen. Sie hat gesagt, da, wo du herkommst, kann jeder buttern.«

Anscheinend hatte Ma nicht immer recht.

Als wir die Werkstatt erreicht hatten, demonstrierte Mary den Schleifstein und raffte dazu ihren Rock, damit sie ungehindert auf die Pedale treten konnte. Dann schob sie, immer noch sitzend, ihre Brille, die ihr die Nase heruntergerutscht war, wieder nach oben. »Darf ich Sie um einen Gefallen bitten?«

Ich musste über ihre Förmlichkeit lächeln. »Natürlich.«

»Darf ich Ihren Hut aufprobieren?«

Ich entfernte die Nadeln aus meinem Hut, setzte ihn dem Mädchen auf den Kopf und ließ ihr den Schleier herab.

»Oh!« Sie war enttäuscht. »Man kann ja richtig durchgucken.«

»Lass mich mal«, sagte Jane, und ich musste ihr den Hut ebenfalls aufsetzen. »Stimmt, Mary«, sagte sie mit ähnlicher Bestürzung. »Man kann richtig durchgucken.«

Hatten sie geglaubt, ich sei blind vor mich hin gestolpert?

Wie ich schon vom Tender aus gesehen hatte, stand der Leuchtturm ein Stück entfernt von den anderen Gebäuden und weiter unten auf dem Felsen. Sein oberes Drittel reichte bis zum Gipfel des Kaps, und die Galerie, die das Lampenhaus umschloss, war von dort, wo wir standen, über eine kleine Brücke zugänglich. Oskar war oben, als wir aus der Werkstatt traten, aber er schien auf etwas weit draußen auf See zu blicken. Jedenfalls bemerkte er meine erhobene Hand nicht.

»Die da gehört uns«, sagte Mary wichtigtuerisch und zeigte auf den südlichen Eingang des schrecklichen Steingebäudes, das drei Wohnungen beherbergte.

»Wir haben die größte«, verkündete Jane, »weil unser Vater hier der Chef ist.«

Der mittlere Teil, in den die Mädchen mich führten, war eine Art Tunnel zwischen den beiden anderen Wohnungen; Licht konnte nur von hinten aus östlicher oder von vorn aus westlicher Richtung eindringen, sonst nicht. An den fleckigen Wänden, dem geronnenen braunen Fett auf der Herdplatte und den Staubflocken auf den Scheuerleisten war zu erkennen, dass nichts für unsere Ankunft vorbereitet worden und der vorherige Mieter nicht sehr reinlich gewesen war.

Mit Belustigung sah ich Spuren von Hausbesetzern. Im Wohnzimmer nahm Mary hastig eine Puppe, einige Blätter mit Tinte beschmierten Papiers, einen Blechnapf und anderes Gerümpel an sich, zu dessen Identifizierung sie mir keine Zeit ließ. In der Küche zeigten mir beide Mädchen voller Besitzerstolz das fließende Wasser in der Spüle, das schwere Porzellan, bemalt mit einem kleinen Leuchtturm, im Geschirrständer, den Topf und die Pfanne aus Eisen im Schrank und die Schublade mit dem versilberten Besteck.

Oben gab es zwei kleine Schlafzimmer. Das vordere war nur mit einem Bett möbliert.

»Das hier«, sagte Jane, die Handfläche an die Tür des hinteren Raums gepresst, »ist für dein Baby.«

Ich lachte. »Aber ich habe kein Baby.«

»Ma sagt, du kriegst eins«, behauptete sie, »früher oder später. Mary und ich hoffen auf ein Mädchen, stimmt's?« Sie wandte sich zu ihrer Schwester.

Mary nickte. »In der Zwischenzeit«, sagte sie mutig und warf mir von der Seite einen Blick zu, während sie die Tür öffnete, »haben wir dieses Zimmer für unsere Sammlung benutzt.«

Der Fußboden sah aus wie ein Strand. Er war übersät mit

Muscheln und Treibholz, trockenem und geglättetem Seetang und etwas, das ich für Knochen hielt. Dazwischen befanden sich kleine Kreaturen, wunderschön und monströs zugleich. Manche waren borstig, manche kieselig, manche gekräuselt, manche knorrig. Fast alle waren mir fremd: weiße Röhren, braune Scheiben und schillernde Kelche, Wesen in Orange und Rosa, Blau und Violett, Zweige und Spiralen, Stacheln und Kolben und Oberflächen, die glasig glatt wirkten. In Gläser eingesperrt lagen weitere Geschöpfe, manche schneckenartig, andere mit Tentakeln. Vermutlich waren sie ihren Habitaten lebendig entnommen worden, obwohl die meisten jetzt tot zu sein schienen trotz des Versuchs, ihnen eine angemessen wässrige Umgebung zu schaffen. Ich hob ein Glas an, halb voll mit wolkigem Wasser, um es genauer zu inspizieren, und hätte es vor Entsetzen fast wieder fallen lassen. Ein formloses Etwas schwamm darin und stank.

»Ich glaube, das hier ist tot«, stieß ich hervor.

»Dann müssen wir es wohl wegschmeißen«, sagte Mary bedauernd.

»Was sollen wir mit all dem anfangen?« Ich würde mit ihrer Mutter sprechen.

»Ich weiß nicht.« Marys Tonfall war unbeschwert, als sehe sie gar kein Problem.

»Du erzählst Ma doch nichts, oder?«, fragte Jane. »Sie mag es nicht, wenn wir das Zeug herbringen.«

»Nein, das mag sie nicht«, sagte eine tiefe Stimme von der Tür her. Ich erschrak so sehr, dass mir das Glas beinahe entglitten wäre, aber es war nur Mr. Johnston, der sich irgendwie die Treppe hochgeschlichen hatte, ohne dass wir ihn gehört hatten. »Hier«, sagte er unerwartet freundlich und steckte eine Hand in seine Hemdtasche. »Das habe ich neulich gefunden.« Er reichte Jane eine gedrechselte Muschelschale, hohl wie ein

Strohhalm, während sich die beiden Jungen, die hinter ihm heraufgekommen waren, ins Zimmer drängten.

»Vielen Dank!« Jane gab die Muschel feierlich an einen ihrer Brüder weiter, der sie sorgfältig, wenn auch anscheinend willkürlich, zwischen dem anderen Strandgut auf dem Boden platzierte.

Mr. Johnston zeigte mit dem Daumen über seine Schulter. »Was ist in dem Koffer da unten? Steine?«

»Hast du wirklich Steine mitgebracht?«, fragte der kleinere Junge neugierig.

»Das müssen unsere Bücher sein«, sagte ich. »Tut mir leid, wenn er schwer zu tragen war. Wir hätten mehr Romane und Gedichte einpacken sollen. Etwas Leichteres eben.«

Die Kinder schauten verwirrt drein, und auch Johnston runzelte einen Moment lang die Stirn, bevor er die Augenbrauen hochzog. »Ha«, sagte er, als hätte er etwas Unerwartetes entdeckt, das ihm gefiel.

»Lasst uns nachsehen!« Die Kinder stürzten ins Erdgeschoss, und ich fühlte mich verpflichtet, ihnen zu folgen. Archie Johnston kam uns gemächlich hinterher, als wäre hier nicht ich zu Hause, sondern er.

»Danke, Mr. Johnston«, sagte ich.

Das hatte ich als Verabschiedung gemeint, aber er nickte bloß. »Wollen Sie ihn nicht aufmachen?«

Ich hätte mich drücken, behaupten können, ich hätte den Schlüssel verlegt oder wolle auf Oskar warten, doch die Kinder waren so gespannt, dass ich es nicht übers Herz brachte. Zumindest meine Toilettenartikel sind sicher in unserer Reisetasche verwahrt, dachte ich, als ich den Koffer aufklappte und meine persönliche Habe für Archie Johnston sichtbar machte.

Die Freude der Kinder entschädigte mich bald für mein Unbehagen. Ihnen den Inhalt des Koffers zu zeigen, erinnerte mich an Sir Richard Burtons Berichte über das Staunen der Afrikaner über Streichhölzer und Taschenuhren. Meine Geige wurde gestreichelt und gezupft und mein Skizzenblock bewundert, allerdings mehr für seine vielen leeren, auf Künstlerhände wartenden Seiten als für die wenigen steifen Stillleben, Porträts und Landschaften, die ich gezeichnet hatte. Meine Bleistifte und Füllfederhalter wurden genau geprüft, mein gefiederter Hut (nur leicht zerdrückt) und mein Paisleytuch anprobiert; mein Rosengeranienöl wurde beschnuppert. Es gab jede Menge Geraufe und Gegrabsche und Geschubse und Gestocher, und nachdem die Kinder ihre Neugier befriedigt hatten, war vieles schmuddelig und in Unordnung. Ich nahm an, dass ein solches Verhalten für kleine Jungen typisch war, und auch das kleine Mädchen war zu jung, um sich besser zu benehmen, aber ich wunderte mich über Mary, von der man wohl hätte erwarten können, dass sie ein Paar Strümpfe zusammenrollte.

Mein größter Schatz waren die Bettlaken, zwischen die meine Mutter dieselben Duftkissen gelegt hatte, die sie in ihrem eigenen Wäscheschrank benutzte. Bis wir zu ihnen gelangten, war es Johnston langweilig geworden, und er hatte das Zimmer verlassen, sodass ich sie ausbreiten konnte, ohne mich zu genieren. Ich trug sie nach oben, drehte die Matratzen auf ihre, wie ich hoffte, frischere Seite und bezog sie mit den Laken. Dann legte ich mich mit dem Gesicht nach unten aufs Bett, um den geliebten Duft des verlorenen Zuhause einzuatmen. Das war jedoch ein Fehler, denn der Gestank der Matratze bahnte sich gewaltsam seinen Weg hindurch. Rasch stand ich auf und eilte wieder die Treppe hinunter.

»Gibt es was zu essen?«, fragte Jane, die meine lavendelblauen Handschuhe trug.

»Ich wünschte, es gäbe was.« Nachdem ich mich vollständig von meiner Seereise erholt hatte, wurde ich mir meines großen Hungers bewusst.

»Vielleicht gibt Ma Ihnen Rosinen«, sagte Edward zweifelnd.

Genau in diesem Moment tauchte Mrs. Crawley, als hätte er sie gerufen, in der offenen Tür auf. »Edward, du weißt doch, dass wir keine Rosinen haben.« Sie wandte sich zu mir und sagte erklärend: »Wir öffnen die neuen Fässer immer erst nach dem Essen. So eine Art Ritual für die Kinder. Heute Abend gibt es nur Bohnen und Fisch.«

Ebenso neugierig wie ihre Sprösslinge musterte sie den Inhalt meines Koffers, der verstreut im Zimmer herumlag.

»So schöne Wäsche«, gluckste sie und hielt eine bogenförmig gesäumte Tischdecke hoch. Es sah aus, als würde sie mit ihren groben Fingern den zarten Stoff zerreißen. »Sie haben wohl gedacht, Sie kommen nach Pinos. Wo Künstler zu Besuch sind, die die Aussicht malen, Gedichte schreiben und was weiß ich. Hier braucht man kein feines Tischtuch.« Sie faltete es wieder zusammen, ohne sich die Mühe zu geben, es ordentlich zu tun. »Hier kommt keiner her.« Diese schreckliche Vorstellung schien sie regelrecht zu befriedigen.

Würden diese Menschen also die einzigen sein, die uns Gesellschaft leisteten? Plötzlich dachte ich an die warmen Augen meiner Mutter, die Umarmungen meines Vaters, Lucys fröhliches Lachen und Miss Dodsons ermutigendes Lächeln, und ich musste ein kurzes Husten vortäuschen, um den Schluchzer zu unterdrücken, der mir zu entweichen drohte. Ich wusste nicht, wie diese hartherzige und herrische Frau mich für den Verlust derer entschädigen sollte, die ich zurückgelassen hatte, und sonst gab es an diesem abseitigen Ort offenbar niemanden. Oskar würde hier alles für mich sein müssen und ich für ihn.

»Na gut. Also«, fuhr Mrs. Crawley lebhaft fort und legte die Wäsche zurück in meinen Koffer, »das Essen ist fertig. Wir sollten die Männer holen.«

Zuerst dachte ich, dies sei eine Aufforderung an mich, aber die beiden Jungen reagierten, indem sie zur Tür hinausstürmten und losrannten. Dabei rempelten sie sich grob an, und ich verstand nicht, wie eine Mutter an einem Ort leben konnte, wo sie jeden Moment Angst haben musste, dass ihre Kinder in die Tiefe stürzen und umkommen würden.

Neben der Wohnungstür der Crawleys waren mehrere lange Bretter auf Böcke gelegt und zu beiden Seiten dieses improvisierten Gemeinschaftstisches grob gezimmerte Holzbänke aufgereiht worden. An einem Ende stapelte sich dasselbe dickwandige Geschirr wie in meiner Küche neben einem Haufen Besteck, Trinkbechern, einem Krug und einigen Eisentöpfen.

»Dieses Porzellan hat ein reizendes Muster«, sagte ich. Dort, wo ich herkam, war dies ein übliches Kompliment einer Frau an eine andere.

»Wirklich?« Mrs. Crawley schaute mit schmalen Augen auf den Teller, den ich hochhielt, als wäre darauf etwas zu sehen, das sie noch nicht bemerkt hatte. »Es ist in allen Leuchttürmen dasselbe. Damit es keiner stiehlt.« Sie lachte kurz auf. »Dazu gibt es hier wenig Gelegenheit.«

Das Essen war eher zusammengerührt als gekocht, ein Eintopf aus Milch, gepökeltem Schweinefleisch und dem riesigen Fisch, den wir mitgebracht hatten – Lengdorsch nannte ihn Mr. Crawley –, sowie Bohnen und Maisbrot, alles in einem einzigen Teller schwimmend. Man erwartete offensichtlich, dass wir den Kopf senkten, während Mr. Crawley das Tischgebet sprach, aber es fiel mir schwer, mein Gesicht nicht dem Wind zuzuwenden, der auf diesem Felsvorsprung von Gott höchstpersönlich geschickt zu werden schien.

»Gibt es hinterher Obst?«, fragte Edward ein bisschen zu schnell nach dem Amen.

»Haben wir die Fässer aufgemacht?«, konterte Mrs. Crawley.

Da sich hieraus keine weitere Konversation entwickelte, brachte ich ein eigenes Thema zur Sprache. »Wo gehen die Kinder zur Schule?«

»Oh, auf diesem Posten gibt es keine Schule«, sagte Mrs. Crawley ganz unbekümmert.

»Die nächste ist in Monterey«, sagte Mr. Crawley und zog sich eine Gräte aus dem Mund. Auf den Tellern häuften sich weiße Nadeln. »Das wäre ein Zweitagesritt. Einmal hin und einmal her. Vorausgesetzt, wir hätten ein Pferd. Und das haben wir zurzeit nicht.«

»Wozu brauchen sie eine Schule?«, sagte Oskar vergnügt und breitete die Arme so weit aus, dass er beinahe Mrs. Crawleys Trinkbecher vom Tisch geschleudert hätte. »Die Natur selbst sollte ihr Lehrer sein. Sie sollten den Blick wie Whitman still nach den Sternen heben.«

Ich dachte daran, wie wenig sternenhaft die Natur war, die die Kinder in unserer Wohnung zusammengetragen hatten.

»Haben Sie denn von der Natur gelernt, Mr. Swann?«, fragte Mrs. Crawley und stach mit ihrer Gabel in ein großes Stück Dorsch auf ihrem Teller.

»Nach den vielen Büchern zu urteilen, die Mrs. Swann in diese Einöde mitgeschleppt hat«, warf Mr. Johnston ein, während er sich erhob, »nehme ich an, dass sie zu den Gebildeten gehört. Vielleicht könnte sie Lehrerin spielen.«

Alle einschließlich der Kinder wandten sich mir mit neu erwachtem Interesse zu.

»Sind Sie Lehrerin, Mrs. Swann?«, fragte Mrs. Crawley.

»Oh nein. Da habe ich keinerlei Erfahrung, fürchte ich. Ich wäre wohl kaum nützlich.« Meine Zunge prüfte das Stück

Pökelfleisch in meinem Mund; es schien überwiegend Knorpel zu sein.

Mrs. Crawley blieb hartnäckig. »Aber Sie sind gebildet genug, um Lehrerin zu sein?«

»Na ja, ich bin nicht nur auf eine normale Schule gegangen, wenn Sie das …«

Oskar unterbrach mich. »Trudy wäre eine hervorragende Lehrerin!«

»Glauben Sie denn, Sie wissen mehr als die Kinder?«, fragte Mrs. Crawley.

»Na ja, ich würde nicht …«

»Herrgott noch mal, Trudy. Du bist auf dem College gewesen!«, sagte Oskar.

»Das müsste reichen«, sagte Mrs. Crawley und nickte. Sie wischte die auf ihrem Teller verbliebene Milch mit einem Schwamm aus Maisbrot auf. Und so war die Angelegenheit anscheinend entschieden.

Was für eine Ironie des Schicksals, Tausende Meilen weit gereist zu sein, nur um das zu tun, was ich in Milwaukee auf viel höherem Niveau hätte tun können! Schweigend schluckte ich meinen Knorpel.

Oskars Stimmung dagegen blieb überschwänglich. Er deutete auf die goldenen und grünen Hänge, die im Osten so jäh anstiegen. »In diesen Bergen ist niemand?«

Mrs. Crawley nickte wohlwollend. »Sie haben die Broschüre der Leuchtturmverwaltung gelesen, sehe ich.«

»Die Leuchtturmverwaltung weiß auch nicht alles«, sagte Archie Johnston. Seine Schwester warf ihm einen finsteren Blick zu.

»Da gibt es diesen verrückten Kerl aus Yale«, warf Mr. Crawley ein, ein Versuch, die Konversation neu zu beleben. »Wohnt in einer Baumhöhle.«

»Leben Sie gern hier oben, Mrs. Crawley?« Ich war verwirrt von dem, was sich als mein Bewerbungsgespräch erwiesen hatte, doch diese Sorte höflicher Fragen beherrschte ich so gut, dass ich nicht über die Worte nachdenken musste.

»Es ist ein anständiger Posten«, sagte sie und hob das Kinn. »Viel Arbeit und kein chinesischer Diener, der sie erledigt, das kann ich Ihnen verraten. Von den Tieren, den Kindern, den Männern und dem Kessel will immer irgendwer oder irgendwas gefüttert werden.«

»Euphemia wartet den Leuchtturm seit mehr als zehn Jahren zusammen mit mir«, sagte Mr. Crawley. »Sie kennt sich ebenso gut damit aus wie ich.«

»Die Verwaltung stellt gern Eheleute ein«, sagte Mrs. Crawley trocken. »Zwei zum Preis von einem.«

Die Sonne zeigte uns inzwischen die kalte Schulter. Die Kinder, die ihr Essen verschlungen hatten, waren bereits davongeschlüpft, und jetzt erschienen die Jungen mit Banjo und Gitarre wieder auf der Haustreppe und klimperten alte Melodien. Ich überlegte, mich ihnen mit meiner Geige anzuschließen.

Mrs. Crawley stand auf und begann, die schmutzigen Teller vom Tisch zu räumen und auf ihren eigenen zu stapeln. »Mrs. Swann und ich werden mal Ordnung schaffen«, sagte sie, mich daran erinnernd, dass ich hier nicht zu den Kindern gehörte.

In der dunklen Spülküche gab sie mir dann ihre Anweisungen, nicht unfreundlich, aber entschieden, und ich merkte, wie ich nickte, weil ich ihr gefallen wollte. Ich dürfe kein Wasser verschwenden; ich dürfe kein Geschirr anschlagen (sonst würde der Inspektor Oskar den Lohn kürzen); Salzkristalle wüchsen nicht auf Bäumen.

»Und wenn schon«, sagte ich, »hier gibt es keine Bäume.«

Darüber hätte meine Mutter gelacht, Mrs. Crawley tat es dagegen nicht. Als wir fertig waren, lud sie mich jedoch in ihr Wohnzimmer ein, um ihre »Sammlung« zu besichtigen. Hatten hier alle so etwas?

»Unser Vater war Walfänger«, erklärte sie und strich mit einem Finger über die Hälfte eines hölzernen Gebisses, das auf rotem Satin zur Schau gestellt war. »Archie und ich sind in einer Station im Norden aufgewachsen. Ein tückischer Küstenabschnitt, wie so viele. Und die Stürme! Sie werden schon sehen«, sagte sie, was nach einer Drohung klang, und bewegte sich von den Zähnen weiter zu einem aufgequollenen Buch, offenkundig von Wasser durchtränkt, dessen Seiten mit Schriftzeichen bedruckt waren, die ich nicht kannte. Außerdem gab es noch einen schwarzen Stoffstreifen mit Fransen vom Umhang einer Dame oder von einer Tischdecke, ein Messer mit Holzgriff, eine Schnur mit blauen Perlen, einen unversehrten braunen Steingutkrug, Glasscherben in allen Farben, einen Korb, wie ihn eine Hausfrau zum Einkaufen auf dem Markt mitnehmen würde, eine zerbeulte Zigarrendose und eine Kokosnussschale. »Manchmal haben wir gar nicht gesehen, wie das Schiff untergegangen ist, aber dann liefen Archie und ich mit meiner Mutter den Strand entlang und fanden alles Mögliche. Sie würden staunen, was so an die Küste geschwemmt wird. Heute ist es weniger«, fügte sie wehmütig hinzu, »weil wir so viele Leuchttürme haben.«

Als Mrs. Crawley ihre kostbaren Besitztümer mit einem Lächeln berührte, scheu und stolz wie das ihrer Töchter, dachte ich an meine Mutter, die gerne ihre Wange in eine Falte unserer Gardinen drückte, während sie sie in der frühen Dunkelheit eines Winterabends im Norden zuzog. Sie war stolz darauf, guten Samt zu haben und nicht, wie sie sagen würde, das steife Zeug, das in der Clybourn Street verkauft wurde. Ich verstand, dass das satte Blau der Vorhänge für sie die schön eingerichteten Räume, die Tische mit den vergoldeten Beinen und die Keramikschäferinnen ihrer Kindheit heraufbeschwor, Räume, so weit entfernt und fremdartig, dass die Geschichten, die sie mir darüber erzählte, geheimnisvoll und unwirklich klangen wie Märchen.

»Ma! Wir sind fertig!« Eins der Kinder – ich konnte ihre Stimmen noch nicht unterscheiden – hatte die Haustür geöffnet und rief ins Wohnzimmer herein.

Sie hatten vom Strand hochgewinschtes Treibholz, Dauben von kaputten Fässern und anderes brennbares Material angehäuft, und die Männer mussten die neuen Fässer heraufgeholt haben, denn sie standen daneben. Mrs. Crawley brachte Decken nach draußen und forderte mich auf, mich neben sie zu setzen, während Mr. Crawley den Stapel anzündete und Mr. Johnston die Kinder zu meiner Überraschung damit entzückte, dass er so tat, als hätte er keine Ahnung, wie die Fässer zu öffnen seien. Schließlich waren die Deckel jedoch ab, und die Kinder, die hineingriffen und herauszogen, was ihnen in die Hände kam, benahmen sich, als wäre Weihnachten. Ihre »Geschenke« waren überwiegend Nägel und Lebensmittel in Dosen. Sie freuten sich kreischend über Obst – Ananas, Blaubeeren, Brombeeren, Pflaumen und Apfelmus –, stöhnten über Erbsen und Möhren, und grüner Mais ließ sie kalt.

»Wunderbar«, sagte Mrs. Crawley und reichte mir eine Dose mit Kalbsbraten in Sauce zur Ansicht. »Diese Dosen sind die großartigste Erfindung der Menschheit, wenn auch höllisch schwer zu öffnen.«

Ich baute eine kleine Pyramide aus Rindfleisch-mit-Austern-Eintopf und erinnerte mich an die Enttäuschung meiner Mutter – »Aber es schmeckt so fade!« –, als sie von einer Konserve kostete, die mein Vater als Neuheit mitgebracht hatte.

Es gab Schachteln über Schachteln mit einem Gebäck, das sie Lotsenbrot nannten, flaschenweise Essig, Gläser mit Sirup und eingelegtem Gemüse, Beutel mit grünem Kaffee, Zwiebeln und Kartoffeln und getrockneten Äpfeln. Auf dem Grunde der Tonnen lagen, für die Kinder zu schwer zum Herausangeln, Säcke mit Reis, Mehl, Zucker, Bohnen und Maismehl und gepökelter Dorsch, eingewickelt in Wachspapier. Es gab auch Zeitungen – mehrere Monate alter Nachrichten –, und dann zogen die Männer eine Holzkiste hervor.

»Für Ihre Schule«, sagte Mrs. Crawley geheimnistuerisch.

Sie stellten die Kiste auf ein Ende und schlugen die hölzernen Klappen zurück, und es wurde ein Regal mit vier Borden daraus, alle dicht bepackt mit Büchern.

»Davon kriegen wir jedes Mal eins, wenn das Schiff kommt«, sagte Mr. Crawley und fuhr mit seinem ölverschmierten Finger über die Buchrücken. »Das ist unsere Bibliothek.«

Es war jetzt fast völlig dunkel, und ich musste nahe ans Feuer treten, um die Titel der Bücher lesen zu können. Wer auch immer sie ausgewählt hatte, war wohl der Meinung, dass Leuchtturmwärter eine besondere Vorliebe für Berichte über Männer auf See haben, denn sie deuteten stark in diese Richtung – *Weihnachten auf dem Meer, Die Memoiren des Commodore David Porter, Die Schlacht in der Mobile Bay,* eine Übersetzung von *Französische Leuchttürme.* Während ich die Borde musterte, sortierte Mrs. Crawley die neuen Vorräte danach, in welchem Haus oder Schuppen sie untergebracht werden sollten.

»Fertig für den Transport«, sagte sie schließlich, doch die Kinder hatten sich fortgestohlen.

»Mary! Edward! Nicholas! Jane!« Ihre Stimme dröhnte über das Kap, und sie spähte aufmerksam in Richtung Ozean, obwohl der ein unwahrscheinlicher Aufenthaltsort für die Kinder war, da es dort nichts als schwarze Luft und tief unten schwarzes Wasser gab.

Irgendwie tauchten sie jedoch wieder auf. Wir hörten sie vom Leuchtturm her angerannt kommen, bis sie keuchend im Schein des Feuers angelangt waren. Um den Hals des kleinen Mädchens schwang etwas, das silbern, rosa und blau glitzerte.

»Janie«, mahnte Mrs. Crawley und zog die Kleine an sich. »Wie oft soll ich es dir denn noch sagen?«

Ich trat näher. Die Kette war aus Muscheln oder Stücken davon; ich hatte so etwas noch nie gesehen. »Was ist das?«

Flink zog Mrs. Crawley dem Kind das Halsband über den Kopf. »Das ist nichts für sie.«

Jane stieß einen Schrei aus, der Tote hätte wecken können, doch Mrs. Crawley ignorierte ihn. Sie marschierte mit der Kette in die Dunkelheit am Rande der Klippe und schleuderte sie weit von sich.

»Das war meine.« Das Mädchen weinte leise, aber herzzerreißend. »Ich war an der Reihe.«

Unsicher ging ich auf die Kleine zu, wollte sie beschwichtigen, hatte aber auch Angst, mich einzumischen. Archie Johnston erreichte sie als Erster. Er hockte sich neben sie und breitete die Arme aus, um sie zu trösten.

## KAPITEL 4

Als das Feuer gelöscht war und Oskar und ich in unsere Wohnung kamen, holte ich mir sofort Schreibpapier und Federhalter. Ich wusste nicht, wann ich Gelegenheit haben würde, Briefe abzuschicken, doch ich sehnte mich danach, mit den Menschen zu sprechen, die ich zurückgelassen hatte, und sei es nur im Geiste. Ich beschönigte unsere Situation gegenüber Lucy, indem ich die Landschaft als, wie Mr. Edmund Burke es nennen würde, erhaben beschrieb, da sie Schrecken und Bewunderung gleichermaßen hervorrufe, obwohl ich an diesem Abend mehr Schrecken verspürte. Und ich wusste nicht recht, was beunruhigender war: die Leere in allen Richtungen oder die Menschen, die meine Isolation teilten.

Die geschlossenen Fenster dämpften das Krachen der Wellen tief unter uns, aber die Geräusche des Lebens hier oben auf dem Felsen blieben deutlich hörbar. Auf dem Weg erklangen Schritte; jemand ging auf den Leuchtturm zu, dann kam jemand zurück. Das musste Archie Johnston sein, der die Stufen zu seiner Haustür hinaufstieg und hustete, während er durch sein Wohnzimmer in seine Küche trat. Auf der anderen Seite stapften die Kinder die Treppe zu ihren Schlafgemächern hoch; lautstark knallten Türen zu.

Ich sagte Oskar, er solle sich unsere Wohnung ansehen. Die Töne, die er von sich gab, als er hindurchgaloppierte, Schränke und Fenster öffnete, um hinein- beziehungsweise hinauszuschauen, ähnelten dem Gepolter der Kinder.

»Herrgott! Was ist das für eine Schweinerei?«, rief er zu mir herunter.

»Das gehört den Kindern. Ich … sie … wir werden das wegräumen.«

»Die scheinen den halben Strand hier hochgeschleppt zu haben«, sagte er, als er sich endlich neben mich setzte.

»Ihre Mutter hat auch eine Sammlung. Grässlich! Mit den Zähnen von irgend so einem armen Matrosen!«

Er hatte seine Hand in meinen Schoß gelegt und begonnen, meinen Schenkel zu streicheln, doch ich wehrte seine Finger ab und umschloss sie fest mit meinen eigenen. »Ich fühle mich hier oben so … nackt.«

»Was meinst du damit?«

»Jeder kann uns hören. Mr. Johnston. Pass auf.« Wieder ertönte das Husten aus der Wohnung nebenan. »Die Crawleys. Gott.«

»Oh Gott!« Oskar lachte. »Seinetwegen mache ich mir keine Sorgen, aber mit Mrs. Crawley ist das etwas anderes. Sie ist beängstigend, oder? Wie sie dich als Lehrerin für die Kinder rekrutiert hat! Ich würde ihr nicht gern in die Quere kommen.«

»Du warst auf ihrer Seite! Du hast ihr gesagt, was für eine wunderbare Lehrerin ich sein würde!«

»Würdest du ja auch!«

»Dann muss ich es wohl versuchen.«

»Was hättest du denn sonst tun wollen?«

»Hier gibt es viel Arbeit und keinen chinesischen Diener, der sie erledigt«, äffte ich Mrs. Crawley nach.

Aber er hatte recht. Wer war ich hier schon? Nicht Trudy Schroeder, verwöhnte Tochter, muntere Freundin, so gut wie verlobt mit dem soliden Ernst Dettweiler. Hier wäre ich eine Enttäuschung, weil ich nicht wusste, wie man butterte.

»Wird *dir* denn deine Arbeit Spaß machen?«, fragte ich.

»Die ist ziemlich einfach.« Er imitierte Mr. Crawleys leichtes Näseln. »Rost abkratzen, die Linse putzen, dafür sorgen, dass die Walzen und der Kompressor mit der richtigen Geschwindigkeit laufen. Streichen und lackieren. Den Kessel überprüfen. Alle sechs Stunden das Pendel zurückstellen, damit das Nebelhorn pünktlich ertönt. Es geht nur um die Wartung der Geräte«, schloss er. »Das könnte ich im Schlaf.«

»Wenn es dir nicht gefällt, könnten wir ja wieder gehen. Vielleicht nicht nach Milwaukee, aber nach Chicago oder Cincinnati. An irgendeinen nicht ganz so entlegenen Ort.«

»Wieder gehen? Nein! Hier ist es genau so, wie ich es mir erhofft hatte.« Er stand vom Sofa auf und fing an, beim Sprechen hin und her zu wandern, die Dichtigkeit der Fenster zu prüfen, das Muster der Tapete zu studieren. »Hier werde ich richtig arbeiten können. Wenn wir gehen, dann im Triumph.«

»An deinem elektrischen Motor arbeiten, meinst du?«

Oskar gehörte zu denen, die glaubten, dass Elektrizität eine leistungsfähige Alternative zur Dampfkraft sein könnte. In Milwaukee hatte er einen kleinen Elektromotor konstruiert und an einem Kanu angebracht, das damit auf dem Fluss viel Aufsehen erregte. Das Problem sei, hatte er mir erklärt, einen solchen Motor so groß zu bauen, dass er ein schweres Fahrzeug wie ein Schiff antreiben konnte. Als wir erfahren hatten, dass wir in einem Leuchtturm leben würden, hatte er gehofft, dies wäre ein geeigneter Platz für derartige Experimente, auf halber Strecke jedoch aufgehört, über diese Pläne zu reden. Ich war froh, dass er jetzt wieder davon sprach, obwohl sie mir in dieser Umgebung nicht durchführbar zu sein schienen. Eine solche Einsamkeit hatten wir hier nicht erwartet.

»Weißt du, ich glaube, das interessiert mich nicht mehr«, sagte er. »So viele andere beschäftigen sich schon mit elektrischen Motoren. Ich werde etwas Neues anfangen. Etwas, an das noch keiner denkt.«

»Das ist wundervoll, Oskar. Was denn?«

Er zuckte die Achseln. »Ich bin noch nicht sicher, aber es wird sich was ergeben. Für einen neugierigen Menschen ist die Welt voller Möglichkeiten.« Er riss das große Wohnzimmerfenster krachend auf, beugte sich hinaus und sog lautstark die Luft in seine Lunge. »Findest du diesen Ort nicht inspirierend?«

»Nein«, gestand ich und schlang mir mein Tuch fest um die Schultern. Seit heute Nachmittag schien die Temperatur um zwanzig Grad gesunken zu sein. »Er ängstigt mich. Ich glaube nicht, dass hier Menschen leben sollten.«

»Wovor hast du Angst?«

»Vor allem! Vor dem Wind, der versucht, uns wegzuwehen, vor den Felszacken, die darauf warten, uns aufzuspießen. Falls wir eines Nachts von diesem Berg stürzen, wie sollte dann irgendjemand erfahren, was aus uns geworden ist? Hier zu sein, das ist, als wären wir verschwunden.«

Endlich drehte er sich um und richtete den Blick seiner ungewöhnlich strahlenden blauen Augen auf mich. »Aber verstehst du denn nicht? Nicht wir sind verschwunden. Sie sind es. Wir sind all diese Menschen losgeworden, die uns sagen, was wir tun, wer wir sein sollen. Bis auf Mrs. Crawley«, fügte er hinzu, »also, wenn sie von diesem Berg stürzen würde …«

»Oskar!« Aber er hatte mich zum Lachen gebracht, und dafür war ich dankbar.

»Und wenn Sie, Mrs. Swann«, sagte er und streckte die Hand aus, »die Güte haben, mich in unserem eigenen Haus zu unserem eigenen Bett zu begleiten, können wir tun, was uns gefällt.«

Es mag ja unser eigenes Bett in unserem eigenen Haus gewesen sein, aber als ich später mitten in der Nacht erwachte, war es dennoch ein ungewohnter Ort voll ungewohnter Schatten und bis auf die Laken, die tröstlich nach daheim dufteten, voll fremdartiger Gerüche. Oskar hatte das Fenster weit geöffnet, und im Dunkeln schien das Meer zu mir heraufzukommen. Er stieg mir in die Nase, sein grünlicher Geruch halb nach Werden, halb nach Verwesung, durchsetzt mit dem nach Salz und dem Gestank ungewaschener Tiere. Vielleicht ging er aber auch von der Sammlung der Kinder aus. Ich stand auf und schloss die Tür zum zweiten Schlafzimmer und unsere Tür und das Fenster.

Bis auf das Bett war unser Zimmer leer, ganz anders als die vollgestellten Räume meiner Eltern. Ich dachte an die Frisierkommode im Zimmer meiner Mutter zu Hause – nein, nicht zu Hause, mein Zuhause war jetzt hier –, wo sie mir noch vor kurzem und doch vor Ewigkeiten für meine Hochzeit die Haare gebürstet hatte. Ich dachte an die Bürste und den Spiegel mit den silbernen Rücken, beide an eine staubige Pfandleihe in San Francisco abgetreten, in die schwungvoll die Initialen der Mutter graviert waren, die meine eigene Mutter in Hamburg zurückgelassen hatte.

Ich schnupperte. Der Geruch war nicht durch das offene Fenster gedrungen oder aus dem Nebenzimmer, sondern von Oskar ausgegangen. Die See hatte ihn mit ihrem salzig-grünen Duft gekennzeichnet, in dem der Gestank nach Fäulnis mitschwang.

# KAPITEL 5

Es war nur eine beiläufige Bemerkung bei einer normalen Mahlzeit gewesen, eine kleine Sache, die bewirkte, dass mein Leben seinen Kurs wechselte. Aber jeder Matrose weiß, dass schon eine Änderung um wenige Grad, wenn sie unkorrigiert bleibt, ausreicht, um ein Schiff in eine völlig andere Richtung zu lenken.

Zu essen hatte es damals auch Fisch gegeben, in Wein gekochten Karpfen, ein Gericht, das seit neuestem bei den Mitgliedern des Frauenvereins von Milwaukee beliebt und mit mehr Sorgfalt zubereitet worden war als der Lengdorsch.

»Seht ihr, Mädels«, sagte meine Mutter, während sie Kräuter dosierte, die sie im vergangenen Sommer getrocknet hatte, und in den Topf mit der siedenden, süß duftenden Flüssigkeit gab, »ihr müsst der Bouillon ebenso viel Aufmerksamkeit schenken wie der Sauce.«

Gustina, unser Dienstmädchen, nickte, mein Blick hingegen war zum Fenster abgeschweift, hinter dem Schnee vom Himmel wirbelte. Es war zwei Wochen vor Weihnachten 1897.

»In Ordnung, Trudy«, sagte meine Mutter, die meine Abgelenktheit falsch interpretierte. »Ich weiß, du hast noch deinen Aufsatz zu schreiben. Und ich muss Briefe beantworten. Gustina kann hier aufpassen. Vergiss die Kartoffeln nicht«, rief sie über ihre Schulter hinweg, als sie mich in den Salon begleitete.

Fast eine Stunde später beobachtete ich von meinem kleinen Schreibtisch aus, wie der Laternenanzünder draußen seine Leiter bestieg. Da! Dicke Flocken tauchten in dem plötzlich entstandenen Lichtkegel auf, als sein Stab den Docht berührte. Mit der Spitze meiner Feder zog ich Spinnenbeine aus dem dicken schwarzen Klecks, der gleich hinter Napoleons Aufbruch nach Moskau auf meine Heftseite getropft war. Ich seufzte. Es war noch sehr weit. Noch zwei Beine, und aus der Spinne wurde eine Sonne. Ich tippte mit dem Zeigefinger auf die Feder, und ein Miniatursturm aus dunklen Tröpfchen wehte über den kleinen General.

»Trudy«, sagte meine Mutter vorwurfsvoll. Sie saß an ihrem eigenen Schreibtisch und bedeckte mit irritierender Mühelosigkeit Seite um Seite. »Mach es dir doch nicht so schwer, *Liebchen*. Es ist bloß ein Aufsatz.« Sie erhob sich mit einem Rascheln aprikosenfarbener Seide. »Ich muss nach Gustina sehen.« Auf ihrem Weg durch den Raum legte sie mir eine Hand auf die Schulter. »Du bist doch vor dem Essen fertig, oder?«

Ich seufzte wieder und grub meine Finger tief in meine Haare. Nadeln hüpften aus meiner Frisur, und ich genoss das kleine Drama und das Durcheinander, das sie auf dem türkischen Teppich anrichteten. »Ja, ja, ich versuche es.« Ich war mir meiner selbst und der Quelle meines Unbehagens zu unsicher, um Stellung zu beziehen; mir blieb nur, mich mit einer übertriebenen Geste des Gehorsams über mein Heft zu beugen. Sie sammelte die Nadeln ohne Kommentar ein, fasste mein Haar zusammen und drehte es auf meinem Kopf zu einem ordentlichen Knoten.

Als ich das Flüstern von Seide nicht mehr hörte, stand ich auf, trat an ihren Schreibtisch und zog den unvollendeten Brief unter dem Tintenlöscher hervor. Er war an ihre Schwester in Hamburg.

*Trudy hat ihre Leidenschaft fürs Lernen verloren. Es ist nicht so, dass sie sich in Geschichte und Philosophie nicht mehr auskennt. Wie sie mit Felix über Kant debattiert! Papa würde sich freuen. Sie reden, bis die Kerzen tropfen und das Tischtuch mit Nussschalen bedeckt ist. Als würde man mit keckernden Eichhörnchen zusammenleben.*
*Aber wenn sie ihre Gedanken zu Papier bringen muss, lenken sie die kleinsten Nichtigkeiten ab, das Klappern der Kohlen im Herd und das Muster der Schneeflocken, die vom aschgrauen Himmel fallen. Da, sie wirft mir einen finsteren Blick zu, gestört vom aufdringlichen Kratzen meiner Feder.*
*Sie absolviert ihre musikalischen Übungen, aber ohne Begeisterung. Natürlich ist ihre Begabung nicht so groß wie die deines Johann – ich rechne nicht damit, ihre Etüden je im Pabst Theater zu hören –, doch früher spielte sie mit viel Ausdruck. Ich wünschte, die Musik würde ihr mehr Freude machen. Am meisten bringt mein Herz zum Weinen, wie sie ihr Zeichentalent vernachlässigt. Erinnerst du dich an ihre drolligen Cartoons? Seitenweise! Sie weiß ihr Können leider nicht zu würdigen und hetzt durch die Aufgaben, die der Lehrer ihr stellt. Die reinste Schluderei. Was für eine Verschwendung!*
*Latein und Griechisch hält sie für unnütz. Ihre Übersetzungen kommen voller roter Anstreichungen zurück.*
*In Mathematik und Biologie macht sie Fortschritte, behauptet aber, auch sie würden für ihr Leben keine Rolle spielen. Sie verspottet mich. Wie ich denn von meinen Kenntnissen in Chemie, meinen Studien bei Professor von Rhein Gebrauch machte? »Ach ja, richtig«, sagt sie, »du weist die Wäscherin an, das Bettzeug nicht so stark*

*zu bleichen, und empfiehlst Gustina mehr Essig für den Kartoffelsalat. Das hat sie dir eingetragen, deine wunderbare Bildung.«*

*Sei dankbar, dass du nur Söhne hast, Liliane. Bei denen kannst du nicht erwarten, dass sie sind wie du. Bei einer Tochter dagegen, die ihrer Mutter von Natur aus so ähnlich ist, kann jede Andersartigkeit ein Vorwurf sein. Natürlich tut es meinem Liebchen immer leid, wenn es grausam gewesen ist. Dann wirft Trudy mir die Arme um den Hals und weint. Ich weiß, dass ihre Härte nur vorübergehender Ausdruck ihrer eigenen Frustration ist; sie aufzufangen, gehört zur Rolle einer Mutter.*

*Die Ärmste ist von der Vorstellung besessen, ihre ganze Erziehung sei »bürgerlicher Schnickschnack«, wie sie es nennt. »Ich muss meinen eigenen Weg gehen!«, behauptet sie. Kinder sind so dumm, wenn sie glauben, sie seien klug!*

*Und hier sitzt sie nun, Arm und Oberkörper auf dem Schreibtisch wie ein kleines Mädchen. Was gäben wir nicht dafür, wenn sie ab und zu noch einmal Kinder wären, nur für ein, zwei Stunden! Ich muss sie dazu ermuntern, diesen Aufsatz zu Ende zu schreiben, sonst wird sie sich grämen.*

In mancherlei Hinsicht schmerzte mich diese Einschätzung, obwohl ich nicht leugnen konnte, dass sie zutraf. Ich war wirklich hässlich zu ihr gewesen. Aber ich stimmte nicht damit überein, dass meine Frustration eine kindische Anwandlung war, der ich entwachsen würde. Drei Jahre lang hatte mich der Unterricht angeregt, den das Milwaukee College mir bot. Ob Geschichte, Naturwissenschaften, Philosophie, in allen Fächern gingen wir weit über das hinaus, was ich in der

Highschool gelernt hatte. Hier, so hatte ich geglaubt, vermittelte man mir auf komplexe, dabei befriedigende Weise, wie Ereignisse, Naturphänomene und Ideen einzuordnen sind. Ich hatte das Gefühl gehabt, einen Blick auf die Welt außerhalb meiner Sphäre zu werfen und auf die Werkzeuge, die ich brauchen würde, um sie weiter zu erforschen. Doch nun, da die Verleihung des akademischen Grades nahte, kam es mir immer mehr so vor, als sei sie eher ein Ende als ein Anfang. Ich hatte alles verschlungen, mit dem man mich gefüttert hatte, aber ich war eine Gans, gemästet für den Konsum anderer. Meine Eltern, Ernst, Direktorin McAdams, Miss Dodson und sogar Lucy schienen eine eindeutige Vorstellung davon zu haben, wie mein Leben weitergehen sollte.

»So will das die Gans nicht!«, sagte ich laut. Und seufzte. Das Problem war, dass die Gans, da sie nun mal eine Gans war, keine Ahnung hatte, *wie* sie es denn wollte.

Trotzdem, in Geschichte durchzufallen, würde mir kaum helfen. Und ich war ohnehin dazu erzogen worden zu vollenden, was ich begonnen hatte. Ich richtete mich wieder auf, fest entschlossen, Napoleon Beine zu machen.

Endlich war ich richtig in meinen Aufsatz vertieft, als es läutete. Geistesabwesend schob ich die Kappe auf meinen Federhalter, wischte mir die tintenbekleckten Finger ab und wanderte, in Gedanken bei den Truppen, die die flüchtende russische Armee verfolgten und unerbittlich von Moskau angezogen wurden, durch den Flur und öffnete die Tür.

»Ernst!«

Er hatte ein fröhliches, offenes Gesicht, schöne weiße Zähne und Apfelwangen über seinem hellbraunen Schnurrbart und trug eine goldgefasste Brille, die sofort beschlug, als er in das warme Haus trat.

»Du bist überrascht?«, fragte er, zog seine Handschuhe aus

und steckte sie in die Tasche. Dann nahm er seine Brille ab und reichte sie mir, und ich putzte sie wie eine gute Ehefrau, während er aus dem Mantel schlüpfte.

»Ja … ich meine, nein, natürlich nicht. Komm rein, Ernst. Gib mir deinen Hut und Mantel.« Ich hatte tatsächlich vergessen, dass mein Vater Ernst zum Abendessen eingeladen hatte, aber das war jetzt egal.

Meine Mutter kam aus der Küche herbeigeeilt und legte dabei ihre Schürze auf einen der Stühle im Flur. Sie schaute mich kritisch an. »Ich unterhalte Ernst, während du nach oben läufst und dich zurechtmachst.«

»Ach Mutter, das bisschen Tinte stört Ernst nicht.«

»Nein, ich sehe die Spuren von Trudys Fleiß gern. Besonders hier.« Er berührte meine Nasenspitze mit einem stumpfen Zeigefinger. »Das ist sehr kleidsam. Siehst aus wie ein kleines Waldtier.«

»Schon gut, schon gut. Ich wasche mir das Gesicht.«

Ich lief auf Zehenspitzen die Treppe hinauf, das Geländer meidend, und wusste, dass meine Mutter seufzte, weil ich nicht den ganzen Fuß auf jede Stufe setzte, wie sie es mir beigebracht hatte.

Wie stets im Winter war mein Zimmer eisig, der Türknauf aus Porzellan ein kalter Stein in meiner Hand. Wenn nicht gerade jemand krank war, gab es keinen Grund, die Öfen oben anzuheizen. In der Abgeschiedenheit des Raums verfiel ich fast sofort in eine Art vagen Traumzustand, der mich ans Fenster trieb. Das Licht des eben aufgegangenen Mondes spiegelte sich schwach auf der weißen Fläche des Gartens unter mir. Was im Sommer eine Holzbank und ein Beet mit Johannisbeersträuchern war, zeigte sich jetzt als amorphe Hügel; die Bank hätte ein unter einer Decke liegender Mann sein können, das Beet eine kleine Herde stummer Schafe. Sogar die

Eisenstangen für die Wäscheleine waren in eine dicke Schicht klebrigen Schnees gehüllt. Ich trübte die Fensterscheibe mit meinem Atem und zeichnete mit der Fingerspitze einen mäandernden Pfad in die Wolke.

Ernsts Gelächter dröhnte zu mir herauf und erinnerte mich an den Zweck meines Hierseins. »Hör mal«, sagte er, als ich in den Salon zurückkehrte, »ich habe gesehen, dass sie bei Winn and Hewitt Zweisitzer anbieten. Vielleicht würde ich mir einen kaufen, wenn ich wüsste, dass ich eine Partnerin habe. Weißt du, es ist nicht gut für deine Gesundheit, wenn du so viel liest und dich gar nicht körperlich betätigst.«

»Zweisitzer?«

»Mama, das sind Räder«, erklärte ich, »auf denen man beim Fahren nebeneinandersitzt, zwei Leute auf demselben Gerät. Letzten Sommer haben wir am Green Lake eins gesehen.«

»Fahrräder mitten im Winter?«, wunderte sich meine Mutter. Zerstreut zog sie an der Gardine, um aus dem Fenster zu schauen. »Ich verstehe nicht, wieso jemand nur acht Stunden am Tag arbeiten sollte, wo doch dein Vater viel länger arbeitet. Er kommt immer so spät. Wenn der Fisch heute trocken ist, weißt du, wem du das verdankst, Ernst.«

Genau in diesem Moment fiel die Haustür krachend zu.

»Ah!« Meine Mutter sprang regelrecht auf die Tür zu. »Da ist er ja.«

Ernst und ich folgten ihr in den Flur, wo sie meinem Vater Schnee von seinem Kragen wischte. »Du bist ein Schneemann«, spöttelte sie liebevoll.

»Und du« – er küsste sie leicht auf die Stirn – »bist ein geröstetes Brötchen.«

Mein Vater war ein massiger Mann, hochgewachsen und breit, mit Wangen, gegerbt vom Wind auf dem Lake Michigan. Er hatte sich vom Mechaniker auf einer Schiffswerft zum Kapitän eines Schleppkahns und dann zum Besitzer eines eigenen Schleppers hochgearbeitet, den er auch jetzt noch meistens selbst führte. Er zog sich die pelzgefütterten Handschuhe aus und beugte die Finger.

»Tun dir die Finger wieder weh, Papa?«

»Ach wo. Es ist nur die Kälte.«

»Du musst Gerhart mehr übernehmen lassen, Felix«, schimpfte meine Mutter. »Bei dem, was du ihm zahlst!«

»Ach! Ihr Mädchen! Immer so ein Getue!« Er zwinkerte Ernst zu. »Da siehst du, was auf dich zukommt, Ernst! Und doppelt so schlimm ist es, wenn du eine Tochter hast. Sagtest du, das Essen sei fertig, meine Liebe?« Er legte seinen beiden »Mädchen« die Arme um die Taille und geleitete sie den Flur entlang zum Esszimmer.

»Habe gehört, ihr habt einen neuen Tischler«, sagte mein Vater, über seinen Teller gebeugt, aber den Blick zu Ernst erhoben.

»Ja, meinen Cousin Oskar.«

»Klein-O!«

Oskar hatte vor Jahren bei den Dettweilers gewohnt. Ich hatte mir damals aus dem, was ich hinter den blauen Samtvorhängen belauscht hatte, zusammengereimt, dass seine Mutter, weil eine rote Blume gestorben war, ihn nicht mehr ansehen konnte, ohne zu weinen. Aus Angst, selbst auch verbannt zu werden, schwor ich mir, von nun an besser auf die Tulpenbeete meiner Mutter zu achten. Oskar war ein, zwei Jahre älter als Ernst, aber kleiner und zierlicher, und hatte lange, mädchenhafte Locken. Er prahlte sehr mit seinem Vater, der, wie er behauptete, alles über Züge wisse, und auf seinem Schreibtisch ein großes Messer aus Mexiko liegen habe, mit dem er

»jeden, der ihm in die Quere käme«, erstechen würde, »einfach so« – dann reckte er plötzlich den Arm vor wie ein Fechter, der einen Treffer landet. Ebenso gab er mit seinem älteren Bruder an, der in der Schule mehrere Klassen übersprungen hatte. Er weigerte sich, an unseren Spielen teilzunehmen, die er »zu kindisch« fand, beklagte sich jedoch weinend bei Ernsts Mutter, als wir die Flanellente versteckten, mit der er schlief. Ich schäme mich zuzugeben, dass wir ihn zum Weinen hatten bringen wollen, denn er stieß dabei »Oh, oh, oh« hervor, was sonderbar und belustigend war, deshalb legten wir es darauf an. Während der Standpauke, die wir hinterher über uns ergehen lassen mussten, erfuhr ich, dass die tote rote Blume eine jüngere Schwester gewesen war, die Scharlach gehabt hatte.

»Klein ist er nicht mehr, aber ja, genau der. Aus Cincinnati. Du wirst ihn mögen, Trudy. Er ist wie du, immer in ein Buch vertieft.«

»Er arbeitet als Tischler?« Meine Mutter war gut im Aufspüren von Ungereimtheiten und Schwachstellen.

Ernst verstand, was sie meinte. Er zuckte die Achseln. »Er ist vom College abgegangen. Er meint, er will seinem eigenen Weg folgen, auch wenn der, soweit ich sehen kann, eine Sackgasse ist.«

Wir lachten, und Ernst grinste schüchtern über seinen geistreichen Witz.

Meine Mutter hakte nach. »Peter muss doch außer sich sein.«

Ernsts Onkel Peter hatte einen Beruf, der von ihm verlangte, Gamaschen zu tragen und häufig nach Washington zu reisen.

»Ich glaube, Onkel Peter hat sich schon längst mit Oskars Verhalten abgefunden. Er hat ja noch Manfred.« Oskars Bruder Manfred kontrollierte, so hatte man mir suggeriert, die gesamte Schifffahrt auf dem Lake Erie. Zugegeben, ich verstand nicht viel von Handel und Finanzen. »Oskar ist eher der künstlerische Typ, schlägt nach Tante Bertha.«

Meine Mutter seufzte. »Arme Bertha.«

Auch meine Mutter hatte Kinder verloren. Zwei Jungen im Säuglingsalter, bevor meine Eltern in der Hoffnung auf mehr Glück nach Amerika gekommen waren. Ich wusste, dass sie und Ernsts Mutter – die ich Tante Martha nannte, obwohl wir nicht blutsverwandt waren – sich oft um Marthas Schwester Bertha sorgten, die nach dem Tod ihres Töchterchens den von ihr selbst gegründeten Kindergarten geschlossen und auch sonst in mancher Hinsicht zugelassen hatte, dass Verzweiflung ihr Leben regierte.

»Gustina!« Meine Mutter lehnte sich auf ihrem Stuhl zurück, damit ihre Stimme durch den Flur drang.

»Komme!«

»Sicher wird dein Papa sehen, dass Oskar sich als Schiffsbauer sehr gut macht«, sagte meine Mutter, jetzt wieder Ernst zugewandt.

»Eigentlich spricht er neuerdings viel über Dampfmaschinen«, sagte Ernst. »Sagt, er würde gern lernen, einen Schlepper zu lenken.«

»Tatsächlich?«, gab mein Vater zurück. »Bring ihn doch morgen Nachmittag zum Hafen, dann nehme ich ihn mit.«

»Papa!« Ich stellte mein Glas mit solcher Wucht ab, dass der Wein dunkelrot auf das gebleichte Tischtuch schwappte.

Meine Mutter griff rasch nach dem Salz und streute es über den Fleck. »Trudy! *Was ist los?*«

»Ich habe mindestens ein Dutzend Mal darauf hingewiesen, wie gern ich lernen würde, die *Anna P.* zu steuern«, sagte ich, demonstrativ an meinen Vater gewandt.

»Na ja …« Mein Vater warf meiner Mutter einen hilflosen Blick zu.

Sie schloss die Augen und schüttelte den Kopf ein wenig, als wolle sie die ganze Szene aus ihrem Bewusstsein tilgen. »Du wirst kein Schlepperkapitän, Trudy, Herrgott.«

Das konnte ich nicht ernsthaft bestreiten, aber es schien mir irrelevant. »Du hast ja auch nichts dagegen, dass mein Studium keinen praktischen Nutzen hat«, sagte ich triumphierend.

»Vielleicht wäre es im Juli angenehm ...«, setzte mein Vater an.

Ich unterbrach ihn. »Aufs Angenehme bin ich nicht aus. Ich möchte meinen Horizont erweitern. Und das verweigert mir mein eigener Papa, obwohl er gerne bereit ist, einen Jungen anzuleiten, den er seit zig Jahren nicht gesehen hat.«

Mein Vater schaute wieder auf meine Mutter. Es war ihre Aufgabe, standhaft zu bleiben.

»Es ist doch nicht so, dass ich Matrose werden will«, fuhr ich fort. »Ich möchte nur mal was anderes kennen lernen als meinen Weg zur Schule und zurück, was anderes als schön eingerichtete Räume, und sei es nur für kurze Zeit. Ich möchte erleben, wie es ist, an der frischen Luft zu frieren und über die Wellen zu holpern. Ich wünsche mir ein paar Stunden, in denen ich nicht genau weiß, was als Nächstes passiert!« Leider wusste ich, dass meine Worte bloß dramatische Annäherungen an ein Gefühl waren, das ich nicht artikulieren konnte. »Du bist über einen ganzen Ozean in eine neue Welt gekommen«, erinnerte ich meine Mutter. »Alles, worum ich bitte, ist ein Nachmittag auf einem Schlepper.«

»Trudy«, sagte sie und warf mir einen Blick zu. »Hilf mir bitte beim Abräumen. Gustina hat wohl Probleme mit dem Dessert.«

Während sie die Platte mit dem Fischskelett von der Anrichte hob, sammelte ich die vier Weingläser vom Tisch ein, obwohl ich wusste, dass sie es lieber hatte, wenn sie bis zuletzt stehen blieben und ich der Sicherheit wegen nur zwei auf einmal trug. Das zerbrechliche Material klirrte bei jedem Schritt.

Im Flur hielt sie inne und beugte sich dicht zu mir. Die Platte und die fast leeren Gläser und sogar ihr Atem verströmten den Duft von süßem Wein. Sie flüsterte: »Vielleicht solltest du morgen Nachmittag zum Hafen fahren. Man kann nie wissen.«

»Ich weiß was, Trudy.« Ernsts Stimme folgte uns den Korridor entlang. »Lass uns morgen unser Fahrrad kaufen, was meinst du?«

»In Ordnung«, rief ich und ging dann mit größter Vorsicht auf die Küche zu.

Am nächsten Tag lernte ich in der Hauswirtschaftsstunde, wie man ein Hähnchen füllt.

»Nun, Mädchen«, sagte Miss Emerson, »ihr müsst also den Zwirn nehmen und mehrmals um die Füße wickeln. Dann macht ihr einen festen, aber ordentlichen Knoten. Auch die Arbeitsgänge, die man bei Tisch nicht sieht, müssen sorgfältig ausgeführt werden.«

Die Knochen waren schlüpfrig, und es fiel mir unerwartet schwer, mit dem kopflosen Vogel fertigzuwerden, der mit Zwiebeln und Estragon vollgestopft war. Ich war erleichtert, als der Unterricht zu Ende war und ich vom College eine Straßenbahn zum Hafen nehmen konnte.

Die Fahrt war lang und an den Haltestellen oft genug von Quietschen und Ruckeln unterbrochen, um Zweifel zu wecken, und als ich endlich aus dem Waggon auf das eisige Steinpflaster trat, hatte sich meine Entschlusskraft fast ebenso verflüchtigt wie das fahle Tageslicht. Meine Füße waren taub in den dünnen Stiefeln und Strümpfen, die sich gut eigneten für die beheizten Collegeräume, aber nicht für längere Zeit im Freien. Ich ließ meine kalten Zehen spielen, während ich die Treppe zum Büro meines Vaters hinaufstieg. Zum ersten Mal kam mir in den Sinn, dass der Kahn wahrscheinlich schon abgelegt hatte – schließlich verbrachte mein Vater den größten Teil seiner Zeit draußen auf dem See –, und ich verspürte Erleichterung bei dem Gedanken.

Nein, ich hörte Papas Stimme, als ich oben angelangt war. »... habe nicht all meinen Schweiß und mein Kapital in den Betrieb gesteckt, um es Männern zu zahlen, die zu faul sind, um allein auf die Beine zu kommen.«

»Hör mal.« Das war Ernst. »Gerhart Keffer kann man wohl kaum faul nennen.«

»Oh, Gerhart würde mich nie um einen Penny mehr bitten. Er weiß, dass ich einen fairen Lohn zahle.«

»Natürlich tust du das.« Selbst hinter der geschlossenen Tür konnte ich Ernst nicken sehen. Er und mein Vater waren immer einer Meinung.

Ich griff eben nach dem Türknauf, als eine dritte männliche Stimme einwarf: »Aber wer entscheidet, was fair ist? Die Eigentümer der Schlepper? Welches Mitspracherecht haben die Arbeiter?«

Ich klopfte, und hinter der Tür wurde es still. Sie fragten sich, wer das sein mochte. Nun, sie werden sich wundern, dachte ich tapfer.

»Trudy?« Mein Vater, eine Hand auf dem Türknauf, musste die andere benutzen, um seine Meerschaumpfeife aus dem Mund zu nehmen. »Komm rein, Trudy. Komm rein.« Er trat zurück, um mich durchzulassen. »Geht es dir gut? Geht es deiner Mutter gut?«

»Keine Angst. Soweit ich weiß, fehlt keiner von uns irgendwas.«

»Trudy«, sagte Ernst und stellte sich neben mich. »Wie nett, dass du mich abholst. Wollen wir uns jetzt ein Fahrrad aussuchen?«

»Ein Fahrrad …?«

»Erst mal, das hier ist mein Cousin Oskar«, fuhr Ernst fort. »Du siehst, er hat sich verändert.«

»Ja, Ernst hat, wie verabredet, seinen Cousin mitgebracht.« Mein Vater deutete mit dem Pfeifenstiel auf jemanden in der hintersten Ecke des Raums. »Er ist ein Mann mit hohen Idealen geworden.«

Oskar *hatte* sich verändert. Er war immer noch nicht groß, aber nicht mehr zierlich, und aus seinen mädchenhaften Locken waren dichte, ungebändigte Wellen geworden, die einem Kamm sicher oft einen Zinken ausbrachen. Ich konnte keine Familienähnlichkeit zwischen ihm und Ernst feststellen; seine Züge waren aus schwererem, dunklerem Lehm geformt, seine Stirn war wuchtiger, seine Nase spitzer und breiter, sein Mund voller. Es war fast ungehörig, fand ich, wie viel Gesicht er hatte. Er neigte seinen massigen Kopf zu einer Verbeugung. Als er den Blick hob, einen Blick aus leuchtend blauen Augen, nicht durch Grau oder Grün gemildert, und meinem begegnete, erschien er mir irgendwie unverschämt.

»Trudy ist auch eine Aufwieglerin«, sagte mein Vater. »Sie hat mit ihrer Miss Dodson für den Acht-Stunden-Tag demonstriert.«

»Mit ihrer Miss Dodson?« Oskar runzelte die Stirn und wandte sich erneut zu mir.

Zu meiner Bestürzung spürte ich, wie meine Wangen unter seinem aufdringlichen Blick heiß wurden. »Eine meiner Lehrerinnen«, stieß ich hervor. »Eine Frau mit hohen Idealen.«

»Die daraufhin fast ihre Stellung verloren hat«, sagte Ernst kopfschüttelnd. »Eine sehr törichte Frau, wirklich.«

»Für mich klingt das nicht so«, sagte Oskar.

Mein Vater hob die Hand. »Genug Politik! Wir wollen den Schoner erwischen, bevor er nach Kenosha weiterfährt.«

Nun musste ich mich entschlossen zu Wort melden, obwohl ich wusste, mit welch gönnerhaftem Blick Papa reagieren würde, einem Blick, gegen den ich mich nicht so gut wehren konnte wie gegen die scharfen Worte meiner Mutter, und ich wusste auch, dass Ernst seine Besorgnis äußern würde und dass sich beide gegen mich verbünden, mir mit ihrem Zwirn die Füße fesseln würden. »Papa, ich hoffe, du nimmst mich heute mit.«

»Trudy, das haben wir doch schon besprochen«, sagte mein Vater. »Kein Papa würde seine Tochter solchen Widrigkeiten aussetzen, ganz zu schweigen von den Gefahren, und kein Kapitän würde das zulassen.«

»Was ist mit unserem Fahrrad, Trudy?«

»Kein Mensch kauft im Winter ein Rad!«

Ernst wirkte verletzt.

»Tut mir leid, Ernst, aber ich glaube nicht, dass ihr, du und mein Vater, die Sache gerecht beurteilt. Ich behaupte ja nicht, dass ich helfen kann, aber ich bin kein Kind. Ich weiß genug, um nicht ins Waser zu fallen, und ich werde niemandem im Wege sein. Warum kann ich nicht wie Oskar sehen, wie hier alles funktioniert, was mein eigener Vater jeden Tag macht? Bitte, Papa.«

»Ein andermal, Trudy. Im Sommer vielleicht«, sagte mein Vater geistesabwesend. Er studierte eine Wetterkarte, die auf seinem Schreibtisch gelegen hatte.

»Ich finde, Sie sollten sie mitfahren lassen«, sagte Oskar.

Mein Vater und Ernst starrten ihn an. Ich starrte auch. Von Klein-O hatte ich bestimmt keine Unterstützung erwartet.

»Wenn sie sich ins Brückenhaus setzt«, fuhr er fort, »wird

sie schnell frieren und sich langweilen und schlecht fühlen, und das war's dann.«

Als ob ich ein verzogenes Baby wäre! Ich war so empört, dass ich nicht wusste, was ich sagen sollte.

»Keffer wird das nicht gefallen«, sagte Ernst.

»Gerhart zu ärgern, macht mir nicht viel aus«, sagte mein Vater.

»Du kannst doch mitkommen, Ernst«, sagte Oskar. »Ihr Gesellschaft leisten.«

»Nein, danke.« Ernst war böse auf mich; ob deswegen, weil ich wegen des Fahrrads so schnippisch gewesen war, oder weil ich meinen Willen durchgesetzt hatte, wusste ich nicht.

Mein Vater fand meinen Mantel oben herum zu eng für ungehinderte Bewegungen und unten herum zu glockig, um sicheren Schutz zu bieten, deshalb stattete er mich mit alten Sachen von sich als jungem Mann aus: grauer Wollunterwäsche, einem wollenen Hemd und marineblauen Hosen, die mir lächerlich weit um die Beine flatterten.

»Und der hier.« Er streckte mir eine Masse in so dunklem Grün entgegen, dass sie fast schwarz war. Der Pullover, den seine Mutter ihm gestrickt hatte, bevor er Hamburg verließ. Er hatte mir die Geschichte so oft erzählt, dass das Kleidungsstück mit seinen kratzigen Fasern, der ungewöhnlichen Farbe und dem seifigen Lanolingeruch für mich inzwischen die Großmutter Gertrude verkörperte, nach der ich benannt war, die ich aber nie kennen gelernt hatte. Als ich es über meinen Kopf zog, spürte ich, wie die Last ihres Kummers über die Abreise ihres Sohnes in ein fernes Land mir die Schultern niederdrückte.

Der Pullover hatte sich in meinen Kämmen verfangen. Während ich meine zerzausten Haare zu einem Zopf flocht, stopfte mein Vater ein Paar seiner alten Stiefel mit Zeitungspapier aus. Dann hielt er mir eine Öljacke hin, groß genug, um sie zweimal um mich zu wickeln, band mir einen Ölhut um den Kopf und reichte mir riesige flauschgefütterte Lederfäustlinge, in die ich meine Hände bis zu den Ellbogen graben konnte. Jetzt war ich ähnlich eingemummelt wie früher, wenn er mit mir rodeln gegangen war.

»Pass auf, dass die Nixen dich nicht holen«, sagte er und tätschelte mir das Kinn.

Sommertage hatten wir oft am Strand unter den niedrigen Klippen des Juneau Park verbracht, um dort die Sonne und das Wasser zu genießen. Einmal, als ich noch ganz klein gewesen war, hatte ich die Taschen meiner Schürze mit Steinen gefüllt, wie es Kinder so tun, war auf den Steg geklettert und ihn bis zum Ende entlanggerannt, aus keinem bestimmten Grund. Ich war einem Vogel gefolgt oder dem Licht auf den Wellen oder auch nur dem Geräusch meiner Füße, die dumpf auf das Holz schlugen.

Plötzlich hatte mein Vater mit verzerrtem Gesicht hoch über mir gestanden und mich am Handgelenk gepackt. »Nein!«, hatte er hervorgestoßen. »Du darfst nie allein auf den Steg laufen!« Dann bückte er sich zu mir herunter und zeigte auf die schimmernden Wogen – daran kann ich mich erinnern, an die Sonne, die auf der kristallenen Fläche glitzerte. »Da unten leben die Nixen«, sagte er düster auf Deutsch, bei uns zu Hause die Sprache des Zorns wie auch der Liebe. »Sie holen kleine Mädchen wie dich, vor allem kleine Mädchen mit schweren Steinen in den Taschen. Sie schnappen dich mit ihren langen, nassen Fingern und ziehen dich auf den Grund des Sees.«

»Aber du würdest mich doch retten«, protestierte ich.

»Manchmal, *Liebchen*«, erklärte er, sanfter jetzt, »musst du dein Bestes tun, um dich selbst zu retten.«

Ich hatte mich pflichtschuldig gegruselt, als er mich zurück auf sicheres Terrain geleitete, meine Hand in seiner, aber zwischen den Brettern des Stegs in das schattige Wasser gespäht und versucht, einen Blick auf die Welt zu werfen, die seine Warnung verhieß.

Während wir noch im Gebäude gewesen waren, hatten die schneegeschwängerten Wolken angefangen zu tropfen. Die Flocken waren schwer und verklumpten schon in der Luft, und als sie sich auf den dunklen Mänteln der Männer niederließen, hoben sich die komplexen Muster ihrer Kristalle deutlich davon ab. In so viele Kleidungsstücke eingepackt, dass ich kaum meine Gliedmaßen bewegen konnte, folgte ich meinem Vater und Oskar über die Eisenbahngleise und die Straße. Eine Schicht Weiß bedeckte bereits die Planken des Stegs.

Im Kesselraum – den mein Vater die Eingeweide des Schiffes nannte und der mit seinen glänzenden Metallventilen und Rohren und Zylindern tatsächlich einer maschinellen Version dessen ähnelte, was Miss Dodson enthüllte, wenn sie die Haut über dem Bauch eines Frosches aufklappte – inspizierten die Männer Nahtstellen und Druckanzeigen und wechselten einige Worte mit dem Heizer, während ich bloß wartete, grotesk in meinen übergroßen Kleidern. Dann stiegen wir die Leiter hinauf ins Brückenhaus, einen gläsernen Hochsitz, denn die oberen Hälften aller vier Wände waren Fenster, die einen klaren Ausblick auf das endlose grüngraue Wasser erlaubten. Die unteren Hälften waren mit schimmerndem Birkenholz getäfelt, und in der Mitte stand wie eine gefirnisste hölzerne Sonne das Steuerrad. Als wir hereinkamen, wandte sich Gerhart Keffer von der Karte ab, die er auf einem kleinen Tisch in der Ecke studiert hatte.

Er nahm die Vorstellung meines Vaters mit einem kurzen Nicken zur Kenntnis. »Kalter Tag für eine Kahnfahrt.«

»Die beiden sind hier, um ihr Handwerk zu lernen«, witzelte mein Vater.

Keffer holte eine Dose aus seiner Tasche und steckte sich einen Priem Tabak in den Mund, während er mich anschaute. Er sagte nichts. Ich errötete.

»Trudy könnte mit Ausschau halten«, schlug Oskar vor. »An einem Tag wie heute kann es nicht schaden, zwei Augen mehr zu haben.«

Er und mein Vater verließen mich, und ihre Füße klapperten die Metallstufen der Leiter hinunter. Nach ein, zwei Minuten begann die Maschine zu tuckern und der Boden zu vibrieren.

»Sie ist los!«, hörte ich meinen Vater rufen.

Keffer, ein kleiner Mann, dessen Kopf kaum über das Steuer reichte, schien auf eine bestimmte Tonlage des Maschinengeräusches zu lauschen. Als er sie mutmaßlich vernahm, stieß er einen langen Hebel nach vorn. Der Schlepper glitt vom Steg.

Eine ganze Weile schaute ich nur in den Himmel, der fleckig und grau war wie ein schmutziger Verband und von hektischen Flocken wimmelte, die als erstarrte Teile der Wolken direkt auf mich einzustürzen schienen. Die Wirkung war zusammen mit dem Schlingern des Bodens, wenn der Kahn sich abwechselnd auf die Wellen hob und zwischen ihnen versank, faszinierend und schwindelerregend. Als ich klein gewesen war, hatte ich mir gewünscht, mein Vater möge einen Schoner führen statt eines Schleppers. Schlepper waren prosaisch, plumpe Enten, Schoner mit ihren spitzen, eleganten Segeln und dem schlanken Bug dagegen Möwen. Ich stellte mir vor, dass jeden Moment die Flügel eines vogelähnlichen Schoners aus dem Schnee auftauchten.

Ein Klacks von Keffers Spucke klatschte in den Messingnapf zu seinen Füßen und ließ mich aufschrecken.

»Es ist gemütlich hier drinnen«, sagte ich, teilweise, um meine Fassung zurückzugewinnen, teilweise, um höflich zu sein.

»Hm«, grunzte Keffer, griff nach der Dose mit Red Indian in seiner Tasche und bediente sich erneut.

»Woher wissen Sie bei so viel Wasser«, fuhr ich fort – meine Mutter hatte mich dazu erzogen, freundlich zu sein, auf Menschen zuzugehen –, »wo Sie hinmüssen, um den Schoner zu finden?«

Er zuckte die Achseln.

»Und bei diesem Wetter muss es doch nahezu unmöglich sein. Wollen Sie mir nicht verraten, wie Sie das machen?«

»Wozu?«

»Na ja«, sagte ich verblüfft, »weil ich es wissen möchte.« Meine Eltern und Lehrer hatten meine Neugier immer gelobt. Sogar meine Freundinnen behaupteten, sie zu bewundern.

»Zeitverschwendung«, sagte er, den Blick fest auf das Wasser gerichtet, das wir durchpflügten. »Entschuldigen Sie«, fügte er herablassend hinzu.

Ernüchtert schaute ich nach hinten auf die zurückweichende Küstenlinie, die jetzt hinter einem Schleier aus Tränen auf und ab wippte. Ich fror und langweilte mich und fühlte mich schlecht, wie Oskar es vorausgesagt hatte.

Mein Vater kam die Leiter heraufgepoltert. Frische, eiskalte Luft umgab seinen Körper wie ein Heiligenschein. »Na, Tru«, sagte er fröhlich, übernahm das Steuer von Keffer und entließ ihn mit einem Nicken, »möchtest du vielleicht mal fahren?«

Ich sah, wie Keffer finster dreinblickte, und wartete, bis er den Raum verlassen hatte, bevor ich mich hinter das Steuerrad stellte. Es war wunderschön, so dick lackiert, dass es mit Bernstein überzogen zu sein schien. Obwohl ich nervös war, fiel mir das Lenken auf dem offenen Wasser nicht schwer; ich musste die Hände nur ruhig auf den glatten Griffen halten. Keffer sollte bloß nicht denken, er habe etwas Außergewöhnliches vollbracht.

So ging es lange Zeit weiter, bis die Küste unsichtbar hinter uns lag. Würden wir gleich in Michigan auf Grund laufen? Hier im Brückenhaus war es windgeschützt, aber trotzdem so kalt, dass unser Atem in Wolken um uns aufstieg. Mein Vater runzelte die Stirn und sah durch sein Fernrohr nacheinander durch alle Fenster.

»Darf ich an Deck gehen?«, fragte ich. »Ich glaube, draußen könnte ich besser sehen.«

»Du wirst erfrieren.«

»Papa. Ich komme zurecht.«

Er seufzte und öffnete eine Truhe an einer der Wände. »Wenn du die anziehst.« Er hielt eine Schwimmweste hoch. Ich duldete es, dass er mich in eine weitere Schicht hüllte, band die Weste jedoch nicht zu, bevor ich die Leiter hinunter an Deck eilte.

Fast sofort war mir viel zu kalt. Der auf mich einpeitschende eisige Wind durchdrang alle Schichten meiner Kleidungsstücke, und ein stetiger Nebel beißender Gischt stach auf mein Gesicht ein. Ich versuchte, in den Sturm zu blicken, nach Nordosten, in die Richtung, aus der die *Maria Theresa* auf uns zukommen sollte, aber der Schnee schien mir zielstrebig direkt in die Augen zu wehen. Die Flocken hefteten sich an meine Wimpern und verschleierten mir die Sicht. Wieder wurde mir schwindlig, als ich so angestrengt ins Nichts starrte, und auch übel durch das unablässige Auf und Ab des Decks, die Taubheit in meinen Fingern und Zehen und die Flocken, die so erbarmungslos auf mich eindroschen. Ich hätte es zwar nie zugegeben, aber ich wünschte mir, die Aufgabe wäre erledigt und ich zu Hause in Sicherheit bei einer Schokolade und vielleicht sogar Napoleon. Schließlich verschlug es mir den Atem, als hätte der Wind mir die Luft aus dem Mund gerissen, und ich musste mich abwenden und mein Gesicht mit einem Fäustling bedecken.

»Warum gehen Sie nicht rein?«

Aus dem Maschinenraum waren Oskar und Mr. Keffer aufgetaucht. Keffers Ton war nicht mehr bloß abfällig; er war gehässig. Ich fühlte mich beleidigt und hob trotzig meinen Kopf von den Händen. Diese Bewegung erlaubte mir einen kurzen Blick auf ein Fitzelchen Rot, wo eigentlich nur Grau hätte sein dürfen. Es verschwand, und ich dachte einen Moment lang, es sei vielleicht eine Sinnestäuschung gewesen, eine Art Fata Morgana, aber da war es wieder. Ich zögerte, weil ich nicht erneut Keffers Verachtung hervorrufen wollte, doch dann riss ich mich zusammen. »Mr. Keffer!«

Schon halb oben auf der Leiter, blieb er stehen.

»Was ist das?«, fragte ich. Jetzt, da ich wusste, auf welche Stelle ich mich konzentrieren musste, konnte ich es deutlich sehen. Es sah aus wie ein rotes Band, das im Wind flatterte.

»Das ist jedenfalls kein Schoner. Da hinten liegt die Küste. Wenn Sie überhaupt was sehen, ist es die untergehende Sonne, die auf ein Dach scheint. Zeitverschwendung«, murmelte er, und seine Füße klapperten auf den eisernen Sprossen.

Oskar trat zu mir und stellte sich neben mich an die Reling. Er sah mir ins Gesicht und wandte sich, meinem Blick folgend, der Küste zu.

Ich konnte nicht wegschauen, bis mir klar geworden war, was ich da sah. Ganz sicher keine Reflexion der Sonne. Mit Licht hatte es nichts zu tun. Dazu besaß es zu viel Dichte. Als ich später über das Geschehen nachdachte, begriff ich, dass es meine Bereitwilligkeit war zu akzeptieren, was eigentlich nicht da sein konnte, die mir gestattete zu erkennen, worum es sich handelte. Menschen hingen in der Luft! Einer von ihnen schwenkte das Fitzelchen Rot.

»Guck mal da!« Ich zeigte auf den Fleck am Himmel. »Papa!« Ich rannte zur Leiter. »Guck mal! Das musst du dir ansehen!«

Durch sein Fernglas war es offensichtlich. Der Schoner hatte wahrscheinlich versucht, sich nahe an Land zu halten, war auf den Felsen gleich nördlich von Whitefish Bay gestrandet und sank jetzt. Das Vorderdeck war schon unter Wasser, die Masten lagen schräg. Die Besatzung, sechs Männer und eine Frau, klammerte sich an die Takelage. »Die Köchin vermutlich«, sagte mein Vater. Es war die Frau gewesen, die mit einem roten Schal gewinkt und damit meine Aufmerksamkeit erregt hatte.

Die Maschine unter Volldampf, hielten wir auf das Wrack zu. Ich polterte wieder die Treppe hinunter, stellte mich an die Reling und beobachtete, wie meine seltsame Vision immer deutlicher und realer wurde. Obwohl die Kälte sich durch unsere Geschwindigkeit verstärkt hatte, spürte ich sie nicht mehr.

Durch das Fernrohr hatten wir gesehen, dass die Leute schrien, aber als wir mit dem Schlepper nahe genug bei ihnen waren, um ihre Stimmen zu hören, waren sie still und warteten darauf, gerettet zu werden. Ein Mann war mit geschlossenen Augen zur Seite gesackt. Obwohl er einen seiner Arme durch das Takelwerk geschlungen hatte, schien er hauptsächlich durch ein um seine Taille gebundenes Seil aufrecht gehalten zu werden. Die anderen Männer waren wach und zogen, ihre Bärte verkrustet mit Eis und Schnee, düstere Mienen. Die langen Haare der Frau flatterten ihr im Wirbeln der Luft um den Kopf. Sie ließ ihren roten Schal los; ich sah, wie er wegflog und verschwand, als er auf das Wasser traf.

Von weitem war es mir leicht erschienen, die Menschen

von dem Schoner zu holen: Der Schlepper würde sich seitlich unter die Takelage schieben, und sie würden zu uns hinabklettern. Als wir näher kamen, erkannte ich, dass das unmöglich war. Zunächst einmal würden die Felsen, auf die die *Maria Theresa* gelaufen war, die *Anna P.* höchstwahrscheinlich ebenso zerschmettern. Wegen dieser Felsen und auch wegen der halb gesunkenen *Maria Theresa* bäumten sich unablässig hohe Wellen auf und krachten in unvorhersehbare Richtungen wieder herunter. Der Schlepper würde nicht nahe genug herankommen, ohne überschwemmt zu werden oder Schlimmeres.

Rechts von mir knallte das Rettungsboot aufs Wasser. Oskar sprang gerade hinein, als mein Vater aus dem Brückenhaus stürzte.

»Oskar!«, brüllte er in den Wind.

Halb saß, halb stand Oskar und drosch wild mit seinen Rudern um sich, damit er nicht kenterte, sodass er mehr auf den Schoner zutrudelte, als dass er das Boot lenkte. Dem Schlepper schenkte er keinerlei Aufmerksamkeit.

»Verdammt! Jetzt müssen wir ihn auch noch retten!«, schrie mein Vater. »Pass auf ihn auf, Trudy! Lass ihn nicht aus den Augen!«

Auch wenn ich befürchtet hätte zu erblinden, hätte ich nicht wegschauen können.

Immer wieder hob eine Welle Oskar auf ihren Gipfel und trug ihn vorwärts, während er an den Rudern riss und versuchte, mit ihr Schritt zu halten, so lange wie möglich auf ihr zu reiten. Wenn sie abebbte, schnellte er nach vorn, und der Bug des Rettungsbootes senkte sich gefährlich in die Tiefe, manchmal so weit, dass es unter die Oberfläche tauchte und über das Dollbord Wasser hineinlief. Dann schwang Oskar sich nach oben, ruderte ungestüm und widerstand dem Bemühen des Sees, ihn umzuwerfen, zu packen und an die Felsen zu schleudern.

Ich wusste nicht, ob er außergewöhnlich geschickt oder tollkühn war oder bloß Glück hatte, aber er schaffte es, sich so lange aufrecht zu halten, bis die Wellen ihn mit einer Wucht an den Schoner krachen ließen, bei der das Boot hätte bersten können. Zwei Besatzungsmitglieder der *Maria Theresa* waren schon voller Hoffnung die Takelage hinuntergeklettert, und irgendwie gelang es ihnen jetzt, das Rettungsboot an dem Wrack zu vertäuen.

Der Schlepper näherte sich den Felsen, und ich spürte, wie die Motoren unter mir protestierten. Ich nahm an, dass Gerhart Keffer und vielleicht auch mein Vater sich von Oskar abwandten, um für unsere eigene Sicherheit zu sorgen, hielt selbst aber meinen Blick inbrünstig auf ihn gerichtet, als könne er Bänder erzeugen, die das Boot aus der Gefahrenzone ziehen würden. Schon ließ die Mannschaft den Mann herunter, der im Takelwerk gehangen hatte, und die Frau, die sich am höchsten hinaufgewagt hatte, war bereits auf halber Strecke nach unten.

Als alle im Rettungsboot saßen, sank es viel zu tief ins Wasser, trieb aber weit genug ab von den Felsen, um den Schlepper endlich seine Arbeit verrichten zu lassen. Mein Vater steuerte ihn längsseits neben das kleine Boot, sodass Keffer und der Heizer es mit ihren Bootshaken am Dollbord packen konnten. Ich war diejenige, der Oskar das Bugseil zuwarf, und es gelang mir, es so zu verknoten, wie mein Vater es mir vor Jahren beigebracht hatte.

Mein Vater half Oskar, als Letzter aus dem Rettungsboot zu klettern, und umarmte ihn unbeholfen, als er wieder an Deck war. »Mein Junge, ich dachte, wir hätten dich verloren. Du kannst Trudy fragen. Ich habe geflucht, als ich sah, wie du in das Boot gesprungen bist.«

»Ich schätze, ich habe nicht nachgedacht«, räumte Oskar ein. »Ich wollte da einfach hin.«

»Also, du hast Glück gehabt. Wir haben alle Glück gehabt.« Mein Vater fuhr sich mit der Hand übers Gesicht, um sich die Augen zu trocknen und das Eis von seinem Schnurrbart zu wischen. »Trudy, *was ist los*?«

Ich war in Tränen ausgebrochen, überwältigt von Erschöpfung und Kälte und der Vorstellung, dass der Mann, der einst Klein-O gewesen war, für immer in dem eisigen Wasser hätte verschwinden können.

## KAPITEL 6

Es stellte sich heraus, dass mein College-Studium mich doch nicht langweilte; ich hatte nur den richtigen Lehrer gebraucht. Zu Weihnachten, als meine Eltern mir eine Korallenkette schenkten in der Hoffnung, sie würde meine Sehnsucht nach Abenteuern auf hoher See stillen, bekam ich von Oskar ein Büchlein, gebunden in grünes Kalbsleder mit goldener Prägung: Gedichte von George Meredith.

Die meisten feierten die Verbindung des Menschen mit einer großartigen und prachtvollen Natur, die sie irgendwie über den Stumpfsinn des Irdischen erhob. Aber es gab auch etliche Sonette, in denen viel übers Schmecken und andere physische Aspekte der Verliebtheit stand, die mir Unbehagen bereiteten. Sie waren düster und unromantisch und zeigten eine Seite der Liebe und ihres Verlustes, die mich erschreckte. Obwohl ich sie nicht mochte, merkte ich, wie ich mich ihnen immer wieder zuwandte, behutsam, damit niemandem, der das Buch zufällig aufschlug, mein Interesse an ihnen auffiel. Meiner Mutter zum Beispiel. Ich ärgerte mich über Oskar, weil er mich derartigen Schilderungen aussetzte, aber ich konnte ihn nicht tadeln, ohne zu verraten, dass ich die Gedichte gelesen hatte, und das war mir viel zu peinlich.

George Meredith erwies sich als die erste Flocke dessen, was schnell ein Schneesturm aus Büchern wurde, der auf die Beistelltische und den Kartentisch und den Kaminsims in unserem Salon wehte, da Oskar begann, Ernst abends zu uns zu begleiten. Er machte sich nicht die Mühe, seine grobe Arbeitskleidung zu wechseln, und ich sah einige Male, wie meine Mutter den Platz, wo er gesessen hatte, abbürstete, aus Angst, er hätte Sägemehl oder Schlimmeres auf unseren Möbeln hinterlassen. Wenn Ernst in den Musikverein oder einen seiner anderen Clubs eilte, blieb Oskar und holte die Bücher, die er gerade las und zwischen deren Seiten zerfetzte Lesezeichen hervorsprossen wie die Federn eines indianischen Kopfschmucks, aus seiner Ledertasche. Er behauptete, er wolle mit mir über seine Ideen sprechen, und ich war geschmeichelt und neugierig.

»Ich kenne kaum etwas davon«, protestierte ich wiederholt, wenn ich Emerson und Whitman und William James durchblätterte, um nur ein paar von den Autoren der Bände zu nennen, die er mir reichte.

»Das macht nichts«, sagte er und schüttelte so heftig den Kopf, dass seine ungebändigten Haare sich aufschwangen wie Flügel. »Du kannst denken, oder?«

Wenn er in Fahrt kam, sprang er von der Philosophie über die Literatur zur Naturwissenschaft und stellte Verbindungen her, denen ich kaum folgen konnte, geschweige denn, dass ich sie verstand. Ernst hatte sich geirrt darin, dass Oskar Kapitän eines Schleppers werden sollte – nicht, das dies kein guter Beruf sei, doch Oskar hatte intellektuellere Ambitionen. Er wollte die Motoren von Wasserfahrzeugen verbessern und vielleicht auch die Gestaltung ihres Äußeren. Obwohl er keine Lust hatte, sich auf etwas zu beschränken. Am meisten wünschte er sich, zu experimentieren und zu erfinden, »etwas zu schaffen, das der Welt hilft«. Es kam nicht darauf an, was es war.

»Dann hättest du es doch nützlich finden müssen, das College abzuschließen«, sagte ich. Seine Aufmerksamkeit für mich hatte Gefühle in mir geweckt, die mich ein wenig ängstigten, und ich versuchte, sie mit spitzer Zunge in Schach zu halten.

Ihn störte das nicht. »Ach, das Oberlin.« Er zuckte die Achseln. »Da habe ich alles herausgeholt, was ich konnte. Wenn man Neues entdecken will, muss man mit solchen Institutionen brechen. Ein Mann sollte sich auf eigene Füße stellen, sagt Emerson.«

Der Versuch, dies zu tun, war der Grund dafür, dass Oskar an so vielen Orten gelebt und so viele Jobs ausprobiert hatte. Und dafür, dass er in ein paar Monaten nach Kalifornien auswandern würde, in ein exotisches Land, wo sich Caballeros mit Orientalen mischten und die Leute keine Angst hatten, ihren Weg zu gehen.

Er sprach davon, die Scheuklappen der Konvention abzuwerfen. »Das war großartig, wie du den Schoner entdeckt hast. Du hast dir nicht von deinem Verstand einreden lassen, dass er da nicht hätte sein dürfen.«

»Das lag natürlich daran«, gab ich zu, »dass ich gar nicht genug wusste, um zu denken, dass er da nicht hätte sein dürfen.«

»Du hast dir selbst vertraut. Das ist das Wichtige.«

Er bewunderte die Transzendentalisten, für die die Vernunft nicht das A und O war; es gehörte auch ein Funke dazu. Inspiration nannten sie ihn. Oder Leidenschaft. Gott sei ein Teil von allem, erklärte Oskar. Wer wusste schon, wozu ein Mensch fähig war mit dieser Größe in ihm? Oder in ihr, fügte er hinzu, mit seinem Blick den meinen suchend.

Dank seiner Anleitung begann ich zu spüren, wie sich das enge Korsett meiner Anschauungen lockerte. Dank der Kraft seiner Überzeugung und des Funkens in *ihm* öffnete sich mir die Welt glänzend und reif.

Ein Besuch des Panoramas im März brachte meine Gefühle zum Überkochen, und mein Verrat an Ernst war hier besonders abscheulich, weil er die fünf Eintrittskarten gekauft und mich und seinen Cousin und unsere Freunde Lucy und Charles eingeladen hatte.

»Wir werden Griechenland sehen«, sagte er, »und dann essen wir, und dann gehen wir in mein Konzert – ich habe ein Solo, wisst ihr.« (Das war ein Witz über ihn selbst; er hatte sein Solo im letzten Monat dermaßen oft erwähnt, dass wir angefangen hatten, ihn damit aufzuziehen.) »Und dann gehen wir wieder essen. So verbringt man einen Sonnabend!«

Wir wollten uns nachmittags am Eingang in der Wisconsin Avenue treffen. Es war warm; Schneewehen fielen in sich zusammen und enthüllten reine, saubere Kristalle unter der winterlichen mit Pferdeurin gesprenkelten Kruste aus schwarzem Ruß. Meine Mutter hatte zwar darauf bestanden, dass ich meinen Muff mitnahm, aber ich ließ meinen Mantel offen, um mit meinem blauen Seidenkleid anzugeben. Und ich trug meinen Osterhut, ein mit Früchten besetztes Ungetüm, das trotz Haarnadeln verrutschte, wenn ich den Kopf schüttelte.

Eigentlich hatte ich meine Korallenkette umbinden wollen, doch sie war nicht in der Schachtel, in die sie gehörte. Sicher hatte meine Mutter sie dort gefunden, wo ich sie hatte liegen lassen, aber ich wollte mir meine gute Laune nicht verderben, indem ich sie fragte und dafür ausgeschimpft wurde, dass ich nicht auf meine Sachen aufpasste.

Ernst und Oskar warteten schon, Ernst lächelnd, mit einem Fächer aus Eintrittskarten in seiner kastanienbraun behandschuhten Hand, Oskar mit finsterer Miene seinen Schnurrbart streichelnd. Ich küsste Ernst zur Begrüßung leicht auf die Wange und dann spontan auch Oskar. Er zuckte zusammen, runzelte die Stirn und sah schnell beiseite.

»Hast du schlechte Laune?«, neckte ich ihn. »Oder sinnst du über die Reichtümer der Antike nach?«

»Hmpf«, grunzte er. »Sind das meine einzigen Optionen?«

Inzwischen waren etwa dreißig Personen plaudernd am Eingang angelangt, und die Tür zum Panoramasaal wurde von einem Mann in ochsenblutroter Uniform mit goldener Litze an den Schultern geöffnet. Er nahm unsere Tickets entgegen und führte uns in einen dunklen Flur; die geheimnisvolle Atmosphäre verstärkte unsere Vorfreude.

»Wenn Sie am Ende angekommen sind«, sagte eine sonore Stimme von oben (»Unser Geistführer«, flüsterte ich), »werden Sie sich an einem anderen Ort, in einer anderen Zeit befinden, im alten Griechenland, dem Land der Dichter und Philosophen, der Architektur und Bildhauerei, der Olivenhaine und weinroten Meere.«

»Der Kohlköpfe und Könige«, fügte ich hinzu, weil es mir widerstrebte, mich von dieser künstlichen Dramatik mitreißen zu lassen.

Am Ende des Ganges standen wir immer noch im Dunkeln, aber vor uns leuchtete das Panorama auf. Wir schienen von einem Dach oder vielleicht von einer hohen Mauer aus auf eine Stadt zu blicken – war es Athen? Links herrschte geschäftiges Treiben auf einem Markt, waren gemusterte Stoffe über Schnüre drapiert, Terrakottatöpfe hingen an Seilen, lagen silberne Fische Kopf an Schwanz in langen, flachen Körben.

»Seht mal«, sagte Ernst und zeigte auf einen wolfartigen Hund, der durch eine Gasse lief und eine Kette von Würstchen hinter sich herzog, »bei den Griechen gab es Bratwurst!«

Um uns herum plätscherten Springbrunnen und erstreckten sich Gärten, in denen jedes botanische Detail genau dargestellt war. In einem Olivenhain saßen Männer unter den grüngrau belaubten Bäumen; an einem der Brunnen standen Frauen mit geflochtenen und zu Kronen hochgesteckten Haaren und redeten, irdene Wasserkrüge zu ihren Füßen. Auch Innenräume wurden sichtbar: Eine Hand nahm eine Olive von einem Teller; eine Frau spielte auf einer kleinen Harfe. Das Ganze war so reizend, eine so herrliche Mischung aus Lebhaftigkeit und beschaulichem Frieden, dass ich meine ironische Distanz aufgab und mir wünschte, ich könnte in die Szenerie eintreten, meinen Fuß auf den steinernen Pfad setzen, der einen der grünen Hügel durchschnitt, und einfach hinaufrennen zur Akropolis, deren unversehrte Tempel die Götter willkommen hießen. Wie es die Geisterstimme versprochen hatte, befand ich mich an einem anderen Ort.

»Guck mal hier, Trudy!« Lucy zupfte an meinem Ärmel.

Sie betrachtete eine grüne Ebene, die sich in einen gelben Strand verwandelte, aus dem das Meer wurde, nicht weinrot, wie so poetisch angekündigt, sondern leuchtend blau wie der Himmel. Im Vordergrund tummelten sich lange schwarze Schiffe im Hafen, und dahinter waren weitere Segel zu sehen, scharfkantig und weiß, wie die Papierdreiecke, die ein Kind faltet, wenn es Schneeflocken zuschneidet.

»Ich glaube nicht, dass es einen echten Himmel in dieser Farbe gibt«, sagte ich, um den Bann zu brechen, von dem ich ergriffen war. »Der Himmel muss doch überall gleich aussehen.«

»Ich habe gelesen, dass er *doch* unterschiedlich ist«, versicherte Oskar mir. »Es hat wohl etwas mit der Intensität der Sonne und der Trockenheit der Luft zu tun.«

Immer wieder drehte ich mich, versuchte, jeden Ausblick gleichzeitig in mir aufzunehmen – das Meer, die Berge, die Olivenhaine, die strahlend weißen Gebäude unter dem wunderbar warmen Himmel. »Oh, wünscht ihr euch nicht auch, wirklich dort zu sein? Nur für einen Nachmittag! Es wäre, wie in einen Traum einzutreten!« Vom Herumwirbeln fühlte ich mich berauscht und leicht benommen, und als ich meine Hand ausstreckte, um mich zu fangen, stieß ich an einen Arm. Es war nicht der von Ernst. Hatte ich das gewusst?

Sofort legte Oskar seine Hand auf meine. Ich behielt Griechenland fest im Blick, obwohl mein ganzes Sein auf etwas viel Näheres konzentriert war. Sekundenlang umschlossen seine Finger meine Hand, drückte sich seine warme Haut an meine.

In diesen Sekunden wurde es dunkel, und wieder ertönte von oben die Geisterstimme. »Es ist Zeit, dem antiken Griechenland Lebewohl zu sagen. Bitte benutzen Sie den Gang zu Ihrer Linken, damit Sie nicht mit der hereinkommenden Gruppe zusammenstoßen.«

Bis wir den Bürgersteig erreichten, waren Lucy und Charles und ich von der Menge ein Stück von Oskar und Ernst abgedrängt worden, und als Ernst jetzt auf uns zutrat, war er allein.

»So!«, sagte er. »Jetzt essen wir was, und dann weiter zur nächsten Belustigung! Zu meinem Solo!«

»Sollten wir nicht auf Oskar warten?«, fragte Lucy.

Ich hatte dasselbe gedacht, aber nicht gewagt, es zu äußern, während ich fast noch den Druck seiner Finger spürte.

»Er musste zurück zur Werft«, sagte Ernst. »Er will noch was fertigstellen, meinte er. Wahrscheinlich wieder eins von seinen Experimenten.«

»Er kommt nicht mit ins Konzert?«, stieß ich hervor.

Nach dem, was ich bei Oskars Berührung gefühlt hatte, war ich nicht darauf vorbereitet gewesen, dass er danach einfach zur Arbeit zurückkehrte. Er hatte sich nicht einmal von mir verabschiedet. Die gute Stimmung, die mich den ganzen Nachmittag über begleitet hatte, verflüchtigte sich, und der mit Früchten verzierte Hut, unter dem ich vorher mein Kinn in die Höhe gereckt hatte, schien mir jetzt schwer auf die Schläfen zu drücken.

»Macht nichts«, sagte Ernst. »Hauptsache, du bist da.« Er umfasste meine Schulter, um mich an sich zu ziehen, und jetzt empfand ich nicht mehr nur Enttäuschung, sondern auch brennende

Scham. Ohne dass ich es wollte, passten sich meine Füße dem Rhythmus der seinen an, als wir auf den Musiksaal zugingen.

Ich tat mein Bestes, um munter zu wirken auf dem Platz weit vorn, den Ernsts und meine Eltern mir freigehalten hatten. Ich begegnete seinem Blick und lächelte; ich applaudierte energisch, doch als es Zeit für die letzte Nummer war und der Chorleiter sich umdrehte und uns alle zum Mitsingen aufforderte, musste ich mich für das wappnen, was jetzt kommen würde.

Das populäre »*Du, du liegst mir im Herzen*« wallte vom Publikum auf wie eine Woge, und ich sang mit, obwohl meine Stimme nur ein Flüstern war. »*Du, du liegst mir im Sinn.*« Die Worte der Sehnsucht an einen Geliebten, der zu gleichgültig ist, versengten mir die Kehle, und ich spürte Tränen in meinen Augen aufsteigen. Ich schwang mich im Walzertakt hin und her, Schulter an Schulter mit den neben mir Sitzenden, aber ich wusste, dass ich allein war.

Hinterher im Restaurant schaute Tante Martha finster auf ihr großzügig gesalzenes Mett. »Oskar hätte mitkommen müssen. Schließlich haben wir ihm ein Zuhause geboten nach dem, was mit Ida passiert ist. Und eine Anstellung. Da sollte er ein bisschen Dankbarkeit und Loyalität zeigen.« Sie bediente sich von dem rohen Fleisch und hielt inne, um es zu kauen, ehe sie fortfuhr. »Am Oberlin ist er in der Hälfte der Fächer durchgefallen, wisst ihr. Er kann es sich nicht leisten, so zu tun, als bräuchte er sich keine Mühe zu geben.«

»Ich bin sicher, er hat es nicht leicht gehabt«, sagte meine Mutter freundlich. »Es muss sehr schwierig sein, Manfreds Beispiel zu folgen.«

»Von Folgen kann da wohl kaum die Rede sein. Der arme Peter hat schon die Hoffnung aufgegeben, dass ihm je etwas gelingen wird.«

Selbst in einer Mischung aus Sehnsucht, Enttäuschung und Scham schmorend, sagte ich nichts darüber, dass man sich auf eigene Füße stellen müsse.

Während wir essen gewesen waren, hatte jemand einen billigen Umschlag von der Sorte, mit der man den Eismann bezahlt, bei uns durch den Briefschlitz gesteckt. Er war an mich adressiert, deshalb hatte Gustina ihn auf mein Bett gelegt. Er enthielt meine Korallenkette sowie eine Seite, die grob aus einem von Oskars Notizheften herausgerissen worden war.

*Liebste Trudy,*
*ich habe kein Recht dazu, dich so zu nennen, aber du bist meine liebste Trudy. Ich wage es, das zu sagen, weil du ein gutes und aufrichtiges Herz hast, das beste, das ich kenne, und du wirst nicht über mich Ärmsten lachen, sondern es bedauern, dass du solche Gefühle in mir ausgelöst hast, die du natürlich nicht erwidern kannst. Glaube mir bitte, dass ich gegen diese Idiotie angekämpft habe – ich habe mir meine Gefühle vorgenommen und ein ernstes Wort mit ihnen geredet, sie ein-, zweimal sogar verdroschen, bis sie bluteten –, doch sie lachen mich nur aus. Sie wissen, was sie wollen, und lassen sich von jemand so Unbedeutendem wie mir nicht erweichen. Und deshalb schreibe ich dir, um dir mitzuteilen, dass ich vorhabe, unverzüglich nach Kalifornien abzureisen. Ich möchte meinen Cousin nicht verletzen oder dich in Verlegenheit bringen. Ich werde dich trotzdem immer lieben.*

*Dein hoffnungsloser*
*Oskar*

*P.S. Es tut mir leid, dass ich deine Kette genommen habe. Es hat mich so sehr nach dem Gegenstand verlangt, der auf deiner wunderschönen Haut lag, dass ich nicht anders konnte. Es tut mir leid, dass ich deine Kette gestohlen habe, aber du hast viel Schlimmeres getan. Du hast mein Herz gestohlen.*

Ich war ungeheuer bewegt von der Vorstellung, dass er plante, sich zu opfern. (Obwohl ich erkannte, dass seine angebliche Hoffnungslosigkeit bloß höfliche Bescheidenheit war, denn was bedeutete der Brief selbst, wenn nicht Hoffnung?) Die Idee einer Liebe, so wild, dass sie nie erlöschen würde, riss mich hin. Schließlich war ich erst neunzehn, zu wenig vertraut mit dem Frausein, um mir schon einen Schutzpanzer gegen das Drängen der Leidenschaft zugelegt zu haben. Ich beschuldige ihn nicht der Arglist. Ich glaube, er präsentierte mir diese Gefühle im selben Geiste, wie ich sie mir ersehnte. Das ist das Prinzip der Liebe.

Ich brauchte nicht mehr als den Überschwang, den ich in seinem Brief sah, um aus diesem Ton eine wunderschöne Figur zu modellieren. Ich bewunderte die Intensität seines Willens, seine Entschlossenheit, etwas in der Welt zu bewirken – Eigenschaften, die ich mir für mich selbst wünschte, aber nicht zu besitzen fürchtete, entweder aufgrund meines Temperaments oder weil ich kein Mann war. Die kritischen Äußerungen, die ich über ihn gehört hatte, waren nur die Ängste derer, die weder Träume noch Wagemut hatten. Ich wusste, dass er großes Einfühlungsvermögen besaß, und damit sah er in mir einen anderen, einen – durfte ich es sagen? – besseren Menschen, als es sonst jemand tat. Ich glaubte, er würde aus meinem Leben etwas gestalten, was ich mir noch gar nicht vorstellen konnte, weil es so weit über meine bisherigen Erfahrungen hinausging, dass meine Fantasie es nicht heraufzubeschwören vermochte.

Und so machte ich, wie meine Mutter sagte, alles kaputt.

## KAPITEL 7

Unser erstes Frühstück in Point Lucia bestand aus Lotsenbrot, das sich als hart genug erwies, um sich daran einen Zahn abzubrechen. Es in Kaffee zu tunken, hätte geholfen, aber die Bohnen, die Mrs. Crawley mir gegeben hatte, waren grün, und selbst wenn ich den Herd angezündet und herausgefunden hätte, wie man sie röstet, hätte es bis Mittag gedauert, sie zu bräunen, zu mahlen und aufzubrühen.

»Ich fürchte, dies ist keine sehr gute erste Mahlzeit.«

»Macht nichts.« Oskar schluckte sein Brot hinunter. »Du gewöhnst dich schon ein.« Dann stand er auf und setzte sich seinen Hut auf den Kopf. »Lieber nicht zu spät kommen.«

Ich folgte ihm zur Tür. Ich wollte ihn nicht zurückrufen, weil ich fand, das dürfe ich nicht, doch ich spürte, wie eine Art Panik in mir aufstieg, und konnte nicht anders. »Oskar!«

»Ja?«

»Na ja … was soll ich heute tun?«

»Oh.« Er lächelte. »Dir fällt sicher was ein.« Er küsste mich, trat in die eisige, feuchte Luft und war verschwunden.

Die Dämmerung hatte eben begonnen, die Küche zu erhellen. Mir war klar, dass hier dringend geputzt werden musste, aber es war noch zu dunkel für einen Versuch. Ich machte das Licht aus und ging wieder nach oben und war mir bei jedem kalten Schritt bewusst, dass ich jetzt in einem steinernen Gebäude hoch oben auf einem Felsen lebte, der über dem Meer hing. Der Pulsschlag des Ozeans drang durch die Fenster – vielleicht war es auch mein Herz, das mir in den Ohren klang –, und ich murmelte im Takt dazu Mrs. Crawleys Worte: »Hier kommt keiner her. Hier kommt keiner her.« Wie anders dieser Morgen in der Tenth Street gewesen wäre, dachte ich, während ich mich zurück ins Bett legte. Gustina hätte in der Spüle Erdbeeren gewaschen und meine Mutter mit den Porzellantellern und den durchbrochenen und mit Kirschen bestickten Servietten den Tisch gedeckt und die silbernen Gabeln mit dem Saum ihrer Schürze poliert, bevor sie auch sie auflegte. Dann hätte sie den Kopf ins hintere Treppenhaus gesteckt – »Felix! *Was ist los*?« –, weil mein Vater immer später kam, als er sollte, und ich kam noch später, nur dass ich jetzt gar nicht mehr da war. Wahrscheinlich würde ich nie wieder da sein, wenn ich an all die Schiffe und Züge dachte, die vielen Nächte in fremden Betten, die zwischen dem Leben dort und dem hier lagen.

Die Laken rochen, als ich mein Gesicht an sie drückte, immer noch nach zu Hause. Durch die Wand konnte ich Mr. Johnston im Schlaf vor sich hin plappern hören.

»Missus! Missus!« Die Kinder riefen mich. Sollte ich schon mit dem Unterricht beginnen?

Die Sonne musste aufgegangen sein, doch der Himmel blieb grau. Ich befreite mich von den Decken und eilte nach unten. Alle vier standen an meiner Tür, zerzaust und schmuddelig, als läge der Tag bereits hinter und nicht erst vor ihnen. Der ältere Junge hatte einen Rucksack umgeschnallt.

Sie starrten mich an. »Hast du geschlafen?«

»Ja«, gab ich zu.

»Aber es ist halb acht.«

»Milch und Eier für dich sind schon seit Ewigkeiten hier.«

»Haben Sie in Ihren Kleidern geschlafen?«

Sie redeten alle gleichzeitig, und ich wusste nicht, wem ich antworten oder was ich überhaupt sagen sollte.

»Wir gehen an den Strand!«, verkündete Jane schließlich.

»Wir dachten, Sie haben vielleicht Lust, uns zu begleiten«, fügte Mary hinzu.

Ich zögerte. »Sollten wir nicht mit dem Unterricht anfangen?«

»Nicht heute!«, rief der kleinere Junge mit entsetzter Miene. Ich erinnerte mich, dass er Nicholas hieß.

»Dann kann das wohl warten.« Ich schaute über die Schulter zurück. »Aber unser Haus ist so schmutzig. Ich müsste es putzen.«

Dazu sagten sie einen Moment lang nichts. Dann wiederholte Nicholas kühn: »Nicht heute!«

Sie sahen mich an, gespannt, ob ich ihn für seine Unverschämtheit ausschimpfen und sie verscheuchen würde. »In Ordnung, heute komme ich mit. Wieso nicht?«

Als Kind hatte ich mich an manchem heißen Sommertag damit abgekühlt, dass ich zwischen den schweren, nassen Bettlaken auf der Wäscheleine hinter unserem Haus hindurchgelaufen war. Der Nebel, der den Felsen umwaberte, fühlte sich ganz ähnlich an, nur dass der Duft nach frisch Gewaschenem fehlte und die Sonne, um uns zu wärmen und zu trocknen. Das nächste Gebäude, die Werkstatt, war eine dunkle, undeutliche Masse, der noch dichtere Flecken Grau dahinter vermutlich die Scheune. Der Leuchtturm selbst, ein Stück weiter unten gelegen, war nur die Andeutung eines Gebildes fester als Luft. Ich erwartete, dass die Kinder mich zu der kleinen dampfgetriebenen Plattform führen würden, die Oskar und mich am Nachmittag zuvor das Kap hinaufgetragen hatte, doch stattdessen warfen sie sich vom nördlichen Rand des Felsens direkt in die Wolken.

Ich schrak zurück. Der Abhang erschien mir furchtbar steil, obwohl er, gnädigerweise vielleicht, jenseits der ersten drei Meter so dicht verhüllt war, dass ich sein Gefälle gar nicht beurteilen konnte. Der Boden, den ich sah, bestand aus scharfkantigen braunen und schwarzen Steinen, deren Oberflächen gekerbt und gesprungen waren, als hätte ein Riese den fehlgeschlagenen Versuch unternommen, diese Materie in eine ansprechende Form zu bringen. Der Gesamteindruck war jedoch nicht hässlich. Die schroffen Felsen waren mit in meinen Augen exotischer Vegetation bedeckt. Orangerote und grüne Flechten breiteten sich in bunten Flickenteppichen darauf aus, und Pflanzen in verschiedenen Grün- und Grautönen, einige sogar mit Blüten, klammerten sich trotzig an die Spalten.

Ich bahnte mir vorsichtig meinen Weg, aber alle paar Schritte fanden meine Füße kein Ziel, und ich rutschte, bis ich genug von den niedrigen, spröden Gewächsen zu fassen bekam, um meinen Absturz zu verhindern.

»Gibt es einen Pfad?«, rief ich ins Graue hinein. »Soll ich mich an einen Pfad halten?«

»Nein, gibt es nicht.« Es war Edward, der antwortete. »Am besten gehen Sie im Zickzack.«

»Ja, versuchen Sie nicht, geradeaus runterzulaufen.« Das war Marys Stimme.

»Das kann dein Tod sein!«, schrie Nicholas.

»Wartet auf mich!«, verlangte Jane. »Ma sagt, ihr müsst auf mich warten!«

Es folgte jede Menge Schlittern, Scharren und Poltern, und ab und zu erblickte ich Janes roten Pullover, aber sogar dieses sehr kleine Mädchen war schneller als ich. Ich setzte meine Füße, ohne zu wissen, wohin, nur dass es bergab ging, bei jedem Schritt fürchtend, ins Bodenlose zu treten. Dann plötzlich lichtete sich der Nebel. Wir hatten das untere Ende der

Wolke erreicht. Ich konnte die Kinder sehen, Edward und Mary trittsicher vorneweg, Nicholas, der gelegentliches Rutschen auf dem Hinterteil in Kauf nahm, um nicht zurückzubleiben, und Jane, die gerade in diesem Moment den Halt verlor, ausglitt und sich auf den Bauch drehte und damit ganz dem Gefälle preisgegeben war.

Ich hätte fast aufgeschrien und schlitterte so rasch, wie ich es wagte, ohne völlig die Kontrolle zu verlieren, die Füße seitlich an den Hang gestemmt. Die älteren Kinder machten sich daran, den Sturz der Kleinen abzubremsen, aber das erwies sich als unnötig. Ein dichtes Gestrüpp fing sie auf, und da blieb sie liegen, bis ich zu ihr gelangte und sie auf meinen Schoß zog. Ich ließ sie weinen und betupfte ihre Kratzer mit meinem Ärmel.

»Es geht ihr gut«, rief ich, doch die anderen waren schon verschwunden.

Ich saß eine Weile da, während das Kind in meinen Rock schniefte, und fragte mich, wie wir es schaffen sollten, hier wieder hochzuklettern. Jetzt, da ich meinen Blick von dem unebenen Boden wenden konnte und das Geräusch der Schuhe, die über bröckelndes Gestein scharrten, nicht mehr meine Ohren erfüllte, wurde ich mir der sich brechenden Wellen bewusst. Sie waren heute wilder als gestern und schleuderten sich regelrecht an die Felsen, die sie zu Millionen Tröpfchen zerschmetterten. Die Gewässer, die ich kannte, der Lake Michigan und der Milwaukee River, waren grau und erhaben beziehungsweise grün und träge. Dieses Meer dagegen war wild und schäumend, sein Türkis so extravagant wie seine Bewegungen.

Die drei älteren Kinder hatten ihre Schuhe und Strümpfe ausgezogen, als Jane und ich sie erreichten. Mary steckte sich gerade den Rock in ihren Schlüpfer. Ich bewunderte ihre Unbefangenheit und ihre Sorglosigkeit im Umgang mit der rauen Brandung. Sie wagten sich vor, wenn die Wellen sich auftürmten, und rannten dann kreischend vor den Zungen kalten Wassers davon, wie die leichtfüßigen Küstenvögel, die allerdings still und ernsthaft bei der Sache waren. Ich folgte den Kindern auf einen Felsvorsprung, wo sie sich über einen Tümpel mit klarem Salzwasser hockten und ihre Schatten Krebse erschreckten, die sich flink unter Steine duckten. Der Boden des Tümpels war übersät mit orangegelben und ziegelroten Seesternen, darunter auch ein leuchtend blauer, mit kleinen dunklen Muscheln, die Schalen ineinandergestaffelt wie die Blütenblätter der Knospe eines Apfelbaums, mit winzigen Kratern, aus denen farnähnliche Wedel winkten, mit blassgrünen Anemonen, die sich um die hartnäckig stochernden Finger der Kinder krümmten, mit Säulen aus schwarzen Miesmuscheln.

»Guckt mal!«, rief Nicholas, der dabei war, mit einem Stück Muschelschale einen knallrosa Klacks von einem Felsen zu schaben. »So was hab ich noch nie gesehen!«

Die anderen drängten sich um ihn und beäugten seine Entdeckung kritisch.

»Ich schon«, prahlte Edward.

»Hast du nicht!«

»Hab ich doch.«

»Fasst es nicht an!«, schrie ich.

Alle drehten sich um und schauten mich erstaunt an.

»Warum nicht?«, fragte Nicholas schließlich.

»Es könnte beißen oder stechen. Es könnte giftig sein.«

»Ist es nicht. Siehst du?« Nicholas hatte das Tier vom Stein gelöst und hielt es hoch. Es hing schlaff zwischen seinem Zeigefinger und Daumen.

»Was ist es?«, erkundigte ich mich. »Eine Art Schnecke?«

»Das ist keine Schnecke! Es ist ein Nacktkiemer!«, sagte Nicholas pikiert. »Und in dieser Farbe haben wir noch nie einen gefunden.«

»Nicholas hat recht, Edward«, sagte Mary. »Ich finde, wir sollten ihn behalten.«

»Was ist ein … wie habt ihr ihn genannt?«, fragte ich.

»Nacktkiemer«, sagte Mary.

»Habt ihr euch den Namen ausgedacht?«

»Natürlich nicht«, sagte Edward entrüstet. »Der steht in dem Buch.«

»*Spezies der Pazifikküste*«, erklärte Mary.

»Mary hat es aus der Bibliothek gestohlen!«, sagte Jane fröhlich.

»Nicht *gestohlen*«, berichtigte Mary. »Ich habe stattdessen ein anderes reingestellt. Das ist erlaubt.«

»Also, ich behalte den!« Nicholas holte ein Glas aus dem Rucksack, füllte es mit Meerwasser und ließ das Geschöpf hineinfallen.

Sie planschten im Wasser, steckten weitere Tiere in Gläser und andere Funde manchmal direkt in den Rucksack – ein Stück Knochen zum Beispiel und mehrere wurmstichige Steine, in die uralte Muschelschalen eingebettet waren. Sie wiesen mich auf Delfine hin, deren Flossen die Wellen durchschnitten, und auf die dunklen Körper von Seehunden, die sich auf den Felsen rekelten.

Es war wirklich verlockend, Meereslebewesen in die Hand zu nehmen und genauer zu betrachten, sobald ich erkannt hatte, dass sie harmlos waren. Das Wasser aber schien mich in die Füße zu beißen, als ich in den eiskalten Tümpel trat und nach einer perlmutternen Muschel und einem leuchtend roten Seestern griff. Ich streifte meine Stiefel und Strümpfe ab und bahnte mir barfuß meinen Weg über Felsen und Sand, genau wie die Kinder.

Nach ein, zwei Stunden aßen wir Lotsenbrot, dick gezuckert mit Sand, das Edward zum Lunch vom Grunde des Rucksacks geangelt hatte. Direkt um uns herum war die Luft zwar ziemlich klar, doch jenseits von hundert Metern verschwamm alles im Dunst. Und so war ich überrascht, als von Norden her mit energischen Schritten plötzlich eine dunkle Gestalt auftauchte. Die Kinder folgten meinem Blick.

»Mama!«, rief Janie, sprang auf und rannte der Frau entgegen.

Tatsächlich, es war Mrs. Crawley.

»Was machen Sie hier unten?«, fragte sie, als sie für ein Gespräch nahe genug war. Ihre Stimme klang scharf, obwohl sie zuließ, dass Jane verspielt ihren Arm hin- und herschwenkte.

Ich hätte sie gern dasselbe gefragt, natürlich in einem anderen Ton. »Die Kinder wollten mir …«, setzte ich an.

»Sie wissen, dass sie nicht ohne Erlaubnis an den Strand dürfen, Mrs. Swann.«

»Aber du erlaubst es ja nie«, beklagte sich Edward.

»Weil es oben sehr viel für euch zu tun gibt. Ich bezweifle, dass ihr eure Pflichten erfüllt habt. Und ich bin sicher«, fügte sie hinzu, »dass Mrs. Swann in ihrem eigenen Haus jede Menge Arbeiten zu erledigen hat.«

Im Nu hatten die Kinder ihre Schuhe in den Rucksack geworfen und krabbelten auf Händen und Füßen die bedrohliche Felswand hoch; sogar Edward, der den vollen Sack schleppte, bewegte sich schnell. Ich mühte mich unbeholfen, mir meine Strümpfe über die sandigen Füße zu ziehen und diese dann in meine Stiefel zu zwängen, während Mrs. Crawley über mir stand. Irgendwann war ich schließlich fertig und ging ein paar Schritte auf den Weg zu, den die Kinder eingeschlagen hatten. Dabei fiel mir auf, wie eng mein Korsett und wie schwer mein Rock war.

»*Wir* können den Dampfesel nehmen«, sagte Mrs. Crawley.

Es war ein langer, schweigsamer Marsch bis zur Plattform an der Ostseite des Kaps, und ich wünschte mir bald, dass ich den Kindern hinterhergeklettert wäre. Ich versuchte, Konversation zu machen, obwohl ich ziemlich außer Atem war von der Anstrengung, mit Mrs. Crawley Schritt halten zu müssen.

»Sind Sie weit gelaufen?«, fragte ich.

»Was finden Sie weit?«

Ihr Ton war nicht freundlich, und ich zögerte mit meiner Antwort. »Na ja, mehr als eine Meile.«

»Dann ja.«

»Das ist aber sehr sportlich«, zwitscherte ich.

Seit wir losgegangen waren, hatte sie mir ihr Gesicht nicht zugewandt. Jetzt starrte sie mich an. »Ich brauche keinen Sport.«

Ich hatte eindeutig das Falsche gesagt und versuchte, mich zu erklären. »Es ist so anders hier als in Milwaukee.« Dort konnte man mit der Straßenbahn zum Strand fahren und sich an einem Stand mit gestreifter Markise eine Limonade kaufen.

»Ja«, sagte sie. »Natürlich.«

»Die Kinder haben mir so viele interessante Dinge gezeigt«, probierte ich es weiter. »Sie sind so wunderbar neugierig, wissen Sie.«

Endlich erreichten wir den Dampfesel. Sie warf ein, zwei Holzklötze in den Kessel und streckte eine Hand aus, um mir an Bord zu helfen. Der Wagen begann sich zu bewegen, bevor ich sicher stand, und ihre Finger schlossen sich um meine, als sie mich an sich zog, damit ich nicht von der Plattform kippte.

»Neugier«, sagte sie ganz nah an meinem Ohr, sodass ihre

Stimme den tuckernden Motor übertönte, »ist hier nicht unbedingt eine Tugend.«

Oben angekommen flitzte sie davon, und mir blieb nichts zu tun, als in mein dunkles Haus zu gehen, wo ein schmutziger Teller mit den Überresten von Oskars Mittagessen – wieder Lotsenbrot – den Tisch zierte. Daneben lag ein Briefchen, geschrieben auf ein dickes Blatt Papier, herausgerissen aus meinem Skizzenheft.

*Liebe Mrs. Swann,*
*wollen Sie heute Abend mit mir speisen?*
*In Liebe, Ihr*
*Mr. Swann*

# KAPITEL 8

Die Monate zwischen Oskars Liebeserklärung und unserer Hochzeit wurden getrübt durch den Zorn derer, die wir mit unseren Plänen enttäuscht hatten. Aber dieser Zorn verstärkte nur unsere Leidenschaft und Entschlossenheit. Wie unzählige andere vor uns glaubten wir, nur uns allein sei das Diktat der Liebe bekannt.

Obwohl Oskar vielleicht nicht allzu zartfühlend war, als er verkündete, warum er von den Dettweilers in eine polnische Pension im Südteil der Stadt ziehen würde, bewunderte ich seinen Mut und seine Zielstrebigkeit.

Selbst weniger tapfer, weinte ich über die Verletzung, die ich meinem Kindheitsfreund zufügen musste.

»Es ist nur eine Laune«, wiederholte Ernst mehrmals. »Da bin ich sicher.« Er drehte mir den Rücken zu und richtete den Blick auf die regennasse Straße vor dem Haus seiner Eltern. Seine Finger bewegten sich so heftig, als er die Gläser seiner Brille polierte, dass ich fürchtete, sein Taschentuch würde sich mit Scherben füllen.

Am Ende drückte er mich an sich, und ich sehnte mich kurz danach, in diese Behaglichkeit zwischen seiner breiten Brust und den starken Armen zu gehören, um meinetwillen ebenso wie um seinetwillen, doch irgendwann konnte ich mit meinem an die weiche Wolle seines Jacketts gepressten Gesicht nicht mehr atmen und stieß ihn von mir.

»Ich muss gehen. Es tut mir leid, Ernst.«

»Du *musst* gehen?« Seine Stimme klang spöttisch, während er schniefte und seine Brillenbügel mit einer Geste zwirbelte, die ich so gut kannte wie die Form meines eigenen Daumens. »Niemand zwingt dich dazu. Es ist deine eigene Entscheidung, und die ist herzlos und dumm.«

Ich war ihm dankbar dafür, denn seine Wut zu erwidern war leichter, als Mitleid zu verspüren. Das blaue Auge, das Ernst Oskar am nächsten Tag verpasste, bestätigte mich noch mehr in meinen Gefühlen.

»Ich habe mich nicht gewehrt«, versicherte Oskar mir. »Ich war es ihm schuldig, still dazustehen und zu akzeptieren, was immer er mir antun wollte.«

»Ich weiß ja, dass du ihn liebst«, sagte meine Mutter. Sie saß an ihrer Frisierkommode und ließ mich mit ihrer silbernen Bürste ihr Haar ausbürsten, eine Tätigkeit, die uns immer zu Vertraulichkeiten ermutigt hatte, vielleicht weil wir einander beim Sprechen nicht direkt anschauen mussten, oder weil das sanfte Streicheln wortlos Beruhigung vermittelte. »Ich weiß ja, dass du ihn liebst«, wiederholte sie und unterstrich den Satz mit ihrem Finger auf dem knotigen Holz der Tischplatte. »Daran ist nichts zu ändern. Aber dein Vater und ich sorgen uns, weil es ihm so sehr darum zu gehen scheint, seine Ziele zu erreichen, ohne Rücksicht darauf, was es andere kostet.«

»Warum sagst du das?« Ich suchte ihren Blick im Spiegel.

»Martha hat mir erzählt, er hätte ihre Schwester fast ruiniert.«

»Seine Mutter?« Ich war es gewohnt, von deren zarten Empfindungen zu hören.

»Nein, sie haben noch eine ältere Schwester, unverheiratet. Sie heißt Ida.«

Während meine Mutter mir die Geschichte erzählte, die

Martha ihr erzählt hatte, betrachtete ich ihr Haar, das sich den Wildschweinborsten, die ich hindurchzog, sacht widersetzte. Graue Strähnen hoben sich von seinem Braun ab.

»Oskar hatte vor ein paar Jahren wohl die Idee, die Lebensdauer der Glühbirne zu verlängern. Oder sie heller zu machen. Irgendwas in der Art. Jedenfalls hatte Ida einmal Oskars Bruder für eins seiner Projekte Geld geliehen, deshalb schien es ihr nur fair, dasselbe für Oskar zu tun, vor allem, weil er sich seines Plans offenbar so sicher war. Und Martha hat sich daran gestört, dass er sich verhielt, als wüsste er genau, was er da tat, obwohl er auf diesem Gebiet kaum eine Ausbildung hatte. Ein Kurs in Mechanik am Oberlin. Ein Gespräch mit irgendeinem Gastdozenten. Er ließ sich von seiner eigenen Begeisterung mitreißen, meint Martha. Er überredete Ida, ihm immer mehr Geld zu geben, sehr viel am Ende, und dann erwies sich das Ganze als Fehlschlag. Martha sagt, ihre Schwester sei finanziell sehr geschwächt, und sie glaubt, die Sorge ums Geld habe Idas Gesundheit beeinträchtigt.«

Das war keine erfreuliche Nachricht, aber ich nahm sie mir nicht sehr zu Herzen. Verständlich, dass die Dettweilers wütend auf Oskar und mich waren, weil wir Ernst enttäuscht hatten. Da überraschte es nicht, dass sie nach Möglichkeiten suchten, Oskar zu verurteilen.

»Ich bezweifle nicht, dass Ida Geld verloren hat«, sagte ich und begegnete dem Blick meiner Mutter wieder offen im Spiegel, »aber aus dem, was du sagst, geht klar hervor, dass es freiwillig gegeben wurde und dass Oskar es wirklich für seine Arbeit genutzt hat. Alle Wissenschaftler haben mehr Misserfolge als Erfolge. Das liegt im Wesen des Experimentierens. So etwas muss deinem Professor von Rhein doch auch oft passiert sein.«

Sie schüttelte den Kopf. »Professor von Rhein wusste, was er tat. Dieser Junge scheint nur zu wissen, was er will.«

Und das, dachte ich entzückt, bin ich.

Ich berichtete Oskar von der Klage meiner Mutter. Er wisse ja, sagte ich, wie sie immer alles verdrehten. Wahrscheinlich hoffte ich, er würde sich mit einer Erklärung verteidigen, die ich zu Hause vorbringen konnte.

»Es hätte funktioniert«, sagte er, »irgendwann. Meiner Tante war das völlig klar. Sie wollte mich weiter unterstützen, weil sie wusste, dass ich ihr alles zurückzahlen würde und mehr. Mein Vater ließ es nicht dazu kommen. Er wollte nicht erlauben, dass sie mir gab, was ich brauchte, um die Sache zu Ende zu bringen. Er hat Angst vor Originalität.«

Meine Mutter, vermutete ich, würde wohl für Oskars Vater Partei ergreifen, ich dagegen hatte wie Oskar und Ida keine Angst vor kühnen Ideen. Ich würde Oskar helfen, seine Pläne zu verwirklichen.

Ich vermutete außerdem, dass der Kummer meiner Eltern nicht so sehr auf ihre Besorgnis über Oskars Charakter zurückzuführen war, sondern auf den Verlust ihres Traums von einer glücklichen Familie Schroeder-Dettweiler. Und wenn Oskar einfach Ernsts Platz eingenommen hätte, wäre vielleicht eine Zeit gekommen, in der die Familie Schroeder-Swann ebenso glücklich hätte sein können, doch auch das Haus mit dem Pfingstrosengarten in dem neuen Wohnviertel musste abgeschrieben werden. Denn es erwies sich, dass die Hochzeit mit mir nichts an Oskars Vorhaben änderte, nach Kalifornien zu gehen. Wir würden mit fast unziemlich erscheinender Eile am 12. Juli heiraten, denn Oskars Vater hatte ihm im Westen eine Anstellung besorgt. Er hatte den Sohn eines Freundes kontaktiert, der an der Universität von Berkeley forschte.

*Natürlich ist die Universität nichts für dich,* hatte Mr. Swann geschrieben. *Aber Philip finanziert sein Studium als verantwortungsvoller junger Mann durch eine Teilzeitarbeit im Zollamt von San Francisco, und dort hat er von einem Leuchtturmwärter gehört, der einen Gehilfen braucht. Du wirst eine Prüfung ablegen müssen, um zu beweisen, dass du lesen und schreiben kannst, und ein Einstellungsgespräch führen, doch das bringst du ja wohl gut hinter dich.*

Oskar hatte sich über den herablassenden Ton des Briefes geärgert und es seinem Vater außerdem verübelt, dass er davon ausging, Oskar benötige seine Hilfe. Ein, zwei Tage lang hatte er über das Angebot gespottet, aber dann wurde ihm klar, dass er jetzt, da er eine Ehefrau nach Kalifornien mitnahm, mehr brauchte als die vage Vorstellung von einer glänzenden Zukunft dort. Schon bald kam er zu dem Schluss, dass die Arbeit in einem Leuchtturm ihm die Chance bieten könnte, in einer Umgebung, die, wie er es ausdrückte, »unbeeinträchtigt durch überkommene Ideen« war, unabhängige Experimente mit den Maschinen durchzuführen, die ihn interessierten, und schätzte seine Aussichten recht positiv ein.

»Mein Vater glaubt, mir damit eine Lektion zu erteilen. Er will mich zu einem dieser Arbeitstiere formen, die pflichtbewusst ihre Runden drehen und nicht weiter sehen als bis zur eigenen Nasenspitze. Es tut mir leid, dass ich dich Gott weiß wohin verschleppe. Aber ich werde etwas daraus machen, wart's ab. Die Abgeschiedenheit wird mir helfen, mich zu konzentrieren. Der Leuchtturm wird wie eine Brutstätte sein, und in ein, zwei Jahren kommen wir mit etwas zurück, das alle überrascht.«

Ich protestierte, ich benötige keine Entschuldigung und es kümmere mich nicht, ob der Leuchtturm eine Brutstätte sein werde oder nur die Möglichkeit biete, einen Lebensunterhalt zu verdienen. Aus der sicheren und langweilig vertrauten Perspektive meines Zimmers in der Tenth Street bot die Vorstellung, einen so ungewöhnlichen und romantischen Ort wie einen Leuchtturm zu bewohnen, Verlockung genug. Es würde ein großes Abenteuer werden, sagte ich meiner Mutter, und schließlich würden wir nicht für immer fortgehen.

Meine Mutter konnte ihre Verzweiflung und Geringschätzung nicht verbergen. »Ein Leuchtturm! In Kalifornien! Ein wagemutiger junger Mann müsste doch hier in Milwaukee etwas Besseres finden.«

Bei einem dieser nicht seltenen Ausbrüche hackte sie Zitronat und kandierte Kirschen für einen Stollen und ließ in ihrer Zerstreutheit untypischerweise zu, dass Stückchen davon zu Boden fielen.

Ich sammelte sie auf, während ich mit dem Gefühl antwortete, ich sei die kühle Erwachsene und sie das frustrierte Mädchen: »Oskar sagt, es gibt zu viel Selbstgefälligkeit in dieser Stadt. Die Leute interessieren sich nur für Sauberkeit und Ordnung.«

Das war eine spitze Bemerkung, da wir beide gut wussten, dass sie Sauberkeit und Ordnung sehr schätzte. »Sie sind selbstgefällig«, sagte sie, während sie die Zitronatwürfel mit der Klinge ihres Messers aufreihte, »weil dies ein guter Ort zum Leben ist. Die meisten Menschen, die ich hier kenne, haben keinen Grund, sich zu beklagen.«

»Dann sind wir wohl nicht wie die meisten Menschen.« Ich wischte das heruntergefallene klebrige Zeug von meiner Hand in den Mülleimer und dachte mit geheimer Verachtung an die biederen Freunde meiner Eltern, die Männer mit ihren Backenbärten beim Bier, die Frauen mit ihren Locken beim Kartenspiel.

Unser Hochzeitstag war grau und bewölkt, und meine Haare standen mir wegen des drohenden Gewitters wie Draht vom Kopf ab, obwohl meine Mutter sich mit der Silberbürste mühte, sie zu glätten, damit sie sich unter den Kranz aus Rosenknospen schmiegten, den Lucy mir geflochten hatte. Der Kranz war Vorwurf und Schmuck zugleich; Lucy und ich hatten lange eine Doppelhochzeit geplant, und auch die hatte ich vereitelt.

Als Buße für das Durcheinander, das wir angerichtet hatten, hatte ich ein neues Kleid abgelehnt, aber Gustina, die ein Talent für dekorative Handarbeiten besaß, hatte das Mieder meines Grauseidenen mit einer Girlande aus rosa Blüten bestickt und in die Gehfalte dazu passend ein rosa Stück Stoff eingenäht. Darin trat ich um elf Uhr über den Wohnzimmerteppich an den Kamin. Als Oskar meine Hand berührte, um mir den Ring überzustreifen, raubte mir ein elektrischer Schlag den Atem.

»Natürlich konnte deine Mutter die Reise nicht machen«, sagte Oskars Vater – den ich insgeheim »den Ehrwürdigen« nannte – beim Mittagessen. »Angesichts der Situation, in die du deine Tante Martha gebracht hast.« Er selbst war den ganzen Weg von Washington hergekommen, wo er irgendein Komitee beriet. »Und du kennst die Anforderungen an deinen Bruder.«

Meine Mutter hatte den Tisch mit dem zerbrechlichen französischen Porzellan gedeckt, das besonderen Gelegenheiten vorbehalten war, und ich fürchtete, es würde unter dem Druck des Messers des Ehrwürdigen zerspringen, so entschlossen attackierte er sein Kotelett.

»Ja«, sagte Oskar, »ich verstehe.«

»Was du vielleicht nicht verstehst«, fuhr Mr. Swann fort, auf dessen Gabel ein blasses Dreieck aus Fleisch zitterte, »ist, dass du dich jetzt ändern musst.«

Oskar öffnete den Mund, um zu widersprechen, doch es war klar, dass sein Vater eine Unterbrechung keinesfalls dulden würde.

»Bisher hast du dich«, sagte er, »weitgehend wie ein Kind am Weihnachtsmorgen verhalten, das von einem verlockenden Geschenk zum nächsten läuft.« Er hielt inne, um sich das Fleisch in den Mund zu stecken, zu zerkauen und hinunterzuschlucken. »Und da dir das nun mal im Blut liegt, hätte ich dir nicht zur Ehe geraten, aber du hast mich nicht um Rat gebeten. Das tust du ja nie.« Seine strenge Miene zeigte kurz, wie gekränkt er war. »Das tust du nie. Diese junge Dame hier«, fuhr er fort, »kannst du nicht beiseiteschieben, wenn du das Interesse an ihr verlierst.«

»Sir!«, warf ich ein. »Oskar wird nicht das Interesse an mir verlieren!«

Mr. Swann drehte seinen massigen Kopf in meine Richtung. »Sie missverstehen mich, wenn Sie glauben, dass ich Ihre Reize geringschätze. Ob er seine Aufmerksamkeit auf etwas anderes richtet oder nicht, wird nichts mit Ihnen zu tun haben. Flatterhaftigkeit ist einfach seine Art.«

»Ist sie nicht!«, rief ich, obwohl ich wusste, dass ich jetzt diejenige war, die kindisch klang.

»Ich werde eben nicht wie Manfred«, sagte Oskar verdrießlich, »ich trotte nicht auf ausgetretenen Wegen.«

»Da bin ich der Erste, der zugibt, dass du nicht wie Manfred bist. Ich möchte aber darauf hinweisen, dass deine Heirat die ideale Gelegenheit bietet, die vielen achtbaren und profitablen Tätigkeiten zu erkennen, die von allen möglichen Leuten verrichtet werden. Nicht jeder kann die Welt verblüffen.«

Oskar sah seinen Vater nicht an, sondern blickte finster auf die hellblauen Rosenknospen auf seinem Teller.

»Egal«, fuhr der Ehrwürdige fort, »ich bin nicht hier, um

mit dir über deinen Weg, wie du es nennst, zu streiten, sondern nur, um kein schlechtes Gewissen zu haben, weil ich nicht alles in meiner Macht Stehende für ein Mädchen getan habe, das mir meine Schwägerin als eine großartige Person geschildert hat, was, wie Ihnen sicher klar ist« – er wandte sich zu mir – »eine Menge heißen will, wenn man die Enttäuschung bedenkt, die ihr beide ihr bereitet habt.«

»Darüber müssen wir doch sicher nicht gerade heute reden«, warf mein Vater ein.

Danach fuhr zwar der Ehrwürdige fort, mit Appetit zu essen, aber wir anderen konnten nur ein, zwei Bissen von dem Obstkuchen mit Schlagsahne zu uns nehmen, der dann folgte.

Als ich in mein Zimmer ging, um mich für die Reise umzuziehen, entdeckte ich, dass meine Mutter noch einmal den Inhalt des Koffers überprüfte, den sie so sorgfältig gepackt hatte und in dem viel weniger steckte, als sie mir mitgeben wollte, vor allem, weil die Eisenbahn die Fracht nach Gewicht berechnete. Entsprechend der allgemeinen Missbilligung unserer Pläne gab es kaum Geschenke, und wir hätten sowieso nicht viele mitgenommen. Es gehe nicht darum, hatte Oskar mich ermahnt, im Westen den Salon meiner Eltern auferstehen zu lassen. Also würden der Ingwertopf und die Kuchenplatte mit dem Bild unseres Rathauses, der Kristallkrug und die dazu passenden Gläser in Milwaukee bleiben müssen. Die silberne Beilagengabel durfte ich mitnehmen.

Hatte Gustina die Leinenblusen gestärkt?, wollte meine Mutter wissen. Hatte ich meinen Gürtel und genügend Tücher dabei? Sollte ich nicht außer dem neuen auch mein altes Seidenmieder einpacken? Es sei schließlich noch tragbar und nehme sehr wenig Platz weg. All dies hatten wir schon mehrmals erörtert, aber der Koffer – derselbe, der meine Mutter von Hamburg bis hierher begleitet hatte – war ein Band zwischen uns, und sie hatte große Angst zu vergessen, ihn mit etwas Wichtigem zu bestücken.

»Ich sehe deine Knopfschachtel nicht. Haben wir sie eingepackt?«

»Mutter!« Meine Nerven waren inzwischen so straff gespannt wie die E-Saite meiner Geige, und der Abstimmknopf drehte sich immer weiter. »Ich bin sicher, der Westen ist gut mit Knöpfen ausgestattet.«

»Das wissen wir nicht«, schluchzte meine Mutter. »Wir wissen gar nichts!«

Und dann lag ich in ihren Armen, und wir weinten beide ein bisschen, was uns sehr erleichterte.

»Oh!«, sagte meine Mutter und wischte sich die Augen ab. »Da ist noch etwas, das du mitnehmen musst!«

Sie eilte in ihr Zimmer und kehrte mit der Toilettengarnitur von ihrer Frisierkommode zurück. Die silbernen Stücke, graviert mit Monogrammen, Blüten und Insekten, waren altmodisch und schwer, schön auf ihre Weise, aber eindeutig der Geschmack einer früheren Ära. Eine Nagelschere war auch dabei, und mit der schnitt sie mir jetzt eine Strähne meiner Haare ab, die sie so oft gebürstet hatte. Sie band sie um ihren Finger zu einer Schleife. Ich wusste, dass sie sie in ihr Medaillon zu den seidigen Locken ihrer Söhne stecken würde.

Sie wickelte die Toilettenartikel in ein Stück Flanell und schob sie in meine Reisetasche. »Du hast ein großes Abenteuer vor dir«, sagte sie unter Tränen, »wie ich damals.« Bei diesen Worten fiel mir ein, dass sie nie in die Heimat zurückgekehrt war, die sie verlassen hatte, und ich verspürte einen Anflug von Reue und Angst. Wir wiederholten unsere Beteuerungen hinsichtlich häufiger Korrespondenz und einer baldigen Reise meiner Eltern nach San Francisco und hielten uns an all diesen Versprechen so fest wie an den Sprossen einer Leiter.

Trotz unserer gründlichen Vorbereitungen gab es am Ende ein Durcheinander. Es war ein Wagen bestellt worden, der uns zum Bahnhof bringen sollte, und als wir vier einstiegen, setzten sich meine Eltern unwillkürlich beide neben mich, sodass Oskar auf der Bank gegenüber Platz nehmen musste. Der Regen hielt sich schmollend zurück, und die Feuchtigkeit der Luft hob die sommerlichen Gerüche der Stadt hervor: den der Hefe und des Malzes der Brauereien, des Bluts und Fettes der Schlachthäuser und Gerbereien und die Ausdünstungen, die der Fluss verströmte.

»Es muss doch sogar von einem Leuchtturm aus die Möglichkeit geben, Briefe zu verschicken«, sagte meine Mutter. »Glaubst du nicht, Felix?« Es war nicht das erste Mal, dass dieses Thema sie beschäftigte. Mein Vater griff nach ihrer Hand.

Unser Abschied schien sich so lang hinzuziehen wie der Faden eines Karamellbonbons, und ich sehnte mich danach, dass der Zug kam, damit ich einsteigen und wegfahren, mich sammeln und meine Aufmerksamkeit vollständig in eine Richtung lenken konnte, nach vorn, auf mein Leben im Westen als Ehefrau. Gleichzeitig wünschte ich mir, die Minuten auf dem Bahnsteig würden niemals enden.

Ohne Rücksicht auf meine Gefühle traf schließlich der Zug aus St. Paul ein, schnaufend und seufzend und in riesigen Dampfwolken, und seine Räder kreischten auf den Schienen, als er hielt. Meine Mutter hob mir den grauen Grenadineschleier vom Gesicht, um mir einen letzten Kuss zu geben. Einen Moment lang herrschte Verwirrung wegen der Platzkarten, dann endlich saßen Oskar und ich nebeneinander auf einer Samtbank in einem der Waggons. Ich kniete mich wie ein Kind auf den Sitz und beugte mich zum Fenster hinaus, und meine Eltern kamen und stellten sich darunter. Alle guten Wünsche und Versprechen waren ausgetauscht, und wir warteten ohne zu reden darauf, dass wir voneinander getrennt wurden. Beim ersten Ruck streckte ich die Hände aus, und meine Eltern nahmen jeweils eine, doch ich spürte sie nur kurz, denn die Räder rollten. Als der Zug losfuhr, sah ich, wie meine Mutter ihre Hände über dem Herzen verschränkte und den Blick aufwärts richtete wie im Gebet, und Tränen stiegen mir in die Augen.

Oskar legte mir eine Hand auf die Schulter und zog mich sanft in den Waggon zurück. »Es tut mir leid, dass ich dich entführe.«

Ich legte meine Hand auf seine, die warm und fest war und mir half, das Gefühl der Einsamkeit zu bezwingen, das begonnen hatte mich zu erfüllen wie kaltes Wasser, das in eine Zisterne schwappt. »Nein«, sagte ich, »du entführst mich nicht. Wir gehen zusammen.«

Als wir uns hingesetzt hatten, hatte er unsere Reisetasche einfach zwischen uns gestellt, und jetzt erhob er sich, um sie auf die Ablage über uns zu schieben. Ihr Inhalt stand mir peinlich genau vor Augen. Mehr als die Trauzeremonie oder der Abschied machten mir die Nähe, mit der in dieser Tasche seine Haarbürste mit dem Holzgriff und meine silberne nebeneinanderlagen, und die Vorstellung, dass mein gebleichtes und gebügeltes Nachthemd sich an sein gestreiftes Musselinhemd schmiegte, bewusst, dass ich jetzt verheiratet war und damit ein anderer Mensch als das Mädchen, das ich heute Morgen gewesen war. Ich gehörte zu ihm.

# KAPITEL 9

Ich zog meinen Hauskittel an und bemächtigte mich für den Rest des Nachmittags unseres engen Steinhauses, indem ich Spinnweben aus den Ecken zupfte, erstarrtes Fett vom Herd kratzte und die Böden schrubbte, bis das Wasser im Eimer nicht mehr schwarz war.

Das zweite Schlafzimmer hob ich mir bis zuletzt auf und ging dann mit Besen, Kehrschaufel und einem schmutzigen Stück Wachstuch hinein, das ich in einem Küchenschrank gefunden hatte. Ich wollte das ganze Durcheinander samt Gläsern zusammenräumen und ins Meer werfen. Als ich jedoch zu fegen begann, musste ich an die Kinder denken, an ihre Begeisterung und ihr aufrichtiges Interesse für ihre Sammlung. Ich ließ den Besen stehen und durchsuchte die Nebengebäude, bis ich einige leere Kisten fand. Die füllte ich mit allem, was nicht schlecht roch, und reihte sie an einer Wand auf. Nur die Dinge, die stanken, wickelte ich in das Wachstuch und bestattete sie im Ozean.

Am frühen Abend war ich fertig mit meiner Arbeit und angenehm erschöpft. Das Gesicht gewaschen, die Haare ordentlich frisiert und den Kittel wieder gegen Korsett, Bluse und Rock eingetauscht, ein schönes schwarzes Band um den Hals geschlungen, sah ich mich als Verkörperung anmutiger Häuslichkeit, wie ich das Feuer im Herd entfachte, Kartoffeln zum Sieden mit Milch in einen Topf gab und einen Tiegel mit Schmalz einfettete, um Eier zu backen.

Ich hörte Geklapper aus der Küche nebenan, in der Archie Johnston sich seine eigene Mahlzeit zubereitete, und das Zuknallen der Tür, als er hinausging, vermutlich, um seine Schicht im Leuchtturm anzutreten. Ich beendete einen Brief an Lucy und schrieb ihre Adresse auf den Umschlag. Da ich Oskar jeden Moment erwartete, deckte ich den Tisch mit dem Leuchtturmgeschirr und den Leinenservietten, die meine Mutter in den Koffer gelegt hatte. Ich nahm die Kartoffeln vom Herd und stellte sie in den Ofen, wählte aus meinem bunten Vorrat an Konserven eine Dose Erbsen und eine mit Ananas aus und schlug sie mit Stemmeisen und Hammer auf, die ich in einer Schublade entdeckt hatte. Oskar kam nicht. Ich las in *Der Gefangene von Zenda,* dem Roman, den ich mir in der »Bibliothek« ausgesucht hatte.

Die Kartoffeln wurden braun, die Erbsen warm und wieder kalt. Die Eier und die Ananas strahlten mich aus ihren Schüsseln an. Der Kronprinz von Ruritanien lag betäubt oder betrunken auf dem Boden. Oskar kam immer noch nicht.

Aufgebracht und unfähig, länger zu sitzen, wanderte ich durchs Wohnzimmer und dann nach oben. Irgendwann fand ich mich im »Kinderzimmer« wieder, wo ich anfing, die Fundstücke zu inspizieren, die ich in den Kisten untergebracht hatte. Ein paar davon – gepresster Seetang, eine Muschelschale – erinnerten mich an die Pflanzen und Tiere des Lake Michigan, die meisten aber waren mir völlig fremd. Ich berührte sie, manche klebrig, manche rau, andere so schlüpfrig wie das Wasser selbst.

Einige stammten eindeutig nicht aus dem Meer. Da war zum Beispiel eine Keksdose, deren Inhalt rasselte. Ich hatte noch nicht hineingeschaut; schließlich gehörte sie den Kindern. Jetzt, da ich nichts Dringendes zu erledigen hatte, konnte ich nicht widerstehen. Drinnen lagen ein winziger, kunstvoll geflochtener Korb mit schwarzen Schrägstrichen, die an tauchende Vögel denken ließen, ein Knochen mit einer scharfen Spitze an einem Ende und einem kleinen Loch am anderen, ein grüner Stein, geschickt zu einem Fisch gemeißelt, und ein Lederstreifen, in den Federn eingearbeitet waren. Ich wusste sofort, dass die Kinder diese Dinge nicht angefertigt hatten. Wie waren sie dann dazu gekommen?

Ich war ganz vertieft in die Betrachtung dieser Schätze, als ich draußen auf dem Weg endlich Oskars Schritte hörte. Sie klangen nicht eilig oder auch nur schnell. Im Gegenteil, er blieb minutenlang stehen, bevor er die Stufen zu unserer Tür hochstieg. Was er da wohl tat?

Ich ging die Treppe hinunter, sicher, dass sich die Tür gleich öffnen würde. Schließlich zog ich sie selbst auf und schaute hinaus.

»Guck dir den Mond an.« Er zeigte auf den Himmel, ohne den Blick von ihm zu wenden.

Der Mond interessierte mich gerade nicht. »Wo bist du gewesen? Dein Essen ist seit zwei Stunden fertig!« Ich hatte mir keinen Ärger gestattet, während ich wartete, doch jetzt brach meine Ungeduld hervor. Ich verstand, warum meine Mutter Wert darauf legte, dass mein Vater pünktlich war. Ich hatte ein Tableau geschaffen, das uns in unserem gemütlichen Zuhause als Ehepaar hätte etablieren sollen, aber er hatte nicht mitgespielt.

»Oh!« Er sah aufrichtig überrascht und verwirrt aus. »Du hättest nicht auf mich warten müssen. Wenn du hungrig warst, hättest du essen sollen.«

»Essen sollen!« Ich bremste mich. Er hatte mir schließlich nicht die heimatlichen Rituale versprochen, eine bürgerliche Existenz wie in Milwaukee, verpflanzt in eine neue Welt.

Er reagierte nicht auf meine Empörung, sondern ging zur

Spüle und begann, sich die Hände zu waschen. »Ich habe nur die Werkstatt durchgesehen. Sie ist erstaunlich gut ausgestattet. Das muss sie wohl auch – man kann ja nicht zu den Nachbarn laufen, wenn man einen Bohrer oder eine Handvoll Nägel braucht. Und es gibt eine Menge Holz.« Er legte mir die Arme um die Taille und zog mich an sich, ein offensichtlicher Versuch, mich zu besänftigen. »Ich könnte dir eine Kommode bauen oder einen Nachttisch oder Toilettentisch, was immer du willst.«

Ich wurde schwach. Es war nicht so, dass ich mir irgendwelche Möbel wünschte, ich hatte nur keine Lust, ihm länger böse zu sein. »Wie wäre es mit Borden?«, schlug ich vor. »Für die Steine der Kinder und ihre anderen Sachen. Borde wären nützlich.«

»Für die Steine der Kinder? Ich dachte, das Zeug werfen wir weg.«

»Nein«, sagte ich. »Lieber doch nicht.«

»Borde sind zu einfach«, protestierte er. »Ich könnte etwas viel Komplizierteres machen.« Er setzte sich an den Tisch und spießte mit seiner Gabel eine kalte Kartoffel auf.

»Da bin ich sicher«, sagte ich nachsichtig und schöpfte Erbsen erst auf seinen, dann auf meinen Teller. Es ging mir schon besser, da jetzt zumindest eine gewisse Version meiner Vorstellung von Häuslichkeit Gestalt annahm. »Trotzdem, ich möchte Borde.«

## KAPITEL 10

Nach ein paar Tagen wusste Oskar, was er zu tun hatte, und ihm wurde eine eigene Schicht zugeteilt. Ebenso, wie wir als die zuletzt Gekommenen das dunkle Haus in der Mitte bewohnten, wies man ihm jetzt die unangenehmsten Stunden zu, von elf Uhr abends bis sieben Uhr morgens. Ich ging mit, weil ich bei ihm sein, das Feuer sehen und allgemein nicht ausgeschlossen sein wollte. Wir gewöhnten uns an das Verkehrte-Welt-Gefühl, das sich daraus ergibt, wenn man die ganze Nacht auf ist und den Großteil des Tages verschläft.

Wir stellten fest, dass es nicht viel anders ist, sich um ein Leuchtfeuer zu kümmern als um die Lampen zu Hause, obwohl die Dochte und Ölbehälter riesige Dimensionen hatten. Sie mussten alle vier Stunden getrimmt beziehungsweise nachgefüllt werden, und wenn man einschlief und das Feuer ausgehen ließ, konnte das Schiffe auf den Felsen, tote Seeleute und verfehlte Profite bedeuten. Der Mechanismus des Nebelhorns ähnelte dem, der die Standuhr im Salon meiner Eltern antrieb, war aber natürlich viel größer und wichtiger, die Kette so lang wie der Leuchtturm hoch.

Die meiste Zeit verbrachten wir mit dem Warten darauf, dass die Dochte herunterbrannten oder die Ölbehälter sich leerten oder die Kette zu Boden fiel; dann rannten wir nach oben und behoben das Problem. Da die Nacht von allen Seiten auf uns eindrang, fühlte sich der Raum besonders eng an, aber er war auch nicht viel kleiner als andere Orte, die Oskar und ich bisher zusammen erlebt hatten – das Salonabteil im Zug und das Hotelzimmer in San Francisco –, und wir waren einander längst noch nicht überdrüssig. Es kam uns eher vor wie Flitterwochen.

Um uns zu unterhalten, machten wir uns gelegentlich über die Erwachsenen auf diesem Felsen lustig, vor allem über Mrs. Crawley, die Oskar »den Drachen« nannte. Wir spielten Authors, ein Kartenspiel. Wir setzten die schwarzen Brillen auf, mit denen Leuchtturmwärter ihre Augen schützen, und tasteten uns wie Blinde voran. Wir lasen uns den Rest von *Der Gefangene von Zenda* vor. Wir erzählten uns Dinge aus unserem Leben, die sich ereignet hatten, ehe wir uns kannten.

Ungefähr in der fünften Nacht hatte Oskar ein Buch bei sich, in das er immer wieder verstohlene Blicke warf, während wir redeten. Schließlich riss ich es ihm verärgert aus der Hand und inspizierte den Titel: *Elektrische Wellen: Untersuchungen über die Übertragung elektrischer Signale mit endlicher Geschwindigkeit durch den Raum.*

»Du hast beschlossen, wieder an deiner Maschine zu arbeiten.« Ich war erleichtert. Nicht weil ich mir so viel aus Elektromotoren machte, sondern weil sie ihn beschäftigten, seit wir uns kannten. Sein am Tag unserer Ankunft erklärtes Desinteresse an diesem Thema hatte mich ein wenig beunruhigt. Es ließ ihn … nun ja, flatterhaft erscheinen.

Er tat meine Bemerkung mit einem Handwedeln ab. »Da ging es bloß um die praktische Anwendung. Das hier ist viel bedeutender. Es erklärt das Verhalten von elektrischen Wellen an sich. Hör zu.«

Er begann vorzulesen, und ich bemühte mich zu folgen, aber obwohl es sich nur um einleitende Aussagen handelte, verirrte ich mich fast sofort in einem Labyrinth aus Polarisationen und Schwingungen, aus Isolatoren und Leitungen und dielektrischen Effekten.

»Faszinierend, oder?«, sagte er, als er endlich innehielt.

»Was?«, fragte ich ratlos.

Er lachte. »Der Gedanke, dass elektromagnetischer Strom drahtlos von einem Punkt zum anderen übertragen werden kann.«

»Das sollte es heißen?« Um ehrlich zu sein, verstand ich seine Übersetzung kaum besser als das Original.

»Natürlich ist *Der Gefangene von Zenda* spannender.«

»Da hast du recht.« Ich war irgendwie enttäuscht von mir selbst und böse auf ihn, weil er der Auslöser dafür war. »Ich fürchte, lieber lese ich die Dienstbücher.«

Eigentlich wollte ich nur, dass er sein Buch beiseitelegte, doch er schien zu glauben, dass ich ernsthaft diese Absicht hatte und es ihm daher freistand, sich ungehindert dem Verhalten elektrischer Wellen zu widmen.

Da ich sonst keine Beschäftigung hatte, wandte ich mich wirklich den Dienstbüchern zu, die nach Jahren geordnet auf einem öligen Bord an der Wand des Kesselraums aufgereiht waren. Sie enthielten ein Verzeichnis vielleicht nicht jeder Aufgabe, die im Leuchtturm erledigt wurde, aber zumindest der wichtigsten Tätigkeiten an den einzelnen Tagen sowie der Schiffe, die gesichtet worden waren, und oft eine Beschreibung des Wetters. Oskar hatte mir in einer der letzten Nächte daraus vorgelesen und dabei abhängig von der Handschrift, in der die Notiz verfasst worden war, Mr. Crawleys schleppende Sprechweise, Mrs. Crawleys herrischen und Mr. Johnstons höhnischen Ton imitiert und Wendungen wie »Brenner ausgetauscht« und »Kesseldruckmesser repariert« so dramatisch dargeboten, dass ich lachen musste.

Ich griff willkürlich nach einem Band und ließ meinen

Blick ziellos über die nüchternen Einträge schweifen. »Wetter gut. Schrauben in Ventil ersetzt. Zwei Schiffe, ein Schoner, ein Dampfer.«, »Uhrwerk gereinigt. Regen: zehn Zentimeter.«, »Tünche angemischt. Russischer Schoner, drei Masten.«, »Südsirene mit Bleiblech und Segeltuch abgedichtet. Geplatzten Dichtungsring repariert. Sonne.«, »Holz gestapelt.«, »Holz gestapelt.«, »Holz gestapelt.« Nach rund zehn Seiten glaubte ich einen guten Eindruck von der hier üblichen Sisyphosarbeit zu haben; ständig ging etwas kaputt oder wurde schmutzig. Einen Leuchtturm zu warten war ähnlich wie ein Haus zu führen, allerdings mit schönem Ausblick aufs Meer. »Zerbrochenes Fenster repariert. Morgennebel. Böden gewischt.« Zwischen dem Alltäglichen vergraben war das eine oder andere besondere Ereignis. Hier fand sich ein Dutzend Wale und dort der Erwerb der Kuh. Eine Inspektion war gut verlaufen; ich meinte die Befriedigung darüber in dem Tintenpunkt zu erkennen, mit dem Henry Crawley den Satz beendet hatte. Ich blätterte weiter und weiter und pickte mir die verstreuten Hinweise auf menschlich Interessantes heraus wie ein Vogel, der Körner frisst. »Gehilfe unpässlich wegen Hämorrhoiden.«, »Erster Schub Tünche von neugierigen Händen ruiniert.«, »Baby Johnston geboren und begraben.«

»Oh!« Das musste mir laut entfahren sein, denn Oskar schaute von seinen *Elektrischen Wellen* auf. Ich brachte ihm meinen Fund und legte den Finger auf den Eintrag. »Was, glaubst du, bedeutet das?«

»Ich nehme an, er hatte ein Baby, und es starb, armer Kerl.«

»Wenn er ein Baby hatte, hatte er eine Frau.«

»Vermutlich.« Sein Blick wanderte wieder zu seinem Buch, zu dem er im Geiste bereits zurückgekehrt war.

»Aber wo ist sie?«

Er zuckte die Achseln. »Vielleicht hat der Drachen sie gefressen. Oder sie ist weggelaufen. Wäre ich Archie Johnstons Frau, würde ich das tun.«

Ich blätterte wahllos ein paar weitere Dienstbücher durch, aber es war eine mühselige Suche. Ungefähr einen Monat vor dem Verlust der Johnstons entdeckte ich die Geburt eines Kindes, das die Familie Crawley vervollständigte, doch auf all den Seiten voller Linsenputzen und Brennerreparaturen wurde nie eine Mrs. Johnston erwähnt, die krank geworden war oder die Station verlassen hatte.

Irgendwann zog Oskar seine Uhr aus der Tasche, streckte sich und legte sein Buch beiseite. »Zeit, die Dochte zu trimmen.«

Wir stapften mit unseren schwarzen Brillen die Wendeltreppe hinauf, immer im Kreis, und als wir diese einfache Aufgabe erledigt hatten – nachdem er sie erledigt hatte, genau genommen; ich stand nur als Begleitung dabei –, traten wir hinaus auf die Galerie, wo wir mit zurückgelegtem Kopf den funkelnden, glitzernden Himmel bewunderten. Anders als in Milwaukee enthielt die Nachtluft hier nichts mehr von der Hitze des Tages, und ich zitterte und drückte mich an ihn.

Oskar legte seinen Arm um mich, aber geistesabwesend, und wandte den Blick nicht mir zu, sondern dem unpersönlichen Flitter, der den Himmel beherrschte. Also schaute auch ich auf. Die Sterne schienen pulsierend auf mich einzustechen, sodass ich mich bald abwenden musste.

Als er dann in die wogende Schwärze hinunterspähte, die das Meer war, beugte er sich so weit über das filigrane Eisengeländer vor, dass ich es mir nicht verkneifen konnte, ihm die Hand auf den Rücken zu legen, als wäre er ein Kind. »Oskar! Sei vorsichtig, bitte!«

»Ich falle schon nicht«, entgegnete er ungeduldig. Nachdem er sich wieder aufgerichtet hatte, wurde er milder. »Es tut mir leid«, sagte er, und als er diesmal die Arme um mich schlang, galt seine Aufmerksamkeit ganz mir.

In der nächsten Nacht brachte ich mir zwei eigene Bücher mit, *Spezies der Pazifikküste*, das Mary mir geliehen hatte, und *Reise mit dem Pappkanu: Eine geografische Erkundung über 2500 Meilen von Quebec zum Golf von Mexiko*, das ich in der Bibliothek gefunden hatte. Als Oskar seine *Elektrischen Wellen* aufschlug, hatte ich meine eigene Lektüre.

Im Hintergrund warf sich die Brandung an die Felsen, und das Uhrwerk des Nebelhorns klickte. Beide Geräusche waren einschläfernd, und das Pappkanu fuhr langsam, sodass ich halb eingenickt war, als von oben aus dem Lampenhaus ein Krachen ertönte. Zuerst dachte ich an Gustina, die ein Tablett mit Weingläsern fallen gelassen hatte, aber natürlich waren im Lampenhaus keine Weingläser, nur rundherum Fenster. Wir rannten die Treppe hoch, Oskar voran und ich ihm nach, ohne an unsere schwarzen Brillen zu denken.

Deshalb richteten wir den Blick nicht auf das sich drehende Feuer, sondern zu Boden. Dort glitzerten messerscharfe Scherben.

»Eine spontane Explosion«, meinte Oskar. »Es muss die Hitze des Feuers auf dem Fenster gewesen sein, die auf die Kälte der Luft draußen trifft. Vielleicht war es auch ein Vogel.«

»Nein, es war das hier.« Ich hob einen gezackten braunen Stein von der Größe meiner Faust auf.

»Komm mit nach unten«, sagte er und zupfte an meinem Ärmel. »Es ist zu gefährlich ohne die Brillen.«

Mrs. Crawley bestätigte, dass es ein Vogel gewesen war. »Das Licht lockt sie an, obwohl es über meinen Verstand geht, warum sie geradewegs in die Sonne fliegen wollen. Irgendeine Verirrung Ihrer hochgeschätzten Mutter Natur vermutlich. Meistens sind sie nur betäubt, aber ab und zu findet man morgens auf der Galerie auch tote.«

»Und was ist mit dem Stein?«, fragte ich. »Wie kann der hergekommen sein?«

»Ach, die Kinder lassen immer Steine und dergleichen rumliegen. Es wird Zeit, dass Sie mit Ihren Stunden anfangen und ihnen was Konstruktiveres beibringen, als ständig Sachen zu sammeln, die lieber da bleiben sollten, wo sie eigentlich hingehören. Heute Morgen waren sie wieder am Strand.«

»In Ordnung«, sagte ich unterwürfig, obwohl es mir komisch vorkam, dass die Kinder im Lampenhaus gewesen sein sollten. Wenn ich überhaupt noch an den Unterricht gedacht hatte, dann in der Annahme, dass er erst gegen Ende des Sommers beginnen würde.

»Ich schicke sie Ihnen morgen früh. Punkt acht.« Sie trat zurück in ihr Haus und schloss die Tür.

Da hatte ich eindeutig Arbeit vor mir. Ich beschloss, bis zum Frühstück eine Lehrerin aus mir zu machen.

## KAPITEL 11

Aber wo sollte ich unterrichten? Ich taxierte die Möglichkeiten des Wohnzimmers. Unser Mobiliar, bereitgestellt von der Leuchtturmverwaltung, war spärlich: ein kleines braunes Samtsofa, ein weinrot bezogener Stuhl, zwei Beistelltische, beide mit einer Kerosinlampe darauf. Sollte ich die Kinder auf dem Sofa aufreihen und sie den Rücken des Vordermanns als Pult benutzen lassen? Die Küche hätte Vorteile; ich könnte Hausarbeiten erledigen – Brot backen, Suppe kochen, die Asche aus dem Herd räumen, vielleicht sogar buttern lernen –, während die Kinder rechneten und Longfellow rezitierten. Aber dann hörte ich die mahnende Stimme meiner Mutter, ich solle nur eine Sache zur Zeit tun. Die Küche als Klassenzimmer würde eine schlechte Lehrerin *und* eine schlechte Hausfrau aus mir machen.

Meine Wahl fiel auf das Kinderzimmer. Bis auf die Sammlung von Meereslebewesen war der Raum völlig leer, und ich konnte ihn gestalten, wie ich wollte. Oskar hatte den Schrankkoffer in unser Schlafzimmer getragen, wo er als Kommode diente. Ich zog ihn über den Treppenabsatz, um ihn als Tisch zu benutzen. Ich würde die Kinder bitten, ihre Kopfkissen mitzubringen und sich draufzusetzen. Ich entnahm meinem Vorrat an Schreibpapier ein paar kostbare Blätter und legte sie zusammen mit meinem Skizzenblock auf den Koffer. Wie lange würden meine Bleistifte ausreichen, wenn vier Kinder draufloskritzelten? Packte man in die Fässer jemals auch Schreibutensilien?

Aus der Wanderbibliothek suchte ich einen Gedichtband von Stevenson aus, ein ausdrücklich für Kinder verfasstes Buch mit dem Titel *Die fünf kleinen Pfefferschoten und wie sie groß wurden* und *Die Schlacht in der Mobile Bay,* weil ich dachte, es würden historische Fakten darin enthalten sein. Auf meiner *Reise mit dem Pappkanu* hatte ich schon den Great Dismal Swamp erreicht, erwog aber, von vorn anzufangen und es den Kindern vorzulesen, um ihnen einen Eindruck von der Geografie und den Siedlungen der östlichen Vereinigten Staaten zu vermitteln.

In dieser Nacht ging ich nicht mit Oskar zum Leuchtturm, sondern schlafen, um am Morgen für meine Schüler bereit zu sein. Doch sie standen nicht um Punkt acht vor meiner Tür, nicht einmal um neun. Vielleicht waren sie wieder an den Strand gelaufen und hatten mich diesmal nicht aufgefordert mitzukommen. Wahrscheinlich hatten sie mir und meinem Unterricht entfliehen wollen. Zu meiner Überraschung schmerzte mich dieser Gedanke.

Ich beschloss, den Strand vom Leuchtturm aus abzusuchen. Falls ich sie entdeckte, würde ich für diesen Tag, was sie betraf, meine Hände in Unschuld waschen. Schließlich gab es noch andere Pflichten, die auf mich warteten. Ich musste zum Beispiel herausfinden, wie ich das Salz entfernen konnte, das die Fenster überkrustete. Die Scheiben, die aufs Meer hinausgingen, waren fast undurchsichtig.

Mr. Crawley befüllte den Kessel im Sockel des Turms. Er zuckte freundlich die Achseln, als ich mich nach den Kindern erkundigte. Mir wurde nicht klar, ob er einfach nichts über ihren Verbleib wusste oder ob er meine Frage nicht gehört hatte.

Oben im Lampenhaus sah ich, dass man die zerbrochene Scheibe bereits ersetzt und alle Rahmen frisch gestrichen hatte. Es ließ sich nicht mehr erkennen, welches Fenster kaputt gewesen war. Ich trat ans Geländer – nur ein schmaler Eisenstreifen in Taillenhöhe, der praktisch keine Sicherheit bot. Die Sonne war glühend heiß; die Luft schien hier im Westen dünner zu sein als in Milwaukee, eine Substanz, zu schwach, um zwischen der Erde und dieser Feuerkugel zu vermitteln. Weit oben im Norden pflügte ein Dampfer, von unseren tückischen Felsen vorsichtig Abstand haltend, durch die schäumenden Wellen von einem Hafen zum nächsten. Während ich sein langsames Vorrücken beobachtete, fing der wogende Ozean die Sonnenstrahlen auf und stach sie mir als weiß glühende Nadeln in die Augen. Ich wünschte, ich trüge die schwarze Brille.

Ja, sie waren am Strand. Zumindest bewegten sich einige dunkle kleine Gestalten am äußersten Rand des Sandes. Von hier aus sahen sie mehr wie Küstenvögel oder Krebse aus. Wieder wagten sie sich bis zum Wasser vor und rannten dann zurück, wenn die Wellen ihnen die Zehen leckten. Ich würde fast eine Stunde brauchen, um zu ihnen zu gelangen, und es dann nicht übers Herz bringen, sie ins Haus zu scheuchen. Also würde ich diesen Tag anders gestalten müssen.

Ich ging die Galerie entlang auf die Brücke zu, da fiel mein Blick auf ein Gebilde am Hang direkt unterhalb des Turms. Als ich mich über das Geländer beugte, kam ich zu dem Schluss, dass es ein kleiner Haufen Steine war. Glatt und weiß hoben sie sich von dem braunen und schwarzen Untergrund ab, auf dem sie lagen. Baby Johnston geboren und begraben, dachte ich. Der Gedanke an das zarte, hilflose kleine Wesen, das hier, an diesem so ergreifend entlegenen Ort ruhte, trieb mir Tränen in die Augen.

Offensichtlich kümmerte sich jemand um das Grab. Ein Ornament lag auf den Steinen, eine Art Scheibe aus grünschwarzen Federn. Wer hatte sie dort hingelegt? Die Kinder?

Es war schwierig, sich Archie Johnston mit so einem gefiederten Zierrat in der Hand vorzustellen.

Während meiner Abwesenheit war Oskar nach Hause gekommen, und ich fand ihn im Bett vor – er musste sich nachmittags hinlegen, um bei seiner nächsten Schicht wach zu sein. Er schlief jedoch nicht, sondern machte sich zu *Elektrische Wellen* Notizen in einer Kurzschrift, die er als Kind erfunden hatte, als er wegen rheumatischen Fiebers ans Bett gefesselt gewesen war und sich hatte beschäftigen müssen. Über die Decke und einen Teil des Bodens verstreut lagen Seiten voller für mich unverständlicher, hektisch hingekritzelter Zeilen, bestehend aus Schnörkeln und Pfeilen, Pistolen und Sternen, Ausrufungszeichen, winzigen Tornados und anderen kindlichen Symbolen und Hieroglyphen, die sein zehnjähriges Gehirn mühelos erdacht hatte, sowie mathematischer Gleichungen, die mir ebenso rätselhaft waren.

Während ich seine Papiere aufsammelte, erzählte ich ihm von dem Grabhügel aus glatten Steinen mit dem Federding darauf.

»Die armen Johnstons«, sagte er.

»Was wohl aus der Mutter geworden ist?« Ich sah eine Frau vor mir, die das Schiff bestieg, mit dem wir gekommen waren, eine Frau, die sich von diesem Ort hier abwandte.

Für Oskar war das Thema erledigt. »Komm her.« Er hob die Decke, damit ich darunterschlüpfen konnte. »Ich will dir erzählen, was ich heute über Elektrizität gelernt habe.«

Noch lange nachdem Oskar zur Arbeit gegangen war, hielt mich mein Nachmittag im Bett wach. Ich setzte mich eine Weile an den Küchentisch und trank unvernünftigerweise Kaffee, als wäre es morgens. Ich schrieb den Teil eines Briefes an meine Mutter, ohne die Konserven zu erwähnen, und dann mehrere Abschnitte an Lucy, der ich sie detailliert schilderte. Dann blätterte ich planlos in *Die Schlacht in der Mobile Bay.* Der Raum wurde stetig kälter, und ich wurde mir der Dunkelheit bewusst, die auf mich eindrang. Durch die Wand konnte ich Mr. Johnston leise in seiner Küche hantieren hören.

Ruhelos zündete ich unsere Aladin-Lampe an und wanderte durchs Haus. Ich hielt die Glut an die Einbände der Bücher, die wir auf dem Beistelltisch gestapelt hatten, doch keiner der Titel weckte mein Interesse. Ich stellte mich vor den Herd und erwog, die Asche auszuräumen. Ich ging nach oben und musterte unser Schlafzimmerfenster. Vielleicht sollte ich nach Stoff suchen, um daraus Vorhänge zu nähen, die die untergehende Sonne aussperrten. Ich beschloss, zumindest eine Liste meiner Aufgaben zu machen, also nahm ich erneut am Küchentisch Platz, steckte die Hand in meine Schürzentasche und tastete nach einem Bleistiftstummel, den ich meiner Meinung nach dort deponiert hatte. Als ich meine Hand wieder hervorzog, enthielt sie die Dinge aus dem Meer, die ich an jenem ersten Tag gesammelt hatte, als die Kinder mich zum Strand mitgenommen hatten: den roten Seestern, die Arme starr, die Farbe leicht verblichen, den kleinen schwarzen turbanförmigen Teil einer Muschelschale, einen Splitter Perlmutt in den sanften Rosa-, Blau- und Silbertönen des Sonnenaufgangs, die gummiartige Verästelung einer Pflanze, die aussah wie das Geweih eines winzigen grünen Rentiers. Ich holte mir *Spezies der Pazifikküste* aus dem Klassenzimmer, um darin nach Abbildungen meiner Funde zu suchen.

Irgendwo zwischen Abalone und Seeotter fand ich eine Beschreibung von Wasservögeln, deren Federkleid auf vier farbigen Illustrationen wiedergegeben war. Am Kormoran – *weit verbreiteter Wasservogel, bekannt für sein dunkles, glänzendes*

*Gefieder* – erkannte ich die schwarzen, grün schillernden Federn wieder, aus denen das Ornament bestand, das ich auf dem Grabhügel gesehen hatte.

Ich hätte es gern genauer betrachtet. Ich wusste, das war ein törichter Gedanke, doch er ließ mir keine Ruhe, wie es mitten in der Nacht oft passiert. Leise trat ich mit meiner Lampe aus dem Haus. Ich hatte mich in einen Umhang gewickelt; trotzdem erschauerte ich in der kalten, feuchten Luft. Dass die sengende Hitze in so kurzer Zeit komplett geschwunden war, bereitete mir Unbehagen. Als ob in wenigen Stunden aus Sommer Winter geworden wäre. Auch das Geräusch des Wassers unten am Felsen hatte sich verändert. Es war jetzt viel lauter als bei Tageslicht. Selbst von so hoch oben konnte ich hören, wie die Wellen Steine an Land warfen und wieder an sich rafften wie Spieler ihre Münzen.

Ein langer Strahl Gelb schoss über das schwarze Wasser; Oskar sandte das Signal in die schwindelerregende Leere, die in Wahrheit endlos schäumendes Meer und endlos gestirnter Himmel war. Der noch nicht volle Mond überflutete Felsen und Wasser mit gespenstischem Licht, das mich einlud, vom Kap direkt in die Luft zu spazieren. Als ich mir den Weg zum Leuchtturm bahnte, hielt ich mich ein gutes Stück vom Rand fern.

Nach kurzer Zeit stand ich am Fuße des Turms und spähte hinunter, dorthin, wo die Steine sein mussten. Ich konnte sie von hier aus nicht sehen, denn sie waren unter einem Vorsprung aus schwarzem Fels versteckt, dessen scharfe Kanten das Mondlicht deutlich hervortreten ließ. Vielleicht hätten sie mir eine Warnung sein sollen, doch ich beschloss, sie als Beweis für festen Boden zu interpretieren, auf den ich meine Füße setzen konnte. Ich begann, den Turm zu umrunden, während ich nach einem Pfad oder zumindest weniger steilem Gefälle Ausschau hielt.

Ja, unter der Nordwand, wo das Bauwerk auf den Hang traf, abseits aller Wege zum und aus dem Gebäude, lag ein Stück Erde frei. Ich wandte mich nach rechts und wieder nach links, demselben Zickzackkurs folgend, den die Kinder mir vor ein paar Tagen demonstriert hatten, als wir bis zum Strand hinuntergeschlittert waren. Diesmal wollte ich aber nicht zum Strand. Statt mich auf die schiefe Ebene zu begeben, bewegte ich mich weiter nach Westen, hin zu dem Teil des Kaps, der weit über das Wasser ragte.

Ich hätte nicht geglaubt, dass irgendetwas schwieriger zu schaffen sein könnte als der rutschige Hang, den die Kinder und ich bewältigt hatten, doch schon bald stellte sich heraus, dass der Weg, den ich gewählt hatte, genau das war. Nach nur wenigen Schritten musste ich meine Hände benutzen, um mich abzustützen. Das hätte ein Hinweis für mich sein müssen, dass ich umkehren sollte, aber ich gab meine Lampe preis und kroch ohne ihre tröstliche Flamme weiter, wobei ich die Textur des Gesteins und der stacheligen Pflanzen mehr spürte als sah. Wie weit ich gekommen wäre, ob ich den Grabhügel irgendwann erreicht oder aufgegeben oder ihn verpasst oder den Halt verloren hätte und in den Tod gestürzt wäre, werde ich nie wissen, denn an diesem heiklen Punkt wurde ich von einer scharfen Stimme aufgehalten, die irgendwo über mir ertönte.

»Was machen Sie da?«

Es war Mr. Johnston. Seine Frage schreckte Oskar hoch, und ich hörte, wie die obere Tür des Leuchtturms, die auf die Galerie führte, wo ich am Morgen gestanden hatte, mit einem Knall aufsprang. »Was ist los?«, rief Oskar.

Was *war* los? Wie hatte es geschehen können, dass ich praktisch an den Fingerspitzen über dem ans Ufer krachenden Ozean hing, die Beine in meinem Rock verfangen, Gesicht und Arme zerkratzt und voller blauer Flecken? Sollte ich behaupten, ich sei geschlafwandelt? Eine andere plausible Erklärung gab es kaum.

Ich sagte nichts, während ich mich zurückmühte. Die beiden Männer waren bis zu meiner Lampe gelangt und standen nebeneinander in dem schwachen Licht, ihre Gesichter so zerklüftet und überschattet wie der Berghang.

Oskar griff nach mir, seine Miene eine besorgte Frage. »Trudy, was …?«

»Was machen Sie hier?«, wiederholte Mr. Johnston.

»Ich habe …« Ich zögerte, weil ich nicht zu offenherzig sein wollte. »Ein paar Steine gesehen«, schloss ich lahm. Ich drehte den Kopf, um auf sie zu zeigen, aber schon diese kleine Bewegung brachte mich aus dem Gleichgewicht, und ich musste mich bücken und am Felsen festhalten.

»Was wollten Sie denn mit denen?«

»Nichts. Ich …«

»Sie waren bloß neugierig«, sagte Mr. Johnston spöttisch.

Ich schwieg. Er hatte recht.

»Diese Steine sind unsere Angelegenheit. Nicht Ihre.«

»Sie brauchen nicht unhöflich zu meiner Frau zu sein«, sagte Oskar. »Sie hat es nicht böse gemeint.«

»Es hätte aber böse enden können. Es ist ein sehr langer Weg bis nach unten, und wenn man dort ist, hat man nichts davon.«

## KAPITEL 12

Mrs. Crawley musste die Kinder ermahnt haben, denn jetzt erschienen sie jeden Morgen an unserer Haustür, ihre Kopfkissen an die Brust gedrückt. In der ersten Woche schauten wir uns noch beklommen an, und unsere Schritte auf der schmalen Treppe klangen wie ein pflichtbewusster Trauermarsch. Sie waren gezwungen, sich beim Hinsetzen mit dem Schrankkoffer zu arrangieren – der den Kleineren bis zum Kinn reichte –, dann widmeten wir uns den unnatürlichen Aufgaben, die einen Schultag ausmachen.

Sie waren entsetzlich ungebildet. Kein Kind konnte mehr als seinen Namen lesen, und nur die beiden Älteren konnten addieren und subtrahieren, und auch das nicht über die Anzahl ihrer Finger hinaus. Sie hatten keine Kenntnisse in Geschichte oder Geografie, von Naturwissenschaft, Kunst und Musik ganz zu schweigen. Die zwei Jüngsten wussten nicht einmal einen Bleistift richtig zu halten.

Diese elementaren Fähigkeiten hatte mich meine Mutter gelehrt. Ich versuchte mich zu erinnern, wie sie dabei vorgegangen war. Sicher war es hilfreich gewesen, dass ich großen Respekt vor ihr gehabt hatte. Jane war als Jüngste am lenkbarsten und empfänglichsten für Autorität, aber ihre Vorbilder waren die älteren Geschwister, und die sahen nicht ein, was das Ganze sollte.

»Wir wissen, was man tun muss, damit das Leuchtfeuer nicht ausgeht«, wandte Mary ein.

»Und ich kann den Dampfesel reparieren«, fügte Edward hinzu. »Hab ich schon tausendmal gemacht.«

»Wollt ihr denn nichts über andere Orte wissen?«

»Wie Kuba, meinen Sie?«, fragte Edward.

»Ja, Kuba ist ein gutes Beispiel.«

»Da ist Mr. Finnegan jetzt!«, warf Nicholas ein. »Er will den Schlächter töten!«

Dies schien das Signal für sie zu sein, imaginäre Gewehre aufeinander zu richten und Explosionsgeräusche zu imitieren. Ich erzählte ihnen von den Truppen, die ich vor ihrer Einschiffung im Presidio gesehen hatte, und opferte zwei Blätter meines Skizzenblocks, auf die ich Landkarten zeichnete, eine von der Küste, an der Oskar und ich entlanggefahren waren – wollten sie denn nicht wissen, woher der Tender immer kam? –, und eine von ganz Nordamerika. Milwaukee und San Francisco verband ich mit einer Linie, um unsere Zugreise anzudeuten. Dann legte ich einige Kieselsteine, die Nicholas aus seinen Taschen geholt hatte, in einiger Entfernung von den Karten auf den Koffer, um ihnen zu zeigen, wo sich die Philippinen und Kuba im Verhältnis dazu befanden, obwohl meine eigenen Kenntnisse über Weltgeografie, ehrlich gesagt, ziemlich dürftig waren.

Danach markierten wir mit weiteren Kieseln alle Orte, die uns – genauer genommen mir – einfielen: Paris, London, New York, Peking. Ich fragte mich, woher ich einen Globus beschaffen könnte.

»Wo ist Salinas?«, wollte Mary wissen. Ich konnte nicht einmal so tun, als hätte ich eine Ahnung.

In großen Buchstaben malte ich das Wort PFERD – noch ein Blatt Papier dahin – und brachte ihnen bei, es zu lesen. Aber dann musste ich das Pferd auch zeichnen, denn sie hatten noch nie eins gesehen oder konnten sich zumindest nicht daran erinnern. Sie staunten darüber, dass der Dampfesel nach einem Tier wie einem Pferd benannt war, und ich bemühte mich, ihnen auch ESEL beizubringen, aber an dem Eifer, mit dem Edward versuchte, eine Fliege zu fangen, und der Tatsache, dass Jane ihren Kopf auf ihr Kissen gelegt hatte, war klar zu erkennen, dass sie für einen Tag genug gelernt hatten.

»Sie sind vollkommen unwissend«, berichtete ich Oskar.

Wir knieten vor unseren Vorratsschränken, die so vollgestopft mit Konserven waren, dass ich die Türen mit Schnur hatte zusammenbinden müssen, damit sie nicht aufsprangen.

»Erst suchst du was aus und dann ich«, sagte er.

Ich wählte Austern in Sahne, und er zog in Portwein gekochtes Wildbret hervor sowie Süßkartoffeln, grüne Bohnen und Kirschen in dickem Sirup.

»Nein.« Ich lachte, aber es war mir ernst. Irgendetwas in der Luft hier hatte Oskars Appetit gesteigert, und wir aßen viel mehr, als vernünftig war. »Wirklich, wir müssen mindestens eine davon wieder zurückstellen. Dir ist wohl nicht klar, dass dies alles ist, was wir bis zum nächsten Tender haben. Und der kommt erst in Monaten.«

»Oh, bitte, ich habe heute solchen Hunger. Ich verspreche, dass ich morgen nur Steine und Maisbrot esse. Oder ich überrede Crawley, uns einen Wal zu fangen.«

Und so gab ich wider besseres Wissen nach und entzündete das Feuer im Herd. Dann hielt ich die Dosen fest, und Oskar setzte das Stemmeisen so dicht am Rand an, wie er es wagte, und klopfte mit dem Hammer darauf.

Es fiel mir schwer, nicht die Hand wegzuziehen. »Wenn du nun abrutschst?«

Er grinste. »Vielleicht nimmst du lieber die Linke.«

Während ich beobachtete, wie zwischen Fleischbrocken

durchscheinende Sauce und um die Austern herum weißer Schaum aufquoll, wurde mir klar, dass meine Mutter diese Methode des »Kochens« schwer missbilligt hätte. Das Essen schmeckte nicht gut, aber das Neue daran reizte Oskar und mich. Ich ließ ihn die Augen schließen und hielt ihm auf meiner Gabel einen Happen hin – Auster oder Wildbret?

»Morgen«, erklärte er, »probieren wir die Gans und den Plumpudding.«

Er begeisterte sich immer mehr für seine *Elektrischen Wellen* und versuchte, mich dazu zu bewegen, denselben Enthusiasmus für meine eigene Arbeit aufzubringen und nach der gleichen wissenschaftlichen Methode vorzugehen.

»Die Unwissenheit der Kinder ist wundervoll, erkennst du das nicht? Sie sind quasi ein primitives Volk. Man könnte alle möglichen Experimente anstellen, um herauszufinden, wie sie denken. Bitten wir sie doch, etwas zu erklären – wie weit der Ozean reicht, zum Beispiel –, und sehen, welche Geschichten sie dazu erzählen.«

Während er diese Ideen weiter ausführte, langte er mit der Gabel in meine Schüssel; er hatte seine Portion schon aufgegessen.

»Aber Oskar«, protestierte ich, »sie sind Kinder und keine Eingeborenen. Sie können den Dampfesel reparieren, Herrgott noch mal.«

Er blieb trotzdem davon überzeugt, dass die Kinder ein gutes Studienobjekt abgäben, und wenn ich das nicht nutzen wolle, würde er es tun. Alle paar Tage ließ er seine Erforschung des »Transfers von Elektrizität«, wie er es seit neuestem nannte, liegen und kam ins Klassenzimmer heraufgesprungen, um uns etwas nahezubringen, das wir seiner Meinung nach ausprobieren sollten.

»Lasst mal die Buchstaben sein«, sagte er eines Tages und

schob die Blätter beiseite, auf denen die Kinder sich mindestens eine Viertelstunde lang abgemüht hatten. »Hier, Trudy, gib ihnen neue. Jetzt möchte ich«, fuhr er fort, als alle ein neues Blatt meines cremeweißen Papiers vor sich hatten, »dass ihr eine Botschaft ohne Worte verfasst.«

Sie starrten ihn unsicher an.

»Ich sehe, der Schaden ist schon angerichtet.« Er schüttelte den Kopf, lächelte aber freundlich und geduldig. »Das können wir rückgängig machen. Tut mal so, als hättet ihr nie ein Wort Englisch gehört. Ihr kennt keine abgenutzten, konventionellen, sinnlosen Phrasen. Ihr seid eben gerade in diese Welt gekommen«, sagte er, sie allmählich mitreißend, »und jetzt müsst ihr euch allein in ihr zurechtfinden. Ihr erlebt sie unmittelbar mit euren Sinnen und ohne das Eingreifen von Lehrern.« Er hielt inne und sah sich um. »Nein, wartet, ich habe eine bessere Idee. Hier gibt es zu viel Ablenkung. Diese Bücher … und was ist das? Eine Landkarte? Nein, nein, die nützt euch nichts. Wir werden hinausgehen. Wir gehen in die Natur und befreien uns von diesen verderblichen Einflüssen. Kommt.«

»Oskar …«, setzte ich zum Protest an. Es war so schwierig gewesen, die Kinder in diesem Raum zu versammeln und sie zum Bleiben zu bewegen, und jetzt stellte er alles in Frage, was ich erreicht hatte. Außerdem hatte ich mit wenigen Mitteln, der Auswahl der Bücher und dem Zeichnen der Karten, mein Bestes getan und wollte nicht, dass er sie verderblich nannte.

Er hob die Hand und schüttelte den Kopf. »Unterbrich mich nicht, Trudy. Lass uns ein echtes Experiment machen. Vielleicht lernen wir alle etwas daraus.«

Und so führte er wie der Rattenfänger von Hameln die Kinder die Treppe hinunter, zur Tür hinaus und dann von einer Stelle zur nächsten. Er forderte sie auf, mit dem Handteller über die bunten Flechten zu streichen und die Sohlen ihrer nackten Füße auf den scharfkantigen Felsen zu drücken. Im Kesselraum ließ er sie am Öl schnuppern. Er füllte einen Eimer mit Wasser, in den sie nacheinander ihre Köpfe tauchen mussten. Er ermunterte sie, sich auf dem Bauch an den Rand des Kaps zu legen, sodass ihre Köpfe darüber hinausragten, und die Augen zu schließen. »Saugt den Rhythmus des Ozeans in euch auf!«, befahl er, während ich verstohlen mit der einen Hand den Saum von Janes Kittelschürze umklammerte und mit der anderen Nicholas' Ferse.

Als wir wieder in unserem kleinen Klassenzimmer waren, bat er sie, ihm auf Papier zu zeigen, was sie erlebt hatten, ermahnte sie jedoch erneut, keine Wörter zu benutzen.

»Wenn ihr zum Beispiel die Wörter ›Meer‹, ›See‹ oder ›Wasser‹ gar nicht kennen würdet«, sagte er, »wie würdet ihr mir dann beschreiben, was da draußen ist?« Er deutete in Richtung Westen.

Gehorsam machten sich die Kinder über ihre Blätter her, bis Euphemia die Glocke vor ihrer Tür läutete, das Signal für sie, den Unterricht zugunsten von Mittagessen und häuslichen Pflichten abzubrechen.

Oskar war enttäuscht von den Ergebnissen. »Ich dachte, sie würden Piktogramme zeichnen«, sagte er nach einem Blick auf die vollgemalten Seiten. »Wie die alten Ägypter. Das hier sind ja nur Bilder.«

»Aber sehr aufschlussreiche. Guck doch mal.« Marys Bild zeigte eine wohlgeordnete Landschaft mit stimmigen Proportionen. Sie hatte sogar daran gedacht, die Wäscheleine und den Dampfesel mit einzubeziehen. Edward hatte sich selbst gemalt und sah aus, als hätte er gerade das Kap erobert und wollte es als Ausgangspunkt für den weiteren Einsatz von Truppen benutzen. Nicholas hatte einen Himmel mit Vögeln gefüllt und einen Ozean mit Geschöpfen aller Art. Janes Zeichnung, auf der die Grenzen zwischen Wasser, Berg und Luft verschwammen, ähnelte impressionistischen Gemälden, bestand nur aus verwaschenen Schatten und Strichen und Gefühl. Vielleicht war sie noch zu klein, um sich, wie Oskar es nannte, »zurechtzufinden«.

»Mmm«, stimmte Oskar zu, obwohl er gar nicht richtig hinschaute. »Ich hatte mir etwas anderes erhofft. Die sind alle so… personentypisch. Wir können daraus nichts über die Wahrnehmung der Welt bei Urvölkern ableiten. Vielleicht würde Mathematik etwas Elementareres und Universelleres zutage fördern. Mal sehen, was sie tun, wenn wir ihnen ein mathematisches Problem vorlegen und getrocknete Bohnen zum Abzählen geben.«

Ich bewunderte Oskar dafür, dass er in den alltäglichsten Situationen Gelegenheiten zum Lernen sah, und die Kinder waren eindeutig entzückt von seinen Methoden, aber ich merkte, dass es ihm mehr darum ging, von ihnen zu lernen, als sie zu unterrichten, deshalb war ich froh, dass er oft zu beschäftigt war mit seinen Forschungen zur Elektrizität, um sich um uns zu kümmern.

Mein Vorrat an Schreibpapier schwand aufgrund der Kritzeleien und Kleckserei der Kinder rasch dahin. Auch Oskar bediente sich, heftete manchmal sogar mehrere Blätter zusammen, um Platz für große Diagramme zu haben.

»Stell dir vor«, sagte er eines Nachmittags, stemmte eine Dose Rhabarber auf und löffelte ihn sich in den Mund, »ich wäre derjenige, der entdeckt, wie man ein Signal auf einer elektrischen Welle sendet.«

»Wie ein Telegraf, meinst du?«

»Ein Telegraf arbeitet mit Kabeln. Ich spreche von einem

Signal, das dorthin gelangt, wo keine Kabel hinkommen, an einen Ort wie diesen. Oder hinaus aufs Meer, zu einem schwimmenden Schiff. Direkt durch die Luft.«

»Glaubst du wirklich, du könntest etwas so … Großes schaffen? Ich meine, das mit den Wellen hast du doch gerade erst gelernt, oder? Aus dem Buch?«

»Man muss ehrgeizig sein«, sagte er, »sonst erreicht man nichts. Aber ich werde mit etwas Begrenzterem anfangen.« Er kippte die Dose so, dass ihm der letzte Saft in den Mund lief. »Ich werde ein Signal von unserem Wohnzimmer zum Leuchtturm schicken.«

»War das in dem Buch beschrieben?«

»In dem Buch?« Er schüttelte den Kopf. »Damit bin ich fertig. Die wahre Arbeit findet im Gehirn statt, wenn man überlegt, was schon bekannt ist, und entscheidet, wie man sich dem Unbekannten nähert.« Damit nahm er sich mehrere Blätter Papier, brachte den Stapel auf der Tischplatte säuberlich auf Kante und ging daran, die Ergebnisse seiner Gehirnarbeit als Schnörkel und Pfeile auf die Seiten zu übertragen.

Jetzt, da ich morgens die Kinder und nachmittags Hausarbeit zu verrichten hatte, während Oskar immer noch der Nachtschicht zugeteilt war, stimmten unsere Tagesabläufe nicht mehr überein. Als er nun vom Tisch aufstand, mein Handgelenk packte und mich wegzog von der Geschichte über Aale, die ich für Nicholas und Jane in großen Buchstaben zu schreiben begonnen hatte, passte mir die Unterbrechung meines Rhythmus gar nicht. Von unserem Bett aus hörte ich, während er meinen Körper betastete, als ob er einen Berghang nach Griffen absuchte, die Kinder rufen, Mr. Crawley im Vorbeigehen mit Mr. Johnston reden, Mrs. Crawley die Hühner verscheuchen.

»Ma! Ich kann keine Brombeermarmelade finden!« Janes

Stimme durchdrang die Membran zwischen ihrer Welt und unserer.

Ich öffnete die Augen, um Oskar verstohlen anzulächeln, aber sein Gesicht war zum Fenster gewandt, sein Blick auf den Horizont gerichtet.

Als er eingeschlafen war, stand ich wieder auf. Schließlich waren noch Fenster mit Essig zu putzen und Böden mit einer groben Bürste und Seifenlauge zu schrubben; Mrs. Crawley hatte mir inzwischen gezeigt, wie man das am besten macht. Und die Frau selbst konnte jederzeit mit einer Aufgabe, die zwei Personen erforderte, an meiner Tür erscheinen, Teppichklopfen zum Beispiel oder Wäschekochen. Außerdem mussten noch Geschichten geschrieben werden. Sogar *Die fünf kleinen Pfefferschoten* hatte sich als zu schwierig für die Kinder erwiesen, deshalb hatte ich angefangen, selbst Geschichten zu verfassen, die sich durch übergroße Buchstaben und flotte Illustrationen auszeichneten. Neben der mit den Aalen gab es eine über einen Krebs, der einen Bowler trägt und auf einer kaputten Zigarrenkiste Felsschluchten hinunterschlittert, eine über einen Seestern, der mit der Bahn nach Indiana reist (was viele Landkartenskizzen und ausufernde Diskussionen über die Lewis-und-Clark-Expedition nach sich zog), und eine über eine Nixe, die ihre Haare mit einer silbernen Bürste entwirrt.

»Sie lebt in einer Höhle«, sagte Jane.

»Gut«, stimmte ich zu.

Zeichnen bereitete Jane besonderes Vergnügen, also ließ ich sie die Behausung der Nixe darstellen und wünschte mir, ich hätte Aquarellfarben für sie, so üppig schmückte sie ihr Bild mit Kelpsträngen und Abalonengehäusen größer als Suppenschüsseln aus.

## KAPITEL 13

Das Herbstpicknick am Strand sei, so Mr. Crawley, ein alljährlicher Festschmaus. »Bevor der Regen einsetzt«, sagte er. Ich nahm an, dass er scherzte. Seit unserer Ankunft in Point Lucia war kein Tropfen gefallen, und was machten schon ein, zwei Tage oder auch eine Woche Regen aus?

»Wann fängt es an zu schneien?«, fragte ich, und Mrs. Crawley gestand, so etwas habe sie noch nie gesehen.

Oskar und ich, die an das Eis und die schneidenden Winde dachten, die den Osten bald heimsuchen würden, lachten über die Idee eines letzten Hurras vor ein wenig Nässe. Aber wir freuten uns auf das Picknick. An dem dafür festgelegten Sonntag zeigte der Himmel ein sattes, leuchtendes Blau, und die Sonne versprach den ganzen Tag über zu scheinen.

Wir wollten Abalonen grillen und was Mr. Crawley, der gern in der Brandung angelte, sonst noch fangen mochte, sowie Muscheln kochen, und Mrs. Crawley stellte einen Wäschekorb in den Hof, damit wir alle von unseren Vorräten die köstlichsten Dinge beisteuerten, die wir entbehren konnten. Oskar lief mehrmals mit Dosen, die Etiketten trugen wie *California Fruit* und *Boston Baked Beans*, sowie Schokoladentafeln zwischen Küche und Korb hin und her.

Wir Erwachsenen fuhren alle sittsam mit dem Aufzug hinunter. Der Wasserstand war sehr niedrig; die See hatte, wie ich Mr. Crawley mit milder Entrüstung seiner Frau zuflüstern hörte, »ihre Röcke geschürzt«, sodass bis recht weit draußen eine wogende Fläche von dunklen, tückischen Felsen sichtbar war. Die drei älteren Kinder folgten ihrem Vater mit spitzen Stöcken dorthin, um Abalonen aufzuspießen.

Während Mrs. Crawley und Mr. Johnston trockenes Holz sammelten – Mrs. Crawley tatkräftig, Mr. Johnston oft innehaltend, um ausgiebig forschende Blicke die Küste entlangzuwerfen, als ob er erwarte, aus der endlosen felsigen Wildnis würde jemand oder etwas auftauchen –, wurden Jane und ich mit einem Sack an den Strand geschickt, um Muscheln zu suchen. Wir kamen langsam voran, weil Jane sich immer wieder bücken und mit ihren winzigen Fingern im Sand herumstochern musste, um Kiesel und dergleichen zu inspizieren. Diese Haltung nahmen wir gerade ein, ihre Hand in meiner, sodass sie mich mit hinunterzog, als hinter uns eine dunkle Gestalt erschien. Ich erschrak, doch es war bloß Oskar, der jetzt auf meine Schulter tippte.

»Ich hab dich!«, rief er und lief weiter, die nackten Füße klatschend auf dem nassen Sand.

Ich begann auch zu rennen, Janie kreischend vor Aufregung neben mir, und wir kamen vielleicht zwanzig Schritte weit und waren fast schnell genug, um ihn einzuholen, aber das nur, weil er sich umgedreht hatte und rückwärtslief. Mehr schaffte ich nicht bei der flachen Atmung, die mein Korsett erlaubte.

»Ich dachte, du würdest mithalten.« Oskar schüttelte lächelnd den Kopf. »Du enttäuschst mich.«

»Versuch du mal, in diesem Ding zu rennen.« Ich drückte meine Hand auf das Kleidungsstück, das meine Rippen einzwängte.

»Um Himmels willen! Warum trägst du das?«

»Weil man das eben trägt! Ich würde sonst … komisch aussehen.«

»Das ist albern! Du würdest nicht komisch aussehen. Und überhaupt, wen sollte das interessieren? Janie? Mrs. Crawley?«

»Du bist doch auch da«, sagte ich kleinlaut.

»Ich habe Sie schon ohne Korsett gesehen, Mrs. Swann, und versichere Ihnen, dass Sie nicht komisch aussehen.«

Ich schaute beiseite, um mir nicht anmerken zu lassen, dass mich das erfreute.

»Mr. Swann! Kommen Sie und helfen Sie uns!«, riefen die älteren Kinder von den Felsen her, und er flitzte los wie ein Kätzchen, das einer Garnrolle nachjagt.

»Er hat recht«, sagte ich zu Jane, wohl wissend, dass sie mich nicht verstand. »Es ist alberne Eitelkeit. Ich verzichte darauf!«

Am Südende des Strandes befanden sich Höhlen fast direkt unter dem Leuchtturm, Grotten, wo der Ozean Löcher in den schwarzen Stein geleckt hatte. Bei Flut füllten sie sich mit Wasser, aber jetzt waren sie leer, und in der Dunkelheit eines dieser natürlichen Badezelte knöpfte ich mein Kleid auf, hakte mein Korsett auf und legte es ab. Meine Sachen wieder anzuziehen, erwies sich als schwierig, denn da mein Rumpf jetzt nicht eingeschnürt war, ließ sich das Kleid über den unteren Rippen nicht mehr schließen. »Ich falte einfach die Hände, so«, sagte ich zu Jane und bedeckte die Stelle, durch die mein Unterrock hervorlugte. Sie kicherte, ich dagegen seufzte, weil ich wusste, dass ich, wenn ich das Korsett nicht wieder anzog, meinen Umhang um die Taille drapieren musste, wenn wir uns zu den anderen gesellten, und dann würde ich wirklich komisch aussehen. Ich rannte ein paar Schritte auf dem nassen Sand, um jetzt, da ich ungehindert Luft holen konnte, meine Kraft zu überprüfen.

»Guck mal! Ein Nixenbaby!«, quiekte Jane.

Die Kleine kauerte in einem entlegenen Winkel der Höhle neben einem Bündel Kelp, das die Größe und Form eines Säuglings hatte. Ich bückte mich und konnte mir zunächst keinen Reim auf das Gewirr aus glatten grünen Bändern und gummiartigen Schläuchen machen. Entsetzt erkannte ich missgestaltete Arme und Beine, braun und mit Krallen bewehrt, und dann eine flache schwarze Nase.

»Schläft es?«, fragte Jane.

Die Augen des Geschöpfes waren geschlossen. Sein Geruch war erstaunlich, eine durchdringende Mischung aus Tier, Pflanze und Salz, der Geruch von Meereslebewesen, die zu lange der rauen Luft ausgesetzt waren, doch ich hob es auf und hielt es, so gut ich konnte, in seiner glitschigen Umhüllung fest. Und dann lief ich los.

»Wir haben eine Nixe gefunden!«, kreischte Janie, und auch ich musste geschrien haben, denn die zwei Männer und die Kinder auf den Felsen begannen, sich auf den Strand zuzubewegen, und Mrs. Crawley und Mr. Johnston schauten von dem dürftigen Haufen Treibholz auf, den sie zusammengetragen hatten.

»Oh, warum stehen sie da so rum? Warum kommen sie nicht?«, flüsterte ich und hörte mein Herz lauter schlagen, als meine Stimme klang.

Ich streckte Mrs. Crawley das Bündel hin, doch sie ergriff es nicht. Mit einer Hand wischte sie sacht eine Schnur Tang aus dem braunen Gesicht. »Ach, das arme kleine Ding.«

»Was ist es?«, keuchte ich. Mein Atem brannte sich durch meine Kehle in meine Brust.

»Ein Otterjunges«, sagte Mrs. Crawley. »Wahrscheinlich hat sich ein Orca die Mutter geholt.«

»Ein Orca hätte eher das Junge genommen«, meinte ihr Bruder. »Ich schätze, einer von diesen portugiesischen Schmugglern hat die Mutter totgeprügelt. Das Fell ist wohl schon nach Russland unterwegs.«

»Was sollen wir tun?«, fragte ich.

»Gegen die Schmuggler gar nichts«, sagte Mr. Johnston. »Die sind längst weg.«

»Nein. Mit dem Otter.«

»Sie sehen doch, dass er verletzt ist«, sagte er. »Am besten erschlagen wir ihn gleich.«

»Erschlagen! Oh nein!«

»Ich fürchte, er ist schon fast tot«, warf Mrs. Crawley ein. »Sehen Sie, er kann kaum die Augen offen halten.«

Seine Augen waren aber so weit geöffnet, dass ich in ihrem dunklen Glanz Leben erkannte. »Ich kümmere mich um ihn«, sagte ich und drückte ihn fester an meine Brust. Ohne mein Korsett spürte ich durch meine Kleider hindurch seinen noch warmen Körper unter dem nassen Fell.

»Sie tun ihm keinen Gefallen damit. Sie verlängern sein Leiden nur«, sagte Mr. Johnston.

»Er hat recht«, sagte Mr. Crawley mit vom Wind oder vor Ergriffenheit geröteten Augen hinter der Schulter seiner Frau hervor. »Sie tun ihm bloß weh.«

Oskar war zu uns getreten, und ich blickte ihn flehend an. »Sie fügt ihm doch keinen Schaden zu, wenn sie es versucht«, sagte er mannhaft.

»Der Schaden ist nach *meiner* Erfahrung«, widersprach Mrs. Crawley, »ein langsamer und qualvoller Tod. Das ist Grausamkeit, und die dulde ich nicht.«

Archie Johnstons Hände schlossen sich um das kleine Bündel, und ich fühlte, wie er daran zog. »Ich kümmere mich darum«, sagte er, ein seltsames Echo meiner eigenen Worte. Ich hielt fest.

»Lass los, Archie«, sagte Mrs. Crawley und drängte ihn beiseite. Ihre großen, tüchtigen Hände glitten zwischen das Junge und meine Brüste. Zärtlich nahm sie mir das Tier in seiner grünen Windel aus den Armen.

»Wohin bringst du die Nixe, Mama?«, fragte Janie ängstlich, als ihre Mutter sich von uns wegzubewegen begann.

»Zurück zum Meer. Wo sie hingehört«, antwortete Mrs. Crawley, ohne zu zögern. »Nehmen Sie Jane mit«, fügte sie hinzu und nickte mir zu. »Geht, Kinder. Wir haben nichts zu essen, wenn ihr euch mit den Abalonen nicht beeilt.« Sie wies mit dem Kopf dorthin, wo sie ihre Säcke und Stöcke fallen gelassen hatten.

»Kommt!«, rief Oskar. Er begann zu rennen und riss die Kinder durch die Kraft seiner Bewegung mit. Sie schlossen sich ihm an wie Zugvögel ihrem Anführer.

Ich ging ihnen nach, dankbar dafür, mit den Kindern weggeschickt worden zu sein. Aber ich konnte nicht anders, als mich noch einmal umzudrehen. Mr. Crawley war seiner Frau ein paar zögernde Schritte gefolgt und dann stehen geblieben. Er rieb sich hilflos die Hände an seiner Hose. Mrs. Crawley marschierte noch ein ganzes Stück weiter und kniete sich schließlich neben einen großen Knüppel aus Treibholz. Sie legte das Bündel auf den Sand und ließ es langsam los.

»Sehen Sie nicht hin«, sagte eine leise Stimme überraschend sanft und besorgt neben mir.

Erschrocken geriet ich ins Stolpern, und Mr. Johnston packte mich am Arm. »Sie kennt das«, sagte er. »Aber Sie müssen es nicht kennen lernen.«

Ich ließ mich zwar von ihm fortführen, warf jedoch aus zusammengekniffenen Augen einen Blick zurück. Mrs. Crawleys Arm war hoch erhoben, und ihre Hand umklammerte einen dicken Prügel. Gott sei Dank hörte ich den Aufprall nicht. Wohl aber, wie sie heftig würgte.

Erst am späten Abend dachte ich wieder an mein Korsett, und am nächsten Morgen konnte ich mich nicht überwinden, zurückzukehren und es zu suchen. Ich war mir sowieso sicher, dass die Wellen es mit sich gerissen hatten. Noch ein Teil meines alten Lebens verloren. Bis ich etwas Neues anfertigte, mit dem ich mich schnüren konnte, würde ich meine engen Röcke und Kleider nicht mehr anziehen können, sondern bloß noch den locker sitzenden Kittel, den ich bisher nur bei der gröbsten Schmutzarbeit getragen hatte.

## KAPITEL 14

Mochten die Kinder auch keine gelehrigen Schüler sein, so leisteten sie mir doch Gesellschaft, und ich lernte ihre Unterschiedlichkeit zu schätzen. Mary begeisterte sich für Ordnung. Sie wusste immer, welche Materialien wir brauchen würden, und hatte ein Auge darauf, dass ihre Geschwister im Unterricht gut aufpassten. Sie besaß ein kleines silbernes Taschenmesser, auf das sie stolz war, und spitzte ständig Bleistifte damit an oder polierte die Klinge mit ihrer Schürze. Anhand des Buches, das sie aus der Wanderbibliothek zurückbehalten hatte, sortierte sie alles, was wir weiterhin am Strand sammelten, nach Spezies, und von allen Artikeln im Sears-Katalog gelüstete es sie besonders nach einem Gewürzschränkchen mit achtzehn niedlichen Schubladen. Sie war nicht schnell von Begriff, dafür aber hartnäckig, und beschäftigte sich so lange mit einem Problem oder Text, bis sie sicher war, es gelöst oder ihn richtig verstanden zu haben. Das verlieh ihr zwar etwas Nüchternes und Humorloses, ließ sie jedoch auch sorgfältig und gründlich vorgehen, und dafür bewunderte ich sie.

Wie es bei Geschwistern so oft vorkommt, war der aufgeweckte, rastlose und ungeduldige Edward nahezu Marys Gegenteil. Sie beschuldigte ihn, die Spitzen seiner Bleistifte vorsätzlich abzubrechen, um sie zu ärgern. Edward war selbstsicher und extrovertiert; es war kein Zufall, dass wir zuerst ihn kennen gelernt hatten, als wir am Leuchtturm gelandet waren. Er liebte Maschinen, entweder weil er sie mit seinem Vater assoziierte, der ihm beigebracht hatte, wie sie funktionierten, oder aus einer angeborenen Neigung, und er war fasziniert von Oskars elektrischen Geräten. Ich sah es gern, wenn sie die Köpfe über irgendeinem mysteriösen Stück Draht zusammensteckten. Edward war fürsorglich gegen seine Geschwister, trug immer die schwersten Lasten und probierte als Erster alles aus, was fragwürdig oder gefährlich erschien.

Nicholas hatte einen Hang zu Fantasiewelten. Er verbrachte Stunden damit, über die Brücke zum Leuchtturm hin und her zu rennen, dabei einen Stock zu schwenken und seinen Truppen Befehle zuzurufen. (Es freute mich, dass einige seiner Kommandos denen glichen, die ich ihm aus *Die Schlacht in der Mobile Bay* vorgelesen hatte.) Er war der leidenschaftlichste Sammler und taufte fast alle seine Funde, auch Steine und Pflanzen, und erzählte Jane dann kleine Geschichten, in denen diese Lebewesen und Gegenstände als Personen auftraten. Er hatte einen ausgeprägten Sinn für Humor und wagte es als Einziger, die furchteinflößende Mrs. Crawley zu necken. Man konnte sehen, dass es ihr gefiel, gelegentlich von ihrer Strenge erlöst zu sein.

Jane war die Neugierigste und Naseweiseste. Sie schien den Verdacht zu haben, dass ihr Informationen vorenthalten wurden – vielleicht stimmte das, schließlich war sie die Jüngste –, und stellte aufmerksame und erschöpfende Fragen. Sie probierte verschiedene Rollen aus, indem sie manchmal ihre Mutter und manchmal eins ihrer Geschwister nachmachte. Geschmeichelt bemerkte ich eines Tages, dass sie versuchte, die beiden vorderen Strähnen ihrer Haare hinter dem Kopf zusammenzufassen, so wie ich es tat. Doch ihre eigene Persönlichkeit – wissbegierig, eigenwillig und selbstbewusst – war stärker als all diejenigen, die sie kopierte. Ich sah etwas von mir selbst in ihr, und obwohl ich auch die anderen Kinder rasch ins Herz schloss, glaubte ich, dass zwischen ihr und mir eine besondere Verbindung bestand. Ich spürte, dass sie mich als Vorbild erwählt hatte, ähnlich wie Miss Dodson es für mich gewesen war.

Bei dem Gedanken an Miss Dodson kam ich zu dem Schluss, dass ich mich angesichts unserer ungewöhnlichen Situation und des Interesses meiner Schüler an Wasserlebewesen stärker auf die Naturwissenschaft konzentrieren sollte. Die Kinder fanden am Strand einen frisch angeschwemmten Seeigel. *Spezies der Pazifikküste* enthielt eine Abbildung des Tiers mit Benennungen seiner Körperteile, und ich dachte, es wäre lehrreich, es zu öffnen und die komplexen Strukturen im Innern zu betrachten. Allerdings hatte ich nicht damit gerechnet, dass die Schale so hart war. Wegen ihrer Kugelform und der Stacheln war es schwierig, das Ding so zu halten, dass man es mit einem Messer aufbrechen konnte.

»Edward, hol die große Schere von deiner Mutter, sonst kriegen wir den nie auf.«

Während wir warteten, taten die anderen so, als stächen sie sich die Finger an den giftigen leuchtend lila Nadeln.

Als Edward zurück war, klemmte ich den Seeigel zwischen die Schneiden der Schere und drückte zu, bis das Skelett mit einem Knacken zersprang. Die Hände durch Geschirrtücher geschützt, zog ich die Hälften auseinander. Die Kinder beugten sich vor, um besser sehen zu können. Das Innere bestand aus sanften Windungen und Falten, glänzenden Anhäufungen roter und grauer Bänder und gelben Samenperlen.

»Da«, sagte ich triumphierend und fühlte mich ganz wie Miss Dodson, »ist die Laterne des Aristoteles!«

Das Ganze ähnelte einer Tulpe. Die Natur wiederholt ihre Muster, dachte ich in Erinnerung daran, dass Miss Dodson Mr. Emerson zitiert hatte. Es war etwas Wichtiges an diesem

Gedanken; wenn ich nur wüsste, wie ich es artikulieren sollte. Oskar würde es sicher erläutern können.

Dann streckte Janie ihre Gabel aus – zum Sezieren hatten wir nur Essbesteck – und stupste das weiche ockerfarbene Fleisch an. Salziger Meeresgeruch stieg davon auf, und plötzlich sah ich das Gewirr der Eingeweide, das noch einen Moment zuvor ein fantastisches Arrangement aus Farben und Formen gebildet hatte, als das, was es war: ein Schälchen mit Innereien, aus dem etwas auf meinen Küchentisch getropft war. Was hatte ich mir nur dabei gedacht, das Ding aufzuknacken?

»Tut mir leid«, sagte ich. Mit großer Mühe kämpfte ich gegen Brechreiz an, und kalter Schweiß sammelte sich in meinem Nacken.

Die Kinder forderten lautstark meine Aufmerksamkeit.

»Er ist übergelaufen!«

»Können wir noch einen aufmachen?«

»Au! Piks mich nicht!«

Ihre Stimmen bedrängten mich unerträglich. Mein Kragen schnürte mich so eng ein, dass er meine Atmung zu behindern schien. Als endlich die Glocke ertönte und die Kinder zum Mittagessen rief, floh ich aus der Küche und stolperte nach oben, musste mich hinlegen.

Ich schlief ungefähr eine Stunde und wachte auf, als Oskar zur »Nachtruhe« neben mich ins Bett schlüpfte. Da es mir besser ging, kehrte ich in die Küche zurück. Oskar hatte seinen Teller mit den Resten von Sardinen und Lotsenbrot auf dem schmierigen Fleck stehen lassen. Ich kratzte die Seeigelüberreste in einen Eimer und trug ihn zum Rand des Felsens, um sie ins Meer zu schleudern. Mrs. Crawley war da und entsorgte ihren Müll auf dieselbe Weise. Ich gestand ihr meinen Schwächeanfall.

»Ich bin überrascht«, schloss ich. »Ich war nie so empfindlich.«

Sie warf mir einen taxierenden Blick zu. »Bei manchen Frauen ist das so, wenn sie schwanger sind. Obwohl es bei mir nie so war.«

Meine Mutter hatte mich ermahnt, über meine Blutung genau Buch zu führen, um befleckte Laken und Unterwäsche zu vermeiden, aber diese Anweisung hatte ich missachtet. Ich brauchte keine Kalender und Notizhefte, sondern erkannte an den schmerzhaften Krämpfen, wann die Blutung fällig war. Meine laxen Gewohnheiten bedeuteten jedoch, das ich nicht wusste, wie viele Wochen seit der letzten Menstruation vergangen waren. Ich hatte allerdings das vage Gefühl, dass es mehr waren als üblich. Ich schrieb diese Unregelmäßigkeit der Fremdartigkeit der Umgebung, meiner Ernährung, des ganzen Lebens hier zu. In Wahrheit war nichts Ungewöhnliches geschehen: Die einfachste, offensichtlichste Erklärung war die richtige.

Ich drückte mir die Hand auf den Bauch, als wolle ich das zu erwartende Kind in mir behalten. »Ich kann doch hier kein Baby bekommen!«

Mrs. Crawley lachte. »Natürlich können Sie. Ich habe hier zwei zur Welt gebracht, und wenn der liebe Gott es für angemessen hält, mir noch welche zu schicken, bekomme ich auch die hier.«

»Wie?«

»Ebenso, wie Sie es überall tun würden. Sie sind es, die das schaffen müssen, Sie und das Baby, sonst nichts und niemand.«

»Und Oskar?« Ich wusste kaum, was ich damit meinte, aber mir schien, er gehörte irgendwie mit eingeschlossen.

»Der hat seinen Teil schon getan, würde ich sagen. Der Rest bleibt Ihnen überlassen, fürchte ich.«

»Und wenn etwas schiefgeht?«

Sie schaute nachdenklich auf das milchweiße Schäumen des Wassers, das sich tief unter uns wie in Ekstase an die scharfkantigen schwarzen Felsen warf. »Babys überleben nicht immer, das stimmt. Aber in Monterey oder San Francisco kann ebenso gut etwas schiefgehen. Sogar in Milwaukee, möchte ich behaupten.«

Ich muss entsetzt ausgesehen haben, denn Mrs. Crawley legte mir eine Hand auf den Arm. Obwohl sie sich kalt wie ein Fisch anfühlte, war ihr Druck fest. »Ich bin ja hier, und ich habe ein bisschen Erfahrung. Am Ende werden Sie merken, dass Sie wenig zu tun haben, außer es zu ertragen. Die Natur nimmt auf die eine oder andere Art ihren Lauf. Sie müssen sich keine Sorgen machen.«

Ich versuchte es mit einem Lächeln, doch es haftete nicht auf meinen Lippen.

»Sie werden das Kinderzimmer aufräumen wollen«, sagte Mrs. Crawley munter. »Dauert bestimmt keine Stunde, den ganzen Unrat ins Meer zu werfen.«

## KAPITEL 15

Oskar war hocherfreut und zuversichtlich. Er redete mir ein, es sei ein Zeichen dafür – falls man an so etwas glaubte, was wir natürlich nicht taten –, dass alles geschah, wie es sein sollte. Schließlich war ich eine verheiratete junge Frau und dazu bestimmt, ein Kind zur Welt zu bringen.

Scheinbar innerhalb weniger Minuten verwandelte ich mich von der Tochter meiner Mutter, die so liederlich sein konnte, wie es ihr gefiel, weil es nicht ihre Aufgabe war, Ordnung zu halten, in die Mutter meines eigenen Kindes, die nicht wollte, dass ihr Baby in noch mehr Chaos und Durcheinander hineingeboren wurde, als seine Ankunft ohnehin verursachen würde.

Noch am selben Abend putzte ich das ganze Haus. Ich schrubbte den Küchentisch mit Salz, wischte hinter dem Ofen im Wohnzimmer den Ruß von der Wand und flickte einen Riss im Sofakissen. Dann ging ich mit meiner Aladin-Lampe nach oben und begutachtete das Klassenzimmer. Oskar hatte nie Borde gebaut – das Holz entsprach nicht seinem Geschmack, oder Mr. Crawley hatte es für etwas anderes gebraucht; er hatte sich vage genug dazu geäußert, um mir zu vermitteln, dass ihn die Aufgabe in Wahrheit nicht mehr interessierte, weil er einen spannenderen Zeitvertreib gefunden hatte. Der Schrankkoffer, an dem die Kinder und ich uns mit Buchstaben und Zahlen vorankämpften, bildete eine Art Insel, die umgeben war von einem Meer aus getrockneten Tieren und Pflanzen sowie diversen Gehäusen, Stöcken und Steinen, Eierschalen, Zähnen und Knochen, die wir nach und nach aus den Kisten geholt hatten, in denen sie verstaut worden waren, um das eine oder andere zu inspizieren. Dass Mrs. Crawley fand, das alles solle komplett weggeworfen werden, bestürzte mich. Hatten wir nur die Zeit totgeschlagen, während wir darauf warteten, dass die Natur ihrem Programm folgte? Unfähig, diesen Gedanken zuzulassen, wandte ich mich ab.

Unser Schlafzimmer war ebenfalls unaufgeräumt, die Decke nachlässig beiseitegeworfen und liegen gelassen worden, als Oskar zum Essen aufgestanden war. Als ich mich bückte, um sie aufzuheben, sah ich, dass die Laken nicht mehr so sahneweiß waren, wie meine Mutter sie zusammengefaltet in den Koffer gelegt hatte, sondern blassbraun. Außerdem wiesen sie steife Flecken von Oskars getrocknetem Sperma auf, rostrote Streifen Blut, sogar Spuren von Schlamm. Wie hatte ich es so weit kommen lassen können?

Ich riss die Laken vom Bett. Darauf häufte ich alle Handtücher und Taschentücher, die wir besaßen, und jedes Kleidungsstück, das wir hier getragen hatten. Kaum ein Zentimeter davon war mehr geeignet, menschliche Haut zu berühren.

Ich stieß die ganze schmutzige Masse die Treppe hinunter.

Über eine Stunde lang bearbeitete ich, in eins der Überbleibsel meines früheren Lebens gehüllt – ein Kleid, das ich mitgenommen hatte, weil ich nicht wusste, dass es zu fein sein würde, um es dem Schutz meines Koffers zu entziehen –, sämtliche Manschetten und Kragen und die schlimmsten Flecken auf Bettzeug und Servietten mit einer Mischung aus Natriumkarbonat und Wasser. Es erschien mir wesentlich, alles in den Zustand zurückzuversetzen, in dem es vor unserer Abreise aus Milwaukee gewesen war.

Am nächsten Morgen willigte Mrs. Crawley ein, obwohl es

nicht der übliche Tag dafür war, auch die Sachen ihrer Familie zu waschen, damit sich das Anheizen des Kessels lohnte. Sie und Mary und Jane und ich gingen in den Keller, wo wir Hemden, Hosen, Unterröcke, Röcke und Wäsche aller Art in heftig kochendes Wasser warfen, während der Dampf uns die Haare kräuselte.

»Das war zu erwarten«, sagte Mrs. Crawley beifällig. »Sie bereiten das Nest vor.«

Ich war ebenso irritiert wie beruhigt von der Vorstellung, dass ich unter dem Einfluss eines universellen weiblichen Instinkts handelte.

»Das reicht, mein Mädchen!«, bellte Mrs. Crawley.

Ich wollte schon aufbrausen, aber sie hatte Mary gemeint, die leidenschaftlich Seife in die sich blähende Wäsche rieb. Oben auf dem Kessel hatte sich schon dunkelgrauer Schaum gesammelt.

»Du wirst dir noch die Finger aufkratzen und die Laken mit Blut beschmieren, wenn du nicht aufpasst«, sagte ihre Mutter. »Das reicht jetzt sowieso mit der Seife.«

Jane hatte die ungefährlichere Aufgabe, Waschblau in eine Wanne mit kaltem Wasser zu kippen. Die farbigen Kugeln sanken hinein, verformten sich zu Quallen und lösten sich dann in Fetzen von Indigo auf, bevor sie im klaren Wasser verschwanden. »Siehst du? Es ist unsichtbar, aber man weiß, dass es da ist«, sagte sie. »Genau wie Elektrizität. Mr. Swann sagt, alles und jeder hat Elektrizität in sich. Wusstest du, dass ich Elektrizität in mir habe, Ma? Mr. Swann sagt, Elektrizität ist eine der unsichtbaren Kräfte der Natur. Sie ist überall, sogar in der Luft.«

Ihr letzter Satz bewirkte, dass Elektrizität weniger nach dem mysteriösen und wunderschönen Waschblau klang, sondern eher nach den Schmutzpartikeln, die im Kessel aufschäumten.

»Mr. Swann hat reichlich viele Ideen, oder?«, bemerkte Mrs. Crawley und reichte mir das Ende eines tropfenden Lakens zum Auswringen.

»Oskar plant Experimente mit elektrischen Wellen«, erklärte ich.

»Experimente? Ich wusste nicht, dass Mr. Swann Wissenschaftler ist.« Sie begann, das Laken zu zwirbeln.

»Jeder kann Wissenschaftler sein, finden Sie nicht?« Ich schreckte zusammen, als mir eisiges Wasser den Unterarm hinunterlief. »Es geht doch nur darum, dass man überlegt, was bekannt ist, und entscheidet, wie man sich dem Unbekannten nähert, oder?« Aber die Worte, die bei Oskar so überzeugend geklungen hatten, klangen aus meinem Mund hohl. »Er wird eine Maschine bauen«, fuhr ich fort und bemühte mich, das Laken festzuhalten, an dem Mrs. Crawley heftig zerrte. »Er will mit Hilfe der elektrischen Wellen in der Luft eine Nachricht von unserem Wohnzimmer zum Leuchtturm schicken.«

»Hmm«, sagte sie und ließ das, was eine mehr oder weniger trockene Schlange geworden war, in den Korb fallen. »Er sollte es mal mit Rufen versuchen.«

Als wir draußen waren, um die Sachen aufzuhängen, meinte Mrs. Crawley, die Mädchen könnten spielen gehen; sie hätten genug geholfen.

»Ich wollte Ihnen unter vier Augen erklären«, sagte sie, als sie losgelaufen waren, »dass es zwar gut ist, sich vorzubereiten, aber noch besser, nicht fest damit zu rechnen. Man weiß nie, was passiert.«

»Wie bei Baby Johnston?«, fragte ich.

Sie warf mir einen wachsamen Blick zu.

»Ich habe es in einem der Dienstbücher gelesen. ›Baby Johnston geboren und begraben‹.«

»Ach so. Ja, stimmt.«

»Und seine Frau?«

»Ist auch tot, fürchte ich«, stieß sie aus einem Mund voller Klammern hervor.

»Der arme Mr. Johnston. Er hat mich praktisch vom Felsen geschubst, als ich mir das Grab ansehen wollte.«

»Sie werden noch lernen, Mrs. Swann, dass man Privatsphäre hier respektieren muss.« Sie schüttelte das Laken, das sie gleich aufhängen würde, energisch, um Falten zu vermeiden. »Wenn man so eng zusammenlebt, muss man manchmal wegschauen. Das werden Sie sich gelegentlich auch für sich selbst wünschen.«

»Er hat schon wieder Vögel auf der Galerie liegen lassen.« Mr. Johnston hatte sich angeschlichen und stand direkt hinter uns. Ich erstarrte aus Angst, er hätte unser Gespräch mitgehört. »Und unten hat er überall seine Schweinerei verstreut.«

Mir kam flüchtig das Bild eines Raubtiers in den Sinn, bis Johnston Mrs. Crawley einige vertraut wirkende Blätter Papier reichte. Missmutig stellte ich mir vor, dass der Kesselraum aussah wie unser Wohnzimmer oder unsere Küche, nachdem Oskar stundenlang an seinen Plänen gearbeitet hatte, und die Seiten, die er unachtsam vom Tisch hatte fallen lassen, wie Herbstlaub um die Stuhlbeine flatterten.

»Ich sorge dafür, dass Henry mit ihm spricht.«

»Oh, Henry weiß Bescheid«, murmelte Mr. Johnston im Vorbeigehen. »Wer, glaubst du, hat die toten Vögel gefunden?«

»Tote Vögel? Was meint er damit?«

»Ich habe Ihnen doch erzählt, dass sie nachts in die Fenster fliegen«, sagte Mrs. Crawley. »Deshalb muss der Wärter nach Schichtende die Galerie überprüfen.« Sie reichte mir den Stapel Papiere. »Sicher geht es wieder um die unsichtbare Kraft.«

Gegen Mittag wurden wir fertig, und ich war rechtzeitig zu Hause, um das Essen zu machen, doch Oskar verspätete sich wie üblich, und als er kam, war er abgelenkt und blätterte die Papiere durch, die er in den letzten Wochen auf dem Küchentisch aufgehäuft hatte. Nachdem das erledigt war, ging er ins Wohnzimmer und nahm sich die Seiten vor, die er auf dem Sofa ausgebreitet hatte. Ich sah, wie er *Elektrische Wellen* am Rücken ergriff und ausschüttelte.

»Was suchst du?« Ja, ich war unaufrichtig. Ich ärgerte mich über die peinliche Situation, in die er mich gebracht hatte.

»Ein paar Zeichnungen«, sagte er. »Ich hatte letzte Nacht eine Art Inspiration, aber jetzt finde ich meine Notizen nicht.«

»Du hast sie im Leuchtturm vergessen.«

»Oh!« Erleichtert wandte er sich zur Tür, offenbar wollte er sie sofort aus dem Turm holen.

»Da sind sie nicht mehr. Mr. Johnston hat sie mitgenommen. Er sagt, sie lagen völlig durcheinander im Kesselraum. Und du hast tote Vögel auf der Galerie liegen lassen. Du verbringst zu viel Zeit mit diesem Elektrizitätskram. Du achtest nicht auf das, was wichtig ist, Oskar. Der Leuchtturm ist deine Aufgabe, deine eigentliche Arbeit.«

»Als richtige Aufgabe würde ich ihn nicht bezeichnen.«

»Oskar, du musst ordentlich arbeiten. Es war peinlich zu hören, wie Mr. Johnston das zu Mrs. Crawley sagte.«

»Entschuldige, dass ich dich vor der allmächtigen Crawley in Verlegenheit gebracht habe. Wenn du wüsstest, was richtige Arbeit ist, würdest du verstehen, dass sie einem toten Vogel gegenüber mitunter vorgeht. Jetzt gib mir bitte die Papiere.«

»Ja, natürlich, ich gebe sie dir. Aber wirklich, Oskar, du darfst das Leuchtfeuer nicht ausgehen lassen. Das wäre eine sehr ernste Sache«, sagte ich selbstgerecht.

»Herrgott noch mal, ich lasse das Feuer nicht ausgehen!«

Er war mir in die Küche gefolgt, und ich sah neben dem Herd nach, wo ich die Papiere hingelegt zu haben glaubte.

»Wo sind sie?« Seine Stimme klang scharf.

»Ich dachte, ich hätte sie hier hingelegt. Mr. Johnston hat sie Mrs. Crawley gegeben und die sie dann mir.« Ich ging zurück ins Wohnzimmer, wo ich ratlos das Kissen vom Sessel hob und darunter nachsah. »Wo könnte ich sie hingetan haben?«

»Du musst sie finden.«

»Ich verstehe. Ich suche ja.«

»Nein, du verstehst nicht. Du musst sie finden. Sie sind sehr wichtig.«

»Oskar, du selbst hast sie im Kesselraum rumfliegen lassen!«

»Wo sie noch wären, wenn der Besserwisser sie nicht mitgenommen hätte! Idiot!«

»Du kannst ihn doch nicht als Idioten bezeichnen, weil er Papiere mitnimmt, die du vergessen hast.«

»Er ist ein Idiot, und du bist dämlich! Was hast du mit ihnen gemacht?«

Ich starrte ihn an und rannte zur Tür. Ich hatte die Papiere auf die Erde gelegt, während ich die letzte Wäsche aufgehängt hatte. Daran erinnerte ich mich jetzt deutlich. Ich lief zu den Leinen, an denen die Hemden und Hosen flatterten und die Laken sich wie Segel blähten. Die Papiere waren natürlich weggeweht. Nichts Leichtes und Unbefestigtes blieb auf diesem Berg liegen. Ich machte mich auf den Rückweg zum Haus, um zu beichten, was geschehen war, doch als ich am Fuß der Treppe ankam, ging ich weiter, schneller und schneller, bis ich über den Rand trat und ins Rutschen geriet.

Ich schlitterte hinunter bis zum Strand und marschierte dann rasch, sehr rasch nach Norden, wo es nichts gab, was mich aufhalten konnte.

## KAPITEL 16

Es war nicht das erste Mal, dass ich meinem Mann weglaufen wollte. Nur drei Tage nach unserer Hochzeit, auf halbem Wege nach Kalifornien, wäre ich beinahe umgekehrt.

Der Zug von Milwaukee hatte uns bis nach Chicago gebracht, und von dort aus hatten wir Schlafwagenplätze gebucht. Am Bahnhof tauschte Oskar sie jedoch gegen ein Salonabteil ein, einen winzigen abgeschlossenen Raum mit einem Sofa und zwei Sesseln, die sich nachts zu Betten ausklappen ließen. Die Wände waren mit Spiegeln behängt, die Gardinenstangen versilbert, sodass ein lichter Gesamteindruck herrschte. Wir hatten einen Tisch, auf dem wir unsere Bücher und Stifte ausbreiten konnten – Oskar war entschlossen, während der Reise seine Entwürfe für elektrische Geräte voranzutreiben. In die Wände eingelassen waren Vitrinen mit Büchern, von denen viele, darunter ein Stadtführer für San Francisco, speziell für die in den Westen Reisenden ausgewählt worden waren.

Im Speisewagen, wo das Union-Pacific-Wappen Tischwäsche und Besteck zierte, platzierte man uns gegenüber einem gutaussehenden Pärchen, ein bisschen älter als wir. Mr. Hatch wirkte jungenhaft, und Mrs. Hatch trug ihre Haare in einer Kaskade aus kleinen Locken am Hinterkopf – eine ziemlich altmodische Frisur, die aber zu ihrem feinen Gesicht passte. Sie kamen aus Muncie, Indiana, wo er eine Maschinenwerkstatt hatte und sie Enten züchtete.

»Ich empfehle das Hähnchen«, sagte Mrs. Hatch. »Es ist nicht so fleischig wie die Hühner, die wir in Muncie bei zwei oder drei Farmern bekommen, allerdings einigermaßen zart, und die Sauce ist annehmbar. Findest du nicht auch, mein Lieber?«

»Es schmeckt ganz anständig«, entgegnete Mr. Hatch, »obwohl es schade ist, dass dieser Zug sein Geflügel nicht in Muncie kauft.«

Oskar machte sich unbeschwert zum Gastgeber unserer kleinen Gesellschaft, indem er Mr. Hatch über seine Werkstatt befragte und für den ganzen Tisch Wein bestellte, den unsere neuen Freunde zunächst vehement ablehnten – sie behaupteten, zu Hause in Muncie, wo »man sich auch ohne Alkohol bestens unterhalten« könne, praktisch Abstinenzler zu sein. Doch dann sagte Mr. Hatch: »Wenn in Rom …«, und Mrs. Hatch stimmte zu, und beide amüsierten sich großartig und bekamen wunderbar rosige Wangen.

»Die Muncies«, wie Oskar und ich sie nannten, sollten von Mr. Hatchs älterem Bruder abgeholt werden, der vor zehn Jahren in den Westen gegangen war und seither auf alles aus Muncie hatte verzichten müssen. Sie planten einen Ausflug in den Yosemite-Nationalpark, wo die berühmten Mammutbäume, meinte Oskar, sicher prächtig sein würden, aber bestimmt nicht so würdevoll wie die Ulmen und Eichen von Muncie.

Oskar und ich teilten uns das Bett, das aus dem Sofa entstanden war. Wir hatten unsere Körper nur in der einen Nacht in Chicago miteinander bekannt gemacht, und mein Vergnügen war noch sehr gedämpft durch Befangenheit; Oskar dagegen war ungehemmt in seinem Entzücken, und ich musste ihn mehr als einmal ermahnen, die Lehrerinnen aus Albany nicht zu stören, mit denen wir uns einen Waschraum teilten.

Mitten in der Nacht war ich es jedoch, die vom Kratzen seiner Feder auf seinem Skizzenblock aufwachte – meinem, genau genommen, denn er hatte nicht daran gedacht, einen eigenen einzupacken.

»Was machst du da?«

»Du wirst schon sehen«, sagte er lächelnd.

Er fuhr fort mit seinem Gekritzel, und ich musste mir das Kissen über den Kopf ziehen, um den Weg zurück in meine Träume zu finden.

Beim Frühstück wartete Oskar nicht darauf, dass der Schaffner uns einen Platz zuwies, sondern marschierte gleich an den Tisch, an dem unsere neuen Freunde bereits Kaffee tranken. »Sehen Sie sich das mal an«, sagte er und legte Mr. Hatch seine Skizze vor.

»Was ist das?« Mr. Hatch nahm sie zur Hand und schaute sie mit zusammengekniffenen Augen an.

»Das ist eine elektrisch angetriebene Drehbank. Sie wird Ihre Werkstatt verwandeln.«

»Oh, mir war nicht klar, dass Sie Vertreter sind«, sagte Mrs. Hatch.

»Ich bin kein Vertreter!« Oskar war beleidigt. »Ich habe mich in letzter Zeit nur viel mit Elektrizität beschäftigt, und mir scheint, ein Betrieb wie der Ihre sollte den Wechsel zu einer anderen Kraftquelle erwägen.«

»Na gut«, sagte Mr. Hatch, »danke. Sehr nett.« Er faltete das Blatt und schob es unter seinen Teller.

»So etwas haben Sie in Muncie bestimmt noch nicht gesehen«, sagte Oskar. »Sie sollten es sich genauer anschauen.« Er deutete mit einem Nicken auf den Rand des Zettels, der unter dem Tellerrand sichtbar war. »Ich verstehe was von Maschinen.«

Mr. Hatch zog die Seite demonstrativ hervor und entfaltete

sie auf seinem Teller. »Das Papier ist sehr schön.« Er studierte die Zeichnung. »Hübsches Bild«, meinte er schließlich, »aber dieses Ding könnte nicht mal ein Loch in einen Krapfen bohren. Würde bestimmt ein interessantes Spielzeug abgeben.« Er faltete sie wieder ordentlich und reichte sie Oskar zurück.

Genau in diesem Moment fuhr der Zug in einen Bahnhof ein, wo viele Chinesen über den Bahnsteig schlenderten oder auf ihm hockten, sodass ihre langen Zöpfe den Holzboden berührten. An einer früheren Station hatten Oskar und ich einem Jungen mit Eimer und Schöpflöffel zwei Gläser Buttermilch abgekauft, und ich hatte andere Leute gesehen, die Käse und Würstchen, Arzneimittel, Briefpapier und Zeitungen und Bücher anboten, aber diese Chinesen verkauften nichts. Sie nahmen keine Notiz von dem Zug und sahen aus, als wären sie nach einem Schiffbruch auf dieser hölzernen Insel inmitten eines Meers aus Weizen gestrandet.

»Warum sind sie hier?«, fragte ich. »Was machen sie?«

»Sie warten auf einen Emigrantenzug«, erklärte Mr. Hatch. »Wurden wahrscheinlich aus dem rausgeworfen, in dem sie waren, weil der Waggon benötigt wurde.«

»Vor denen müssen Sie sich in San Francisco hüten«, sagte Mrs. Hatch.

»Vor Emigrantenzügen?«, fragte ich.

Mr. Hatch lachte. »Nein, vor den Schlitzaugen natürlich.«

»William!«, warf Mrs. Hatch scharf ein. »Du weißt, dass ich diese vulgäre Sprache nicht mag.«

»Nun, egal, wie man sie nennt, man kann ihnen nicht trauen. Das sagt Tom jedenfalls, und der muss es wissen. In San Francisco wimmelt es von ihnen wie von Ratten in einer Scheune.«

»Oh, William! Das glaubst du doch selbst nicht. Die armen Menschen wünschen sich ja nur ein besseres Leben.«

»Es würde dir wenig gefallen, wenn sie überall in Muncie auftauchen und Wäsche waschen und Gräben ausheben würden.«

»Da hast du wohl recht. Es wäre mir unangenehm, meine Kissenbezüge zu einem Chinesen bringen zu lassen, obwohl man hört, dass das in San Francisco üblich ist.«

»Was ist das denn?«

Mr. Hatch zeigte auf etwas, das ich für einen Haufen Lumpen gehalten hatte, jetzt aber begann, sich zu recken, und, gestützt von zwei wackeligen braunen Stöcken, vom Bahnsteig aufstand. Über faltigen, flatternden Tuchfetzen wurden verfilzte Haare sichtbar, die halb ein Gesicht verdeckten, braun und runzlig wie feuchte Blätter, gespalten durch einen zahnlosen roten Mund. Die Indianerin kam auf uns zu, taumelnd, schwankend, gebückt, die Hände ausgestreckt, im Jammerton unverständliche Silben ausstoßend.

Mrs. Hatch schrak entsetzt vom Fenster zurück. »Guck nicht hin«, befahl ihr Mann.

Die Augen des Geschöpfes, Schlitze zwischen geschwollenen Lidern, waren so rastlos wie seine Beine. Ihr Blick wanderte über die Waggons, kehrte aber zu mir zurück. Das Ding hielt mir seine Gliedmaßen hin. »Dol-lah! Dol-lah!«, flehte es. Jemand warf einen Gegenstand – ein Brötchen vielleicht – aus einem der Fenster; er landete ein gutes Stück weiter auf der Erde. Das Wesen drehte sich um, sodass sein Rücken dem Zug zugewandt war.

Und da hing ein Baby. Es war fest an ein Brett gewickelt, und seine runden feuchten Augen in dem niedlichen Gesicht schauten uns mit selbstbewusster Würde an, als wären wir seine Untertanen, die sich versammelt hatten, um ihm Respekt zu zollen.

»Hey! Ich geb dir Geld für das Balg!«, schrie irgendein Flegel. »Verkauf uns das Balg!«

Die zerlumpte Gestalt schaute über ihre Schulter zurück, doch ihr Gesichtsausdruck hatte sich verändert. Er war jetzt von Verachtung gekennzeichnet, auch von Spott, womöglich sogar Hass. Diese Verachtung erhob sie über uns. Schließlich war sie eine Frau. Eine Mutter.

Der Zug löste sich frisch bekohlt vom Bahnsteig, und erleichtert hießen wir Eier und Toast und Speck an unserem Tisch willkommen und beschäftigten uns länger als eigentlich nötig damit, Zucker in unseren Kaffee zu rühren und den Toast mit Konfitüre zu bestreichen. Wir waren wohl alle bestürzt über das, was wir auf dem Bahnhof gesehen hatten, und scheuten uns, darüber zu reden.

Schließlich sprach Oskar. »Du musst zugeben, dass es gar keine so schlechte Idee wäre.«

»Was?«, fragte ich, froh darüber, dass er Mr. Hatchs Zurückweisung seiner Skizze so gelassen hinnahm.

»Falls diese unglückliche Frau ihr Baby verkaufen würde.«

»Was? Swann, das ist lächerlich!«, stotterte Mr. Hatch.

»Wenn man darüber nachdenkt, wäre es durchaus vernünftig«, sagte Oskar. »Wie will sie den Kleinen großziehen? Offensichtlich kann sie nicht mal für sich selbst sorgen. Es ist klar, dass er leiden und frühzeitig sterben wird.«

»Wir sind keine Sklavenhalter mehr«, protestierte Mr. Hatch. »Wir handeln nicht mit Menschen. In Indiana haben wir das nie getan.«

»Das stimmt«, warf Mrs. Hatch ein. »Also, wenn Sie vorschlagen würden, dass sich eine verantwortungsbewusste Gruppe des Kindes annimmt, eine Kirche vielleicht oder die Gemeinde …«

»Ihn ihr wegnimmt und ins Waisenhaus steckt, meinen Sie?«

»Ja, damit es irgendwelche netten Menschen adoptieren

können«, sagte Mrs. Hatch. »Das passiert doch ständig, zum Beispiel, wenn die Eltern Trinker sind oder geisteskrank.«

»Sie ist nicht geisteskrank«, sagte ich.

»Nein?«, fragte Mr. Hatch. »Woher wollen Sie das wissen? Auf mich wirkte sie so.«

»Haben Sie ihren Blick gesehen, als sie sich umdrehte?«, gab ich zurück. »Sie war angewidert von dem, was sie gehört hat. Von uns allen, fürchte ich. Sie weiß, was los ist und was wir getan haben. Das ist nicht geisteskrank.«

Mr. Hatch schüttelte den Kopf. »Ich verstehe nicht, warum Sie sagen, *wir* hätten irgendwas getan …«

»Aber wenn man ihr das Kind einfach nimmt«, unterbrach Oskar ihn, »bleibt der Mutter nichts, und das ist ungerecht. Denn im Moment hat sie etwas, etwas Wertvolles, das sich andere wünschen.«

»Ein Indianerbaby?«, spottete Mrs. Hatch. »Ich bezweifle, dass es viele Menschen gibt, die dieses Kind ernsthaft haben wollen.«

»Selbst so einen kleinen Prinzen nicht?« Oskar seufzte. »Vermutlich haben Sie recht. Schließlich haben wir dieses Volk vernichtet, damit ihr Muncies leben könnt, wo es euch gefällt.«

»Oskar!« Ich war schockiert.

»Worüber reden Sie denn? *Wir* haben niemanden vernichtet!«, sagte Mr. Hatch empört.

»Zumindest«, fuhr Oskar fort, »schämen sich einige von uns dafür. Wir gestehen das Schreckliche ein, das in unserem Namen angerichtet wurde.«

»Und trotzdem«, sagte ich, entschlossen, meinem Mann einen Dämpfer zu verpassen, ihm das Unbehagen heimzuzahlen, das er mir bereitete, »fahren wir mit der Eisenbahn, die den Indianern, soweit ich weiß, besonders geschadet hat.«

»Ja«, entgegnete er gereizt. »Natürlich fahren wir mit der Eisenbahn. Was würde es nützen, wenn wir es nicht täten?«

Ich konnte es den Muncies nicht verübeln, dass sie verärgert vom Tisch aufstanden. In unserem Salonabteil redete ich Oskar ins Gewissen. Sicher hatte er einiges Richtiges gesagt, gab ich zu – das Kind war wirklich reizend, und die Muncies waren unbedarft –, aber er hätte sie nicht so abkanzeln und sich nicht über sie erheben dürfen. Sah er denn nicht ein, dass wir kaum anders waren als sie? Nein, das fand er nicht. Er machte sich über Mrs. Hatchs Lachen lustig und darüber, wie Mr. Hatch seine Gabel hielt. Er erklärte, er wolle keine weitere Minute mit solchen Leuten verschwenden. Das bedauerte ich zutiefst, nicht so sehr aus Zuneigung zu den Muncies selbst, obwohl sie mich freundlich behandelt hatten, sondern weil Oskar, indem er mit ihnen brach, das zerstörte, was ich als unsere letzte Verbindung zum Osten betrachtet hatte. Es war ein seltsamer Gedanke, dass Wisconsin, das ich mein Leben lang für den »Westen« gehalten hatte, jetzt plötzlich der »Osten« war.

Am Nachmittag blieben wir in unserem Abteil und aßen die vom Frühstück übrigen Brötchen, die inzwischen hart waren. Dann versuchte Oskar, der ungewöhnlich erschöpft war, unser Sofa ohne die Hilfe des Schaffners in ein Bett umzuwandeln. Er schlief noch vor Sonnenuntergang ein.

*Wir erklimmen jetzt die Black Hills, ein zutreffender Name für diese felsigen Berge mit den verkrüppelten Kiefern …*

Unfähig, mich auf den Brief an meine Mutter zu konzentrieren, hob ich meinen Federhalter und starrte Oskar an. Es sah unbequem aus, wie er da mit verdrehten Gliedmaßen auf dem schlecht aufgebauten Bett lag. Was Oskar gesagt hatte, hätte Ernst nie gesagt, nichts davon, nicht einmal etwas Ähnliches. Aber Ernst hatte ich ja nicht geheiratet, oder? Mir war nicht klar gewesen, was mich erwartete.

Die Union Pacific hatte unser Abteil mit einer Karte des landesweiten Eisenbahnnetzes ausgestattet, auf der die Passagiere ihre Reise nachvollziehen konnten. Ich entfaltete sie und breitete die gesamte Nation auf meinem Schoß aus. Morgen würden wir einen großen Bahnhof in Ogden erreichen, wo viele Züge Richtung Osten anhalten mussten. Ich stellte mir vor, wie ich aus diesem Zug in einen von ihnen stieg. Nach wenigen Tagen würde ich weit entfernt sein von dieser wilden, beunruhigenden Landschaft und wäre wieder in den heimeligen Straßen, die ich kannte. Ich dachte an das Haus meiner Eltern – die blauen Samtvorhänge, den Küchentisch, die Johannisbeersträucher im Garten unter dem Fenster meines Zimmers, alles lieb und vertraut. Aber wenn ich dorthin zurückkehrte, würde ich auf ewig das Mädchen bleiben, das ich immer gewesen war.

Ich faltete die Karte wieder zusammen. So gut ich konnte, schlüpfte ich in das halb gemachte Bett neben meinen Ehemann und ließ mich von der Bewegung des Zuges in den Schlaf wiegen.

Während der Stunden, die wir noch auf Reisen waren, verfasste ich Briefe voller Beschreibungen des Großen Salzsees, der Eintagesfahrt durch Beifußwüsten und der Berge, scharfkantige Felsen mit eng aneinandergedrängten grünen Kiefern und gähnenden schwarzen Schluchten. Ich hatte noch nie etwas annähernd Ähnliches gesehen und schilderte ehrlich meine Freude über diese Vielfalt und Fremdartigkeit. Doch jede Veränderung der Landschaft machte mir bewusster, was für eine gewaltige Menge neuer Welten sich zwischen mir und zu Hause erstreckten, und als wir in die Täler von Kalifornien kamen, hatte ich das Gefühl, dass sich die Sierras hinter mir schlossen wie eine Tür.

## KAPITEL 17

Nachdem ich ein gutes Stück den Strand entlangmarschiert war, begannen das stetige Vor und Zurück der Brandung und meine eigene Erschöpfung mich zu beruhigen. Ich nahm meine Umgebung genauer wahr.

Fast sofort präsentierte sich ein Seestern, den eine Welle auf den Sand geschwemmt hatte. Ich hob ihn auf und balancierte ihn auf meiner Handfläche. Er wirkte lebendig, denn sein Körper war nicht leicht und steif wie die in unserem Klassenzimmer, sondern unerwartet schwer und fleischig. Solch eine merkwürdige Kreatur, und doch ähnelten ihre fünf Arme meinen Fingern. Über ein Jahr zuvor hatte ich in Miss Dodsons Biologieunterricht einen Seestern seziert. Ich erinnerte mich an den Geruch der geölten Holzdielen der Gruber Hall und das Licht der hellen Morgensonne. Ich hatte das Tier entlang der Unterseite aufgeschnitten, wie von Miss Dodson angewiesen, und pflichtgemäß den Magen betrachtet, den es zur Nahrungsaufnahme ausstülpen kann. Miss Dodson war von einem Mädchen zum anderen gehumpelt, ein Vergrößerungsglas im Lederbeutel an ihrer Hüfte und ihr goldenes Medaillon unter die Bluse gesteckt, damit es nicht hin- und herschwang und die Präparate beschädigte.

»Sehen Sie die Madreporenplatte, Miss Schroeder?«, hatte sie gefragt und mit ihrem tintenfleckigen Finger ein kleines rundes Gebilde in der Mitte des Sterns berührt, das den Durchtritt des Meerwassers ermöglicht. Ich hatte genickt und alle Einzelheiten zur Kenntnis genommen, aber das Tier war für mich nur die spezielle Basis für eine Übung gewesen und kein wirkliches Lebewesen. Und jetzt lag es vor mir und war hier viel mehr zu Hause als ich. Ich riss den Arm hoch und schleuderte es in den Ozean, so weit ich konnte, hoffte, ihm damit eine Überlebenschance zu geben.

Ob Miss Dodson wohl jemals eine Käferschnecke oder einen Nacktkiemer gesehen hatte, als lebende Geschöpfe, nicht nur als Bilder in einem Buch?

Die Täler und sanften Hügel Kaliforniens waren voller Hafer und Früchte und endlich auch wieder Menschen gewesen. In Oakland trafen wir auf einen guten alten Schleppdampfer, der uns über die Bucht nach San Francisco beförderte. Der nächtliche Pier war ein Durcheinander aus Schatten und Rufen. Männer stolzierten Laternen schwenkend auf und ab, und Frauen, in schrecklicher Angst davor, ihre Kinder könnten ins Wasser fallen, scheuchten die Kleinen hinter ihre Röcke. Verwirrt von den Menschen, die aus allen Richtungen auf mich zuzuschwärmen schienen, klammerte ich mich an Oskars Arm, als er mit einem Chinesen mit Schubkarre den Transport unseres Schrankkoffers vereinbarte und sich bei einem Farbigen nach dem Standort unseres Hotels erkundigte.

Dort wartete ich lange in einer Halle mit Blechdecke, während er mit dem Mann hinter dem Schalter redete. Schließlich drehte er sich kopfschüttelnd zu mir um. »Wir können nicht hierbleiben.«

Obwohl er das ganz sachlich vorbrachte, war ich alarmiert. »Wir hatten uns doch angemeldet. Ich bin sicher, dass wir ein Zimmer reserviert haben.«

Er zuckte die Achseln. »Sie sagen, es ist kein Platz für uns.«

»Aber was sollen wir tun? Wohin sollen wir?«

»Der Portier sagt, er stellt den Koffer für uns unter. Ich glaube, das Angebot nehmen wir wahr. Es ist zu teuer, ihn durch die ganze Stadt schieben zu lassen, und wer weiß, wo wir landen? Wir können ihn morgen abholen.«

Wer weiß, wo wir landen? Das klang nicht ermutigend, und tatsächlich warf er, obwohl wir mehrere Hotels passierten, kaum einen Blick auf sie.

»Warum gehen wir nicht in eins von denen?«, fragte ich irgendwann.

»Für die haben wir nicht genug Geld. Das Salonabteil war nicht umsonst, weißt du!«

»Du meinst, wir konnten es uns nicht leisten?«

»Ich habe dafür bezahlt, oder? Also würde ich nicht sagen, dass wir es uns nicht leisten konnten.«

»Und jetzt übernachten wir auf der Straße? Ich hätte lieber die Schlafkojen genommen und etwas Geld übrig gehabt.«

»Herrgott, Trudy!« Er legte seine Arme um mich. »Wir müssen nicht auf der Straße übernachten. Wir werden irgendwo ein billiges Zimmer finden, und morgen früh verpfände ich mein Taschenmesser. Es ist ja nur für ein, zwei Tage, dass wir ein bisschen knausern, aber wir hatten dieses wunderschöne Salonabteil ganz allein. War es das nicht wert?«

Ich kam mir dumm und feige vor. »Sicher hast du recht.«

Nach weiteren zwei, drei Blocks waren aus den Hotels düstere, schäbige Pensionen geworden, und Oskar meinte, wir sollten es mit einer davon versuchen. Die Wirtin, aus dem Schlaf gerissen, erschien ohne ihre Zähne, das Haar auf Lockenwicklern aus Stoff, an der Tür. Sie führte uns durch ein enges Treppenhaus, das nach Feuchtigkeit und Nagetieren roch, drei Stockwerke hoch zu einem Zimmer nach hinten hinaus. Wir schlängelten uns in der schmalen Lücke zwischen Wand und durchhängendem Seilbett aus unseren Kleidern und legten uns auf ein dünnes Laken, das der Länge nach durchgeschnitten und in der Mitte an den Rändern mit einer groben Naht zusammengenäht worden war. Trotzdem hatte Oskar gute Laune, und ich ließ mich von seinem Optimismus anstecken. Er langte nach mir, noch bevor ich meine Haare ganz gelöst hatte, und stieß in seiner Ungeduld versehentlich an meine Bürste, die auf den nackten Holzfußboden fiel.

Das Frühstück – saures Brot und schwacher Kaffee – war im Preis inbegriffen. Sogar morgens blieb das Haus dunkel, und das lag sowohl am Wetter als auch an den nur einen knappen Meter vom Nebengebäude entfernten Fenstern. Ein einziger weiterer Gast saß mit uns am Esstisch, ein Mann, der mein »Guten Morgen« mit einem Glotzen erwiderte, bevor er zu seiner Zeitung zurückkehrte. Von meinem Platz aus konnte ich die Schlagzeilen lesen – über die Truppen, die Schiffe nach Manila bestiegen, ein Artikel über eine Opiumrazzia.

Oskar stupste mich an und holte ein Büchlein aus seiner Jackentasche. »Sieh mal, was ich in unserem Abteil gefunden habe.«

Es war der Führer für San Francisco. »Du hast es gestohlen?« Das klang eher schockiert als vorwurfsvoll.

»Bestimmt sollten wir es mitnehmen. Was nützt es denn in einem Zug?«

Draußen war es fast so dunkel wie drinnen, der Himmel grau und schwer wie vor einem Schneeschauer. Ich spürte Wassertröpfchen auf meiner Haut und im Stoff meines Kleides.

Oskar freute sich. »Fühlst du das Meer? Wir gehen praktisch darin!«

Unsere Wirtin, die sich, nachdem ihre Zähne wieder an Ort und Stelle waren, in eine muntere Frau verwandelt hatte, deren graue Haare wie bei einem kleinen Mädchen in Ringellöckchen gelegt waren, hatte uns eine Pfandleihe in der nächsten Straße empfohlen. Zunächst beruhigte mich die Unbefangenheit, mit der Oskar hineinging und dem Inhaber sein Messer präsentierte. Dann wurde mir die Bedeutung seiner Vertrautheit mit dieser Situation klar.

Der Pfandleiher bot weniger, als Oskar erwartet hatte. »Hübsches Stück«, sagte er und drückte seinen Daumen kritisch an die Klinge, »aber in dieser Gegend will man was Größeres. Nichts zum Apfelschälen und für Holzschnitzereien.« Er saugte nachdenklich an seinen Zähnen. »Vielleicht was für eine Frau.«

»Wie wäre es hiermit?«, fragte Oskar und holte unsere silberne Beilagengabel hervor.

Der Mann drehte sie um. »Gut. Kein Monogramm.«

Er gab Oskar ein paar zerfledderte Scheine und einige Silbermünzen. Oskar vergrub das Geld tief in seiner Tasche und schaute wachsam die Straße entlang nach links und rechts, bevor er aus dem Laden trat, sodass ich mich dicht an ihn hielt, bis wir die Western Union erreichten.

Wir benutzten einen Teil des Silbers, um ein Telegramm an meine Eltern zu schicken: SAN FRANCISCO ANGEKOMMEN.

»Das sind nur drei Wörter«, gab Oskar zu bedenken. »Für denselben Betrag könntest du dreimal so viel schreiben.«

Ich schüttelte den Kopf. Meine komplizierten Gefühle auszudrücken, hätte viel mehr als sechs oder sieben zusätzliche Wörter erfordert.

Nachdem wir die Stadtpläne in dem Reiseführer ausgiebig studiert hatten (ich musste einräumen, dass er nützlich war), kletterten wir in eine Kabelstraßenbahn – für die wir weiteres Silber ausgeben mussten –, und die aufregende, schlingernde Fahrt, bei der es im Schneckentempo die Hügel hoch und auf der anderen Seite blitzschnell hinunterging, heiterte mich wieder auf. Unsere Haltestelle lag in einem Viertel mit Gebäuden aus leuchtend weißem Stein, die abgestuft waren wie Hochzeitstorten, aber die in Oskars Brief angegebene Adresse passte zu keiner dieser Süßwaren. Sein Einstellungsgespräch und die Prüfung – mit Hilfe derer eine oder mehrere unbekannte Personen entscheiden würden, ob er sich zum Leuchtturmwärtergehilfen eignete – sollten in einem niedrigen grauen Rechteck stattfinden. Mir war klar, dass jeden, der hier arbeitete, nichts anderes interessierte als richtige Antworten und strenges Einhalten der Regeln.

Das Zollamt befand sich gleich hinter der Tür, wie es seiner Wichtigkeit entsprach, und Philip entdeckte uns sofort. Da ich über ihn nur wusste, dass Oskars Vater ihn schätzte, erwartete ich eine jugendliche Version des Ehrwürdigen (falls ein solches Wesen denkbar war), doch Philip, ein zerzauster junger Mann mit Hakennase und breitem Lächeln, war freundlich und begrüßte uns warmherzig und bescheiden.

»Aber Sie werden nicht vor fünf Uhr fertig sein«, sagte er bedauernd zu Oskar.

»Das macht nichts.« Oskar zog den Reiseführer aus seiner Jackentasche. »Trudy kann sich die Stadt ansehen.«

Philip runzelte die Stirn. »Ich glaube, sie sollte nicht allein herumspazieren. Sie kennt sich hier ja gar nicht aus, meine ich. Im Hafenviertel zum Beispiel geht es ziemlich rau zu, und in Chinatown weiß man nie.«

Oskar schaute mich an. »Halt dich vom Hafenviertel und von Chinatown fern, in Ordnung?«

Ich kicherte. »Zu Befehl, Sir!«

Obwohl ich Philips Bedenken teilte, wagte ich nicht, sie zu äußern. Jedenfalls hatte ich keine Lust, meine Zeit im Paris des Westens in unserem schmutzigen kleinen Zimmer zu verbringen. »Ich habe ja den Führer«, sagte ich munter.

»Wir treffen uns um halb sieben in der Pension«, sagte Oskar, »und dann laden wir Philip irgendwohin zum Feiern ein.«

Die beiden gingen den Flur entlang, und ich lauschte, bis ihre Schritte verklangen und eine Tür sich hinter ihnen schloss. Dann trat ich allein wieder hinaus ins Freie.

Ich verbrachte den Vormittag damit, auf den saubersten, bevölkertsten Straßen durch das Dämmerlicht zu wandern und mir im Geiste Notizen für meine Briefe zu machen. Dabei wusste ich, dass ich das Erzählen mehr genießen würde als die ein wenig anstrengende Realität. Am übelriechenden Fischereihafen wandte ich mich nach Westen und ging eine Weile am Rande der Stadt entlang und fand Trost im Meer, das hier dunkler und grüner war, sich aber doch nicht sehr von dem Wasser unterschied, das ich gut kannte. Jetzt, da keine Hügel mehr zu erklettern waren, musste ich flott ausschreiten, damit mir warm blieb – sehr seltsam, im Juli zu frieren –, und bald wandte ich mich landeinwärts und sah mich erneut vor einer Steigung.

Als ich oben angelangt war, brach endlich die Sonne durch, und plötzlich war der Himmel blau und klar, die Luft so frisch, wie ich sie noch nie erlebt hatte. Im Westen, auf einem riesigen offenen Gelände, hatten sich neben Zeltreihen Massen von Soldaten und Pferden versammelt. Mit einem Schauer der Erregung wurde mir klar, dass sie sich darauf vorbereiteten, zu den Philippinen aufzubrechen. Direkt vor meinen Augen nahmen die Ereignisse der großen weiten Welt Gestalt an.

Ich beobachtete sie eine Zeitlang und ging dann in die Richtung, in der ich die Pension vermutete. Die Viertel, die ich durchquerte, waren nichts Besonderes – die Bäckereien und Fleischereien, Gemüseläden und Wirtshäuser nicht viel anders als in Milwaukee –, aber irgendwie fand ich sie interessanter, ihre Schilder farbenfroher, ihre Auslagen beeindruckender, nur deswegen, weil sie hier waren.

Ich marschierte weitere Hügel auf und ab, vorbei an bunt gestrichenen Holzhäusern, manche mit Türmchen, und dann durch Viertel ohne jede Farbe. Ich hörte Menschen eine Sprache sprechen, die ich für Spanisch oder Italienisch hielt; vielleicht hörte ich auch beides. Voll Selbstvertrauen und sicher, dass ich höchstens zwei Kilometer von unserer Pension entfernt war, konsultierte ich den Reiseführer nicht mehr. Wenn ich nicht zufällig auf die richtige Straße stieß, konnte ich ja immer noch jemanden fragen. Ich war doch nicht zu dumm, den Weg nach Hause zu finden. Ich war stolz auf mich und voller Vorfreude, Oskar von allem zu erzählen, was ich gesehen hatte.

Dann machte ich einen Fehler. Zuerst erkannte ich meinen Irrtum nicht; die Straßen, die ich entlangging, ähnelten mit ihrem schlammigen Kopfsteinpflaster und den zweigeschossigen Holzgebäuden denen, durch die ich gekommen war. Es war die Beschriftung der Schilder, die mich stutzig machte, ein Wirrwarr aus schrägen Strichen und Haken und Kringeln, meinem Auge fremder, als es Spanisch oder Italienisch je sein könnten.

Es war mir peinlich, einfach umzudrehen und denselben Weg zurückzugehen. Ich beschloss, irgendwo abzubiegen und eine elegantere Lösung zu finden, aber die Enge der nächsten Seitenstraße, eher eine Gasse, entmutigte mich. Also ging ich weiter geradeaus.

Zunächst war ich fast enttäuscht, weil die Männer – anfangs sah ich nur Männer – hier aussahen wie überall, zumindest von hinten. Sie trugen dieselben locker sitzenden Anzüge und Bowler wie die in Milwaukee oder Chicago, obwohl manche auch die flacheren Hüte auf dem Kopf hatten, an deren Anblick ich mich in den Bahnhöfen des Westens gewöhnt hatte. Je tiefer ich jedoch in das Viertel eintauchte, desto mehr Unterschiede wurden sichtbar. Immer öfter hing unter der Hutkrempe ein langer schwarzer Zopf hervor, und manchmal gab es gar keine Krempe. Und die Frauen trugen Hosen! Ich sah steife schwarze Jacken, strahlend weiße Strümpfe, alte Männer in Satingewändern mit Pelzkragen, Kinder mit rasierten Köpfen. Ich kam an einem Tisch vorbei, an dem zwei Männer saßen, die Tee aus Schälchen tranken; beide hatten am kleinen Finger der rechten Hand einen mehrere Zentimeter langen Nagel, gelb und gekrümmt wie ein Säbel.

Ich sah eine Frau mit einem Korb, in dem sich Aale schlängelten, und einen Mann mit einer Stange über den Schultern, an der Seidenpantoffeln baumelten wie Fische. Ich blieb stehen, um bunte Kugeln zu bewundern, die wie Miniaturheißluftballons von Balkons herunterhingen. Sehr albern von den Muncies, dieses lebhafte Gewimmel zu fürchten!

Jemand rempelte mich an. Als ich beiseitetrat, stieß ich gegen eine Frau, die ein Bündel trug und eine finstere Miene zog und Silben ausspie, die mich wie Schläge trafen und erröten ließen. Zu meiner Rechten war eine weitere dunkle, schmale Gasse, in der sich eine Tür öffnete, und ich dachte an den Zeitungsartikel über die Razzia in einer Opiumhöhle, den ich beim Frühstück gesehen hatte. Unsere Lehrerinnen hatten uns mit Geschichten über diese seltsamen düsteren Löcher und deren berauschte, lasterhafte Kunden geängstigt, die auf schmutzigen Matratzen vor sich hin dösten und an Pfeifen sogen, deren Mundstücke »nie richtig gesäubert werden, da seien Sie mal sicher«. Entsetzt erkannte ich, dass ich sehr wohl vor einem solchen Ort stehen konnte.

Stimmen, krächzend wie die von Krähen, durchdrangen die Luft, auch beißende Gerüche: nach Knoblauch und Tierfett, Fisch und Kohl, nach Gewürzen, die ich nicht kannte, und nach etwas Süßem und zugleich Scharfem.

Ein Mann, der eine dünne Zigarette rauchte, lächelte mich an, und ich sah rasch beiseite, um seinem Blick auszuweichen.

Wie viele Chinesen hier waren! Als spazierte ich durch Peking. Wie weit erstreckte sich dieses Viertel noch? Sollte ich weitergehen oder umkehren? Diesmal versuchte ich es wirklich mit einer Seitenstraße, aber die führte auf eine noch lautere, noch bevölkertere, noch chinesischere Straße in Richtung Süden. Oder war es Osten? Obwohl ich den Reiseführer vollständig durchblätterte – so diskret ich konnte –, fand ich Chinatown nirgends erwähnt.

Als die Schilder über den Läden endlich wieder englisch beschriftet waren, eilte ich noch einige Blocks weiter, von Angst getrieben, und dann, als sie nachließ, wünschte ich mir, ich könnte irgendwo anhalten und mich ausruhen. Ich war den ganzen Tag gelaufen und hatte seit dem bisschen Brot zum Frühstück nichts gegessen. Es gab jedoch keinen geeigneten Rastplatz, weder einen Park noch ein Café. Aber selbst dann hätte ich kein Geld dafür gehabt – Oskar trug alles bei sich. Wirtshäuser konnte ich allein nicht betreten, nicht einmal, um nach dem Weg zu fragen.

Ich erkundigte mich in einer Böttcherei, wo zum Glück ein Mann den Stadtteil kannte, den ich ansteuerte, allerdings nicht die Pension, und als ich das Viertel erreichte, entschied ich mich rein zufällig für die richtige Richtung und stand dann endlich vor den ungestrichenen Holzschindeln und nur halb mit Läden versehenen Fenstern unseres Zuhauses.

Während ich das muffige Treppenhaus hochstieg, das nach jahrelangem Würstchenbraten stank, kam mir der Gedanke, dass Oskar seine Prüfung vielleicht nicht bestanden hatte. Ich nahm ein Buch mit in den leeren Salon, merkte aber, dass ich mich nicht konzentrieren konnte. Ich hätte ihm helfen sollen, sich auf mögliche Fragen einzustellen und Antworten darauf zu finden. Wenn wir nun länger als zwei Nächte hierbleiben und nach und nach alles verpfänden mussten, was in unserem

Koffer war? Wir hätten die eventuellen Konsequenzen dieses Tages gründlicher erwägen müssen.

Um sieben Uhr hörte ich das Klappern von Tellern und Stimmen aus dem Speisezimmer. Ich hatte der Wirtin gesagt, dass wir nicht mit zu Abend essen würden.

»Sind Sie sicher, dass Sie nicht doch einen Happen möchten?«, fragte sie freundlich, als ich, um mir meinen Umhang zu holen, auf der Treppe an ihr vorbeikam. »Mrs. Cartwright hat ihre Wurst nicht angerührt. Die könnten Sie für einen Vierteldollar haben. Und für die Kartoffel dazu berechne ich Ihnen gar nichts.«

»Nein, vielen Dank«, sagte ich stolz. »Mein Mann hat mich angewiesen, mir nicht den Appetit zu verderben. Wir gehen heute Abend feiern.«

»Oooh, feiern!«, entgegnete sie spöttisch. »Dann ist mein armseliges Angebot ja nichts für Sie.« Sie hob den Kopf und ging weiter.

Um acht Uhr kamen sie endlich.

Es war Philip, der sich entschuldigte. »Tut mir leid, dass Sie warten mussten. Wir sind kurz eingekehrt, haben schon mal angestoßen.«

»Du hast die Prüfung also bestanden?«

»Hast du daran gezweifelt?« Oskar verbeugte sich tief vor mir. »Zweiter Leuchtturmwärtergehilfe von Point Lucia zu Ihren Diensten.«

»Ihr Ehemann«, sagte Philip, »hat vermutlich die ungewöhnlichsten Antworten gegeben, die man in der Leuchtturmverwaltung je gehört hat, aber er konnte sie davon überzeugen, dass er für die Stelle mehr als überqualifiziert ist.«

Während wir in dem Lokal, das Philip empfohlen hatte, auf unsere Lammkoteletts warteten, tuckerte auf der Straße ein Elektrowagen vorbei.

Ich stieß Oskar an. »Siehst du? Dafür solltest du deine Maschine nutzen.«

»Thomas Alva Edison meint, Benzin ist ökonomischer«, sagte Philip. »Batterien sind zu groß und zu schwer, um praktisch zu sein.«

»Studieren Sie Naturwissenschaften, Philip?«, fragte ich.

»Ich habe mit Geschichte angefangen, aber jetzt interessiere ich mich mehr für Archäologie und Anthropologie. Ich katalogisiere die Sammlung von Mrs. Hearst.«

»Dem Zeitungsmann?«

»Nein, *Mrs.* Hearst. Seiner Mutter. Sie sammelt Artefakte aus der ganzen Welt. Davon interessieren mich am meisten die Kulturerzeugnisse der Indianerstämme hier in Kalifornien. Diese Völker stehen kurz davor, ausgerottet zu werden, und wir wissen praktisch nichts über sie. Ich würde gern Feldforschung betreiben, ihre Sprachen aufzeichnen, ihre Sitten kennen lernen, etwas in der Art.«

Ich fürchtete, dies würde Oskar dazu veranlassen, unser jüngstes Indianererlebnis zu erwähnen, doch er blätterte eine Broschüre der Leuchtturmverwaltung durch, in der jedes Kapitel dem Standort eines Küstenleuchtturms gewidmet war.

»Hier kommen wir hin, Trudy.« Er fing an vorzulesen:

»›Einhundertfünfzig Meilen südlich von San Francisco wurde 1890 auf einem Felsvorsprung dreihundertsechzig Fuß über dem Pazifik der Leuchtturm Point Lucia errichtet. Er ist auf drei Seiten vom Santa-Lucia-Gebirge umschlossen, das bis zu einer Höhe von fast einer Meile jäh aus dem Meer aufragt. Eine Überlandreise zur nächsten Ortschaft bedeutet bei gutem Wetter drei Tage anstrengendes Wandern und ist unmöglich während der Regenzeit. Die zerklüftete Küste lässt keine Häfen zu bis auf den Strand unterhalb des Leuchtturms, an den drei- oder viermal jährlich per Schiff Vorräte angeliefert werden. Die Temperaturen schwanken zwischen sieben und dreißig Grad Celsius. Wegen Landschenkungen der Spanier kontrollieren immer noch Mexikaner das Gebiet nördlich und südlich entlang der Küste, obwohl sie es nicht bewohnen. Abgesehen von einigen Holzfällern und einem kurzen Goldrausch im Jahr 1891 haben sich bisher keine Menschen ins Landesinnere vorgewagt. Die letzten bekannten Sichtungen einheimischer Indianer fanden 1875 statt. Zur lokalen Fauna gehören Puma, Rotluchs, Braunbär, Biber, Seeotter, Goldadler und Weißköpfiger Seeadler, Kormoran, Pelikan und Rotes Eichhörnchen.‹«

Mit dem Rest des Erlöses aus der Verpfändung von Messer und Beilagengabel bezahlte Oskar das Abendessen für uns drei, und seine Hochstimmung hielt auch nachts an.

»Die haben vielleicht gestaunt«, sagte er, als er sein Einstellungsgespräch beschrieb.

Die Leidenschaft sowie die Unbequemlichkeit des Seilbetts hielten uns lange wach, sodass ich am nächsten Morgen verschlief, so ausgiebig, dass die Sonne sich durch den Nebel brennen und Oskar meine silberne Toilettengarnitur verpfänden konnte, um die Wirtin und unsere Weiterfahrt nach Point Lucia und einen chinesischen Träger zu bezahlen, der unseren Koffer zum Pier bringen sollte.

Ich weinte bei dem Gedanken an meine Schätze, die in diesem schmutzigen Laden jetzt einsam in einer Vitrine lagen.

»Ich verspreche, dass ich sie dir zurückhole«, sagte er, als er neben mir auf der dünnen Matratze saß und mir mit sicheren Fingern die Tränen abtupfte. »Sobald ich mein Gehalt kriege, löse ich sie wieder aus.«

Er wirkte verzweifelt bemüht, mich zu versöhnen, deshalb erinnerte ich ihn nicht daran, dass er erst in Monaten Geld bekommen sollte und wir bis dahin weit weg sein würden.

## KAPITEL 18

Ich war so weit nach Norden gelaufen, wie es der Strand zuließ, denn hier endeten die Felsen in einer Wand, die mir vollkommen den Weg und den Blick auf die Küste dahinter versperrte. Aber das Wasser war flach, und ich deponierte meine Schuhe und Strümpfe auf dem Sand und begann, um die Barriere herumzuwaten. Ich musste herausfinden, was jenseits davon lag. Vielleicht waren wir gar nicht so allein hier, wie die Broschüre der Leuchtturmverwaltung und die Crawleys behaupteten. Vielleicht versteckte sich in den Hügeln ein Dorf, das ich vom Schiff aus nicht hatte sehen können. Der Gedanke, ein Nest mit portugiesischen Fischern oder auch chinesischen Krabbenfängern zu entdecken, hielt mich aufrecht, während ich tiefer in das kalte Wasser watete und mein Rock bis zu den Knien nass wurde. Hinter der Steinmauer waren mehr schwarze Felsen, allerdings niedrig genug, um über sie hinwegzuklettern. Ich bahnte mir meinen Weg über sie und um das riesige Gewirr aus verblichenen Baumstämmen herum, die sie am Abrutschen gehindert hatten. Die Steine zerkratzten mir die Füße, doch ich war fest entschlossen, so weit zu laufen, wie ich konnte, und die Crawleys und Mr. Johnston und auch Oskar wenigstens eine Zeitlang hinter mir zu lassen.

Ein Gezeitentümpel bewegte mich schließlich zum Stehenbleiben, ein Tümpel, bunter als alle, die ich bisher gesehen hatte. Er war größer und tiefer und voller Wasser, fast klarer als die Luft, Wasser, das die Lebewesen in ihm vergrößerte. Ihre Farben glichen denen kostbarer Juwelen, unnatürlich für Augen, die an die sanften Töne des Ostens gewöhnt waren. Violette Kugeln, Seeigel, funkelnd wie Weihnachtsschmuck, schmiegten sich in Büschel smaragdgrüner Algen. Ein orangeroter Krebs, alarmiert durch meinen Schatten, floh in sein Versteck.

Der Tümpel war weit entfernt vom Leuchtturm, und das nicht nur räumlich, seine ganze Erscheinung bot ein anderes Bild. Ich erinnerte mich, dass Mrs. Crawley an jenem ersten Tag aus dieser Richtung aus dem Nebel anmarschiert war, doch ich konnte mir kaum vorstellen, wie sie, so flott und geschäftig unterwegs, stehen blieb, um dieses Wunder zu bestaunen. Ich war mir sicher, dass ich einen Ort gefunden hatte, den von meinen Mitbewohnern keiner kannte.

Der Wind trug einen starken Tiergeruch heran, als sich drei Seehunde auf einen flachen Felsen ein Stück weiter draußen im Meer hievten. Sie gesellten sich zu zwei anderen, die sich, ihre Körper wie zusammengerollte Teppiche, dort bereits sonnten. Und dann glitten sie alle fünf plötzlich rasch über den Stein und warfen sich in die Wogen. Ein kleinerer schwarzer Kopf, der in der Nähe aufgetaucht war, hatte sie verschreckt.

Dieses Tier kletterte nicht auf den Felsen; es verweilte schaukelnd in den Wellen. Es war, so befand ich, kein weiterer Seehund, sondern eine andere Spezies mit einer stumpferen Nase und lebhafteren Färbung. Dann verschwand es unter der Wasseroberfläche, und obwohl ich mindestens fünf Minuten wartete, war mir kein zweiter Blick vergönnt.

Ich wusste nichts über Gezeiten. Natürlich hatte ich gelesen, dass sich der Meeresspiegel entsprechend der Anziehungskraft des Mondes hebt und senkt, aber mir war nie der

Gedanke gekommen, dieser Rhythmus könnte einen Einfluss auf mich haben. Ich hatte nicht bedacht, dass die felsigen Küstenabschnitte – von glitschigen Algen, Krusten aus Muscheln und Strandschnecken und geschlossenen Seeanemonen bedeckt –, über die ich geklettert war, bald überschwemmt sein würden. Jetzt bemerkte ich, dass die Wellen nahe genug herankamen, um ihre Gischt in den Tümpel zu meinen Füßen zu spritzen, und so trat ich meinen Rückweg über die schlüpfrigen Steine an. Es gab Stellen, so wurde mir klar, wo das Wasser direkt auf nackte Wände treffen und es sein konnte, dass ich stundenlang zwischen ihnen eingeschlossen sein würde.

Ich sprang, wenn ich mich traute, kroch, wo es sein musste, und rutschte oft genug aus, um mein Kleid zu durchnässen und mir die Knie und Ellbogen aufzuschürfen und zu prellen. Einmal erhoben sich die Felsen zu steil, um darüberzuklettern, und ich war gezwungen, zurück ins Meer zu waten, das jetzt in hohen Wellen gegen sie krachte. Als ich aufgebrochen war, hatte das Wasser nur an meinen Fesseln gezogen, nun stürzte es auf mich ein, eisig und erbarmungslos, und umspülte mich bis zur Taille. Es drängte mich an die Felsen, zerrte mich dann in tieferes Wasser, hob erst meinen Rock und versuchte gleich danach, ihn mir vom Leibe zu reißen. Ich taumelte um eine Biegung und konnte weit im Süden unser Kap mit seinen wehrhaften Gebäuden darauf sehen.

Ich stolperte auf den Strand zu und knickte in meiner Eile um, sodass einen Moment lang sogar mein Kopf in die Salzbrühe tauchte. Triefend von kaltem Wasser, hatte ich endlich Sand unter den Füßen. Die Schuhe und Strümpfe, die ich dagelassen hatte, waren verschwunden. Verbittert kam ich zu dem Schluss, dass ihr Verlust nichts ausmachte, denn sie waren sowieso praktisch nutzlos; ich konnte nirgendwo hin. Mir war nur bestätigt worden, was ich eigentlich schon gewusst hatte: Die Wildnis aus Felsen, Berg und Meer erstreckte sich viel weiter, als meine schwächlichen Beine mich tragen konnten.

Die Sonne ging unter, als ich oben auf dem Kap war. Meine Füße bluteten, und ich zitterte so heftig, dass mir der Kopf wehtat, aber am allerschlimmsten war meine wilde Sehnsucht, zu Hause zu sein, wo meine Mutter Gustina bitten würde, heißes Wasser zu holen, und mein Vater über meine Unbesonnenheit liebevoll den Kopf schüttelte. Meine Einsamkeit überwältigte mich wie eine der Wogen, und ich rang nach Luft und schloss meine Augen davor.

Kaum öffnete ich sie wieder, sah ich schon Mrs. Crawley. Ich hatte gehofft, mich unbeobachtet von allen ins Haus schleichen zu können, aber da war sie, die Arme schlenkernd wie ein Mann, als sie den Pfad entlang auf mich zukam, sicher in der Absicht, mir ein, zwei Regeln über das Leben hier zuzubellen.

Sie musste mich vom Fenster aus gesehen haben, denn sie hatte eine marineblaue Decke, Eigentum der Leuchtturmverwaltung, mitgebracht und legte sie mir um die Schultern. »Was ist Ihnen passiert? Wir haben uns Sorgen gemacht.«

Ich konnte nicht anders, als loszuschluchzen. »Ich habe mir das Kleid ruiniert.« Das war gar nicht die Ursache meiner Traurigkeit, aber ich brachte es nicht über mich, andere, wahrere Gründe zu äußern.

»Herrgott noch mal, das kann man doch waschen.«

Ich tupfte mir die Tränen mit der rauen Wolldecke ab.

»Die Männer hatten Angst, Sie wären vom Kap gefallen. Ich habe ihnen gesagt, so ungeschickt seien Sie nicht. Aber Sie sind schwimmen gegangen, sehe ich.«

Ich erzählte ihr, wie weit ich gelaufen war, von dem lila Tümpel und der unbarmherzigen Flut. »Und ich habe ein seltsames Tier gesehen. Keinen Fisch, glaube ich, und auch keinen Seehund. Sein Kopf war klein und schwarz und ein bisschen braun gefleckt.«

»Ein Otter, wette ich, wie der andere. Dann muss es eine ganze Gruppe von ihnen geben. Gut.«

Wir schwiegen einen Moment lang in Erinnerung an das Junge.

»Gehen Sie rein«, sagte sie mit ihrer üblichen Barschheit, aber auf eine Weise, die mich wärmte. »Ihr Mann soll Ihnen ein schönes heißes Bad machen.«

»Vielen Dank, Mrs. Crawley.«

»Und jetzt werden Sie nicht mehr einfach weglaufen, oder?« Obwohl ihre Stimme freundlich klang, hörte ich die Härte dahinter. »Sie müssen daran denken, Ihr Baby zu schützen. Vergessen Sie nicht, es gibt hier vieles, was Sie noch nicht verstehen. Wir sind nicht in Minnesota.«

»Wisconsin«, sagte ich leise. Sie hatte recht. Ich hatte keine Ahnung von den Gezeiten gehabt. Ich wusste so wenig über diesen Ort. »Ich weiß, Mrs. Crawley.«

»Euphemia«, sagte sie und versetzte mir einen sachten Schubs in Richtung unserer Tür, als wäre ich ein kleines Kind, dem man den Weg zeigen musste, dann trat sie zu der Glocke neben ihrer eigenen Treppe, um ihre Familie zum Abendessen zu rufen.

Oskar tat es leid. Mit Worten, die mich umschmeichelten wie ein warmes Bad, bat er mich um Verzeihung. Von dem echten Bad hatte er mir abgeraten und mich aufgefordert, meine Sachen auszuziehen und mich neben ihm, Haut an Haut, ins Bett zu legen. Das sei das beste Mittel gegen Unterkühlung, meinte er. Ich meinerseits entschuldigte mich dafür, dass ich nicht achtsamer mit seinen Papieren umgegangen war.

Er behauptete, er könne die Diagramme nicht noch einmal zeichnen. Die Lösung für den drahtlosen Telegrafen, die richtige Kombination aus Magnet und Quecksilber, Draht und Glas sei ihm blitzartig eingefallen, fast wie in einem Traum; er könne sich nicht daran erinnern. Ich drängte ihn, es erneut zu versuchen, doch er weigerte sich. Es stimmte, dass ich, da ich selbst nie eine Inspiration verspürt hatte, deren Launen nicht kannte. Sollte ihm mit diesen wenigen Seiten wirklich alles abhandengekommen sein? Oder war es ein Vorwand dafür, ein weiteres Projekt aufzugeben, dessen Scheitern er fürchtete?

## KAPITEL 19

Aus unserem Baby wurde nichts.

Trotz Euphemias Warnung hatten wir Wochen voller Vorfreude verbracht. Ohne die Ablenkung durch seine elektrischen Experimente begeisterte Oskar sich wieder für die Einrichtung unseres Hauses. Er baute eine Wiege und einen Nachttisch. »Um dir Kaffee ans Bett zu bringen«, sagte er.

Wenn es ein Mädchen würde, hoffte er, könnten wir es nach seiner Schwester Amelia nennen. Er drückte seine Hand auf meinen Bauch, der in Wahrheit kaum gewachsen war. Hatte ich gefühlt, dass es sich bewegte?, wollte er wissen.

Nein, das hatte ich nicht. Was ich aber eines Nachmittags verspürte, war ein Echo der vertrauten Krämpfe, die ich seit meiner Highschoolzeit jeden Monat ein, zwei Tage lang gehabt hatte. Nach einer Stunde rang ich keuchend nach Luft und krümmte und wand mich, vergeblich bemüht, mich aus dem unbarmherzigen Griff zu befreien.

»Was ist los?«, fragte Oskar verzweifelt, während ich mich auf unserem Bett zu einer Kugel zusammenrollte, ein Versuch, meinen eigenen Eingeweiden zu entkommen.

»Es ist nichts«, sagte ich mit angespannter, gepresster Stimme. »Nichts.« Es war, so glaubte ich, der alte monatliche Schmerz, der mit aller Macht die Zeit, die er verloren hatte, aufholen wollte. »Euphemia hat sich geirrt.«

Ich flehte darum, dass die Krämpfe nachließen, und das taten sie einige Stunden später auch, nur hatte Euphemia doch recht behalten, denn in dem Blutschwall, der zwischen meinen Beinen hervorquoll, war eine winzige Gestalt zu sehen, reglos, aber menschlich. Sie hatte, obwohl nur wenige Zentimeter groß, einen Miniaturkopf und kleine Gliedmaßen. Sie hing an mir, mit meinem Innern durch eine so dünne Schnur verbunden, dass ich sie mit den Fingern durchknipsen konnte. Später sollte ich mir wünschen, dass ich das Wesen, das nicht leben würde, liebevoller behandelt hätte, zugleich aber auch, ich hätte mir den quälenden Anblick ganz erspart.

Oskar hatte Euphemia geholt, und sie brachte es fort und klemmte ein gefaltetes Tuch nach dem nächsten zwischen meine Beine, um die Blutung zu stillen.

»Armes Ding«, sagte sie, und ich wusste nicht, ob sie mich meinte oder das andere.

»Ist es ein Mädchen oder ein Junge?«

»Es ist nichts.«

Um mich aufzurichten, erzählte Euphemia mir, sie selbst habe drei solche Situationen durchlebt, eine zu einem noch späteren Zeitpunkt. »Wenn es passiert, dann je früher, desto besser. Sie haben Glück.«

Sie meinte, ich solle im Bett bleiben. Doch herumzuliegen und an nichts zu denken, brachte mich zum Weinen, deshalb ging ich, sobald ich konnte, ins Freie, um mich wieder den Wannen zu widmen.

Unsere Sammlung war stetig gewachsen. Da ich erkannte, wie grausam und sinnlos es war, ein Lebewesen in wenigen Zentimetern schmutzigen Wassers gefangen zu halten, wie die Kinder es in ihren Gläsern getan hatten, hatte ich Mr. Crawley gebeten, einige leere Fässer mittig durchzusägen, deren obere und untere Hälften als Gefäße dienen sollten, in denen die gesammelten Tiere und Pflanzen gedeihen konnten. Er hatte gezögert. Die Fässer waren Eigentum der Leuchtturmverwaltung, die erwartete, dass wir ebenso viele leere zurückgaben, wie wir volle bekommen hatten – falls wir sie nicht zu einem anderen Zweck benötigten. Dies sei ein anderer Zweck, hatte ich behauptet.

»Ich möchte nicht gern derjenige sein, der Inspektor Roberts diesen Unfug erklärt«, hatte er gesagt, dabei aber schon die Säge angesetzt.

So gut es ging, bildeten wir in den Wannen die Welt der Gezeitentümpel nach, indem wir Steine hineinlegten, an die sich Seeanemonen und Muscheln heften konnten, und für die Krebse Höhlen als Verstecke bauten. Eine der wichtigsten Zutaten war natürlich Salzwasser. Alle paar Tage erneuerten wir es, indem wir es eimerweise mit dem Dampfesel nach oben beförderten. Unsere Aquarien lockten Möwen an, also mussten wir daneben eine Vogelscheuche errichten, und das gefiel Euphemia, weil es auch die Adler davon abhielt, auf die Hühner herunterzustoßen.

Die Wannen halfen, das, was wir gefunden hatten, besser zu verstehen. Allmählich wurde uns klar, wie die Tiere wuchsen und sich veränderten, welches was fraß, welches Schatten vorzog, welches Sonne liebte, welches gern mit welchem zusammenlebte und welches gewisse Nachbarn nicht ertrug. Die schiere Bandbreite von Leben, die das Ganze repräsentierte, beeindruckte mich, aber ich begann auch, eine Ordnung darin zu erkennen. Insgesamt war es eine ungemein befriedigende Arbeit, obwohl sich manche Kreaturen trotz größter Anstrengungen nicht an ihre künstliche Umgebung anpassten und starben.

Sie war so befriedigend, dass wir uns im Unterricht immer mehr darauf konzentrierten. Im Klassenzimmer bedeckten zwar nach wie vor getrocknete Präparate den Fußboden, aber sie waren kein Durcheinander mehr. Mit Hilfe von *Spezies der Pazifikküste* und eigenen Beobachtungen und logischen Schlüssen hatten wir unsere Funde in unterschiedliche Kategorien zusammengefasst, bewahrten die gepressten Meerespflanzen in einem Teil des Raums auf, die zweischaligen Muscheln in einem anderen und so weiter.

Der beste Platz unter dem Fenster war ungewöhnlichen Artefakten vorbehalten, darunter dem Kormoranfedern-Ornament, das ich auf dem Grabhügel entdeckt hatte. Die Kinder hatten kürzlich einige neue Stücke hinzugefügt: Eines Tages hatte ich vor der Tür Mary vorgefunden, die mit den Händen ein Nest für vier kleine Bündel formte. Ich dachte, es seien Mäuse oder Jungvögel, doch es waren keine Lebewesen, sondern Knäuel aus der gummiartigen Pflanze namens Kelp.

Ich hatte inzwischen festgestellt, dass Kelp eine faszinierende Pflanze war, ungeheuer lang und zäh, aber, wenn man sie richtig betrachtete, auch schön mit ihren eigentümlichen hohlen Stängeln, den blassgrünen Knollen, die riesigen Perlen glichen, und den blattähnlichen Wedeln, die wie Haare auf dem Wasser auf und ab wogten. Für die Kinder dagegen war sie so unspektakulär wie Gras, daher wusste ich nicht, warum Mary die Bündel so behutsam hielt und die anderen Kinder sich neugierig darum versammelten.

»Jeder von uns sollte eins aufmachen«, sagte Edward. »Jane darf als Erste.«

Das Kelp war also nur die Verpackung. »Was ist das?«, fragte ich. »Woher hast du die?«

Sie antworteten nicht, sondern zupften an den Blättern, die sich rasch ablösten und vier aus grauem Treibholz geschnitzte Objekte enthüllten: einen Krebs, einen Pelikan, einen Delfin und einen Seehund, Letzterer auf seinem eigenen kleinen Felsen sitzend.

»Wo kommen die her?«, fragte ich erneut.

Jane antwortete mir. »Von der Nixe. Sie hat sie für uns auf die Steine gelegt.«

Baby Johnstons Grab. Ich verspürte jetzt, da ich selbst diesen Verlust erlitten hatte, persönlichen Schmerz. Archie Johnston hatte die Figuren wohl als Gaben für sein totes Kind dargebracht. Wusste er, dass die lebenden Kinder sie an sich nahmen? Denkbar war es. Ich erinnerte mich, wie er Jane an meinem ersten Nachmittag hier die Muschelschale geschenkt hatte. Wahrscheinlich vermutete er es, und vielleicht tröstete es ihn ein wenig, die gute Fee zu spielen. Der arme Mr. Johnston.

Aber wir machten auch mit Rechnen und Lesen weiter. Und wir arbeiteten an unserem Latein – hauptsächlich, um den Wesen, die wir in *Spezies der Pazifikküste* nicht identifizieren konnten, passende »wissenschaftliche« Namen zu geben. Doch diese Stunden brachten wir rasch hinter uns, und oft suchte ich nachmittags, statt zu Oskar ins Bett zu steigen, mit den Kindern den Strand nach neuen Spezies ab und nach schönen Exemplaren derer, die wir bereits kannten. Wir alberten auch viel herum. Ich erklärte Euphemia, dass ich meine Schüler bei diesen Gelegenheiten lehrte, genau zu beobachten, Fauna und Flora mit Respekt zu behandeln, Naturgeschichte und wissenschaftliche Klassifikation zu verstehen und zu zeichnen. (Nachdem mein Skizzenblock längst voll und mein sonstiger Papiervorrat erschöpft war, benutzten wir leere Dienstbücher, die ich aus dem Leuchtturm stibitzt hatte.)

»Solange die Kinder ihre Pflichten erledigen, soll es mir recht sein«, sagte Euphemia. »Aber«, fügte sie mit strengem Blick auf die Kinder hinzu, »ihr müsst am Strand bleiben.«

Sie nickten feierlich und versprachen es. Ich fragte mich, ob sie befürchtete, dass sie wegschwimmen oder sich in die Berge verdrücken wollten. Natürlich würden wir am Strand bleiben. Es gab ja sonst nichts.

## KAPITEL 20

Eines Tages Anfang November saß ich neben einer der Wannen, nachdem ich die Kinder zum Essen entlassen hatte, und skizzierte in einem Dienstbuch ein Geschöpf, das sie Käferschnecke nannten und das in *Spezies der Pazifikküste* als Chiton aufgeführt war. Hätte ich an meinem ersten Tag am Strand einen Chiton bemerkt, hätte ich ihn als kleinen groben Brocken abgetan, kein Tier, sondern Teil des Gesteins. Inzwischen wusste ich, dass er ein einfüßiges Lebewesen war, dessen Kalkpanzer es praktisch seit Anbeginn der Erdgeschichte schützt. Chitons gab es in verschiedenen Farben, und ich fragte mich, warum manche rot und manche braun und manche gelb oder grau oder grün waren. Ich spekulierte darüber, ob es an den Pigmenten in ihrer Nahrung lag und ob die Farben ihnen als Tarnung gegen Räuber dienten. Sie schienen nur reglos dazuhocken, doch aufgrund von Beobachtungen wusste ich, dass sie sich bewegen mussten, denn sie hinterließen auf dem Felsen eine Spur, die frei von Algen war, die sie, wie ich vermutete, fraßen. Sie waren primitive Kreaturen, konnten sich zum Schutz ihrer verletzlichen Unterseite jedoch einrollen.

Zuerst zeichnete ich das kleine Geschöpf, das sich auf einen Stein drückte, dann versuchte ich, es sanft vom Untergrund abzulösen, damit es sich einrollte wie eine Assel, aber vergeblich.

»Was machst du da?« Oskar stand hinter mir.

Hastig zog ich meine Finger aus dem Wasser und wischte

sie an meinem Kittel ab. »Tut mir leid. Bestimmt möchtest du was essen.«

»Nicht so wichtig. Was hast du da gemacht?«, wiederholte er.

»Ich habe versucht, es dazu zu bringen, dass es sich verteidigt. Im Buch ist es nur flach abgebildet.« Ich zeigte auf das Bild in *Spezies der Pazifikküste,* das offen neben mir lag.

Er studierte die Seite. »Bist du sicher, dass es dasselbe ist? Hier steht, es ist braun.«

Während ich ihm erklärte, warum ich selbst verwirrt war wegen der Farben, schob er einen Fingernagel zwischen Stein und Tier und löste es ohne zu zögern ab, worauf es sich langsam einrollte, wie ich es erwartet hatte.

»Vielleicht hast du eine neue Spezies entdeckt. Du solltest deiner Miss Dodson eins schicken und fragen, was sie davon hält.« Er ließ das winzige eingekringelte Geschöpf wieder ins Wasser fallen und wandte seine Aufmerksamkeit dem Dienstbuch zu, in das ich gezeichnet hatte. »Deins ist besser als das in dem Buch.« Er berührte mein Bild und hinterließ einen nassen Fleck auf der Seite. Dann sah er mich so eindringlich an, wie er es seit Wochen nicht getan hatte. »Du solltest einen Katalog zusammenstellen. Das wäre ein echter Beitrag zur Wissenschaft.«

»Ach, ich weiß nicht.« Ich versuchte vergeblich, den Tropfen abzuwischen, der in das Papier eingedrungen war.

Er zuckte die Achseln. »Wenn du fertig bist, lass uns essen. Ich bin müde.«

Seit Oskar sich nicht mehr mit Elektrizität beschäftigte, war er ein vorbildlicher Leuchtturmwärtergehilfe. Er trat seine Schicht pünktlich an und überprüfte und reinigte danach peinlich genau, wenn auch gelangweilt, Apparaturen und Gebäude. Er hatte noch vor Mr. Crawley entdeckt, dass von dem Quecksilber, auf dem die Fresnellinse schwamm (ohne dieses Gleitmittel wäre das massive Glasprisma viel zu schwer gewesen, um sich zu drehen), gefährlich viel verdunstet war. Er hatte ohne die Hilfe von Mr. Crawley oder Archie Johnston den Kessel mit einem neuen Ablasshahn ausgestattet und in seiner Freizeit den Schornstein geteert. Er erschien rechtzeitig zum Essen und beklagte sich nicht über die eintönige Kost – meist Bohnen und gekeimte, gummiweiche Kartoffeln –, die unsere Vorräte nur noch boten. Gleich danach ging er zu Bett und lag da mit der schwarzen Brille, die er aus dem Leuchtturm mitgebracht hatte, sodass ich nicht erkennen konnte, ob seine Augen geschlossen oder offen waren. Er griff nicht mehr in den Unterricht der Kinder ein, und wäre Schreibpapier übrig gewesen, hätten wir es für uns gehabt. Zuerst hatte es mich erleichtert, dass er nicht mehr so übererregt wirkte und von seiner »richtigen« Arbeit absorbiert wurde, aber inzwischen war ich besorgt und unglücklich, denn er war nicht er selbst, und obwohl ich versuchte, ihn mit munterer Konversation und Liebkosungen aus der Reserve zu locken, reagierte er kaum. Anscheinend würden wir doch nicht im Triumph nach Hause zurückkehren.

Eigentlich hatte ich Euphemia wie meistens nach dem Essen fragen wollen, ob sie etwas für mich zu tun hatte, aber heute folgte ich Oskar nach oben ins Schlafzimmer. Obwohl ich mir schon oft gewünscht hatte, er würde mich im Bett in Ruhe lassen, fehlte es mir, Objekt seines Begehrens zu sein. Zugegebenermaßen hatte ich, seit mein Korsett verloren gegangen war, nicht versucht, mich in meine hübschen Kleider zu zwängen, sondern lief jeden Tag in meinem locker sitzenden Kittel herum. Jetzt legte ich das formlose Ding ab und stand bis auf mein Unterhemd nackt da, um mir die Haare zu kämmen, eine Pose, die ihn früher ganz sicher interessiert hätte. Zu meinem Kummer war er eingeschlafen, bevor ich zwischen die Laken schlüpfte.

Entmutigt zog ich mich an und wandte mich draußen wieder den Wannen zu. In einer von ihnen bahnte sich eine kleine grüne Krabbe geschäftig ihren Weg über einen Strang Kelp, *Pugettia producta*. Oder war es *Pugettia gracilis* oder *Pugettia richii* oder, wie Oskar geargwöhnt hatte, eine völlig andere, unidentifizierte *Pugettia*? Ihre runden schwarzen Augen erinnerten mich an Miss Dodson – obwohl ihre nicht gestielt waren. Vielleicht sollte ich ihr eine Auswahl an Seesternen und Krebsen schicken – sie ließen sich gut trocken – sowie an Nacktkiemern und Chitons. Seeanemonen wären auch nett, aber ohne das Wasser, in dem sie ihre Tentakel tanzen lassen konnten, beeindruckten sie kaum, sondern ähnelten zerknüllten Schmutzlappen.

Ich riss einige Seiten aus meinem Dienstbuch:

*Liebe Miss Dodson,*
*ich schicke Ihnen ein paar getrocknete Exemplare von Tieren sowie Zeichnungen von anderen, die, wie ich fürchte, die Reise nicht gut überstehen würden, in der Hoffnung, dass sie Sie interessieren. Sie alle sind an der zentralen Küste Kaliforniens zu finden, wo ich jetzt lebe. Sie scheinen mir seltsame Kreaturen zu sein, aber vielleicht sind sie auch ganz gewöhnlich und kommen nur mir, die ich sie nicht kenne, fremdartig vor. Ich freue mich auf Ihre Antwort, kann jedoch nur alle drei oder vier Monate Post empfangen oder verschicken, deshalb werden Sie verstehen, wenn es lange dauert, bis ich darauf reagiere.*

Ich erwog zu erklären, wie ich in Kalifornien gelandet war, und entschied, dass persönliche Mitteilungen nicht der Zweck meiner Korrespondenz mit meiner ehemaligen Lehrerin waren. Ich unterschrieb den Brief mit meinem Mädchennamen, denn unter einem anderen kannte sie mich nicht. Dann erwähnte ich noch den Katalog und bat sie um Rat. Hielt sie ihn für ein lohnendes Projekt?

Ich verbrachte sehr viel Zeit mit Zeichnen, überlegte, wie ich die Unterschiede zwischen den Krabben am besten hervorheben konnte, gab die Scheren detailliert wieder und zeigte die Tiere in ihrem Habitat, um Größenverhältnisse deutlich darzustellen. Und ich schilderte ihre Gewohnheiten – soweit die Kinder und ich sie hatten beobachten können –, weil ich auch das für eine wertvolle Information hielt.

Es war schwierig, die Präparate zu verpacken. In Salzwasser geschmeidig und widerstandsfähig, waren sie in getrocknetem Zustand spröde und zerbrechlich wie Glas. Die Kinder halfen mir, auf den großen Wiesen zwischen unserem Kap und den Bergen Gras zu sammeln, und ich machte daraus für jedes Exemplar ein kleines Nest, legte die Nester in eine Kiste, die ich mit mehr Gras und zerknüllten Zeitungen ausstopfte und zunagelte. Dann bettete ich die Kiste sowie ein paar Messgeräte, die wir nicht selbst reparieren konnten und nach San Francisco schicken mussten, in ein Fass mit Sägemehl.

Die *Madrone*, dasselbe Schiff, mit dem wir gekommen waren, traf an einem warmen, klaren Morgen Ende November ein. Es war unser erster Kontakt mit der Außenwelt seit unserer Ankunft im Juli, und ich hielt praktisch die Luft an, während ich darauf wartete, dass Euphemia den Inhalt des gelben Postsacks verteilte, den der Dampfesel zu uns hochgeschleppt hatte. Am Ende lag ein kostbarer Stapel Umschläge vor mir: je ein langer Brief von drei Schulfreundinnen, darunter Lucy, zwei Briefe von meinem Vater und sechs von meiner Mutter. Außerdem bekamen wir einige Ausgaben des *San Francisco Examiner,* anscheinend willkürlich ausgewählt, und Oskar erhielt einen Brief von seinem Vater.

Bei der Fassöffnungszeremonie am Abend stellte Euphemia einige Dosen beiseite – Süßkartoffeln und Johannisbeerkonfitüre und dergleichen –, die erst Weihnachten geöffnet werden durften, denn das Schiff würde in diesem Jahr nicht mehr kommen. Mit Freude entdeckte ich in der neuen Bibliothek Band 3 von *Shakespeares Gesammelte Werke* und zeigte ihn Oskar. Er nickte bloß.

Für das Verschicken meines kleinen Pakets ans Milwaukee College for Females hatte ich auf dieselbe Weise bezahlt wie für die Versendung meiner Briefe, nämlich indem ich Oskars Gehaltsscheck belastete, den die Leuchtturmverwaltung vierteljährlich auf ein Bankkonto in San Francisco einreichte. Vor ein paar Jahren war ein Leuchtturmwärter wie Blei in die Tiefe gesunken, als sein Boot bei der Rückkehr vom Schiff kenterte, weil seine Taschen voller Goldmünzen gewesen waren, dem Halbjahreslohn für ihn und zwei Gehilfen. Dieser Verlust von Mann und Geld hatte die Verwaltung veranlasst, keine Barzahlungen mehr zu leisten. In Point Lucia bedeutete das keinen Verzicht. Es gab hier nichts, für das man Geld hätte ausgeben können.

Am nächsten Morgen sah ich im Küchenmüll zufällig den Brief von Oskars Vater und konnte nicht anders, als die ordentlich geschriebenen Zeilen, die zwischen den Kartoffelschalen sichtbar waren, zu überfliegen.

*… dass Philip dir eine Hilfe war. Ich hoffe, du hast dich hinreichend dankbar gezeigt, denn seine Zeit ist zweifellos knapp bemessen.*

Ein leichtes Schütteln des Eimers enthüllte:

*… hoffe, dass du dich stetig bemühst. Ich muss sagen, dass ich oft diejenigen beneide, die wie du Befriedigung in körperlicher Arbeit finden, Arbeit, die die Hände beschmutzt und den Rücken ermüdet und die Grundlage all dessen bildet, auf dem die Gesellschaft – wie alle Gesellschaften – ruht …*
*Deine Mutter lässt dich herzlich grüßen.*
*Mit aufrichtigen Wünschen für eine glückliche Zukunft*
*Papa*

Um möglichst lange etwas von meinen Briefen zu haben, erlaubte ich mir nur einen pro Woche und las sehr langsam, als ob ich an Schokolade lutschte. Jeder begann ziemlich steif mit den besten Wünschen für meinen Aufenthalt hier und Fragen nach meinem jetzigen Leben, ging dann aber schnell zur Schilderung von Situationen über, die mich daran erinnerten, wie weit ich von meiner alten Welt entfernt war. Gustina wäre mit mir gegangen, wenn ich Ernst geheiratet hätte, doch nun hatte meine Mutter sie Lucy versprochen, falls Gustina zustimmte, was sie sicher tun würde. Meine Mutter hatte schon begonnen, ein neues Mädchen anzulernen, eine Polin, ein wenig stürmisch und noch unwissender, als Gustina es gewesen war. Ernst war laut einer vertrauenswürdigen Quelle mit einer gewissen Miss Cynthia Davis am Arm gesehen worden. Es war eine Erleichterung, aber auch enttäuschend zu erfahren, dass ich ihm doch nicht so wichtig war.

In den nächsten Wochen dachte ich oft an mein kleines Paket mit Lebewesen des Pazifiks, das jetzt dieselbe Reise unternahm wie ich, nur rückwärts: die Schiffsfahrt nach San Francisco, wo das Fass, in das ich die Kiste gelegt hatte, aufgebrochen werden und sich Sägemehl auf die Laderampe des Postamtes ergießen würde, dann die Eisenbahnfahrt durch die Staaten des Westens und schließlich der zweite Zug von Chicago nach Milwaukee. Ich hoffte, die Präparate so gut gepolstert zu haben, dass sie unversehrt blieben. Ich stellte mir vor, wie Miss Dodson meinen Brief mit Erstaunen öffnete und mit Zuneigung las; meine Lehrerinnen hatten mich immer gern gehabt. Danach würde sie die Kiste aufmachen, zwar geduldiger als die Kinder, wenn sie die neu eingetroffenen Fässer attackierten, aber ähnlich neugierig. Ich sah genau vor mir, wie Miss Dodson ihr Vergrößerungsglas aus dem Lederbeutel zog, und dieses Bild war ein Band zwischen meinem alten Leben und meinem neuen und tröstete mich. Sie würde die Namen, die ich aufgelistet hatte, mit denen vergleichen, die sie in ihren eigenen Büchern fand, und sich besonders für die Präparate interessieren, die ich nicht hatte identifizieren können. Ich verspürte eine gewisse Erregung bei dem Gedanken, dass manche davon auch ihr vielleicht neu waren, dass die Kinder und ich, wie Oskar angedeutet hatte, womöglich Geschöpfe entdeckt hatten, die dem Rest der Welt unbekannt waren.

## KAPITEL 21

Seht ihr manchmal Otter?«

Die Kinder und ich waren wieder am Strand, und ich konnte nicht widerstehen, zwischen den Schwimmkörpern der Kelpwedel – Köpfen trügerisch ähnlich –, die in den Wellen auf und ab wippten, nach dem ungewöhnlichen Tier zu suchen, das ich bei meinem Ausflug entlang der Küste erblickt hatte. Und das Junge, das Jane und ich gefunden hatten, ging mir nicht aus dem Kopf. Ich malte mir aus, dass die beiden zusammengehörten, vielleicht als Mutter und Kind.

»Nein.« Sie schüttelten ihre Köpfe.

»Ich schon, glaube ich. Zumindest denkt eure Mutter, dass es einer war.« Ich beschrieb den kleinen schwarzen Kopf, der die Seehunde verscheucht hatte.

»Oh«, sagte Jane, »das war kein Otter. Das war die Nixe. Willst du sehen, wo sie wohnt?«

»Ma sagt, da dürfen wir nicht hin«, warnte Mary.

»Mama sagt, Nixen sind gefährlich«, sagte Nicholas. »Sie sagt, sie mögen Kinder so gern, dass sie sie unter Wasser in ihre Höhlen ziehen.«

»Wo sie ertrinken!«, ergänzte Edward.

»Aber ihre Höhle liegt nicht unter Wasser«, widersprach Jane.

»Ich glaube, es ist in Ordnung«, warf ich ein, »wenn ich bei euch bin.« Ich lächelte und fragte mich, welche Art Tier oder

Fantasiefigur die Kinder mir zeigen würden. »Wir müssen nur gleich umkehren, wenn ich es sage.«

Sofort liefen die Kinder los, und dabei blieben sie mit beachtlicher Ausdauer, viel weiter, als ich erwartet hatte, bis zum Ende des Strandes, wo sie ins flache Wasser platschten, um die Felsen zu umrunden.

»Was ist mit der Flut?«, rief ich.

»Jetzt kommt erst mal Ebbe«, gab Mary über ihre Schulter hinweg zurück. »Wir haben noch Stunden.«

Ich wusste nicht, ob ich ihrer Behauptung vertrauen sollte. Ich war viel älter und hätte die Verantwortung übernehmen müssen, doch ich wusste nicht, was in diesem Fall klug und was unvernünftig war.

Wir erreichten den Tümpel mit den Seeigeln mit den violetten Stacheln, den die Kinder offensichtlich kannten, denn er schien für sie ein Orientierungspunkt zu sein, an dem sie sich landeinwärts wandten. Bald betraten sie etwas, das sich als ein Durchgang in der Felswand entpuppte, stellenweise so schmal, dass er oben fast geschlossen war.

Überrascht wurde mir klar, dass dies der Ort sein musste, den zu meiden Euphemia sie ermahnt hatte. »Vielleicht sollten wir umdrehen«, sagte ich.

»Pscht!«, flüsterte Edward. »Wir wollen sie doch nicht erschrecken.«

Waren Otter wie Bären Tiere, die gefährlich werden konnten, wenn sie glaubten, sie würden in die Enge getrieben?

»Ich finde, wir sollten umkehren.« Diesmal flüsterte ich. Der Gang war hier so schmal, dass ich mich seitlich hindurchzwängen musste. Ein Tier am anderen Ende würde sich mit Sicherheit eingesperrt fühlen.

Die Kinder taten so, als hätten sie mich nicht gehört. Plötzlich blieben sie stehen und rückten dicht zusammen.

»Siehst du?«, hauchte Jane.

Ich musste mich zwischen sie drängen, um in den dunklen Raum spähen zu können, aber sobald sich meine Augen an die Finsternis gewöhnt hatten, erkannte ich die Höhle, die Jane gezeichnet hatte. Sie war niedrig und offensichtlich dadurch entstanden, dass ein Felsen auf drei andere gekracht war, die seinem Druck nicht nachgegeben hatten. Ich hatte eine Art Fuchsbau oder Nest erwartet, doch obwohl ein leichter Gestank nach Tier in der Luft hing, war dies eindeutig die Unterkunft eines menschlichen Wesens. Es roch nach Rauch und ungewaschener Haut und Seetang, der in Strängen an einem groben Holzgestell hing. Auf dem Boden häufte sich ein Durcheinander aus riesigen Abalonengehäusen, die wie Perlmuttschüsseln aussahen. In manchen lagen Dinge, die Werkzeuge sein mussten: Schlägel und Schaber und spitze Stöcke. Ein Gehäuse quoll über von Eicheln, ein anderes von scharfkantigen gelblichen Knochen, ein drittes von runden Gegenständen, die ich zunächst für Elfenbeinknöpfe hielt, bis ich erkannte, dass es Rückenwirbel waren. Hier und da standen auch Körbe, einige flach, andere tief, einer in Form eines Kegels. Die meisten waren fein geflochten aus einem hellen, nicht zu identifizierenden pflanzlichen Material mit dunklen Mustern. Ungefähr in der Mitte der Höhle befand sich etwas, das man wohl ein Möbelstück nennen konnte: über einen Holzrahmen gespannte Felle, eine Plattform, die vermutlich als Couch oder Bett diente. An der gegenüberliegenden Wand standen zu einer Pyramide angeordnete bunt etikettierte Dosen von der Art, die ich gut kannte: grüner Mais und Tomaten und Sardinen und Pflaumen und an der Spitze ein Haschee aus Rindfleisch und Kartoffeln, dessen Etikett eine große blaue Schleife zierte. Der mit Seehundfellen bedeckte Boden war glänzend braun. In einer Ecke lag eine zusammengefaltete marineblaue Wolldecke der Leuchtturmverwaltung. Am erstaunlichsten aber waren meine ordentlich neben der Decke arrangierten Schuhe und Strümpfe.

»Wer lebt hier?«, flüsterte ich verwundert.

»Die Nixe!« Jane schaute mich an, als wäre ich schwer von Begriff. Wie oft sollte sie es mir denn noch erklären?

»Na ja, ganz sicher sind wir nicht.« Edward sah die anderen an, unsicher, was er verraten sollte.

»Sie hat keinen Schwanz«, erklärte Nicholas. »Nur ganz normale Beine.«

»Aber sie *ist* eine Nixe«, sagte Jane hartnäckig. »Wir haben sie aus dem Wasser kommen sehen.«

»Sie hatte einen Speer und einen großen durchstochenen Fisch bei sich«, ergänzte Edward.

Ich sah, dass die Spalten zwischen den Felsen am Eingang voller Fischgräten und die Gesteinsoberflächen mit Schuppen gesprenkelt waren, die schimmerten wie Quarz.

Jane trat einen Schritt in die Höhle hinein, doch Mary packte sie an ihren gekreuzten Schürzenbändern und zog sie zurück. »Janie, du weißt doch, dass es sich nicht gehört reinzugehen, wenn sie nicht zu Hause ist«, sagte sie.

»Warum ist sie nicht da?«, fragte Jane ein bisschen verdrießlich.

»Wahrscheinlich wegen Mrs. Swann«, sagte Nicholas. »Weil sie dich nicht kennt«, fügte er freundlich hinzu.

»Die Sachen in eurer Sammlung«, sagte ich. »In der Keksdose. Habt ihr die bei ihr gestohlen?«

»Gestohlen!« Edward war empört. »Natürlich nicht!«

»Sie sind für uns bestimmt«, sagte Nicholas. »Sie legt sie auf die Steine.«

»Hab ich dir doch erzählt«, sagte Jane.

»Ma gefällt das nicht«, sagte Mary.

»Ich war an der Reihe, und sie hat sie weggeworfen«, beklagte sich Jane.

Mary seufzte. »Ich habe dir die Federn gegeben.«

»Ich wollte aber die Kette!«

»Ich hab dir gesagt, du sollst sie nicht tragen«, sagte Mary. »Ich hab dir gesagt, du sollst sie gleich in die Dose tun.«

»Sie wollte, dass ich sie trage. Sie war traurig, als ich sie nicht mehr hatte. Das weißt du doch.«

Ich konnte ihnen kaum zuhören, so gefangen war ich von meinen eigenen Überlegungen zu der Person, die in diesem Loch hauste. Wer war sie, wenn sie denn eine Frau war?

Ich fürchtete, eine schwarzhaarige Todesfee mit der Haut eines Seehundes könnte, einen Speer schwingend, den schmalen Gang entlanggewirbelt kommen. Ich schaute auf die Felswände, die hoch über unsere Köpfe ragten. Es gab dort Dutzende von Spalten, in denen sich jemand verstecken konnte.

»Wir sollten lieber gehen.« Ich wartete nicht auf Widerworte, sondern drehte mich um und wählte den Rückweg. Diesmal erkannten sie meine Autorität an und folgten ohne Protest.

Sie wären am Strand entlanggetrödelt, aber ich hetzte sie wie eine Henne, die ihre Küken zum Stall scheucht. Für sie bedeutete der Gedanke, dass keine fünf Meilen entfernt von ihrem Zuhause eine Wilde lebte, anscheinend nur ein bisschen nachmittägliche Zerstreuung. Ich selbst war früher aus demselben Grund zum Fluss spaziert, um dabei zu sein, während die Zugbrücke hochgeklappt wurde. Diesmal hielt ich Schritt mit ihnen, als wir uns das steile Kap hinaufmühten – ich hatte gelernt, mich dicht am Berg zu halten und meine Hände ebenso wie meine Füße zu benutzen, wie sie es taten –, und ging mit ihnen bis zu ihrem Haus.

Durch die offene Tür sah ich Mrs. Crawley – Euphemia –,

die einen Topf aus dem Ofen holte. Auf dem Arbeitstisch neben ihr standen zwei Dosen mit dem Blaue-Schleifen-Haschee, das in der Höhle so kunstvoll zur Schau gestellt wurde.

»Wascht euch!«, rief sie, und die Kinder drängten sich an mir vorbei in die Küche.

»Mrs. Crawley. Euphemia.«

»Oh!« Erschrocken ließ sie den heißen Topf auf den Herd klappern. »Warum verstecken Sie sich? Kommen Sie rein.«

Ich blieb, wo ich war. Ich fragte mich, ob sie mich hinsichtlich des Otters absichtlich irregeführt hatte, und wie sie jetzt wohl reagieren würde.

Sie trat durch die Küchentür, wischte sich ihre Hände an einem Tuch ab und kam auf mich zu. »Was ist los?«

»Es ist eine Frau, glaube ich. Jedenfalls eine Person. Sie lebt in einer Felsenhöhle, keine fünf Meilen von hier.«

»Da haben die Kinder Sie hingebracht? Ich habe ihnen doch gesagt – und *Ihnen* auch –, dass sie am Strand bleiben sollen!« Sie warf einen wütenden Blick in Richtung Küche, wo die Kinder lachten und mit dem Geschirr klapperten. »Seid vorsichtig mit den Tellern!«, blaffte sie.

»Ja, tut mir leid. Ich wusste nicht, worum es ging, bis … Ist sie gefährlich?«

»Sie ist verrückt«, sagte sie bestimmt. Dann wurde sie weicher. »Ich meine, sie ist nicht direkt geisteskrank, aber sie ist … anders als Sie und ich … unberechenbar.« Sie hielt inne und rückte zerstreut die Holzzähne auf ihrer Stoffunterlage und andere Überreste von Schiffbrüchen zurecht. »Das ist in dieser Gegend nicht so ungewöhnlich, wissen Sie. Diese Gegend lockt Menschen an, die in normaler Gesellschaft nicht zurechtkommen.«

»Wie kann sie da existieren? Verhungert oder erfriert sie nicht? Ist sie nicht einsam?«

»Darüber würde ich mir keine Sorgen machen. Sie weiß besser als jeder von uns, wie man überlebt. Sie ist schon seit Jahren hier, wissen Sie.«

»Länger als Sie?«

»Nein. So lange nicht.« Sie fixierte mich mit ihrem furchteinflößenden Blick. »Meine Kinder dürfen nicht in ihre Nähe. Und an Ihrer Stelle würde ich mich auch von ihr fernhalten.«

In meiner eigenen Küche schlug ich das Stemmeisen in zwei Dosen und kippte ihren Inhalt in einen Tiegel, wobei ich versehentlich Ochsenschwanz mit Ente mischte. Dann fiel mir ein, dass ich mich den ganzen Nachmittag nicht um den Herd gekümmert und das Feuer hatte ausgehen lassen. Es hätte mindestens eine Stunde gedauert, bis es wieder in Gang kam.

Also stellte ich Oskar später einen Teller mit kaltem Fleisch in geronnener Sauce hin, das er ohne Kommentar zu essen begann. Ich selbst war zu gedankenverloren, um die Gabel zu heben. Ich stellte mir vor, wie die Frau in ihre Höhle zurückkehrte, und fragte mich, ob sie unsere Anwesenheit würde riechen können. Ich malte mir aus, wie sie auf den Felsen hockte und einen schlaffen Fisch schuppte oder auf dem Seehundfellboden saß und Eicheln darauf herumrollen ließ. Wer war sie? Wo war sie hergekommen? Gab es noch andere ihresgleichen?

»Oskar«, sagte ich abrupt.

Er schaute auf und zog leicht die Augenbrauen hoch.

»Ich habe heute etwas Seltsames gesehen. Eine Art Versteck in den Felsen. Euphemia sagt, dort lebt eine Verrückte.«

Ich beugte mich vor, eine unbewusste Verstärkung meiner Worte, doch er wirkte unbeeindruckt. Er fuhr fort, auf einem kalten Ochsenschwanz herumzukauen. »So überraschend finde ich das nicht«, sagte er schließlich. »Haben die Crawleys nicht erzählt, dass hier irgendwo ein verrückter alter Einsiedler wohnt? Ich verstehe, dass dieser Ort einen in den Wahnsinn treiben kann, der verdammte Wind, die verdammten Wellen, das verdammte Nebelhorn, der verdammte Rost. Das alles setzt einem zu, bis man zu einer Verzweiflungstat bereit ist. Du hattest recht, Trudy; hier sollten keine Menschen leben.« Er schob seinen Teller beiseite, noch während er redete, stand vom Tisch auf und ging auf die Treppe und sein Bett zu.

»Oskar, mir kommt sie nicht verrückt vor. Nicht richtig, meine ich. Ihre Sachen sind geordnet. Und manche davon wunderschön.«

»Na ja.« Er seufzte. Er war bereits auf den Stufen, sodass die Wände seine Worte dämpften. »Das wirst du mir wohl irgendwann zeigen müssen.«

## KAPITEL 22

In dieser Nacht begann es zu regnen, so dicht und stark, dass es schien, als wäre der Ozean als Schüssel in den Himmel gestiegen und dann umgekippt. Wochenlang hielt diese Sintflut an, und in den Pausen wurden im Westen nur weitere Säulen aus Grau sichtbar, mit heulenden Winden, sodass wir die Hühner mit einem Stück Schnur um ein Bein am Boden festbinden mussten, damit sie nicht vom Kap geweht wurden. Um die Kinder abzulenken, las ich ihnen aus dem Shakespeare-Band, den das Schiff mitgebracht hatte, *Der Sturm* vor, und gemeinsam kürzten wir es zu einem Stück, das sie zu Weihnachten aufführen sollten.

Zu meiner Überraschung nahm Euphemia sich einen Nachmittag frei, um uns bei den Kostümen zu helfen, und die entzückten die Kinder mehr als die eigentliche Geschichte. Jane als Ariel wurden in die Schultern ihres Kleides zwei Spitzentaschentücher geheftet, die Flügel andeuteten, und sie sprang alle paar Minuten in die Luft, damit sie flatterten. Edward nahm in Oskars Hochzeitsjackett eine würdevolle Haltung an und wirkte auch mit meinem Muff, der ihm als Bart ums Kinn gebunden wurde, nicht lächerlich. Archie Johnston spendete einen Schaffellvorleger, den Nicholas als Caliban trug, und Mr. Crawleys indigoblaues Nachthemd war zusammen mit einer Krone, die Euphemia aus leeren Blechdosen bastelte, sein Zweitkostüm als Königssohn. Für Mary als Miranda hatte ich das perfekte Kleid.

Ich hatte schon lange nicht mehr in unseren Schrankkoffer geschaut, doch jetzt richtete ich ihn auf und öffnete meine Hälfte, und die farbenfrohen Stoffe aus meinem früheren Leben quollen zerdrückt, aber immer noch bezaubernd, daraus hervor.

»Wie hübsch.« Jane streichelte unbefangen den Ärmel des Blauseidenen, das ich im Panorama getragen hatte.

»Ja, das ist es.« Ich hielt es an Marys knochige Brust.

»Nein!« Mary schlug sich die Hand auf den Mund. Sie wirkte fast entsetzt bei dem Gedanken.

Ich zog es ihr über den Kopf. Die Granatknöpfe saßen vorn viel zu locker, und beide Mädchen kicherten über die Tournüre, doch nachdem ich Marys Zöpfe entflochten hatte, erahnte ich die Frau, die sie einmal werden würde.

»Sie stolpert noch über das Ding«, sagte Euphemia kopfschüttelnd. Als sie dem Mädchen mit den Fingern durch die Haare fuhr, erkannte ich, dass sich hinter dieser abfälligen Bemerkung sowohl Stolz als auch Kummer über das Heranreifen ihrer Tochter verbargen.

Jane wollte das Kleid unbedingt ebenfalls anprobieren. Sie sah absurd aus, wie ertränkt in Seide, doch Euphemia ließ sie gewähren und arrangierte die Falten geduldig um ihre Füße, bis es aussah, als stünde sie in einem Tümpel.

»Ich bin eine Nixenprinzessin!«, verkündete die Kleine.

Unsere Weihnachtsfeier, deutete Euphemia an, würde eine gute Gelegenheit bieten, die schöne Tischwäsche aufzulegen, die ungenutzt in meinem Koffer lag, seit sie Milwaukee verlassen hatte. Wir beschlossen, in meinem Wohnzimmer zusammenzukommen, da es nicht so sehr mit Möbeln und Nippes vollgestellt war wie das der Crawleys, und wir würden Platz brauchen für den Brettertisch und die Aufführung. Aus ihren Vorräten holte Euphemia eine Flasche mit braunem Inhalt hervor. Wir würden nach den Rezepten ihrer Mutter Rumkugeln und eine große Rumtorte machen.

An Heiligabend fuhren die Männer frühmorgens im Regen mit dem Dampfesel das Kap hinunter, und nachmittags kehrten sie mit ihrer Beute zurück. Um Johnstons Hals baumelten drei Enten, Mr. Crawley hatte zwei große Felsenbarsche gefangen, und Oskar umschlang eine süß duftende Kiefer, die er in eine Ecke unseres Wohnzimmers zwängte. Obwohl auch Popcorn vorrätig war, hatte Euphemia den Kindern nie beigebracht, es aufzufädeln oder aus Papierstreifen aus alten Katalogen Ketten zu basteln. Ich leitete die Kinder an, diesen Baumschmuck zu fertigen, dann bauten Euphemia und ich den Tisch auf und deckten ihn mit zwei feinen weißen Tüchern meiner Mutter und dem gesamten Leuchtturmgeschirr. Zwar fehlten Raffinessen wie Kompottschalen oder Beilagengabeln, aber er wirkte trotzdem einladend. In der Mitte funkelte eine Flasche Wein rubinrot.

Am anderen Ende des Raums stellten die Kinder und ich mit Hilfe der Sammlung ihrer Mutter die Überreste eines Schiffbruchs nach und nahmen größere Steine und ein paar von unseren eigenen Präparaten, Treibholz und getrockneten Kelp, um die Insel anzudeuten, den Schauplatz des Stückes. Die Schauspieler versteckten sich tuschelnd und kichernd im Flur, während das Publikum sich setzte und Mr. Crawley mit dem Rum herumging, der nach dem Backen übrig geblieben war.

»Musst du so viel einschenken, Henry?« Euphemia trug mehr als einen Petticoat unter ihrem Rock – sie konnte nicht wissen, dass dies längst aus der Mode war –, was sie noch massiger erscheinen ließ.

Sie hatte recht damit, dass die Gläser zu voll waren, wenn man die Stärke des Getränks bedachte. Mr. Crawley war es eindeutig nicht gewöhnt, Alkohol zu servieren.

»Ach, Effie«, sagte Archie besänftigend. »Dieses eine Mal im Jahr.«

»Effie« war ein so unpassender Name für Euphemia Crawley, dass ich nicht wagte, Oskars Blick zu begegnen, aus Angst, laut loszulachen.

Die Aufführung selbst war sowohl reizend als auch langweilig, wie es Darbietungen von Kindern eben sein müssen, und nahm – das hatte ich gehofft – einer Weihnachtsfeier so weit weg von denen, an die ich mich erinnerte, den Stachel. Wir verhängten die Lampe, und Janie und Nicholas produzierten einen schönen Sturm, indem sie mit Löffeln auf Töpfe trommelten und mit meinem dunklen Umhang über den Köpfen hin und her rannten, um den tosenden Wind und die Wellen heraufzubeschwören. Prospero entsagte seiner Zauberkraft mannhaft, wenn auch ein bisschen steif. Miranda trug ihr Kleid überraschend anmutig. Ariel lutschte an den Spitzen ihrer langen dunklen Haare – obwohl wir sie über Nacht auf Stoffbänder gewickelt hatten, wollte keine Locke halten –, während sie ihr Lied über das Korallenskelett und die Perlenaugen fast ohne Hilfe der Souffleuse sang, und Caliban knurrte wunderbar ingrimmig. Ich hatte Nicholas einige Zeilen aus dem berühmten Text über die süßen Klänge der Nacht gegeben, und er deklamierte sie angemessen melancholisch.

Als er fertig war, wandte Archie sich zu mir. »Wie ich sehe, hatte ich recht damit, dass Sie eine gute Lehrerin sein würden«, sagte er entwaffnend offen. »Obwohl Sie«, fügte er mit einem Blick auf seine Schwester hinzu, »für den Wilden den falschen Schauspieler gewählt haben.«

Euphemias Miene wurde hart. »Siehst du, Henry?«, sagte sie und hob die Rumflasche vom Boden auf, wo sie gelandet war.

»Ich habe ihm nur ein Glas gegeben, wie allen anderen«, wehrte Mr. Crawley ab.

»Warum hast du nicht ›Fürchte dich nicht vor Größe‹ ausgesucht?«, murmelte Oskar.

»Falsches Schiffbruchstück«, sagte Euphemia mit ihrer üblichen Knappheit.

Ich gebe zu, dass ich nicht weniger überrascht war als Oskar darüber, dass sie so etwas wusste, und hoffte, dass sich das nicht ebenso auf meinem Gesicht zeigte wie auf seinem.

»Man liest«, sagte sie.

Die Schauspieler nahmen die Unaufmerksamkeit ihres Publikums zum Glück nicht wahr, sondern vergnügten sich bis zum Ende, und dann setzten wir uns alle hin, um zu essen. Euphemia hatte mit untypischem Gespür für Ästhetik eine Reihe kurzer Kerzen auf den Tisch gestellt, deren Flammen in der Zugluft flackerten, die durch die Fenster eindrang. Diesmal war sie es, die mit der Flasche herumging, und sie ließ in jedes unserer Gläser ein paar dunkle Tropfen Wein schwappen.

»Komm, Effie, verdirb uns unsere Weihnachtslaune nicht«, schmeichelte Archie.

Euphemia runzelte die Stirn. »Du verträgst nicht so viel.«

»Ich war das ganze Jahr über ein braver Junge. Stimmt's, Henry? Sag meiner Schwester, wie brav ich gewesen bin, los.«

»Er hat keinen Ärger gemacht, Euphemia«, sagte Mr. Crawley. »Das ist wahr.«

»Und ich bin amüsant«, sagte Archie. »Seht mal!« Er hatte sich seinen Löffel an die Nase gehängt, der jetzt absurd daran baumelte, sodass die Kinder kreischten vor Lachen und anfingen, es ihm nachzumachen, was nur Klirren zur Folge hatte.

»Na gut«, ergab sich Euphemia und griff wieder zur Flasche, »wenn es sein muss, dann ist jetzt wohl die richtige Zeit.«

Sie goss noch ein bisschen mehr in unsere Gläser, während Mr. Crawley mit einigermaßen ruhiger Hand die Ente servierte und Oskar, Mr. Crawley und ich das Fleisch und seine Johannisbeerglasur überschwänglich lobten, um Bruder wie Schwester zu besänftigen. Bald waren wir alle fröhlich, und die Männer vergnügten sich mit lautstarken Tiraden gegen Spanien, während Euphemia und ich für die Kinder Orangen schälten und Walnüsse knackten, ohne darauf zu bestehen, dass sie zuerst ihre Erbsen aufaßen.

Unser Wohnzimmerfenster hatte keine Gardinen, und als ich in der tropfnassen Scheibe mein Spiegelbild sah, fragte ich mich, wie wir wohl auf jemanden – einen vorbeifliegenden Engel vielleicht – wirken mochten, der uns von draußen sah. Ganz wie der Leuchtturm selbst waren wir, in diesem Raum versammelt, ein warmer, heller Fleck inmitten einer riesigen kalten Schwärze. Ich schaute in die geröteten und glücklichen Gesichter der Menschen, die ich während des letzten halben Jahres kennen gelernt hatte, und war dankbar dafür, dass ich Teil dieser Familie sein durfte, wenn ich schon nicht mit meiner eigenen zusammen sein konnte.

Oskar musste ähnlich empfunden haben, denn er hob sein Glas, das schon zum zweiten oder sogar dritten Mal nachgefüllt worden war, seit Mr. Crawley, anscheinend unter dem Tisch, eine zweite Flasche Wein aufgetrieben hatte. »Auf Weihnachten!«

Archie prostete ihm mit übertriebener Energie zu, und die Flüssigkeit in seinem Glas schwappte bedenklich. »Wir haben ja schon lange nichts mehr von dem großartigen Experiment gehört«, sagte er und leckte sich die Lippen. »Was ist denn aus all der Elektrizität hier geworden? Ist sie uns abhandengekommen?«

Ich hielt ängstlich den Blick auf meinen Teller gerichtet,

während ich mich fragte, wie Oskar reagieren würde. Archie Johnston war unhöflich, und ich sah meinen Mann nicht gern in Verlegenheit, doch auch ich wünschte mir eine Beantwortung dieser Fragen.

»Abhandengekommen?«, gab Oskar zurück. »Nein, es ist bloß …« Er zuckte die Achseln auf jene resignierte Weise, die mir vertraut geworden war. »Ich kann sie wohl nur nicht finden. Aber sie ist hier. Elektrizität geht nie verloren. Sie bleibt sogar nach unserem Tod.«

Mr. Crawley nickte, während er zwischen seinen Zähnen nach Orangenfruchtfleisch stocherte. Euphemia sah aus, als warte sie darauf, dass etwas Unangenehmes ein Ende fand. Archie dagegen wirkte aufrichtig interessiert. »Dann meinen Sie die geistige Welt?«

»Nicht im Sinne von Tischrücken oder ähnlichem Unsinn«, sagte Oskar. »Das ist Scharlatanerie. Aber der Elektromagnetismus ist mit Sicherheit die Lebenskraft, die nie vergeht.«

»Dann ist sie also Gott?«, fragte Euphemia trocken.

»Du spottest, Effie, weil du nicht verstehst, dass ein Mann das Bedürfnis hat, mehr zu tun, als wie ein Esel im Kreis herumzutrotten. Dir und dem alten Henry hier mag es ja genügen, die Kindermädchen des Leuchtfeuers zu sein. Aber manche von uns wollen mehr. Stimmt's nicht, Oskar?«

»Das Feuer rettet Leben«, sagte Euphemia ruhig. »Es ist eine wichtige Tätigkeit.«

»Für Frauen vielleicht. Frauen machen das gern: sich um Dinge kümmern und sie am Laufen halten.«

»Also!« Mr. Crawley klatschte in die Hände. »Hast du nicht eine kleine Überraschung in der Küche, Euphemia?«

Euphemia warf ihrem Bruder einen langen Blick zu, weil es ihr eindeutig widerstrebte, nicht das letzte Wort zu haben, doch sie legte beide Hände auf den Tisch und stemmte sich mit dramatischer Geste hoch.

Die Überraschung war eine Honigwabe, die sie gehamstert hatte, und die Freude der Kinder über die Süßigkeit war so groß, wie sie vorhergesehen hatte. Sie streckten ihre Buttermesser danach aus, sobald sie auf dem Tisch lag, und Jane kam mit dem Arm einer der Kerzen zu nahe. Sie ließ ihr Messer fallen und heulte auf, als sei ihr die Hand abgehackt worden.

Sofort griff Archie nach der Kleinen und zog sie auf seinen Schoß. Die Grobheit, mit der er das tat, rief noch lauteres Gejammer hervor, und sie langte nach ihrer Mutter. Widerwillig ließ er sie los.

»Herrgott«, sagte Euphemia und löste den Arm des Kindes von ihrem Hals, um die Haut zu mustern, »es ist nur eine kleine Verbrennung. Sieh mal, sie ist kaum rosa.«

Tatsächlich konnte man in dem trüben Licht überhaupt keine Farbe erkennen.

Euphemia legte ihre Lippen auf Janes Arm, und das Mädchen hörte auf zu weinen. »Zeit fürs Bett«, sagte Euphemia.

»Ja, Kinder, wenn eure Mutter meint, es tut nicht weh, dann spürt ihr keinen Schmerz. Und wenn sie meint, ihr sollt ins Bett gehen, müsst ihr sofort einschlafen. Also geht zu Bett. Geht zu Bett!«, brüllte Archie.

»Archie«, setzte Mr. Crawley in besänftigendem Ton an und legte seinem Schwager eine Hand auf den Arm. »Reiß dich zusammen.«

Euphemia hatte die Kinder hinausgescheucht. Wir hörten, wie sie die Treppe ihres Hauses hochrannten. Sie kam und stellte sich zu ihrem Bruder. Er sah klein und schwächlich aus neben ihrer hochgewachsenen Gestalt und dem weiten Rock.

»Kümmere dich lieber um das Feuer, Archie«, sagte Euphemia. Ihre Stimme war eisern. Ich jedenfalls hätte ihr keinen Widerstand leisten können.

»Sie glaubt, sie kann mich rumkommandieren«, sagte er, den Blick auf Oskar gerichtet. »Sie sperrt mich hier ein, versteckt meine Frau in den Felsen, rationiert meinen Schnaps.«

Vielleicht stieß ich einen Laut der Überraschung aus, als er die Frau erwähnte, aber Archie und Euphemia fesselten die allgemeine Aufmerksamkeit so sehr, dass es niemand bemerkte.

Archie, der vorgab, Herr der Situation zu sein, hob sein Glas und leerte es demonstrativ. Dann drehte er sich zu Euphemia um. »Du machst immer alles richtig, oder?«

Sie stand da, unerschütterlich, ein Sinnbild der Rechtschaffenheit.

Irgendwann schaute er fast verlegen beiseite. »Ach ja, das verdammte Feuer. Man sollte meinen, es wäre der Stern von Bethlehem.« Aber er ging gehorsam hinaus.

## KAPITEL 23

Euphemia begann geräuschvoll das Geschirr abzuspülen. Ich fürchtete, sie würde mich anschnauzen, aber ich musste einfach die Frage stellen, die in mir rumorte.

»Diese Frau in den Felsen …«

»Dass er mir Vorwürfe macht!« Sie knallte einen Leuchtturmteller auf den anderen. »Das ist …«

Sie ließ noch ein paar Teller folgen, da bloße Worte anscheinend nicht reichten, um ihre Gefühle auszudrücken. Verzweifelt vor Neugier und zugleich mit der unangenehmen Möglichkeit konfrontiert, dass etwas kaputtgehen könnte, war ich erleichtert, als sie mit dem Krach aufhörte und sich seufzend hinsetzte.

»Vielleicht noch ein bisschen?«, fragte Oskar und hielt die Flasche der Reihe nach über unsere Gläser. Euphemia hatte keine Einwände.

»Archie war immer auf Euphemia angewiesen, wissen Sie«, fing Mr. Crawley an. »Deshalb haben wir ihm auch diese Stelle besorgt.«

»Allein kommt er nicht zurecht!«

»Das stimmt, meine Liebe«, sagte Mr. Crawley beschwichtigend. »Er kann komisch werden, wissen Sie. Sehr heftig und gemein. Na, Sie haben ihn ja erlebt.«

Er tätschelte den Handrücken seiner Frau, die Salz auf einen lila Weinfleck neben Archies Teller rieb und seinen Trost nicht zur Kenntnis nahm. Als sie schließlich sah, dass ihre Bemühungen nichts nützten, ließ sie sich wieder auf ihren Stuhl sinken wie ein Kissen, das seine Füllung verloren hat, und schlug in einer Weise, die ich bei ihr nicht für möglich gehalten hätte, die Hände vors Gesicht.

»Archie war so ein zartes Ding«, sagte sie, zunächst zwischen ihre Finger hindurch, »ein süßes Vögelchen. Als Säugling passte er praktisch in den Schuh meiner Mama, so winzig war er! Mama hatte zwischen mir und ihm einige Fehlgeburten, und als er so klein und zierlich zur Welt kam, haben Mama und ich ihn verwöhnt und gehätschelt. Vielleicht war es unsere Schuld, dass er so wurde, wie er geworden ist.«

»Nein, Euphemia«, sagte Mr. Crawley, »ihr habt nichts falsch gemacht.«

»Wir mussten ihn aufpäppeln, wissen Sie, mit besonderem Essen. Immer Honig auf seinem Haferschleim und Zucker in seinem Tee, extra Butter für sein Brot. Wenn meine Mutter Hühnchen machte, bekam er die Leber in Öl gebraten. Und er liebte Buttermilch! Ständig knallte er seinen Becher auf den Tisch und rief: ›Mä! Mä!‹« Sie seufzte. »Wir haben uns gefreut, wenn er so gierig war.«

»Euphemia war eigentlich wie eine Mutter für ihn«, sagte Mr. Crawley. Er hatte sich eine Pfeife angezündet und saugte mit großer Konzentration an ihr, damit sie zog. »Ihre Mutter ist weggelaufen, als er noch ganz klein war, und Euphemia war sehr viel älter. Sie hat für ihn gesorgt, wissen Sie.«

»Gedankt hat er es mir nie«, sagte Euphemia. »›Du bist nicht meine Mama‹, schrie er und trat und biss, als ob ich ihn foltern wolle.«

»Hat ihr einmal eins mit der Gabel verpasst. Zeig's ihnen, Euphemia.«

Sie schüttelte den Kopf, zog aber trotzdem den Kragen ihres Kleides ein Stück herunter und neigte den Kopf, sodass wir im schwachen Kerzenlicht die vier blassen Punkte auf ihrer Haut sehen konnten.

»Er hat oft fürchterlich geschrien«, sagte sie. »Geheult, als hätte er alles verloren, was ihm lieb war auf der Welt, und als müssten das sogar die Vögel wissen. Das hat meinen Vater wahnsinnig gemacht.«

Ich dachte an die schreiende Janie und konnte mir gut vorstellen, wie Klein-Archie vor Schmerz und Entsetzen und Empörung gejammert hatte. Ich verstand nicht, wie eine Mutter ihre Kinder verlassen konnte. Aber es gab eine drängendere Frage.

»Die Frau in den Felsen«, warf ich ein.

»Ich will damit nur sagen«, fuhr Euphemia fort, »dass ich mein Bestes getan habe.«

Ich wusste nicht, ob sie mir antwortete oder mich überging.

»Ein Leuchtturmwärter kann sich seinen Gehilfen selbst aussuchen«, sagte Mr. Crawley. »So haben wir ihm die Stelle hier besorgt.«

»Davor waren Henry und ich in Pigeon Point«, sagte Euphemia, »aber dann bedrohte Archie – er arbeitete damals auf einem Schiff – seinen Kapitän mit einem Messer.«

»Er hat ihn nur die Klinge sehen lassen«, erklärte Mr. Crawley. »Er hat ihn nicht verletzt.«

Euphemia trank von ihrem Wein und schluckte damit, wie ich vermutete, eine scharfe Entgegnung hinunter.

»Henry hat den Richter überredet, Archie uns anzuvertrauen«, sagte sie, »aber wir mussten versprechen, ihn auf diesen Posten mitzunehmen und dafür zu sorgen, dass er nicht in Schwierigkeiten gerät. In welche Schwierigkeiten kann ein Mensch hier schon geraten?« Sie lachte kurz und verbittert.

»Dies war also ein Exil?«, fragte ich.

»Nicht für uns!«, sagte Mr. Crawley. »Es war eine ehrenvolle Aufgabe, eine neue Station, für die sie zuverlässige und tüchtige Leute brauchten.«

Euphemia nickte stolz. »Damals ging es hier noch ganz anders zu.« Jetzt, da nicht mehr von ihrem Bruder die Rede war, sprach sie unbeschwerter. »Die Holzfällerfirmen hatten gerade ein Stück weiter die Küste runter einen Anleger gebaut – sie mussten dafür einen Tunnel graben, aber das hielt sie nicht auf, wenn Geld zu verdienen war. Sie fingen an, Dutzende von Männern herzubringen, und die arbeiteten sich in die Berge vor, hackten und sägten und brachten Unruhe in eine Gegend, die seit, oh, gut hundert Jahren kein Mensch mehr betreten hatte, seit die Padres durchgekommen waren. Sie würden staunen, was wir hier draußen auf dem Kap alles hören konnten. Das Zuschlagen der Äxte, immer wieder, das Kratzen der Sägen. Wussten Sie, dass Bäume schreien, wenn sie umfallen?«

»Das ist das Holz, das auseinanderreißt«, erklärte Mr. Crawley. »Kein Schreien.«

Euphemia hielt kaum inne. »Nach Monaten des Lärms wurde es plötzlich still. Das war sehr seltsam.«

»Jemand hatte Gold gefunden«, sagte Mr. Crawley nickend. »Das war der Grund. Gold ist besser als Bäume.«

»Er hatte sich im Bach gewaschen, dieser Bursche – keine Ahnung, wie er hieß –, hat man uns erzählt, und er besaß nicht genügend Verstand, es für sich zu behalten, sondern rannte überall rum und verkündete, man müsse das Zeug nur einsammeln«, sagte Euphemia. »Das konnten wir natürlich nicht hören, aber Henry ging runter und fragte, warum keine Bäume mehr fielen, und das erfuhr er dann. Sie waren den Körnchen stromaufwärts gefolgt und hatten Nuggets entdeckt, die groß genug waren, um damit zu bezahlen.«

»Die Männer versuchten, ihre Äxte als Schaufeln zu benutzen. Sie wollten wissen, ob wir hier oben Schaufeln und Hacken hätten!« Mr. Crawley schnalzte empört mit der Zunge bei dem Gedanken, Werkzeug der Leuchtturmverwaltung derartig zweckzuentfremden.

»Auch Archie wollte sein Glück versuchen«, fuhr Euphemia verächtlich fort. »Das wunderte uns nicht. Es nützte nichts, ihn daran zu erinnern, dass er hier Pflichten hatte, wenn es aussah, als ob gleich jenseits der Berge der Reichtum winkte. Er nahm sich einen Hammer und einen Schraubenzieher und ein Küchensieb und war innerhalb von einer Stunde nach Henrys Rückkehr verschwunden. Packte nicht mal eine Decke oder was zu essen ein, sondern fuhr einfach mit dem Dampfesel das Kap runter und war weg.«

»Hat er Gold gefunden?«, wollte Oskar wissen.

»Keine Unze!«, sagte Mr. Crawley.

»Gold hat er nicht gefunden.« Euphemia machte eine dramatische Pause. »Was er fand, war eine Frau.« Sie sagte es ganz nüchtern, doch ihr Blick war wehmütig.

»Woher kam sie?«, fragte ich. »War sie eine Goldschürferin?« Ich hätte nie gedacht, dass auch Frauen Gold gesucht hatten, aber warum nicht? »Eine Prospektorin, meine ich.«

»Ich bezweifle, dass sie sich für Gold interessierte«, sagte Euphemia. »Sie tauchte eines Morgens in seinem Camp auf, mit hohem Fieber und geschwächt von einer Krankheit, bestimmt Ruhr, die sie sich durch diese schmutzigen Kerle zugezogen hatte, die den Bach als Toilette benutzten.«

»Sie hat Glück gehabt, dass es Archie war, der sie fand«, sagte Oskar. »Wer weiß, was andere Männer unter solchen Umständen getan hätten.«

»Ja«, sagte Euphemia trocken. »Es überrascht immer, wozu manche Männer fähig sind.«

Eine Zeitlang sagte keiner etwas, da sich wahrscheinlich alle die Gräuel ausmalten, die hätten geschehen können.

»Archie hat seine Werkzeuge gegen die Benutzung einer Karre eingetauscht«, sagte Euphemia, »und sie damit hergebracht.«

»Sie war ein Anblick!«, sagte Mr. Crawley. »Zuerst eigentlich kaum als Frau zu erkennen. Ihre Haare waren wie verfilzter schwarzer Seetang, und sie hatte kein Fleckchen Kleidung am Leib! Keine richtige Kleidung jedenfalls.«

»Sie trug einen Rock aus weicher Rinde – irgendwie schon raffiniert«, erklärte Euphemia, »und ein kleines kittelartiges Hemd aus Kaninchenfellen. Im Grunde waren es gute Kleider. Natürlich musste ich sie entsorgen. Wenn nicht gar Krankheiten in ihnen steckten, waren sie viel zu schmutzig, um je wieder sauber zu werden.«

»Wo war sie hergekommen?«

Euphemia zuckte die Achseln. »Von irgendwoher aus den Bergen. Sie war offensichtlich eine Indianerin.«

»Eine Indianerin!« Oskar riss die Augen auf. »Eine wilde Indianerin? Hier wurden seit Jahrzehnten keine Indianer mehr gesehen.«

»Ja, das haben wir in der Broschüre der Leuchtturmverwaltung gelesen«, sagte ich, ganz das gewissenhafte Schulmädchen.

»Das mag stimmen«, sagte Mr. Crawley. »Wer war schon hier, um sie zu sehen, bevor die Holzfäller kamen? Hier könnte jeder gelebt haben.«

»Sie tat es jedenfalls«, schloss Euphemia.

»Meinen Sie, es sind noch mehr von ihnen da?«, fragte Oskar gespannt.

»Wir glauben nicht«, sagte Mr. Crawley.

»Ich dachte, sie hätte vielleicht Menschen, zu denen sie hinkann. Aber die hatte sie nicht«, fügte Euphemia traurig hinzu.

»Furchtbar!«, platzte es aus mir heraus.

»Die Letzte ihres Stammes«, hauchte Oskar.

»Wie heißt sie?«, fragte ich.

»Ihre Worte waren unmöglich zu verstehen«, sagte Euphemia. »Ich kann sie nicht einmal nachsprechen. Viele davon kamen tief aus ihrer Kehle, wie geknurrt.«

»Sie meinen, dass sie guttural klangen? Wie Deutsch?«, fragte ich.

»Ich kann kein Deutsch.« Euphemia tat meinen Vorschlag mit einer Handbewegung ab. »Manchmal waren Laute dabei wie ›h‹ oder ›n‹.«

»Darum nannten wir sie Helen«, schloss Mr. Crawley.

»Damals stand dieses Haus, Ihr Haus, leer«, fuhr Euphemia fort. »Und so haben wir ihr hier ein Bett gemacht und ihre Krankheiten behandelt, so gut wir konnten.«

»Das war Euphemia«, sagte Mr. Crawley. »Sie hat sie geheilt.«

Euphemia wischte seinen Stolz beiseite. »Es gibt kein Mittel gegen die Ruhr. Entweder wird man gesund oder nicht, also rechne ich mir ihre Genesung nicht an; ich habe ihr nur frisches Wasser zu trinken gegeben. Offensichtlich fühlte sie sich mit der Zeit immer besser. Eines Tages kam sie nach draußen und nahm Witterung auf, ganz vorsichtig, wie ein Tier, das aus seinem Bau kriecht, und dann stand sie da blinzelnd im Eingang.« Sie zeigte auf unsere Tür.

»Stimmt! Ich erinnere mich, wie sie schnupperte. Wie ein Hund«, sagte Mr. Crawley.

Natürlich tat sie das, hätte ich gern gesagt. Die Menschen hier hatten sich längst an die Gerüche des Meers und des Strandes gewöhnt, und auch ich fühlte mich nicht mehr überwältigt von ihrer Stärke, aber einem Neuankömmling erschien diese Luft eigenartig.

»Ihr Stamm hat die Reichtümer der Küste wahrscheinlich

genutzt«, sagte Oskar. »Sie hat sich wohl an andere Ausflüge hierher erinnert.«

Also waren sie und ich uns doch nicht gleich.

»Es gefiel ihr, dazusitzen und aufs Wasser zu schauen«, sagte Euphemia. »Na ja, ich kann eigentlich nicht behaupten, dass es ihr gefiel – woher hätte ich das wissen sollen? Sie tat es einfach, und sie sah dabei sehr seltsam aus. Ich hatte ihr mein rotes Kattunkleid gegeben, aber das wollte sie nicht anziehen. Sie trug nur mein altes Nachthemd. Und ihr Kopf war fast kahl. Ich hatte versucht, ihre Haare zu kämmen, doch das ließ sie nicht zu, stieß meine Hände immer wieder beiseite.«

»Sie hat sie verbrannt«, sagte Mr. Crawley mit einiger Befriedigung. »Hat sie sich vollkommen abgesengt. Na, das war ein Gestank. Und wie ihre Ohren abstanden!«

»Aber es war keine schlechte Idee«, meinte Mrs. Crawley. »Wer weiß, welche Krankheiten sich in diesen Haaren eingenistet hatten? Ich fand es gut, dass sie sich davon trennte.«

»Wahrscheinlich eine Art Ritual«, sagte Oskar. »Ich habe gelesen, dass man sich bei manchen Westküstenstämmen als Zeichen der Trauer die Haare absengt.«

Die Erregung in seiner Stimme weckte meine Aufmerksamkeit, und ich sah ihn an. Seine Miene war munter; er begann wieder dem alten Oskar zu ähneln.

Euphemia nickte. »Vielleicht.«

»Erinnerst du dich, wie gern sie das Wasser hatte, Phemia?«, sagte Mr. Crawley. »Weißt du noch, wie wir sie in den Wellen herumtollen sahen, wie ein Otter?«

Ich dachte an den dunklen Kopf, der die Seehunde von ihrem Felsen verscheucht hatte.

»Sie war sehr schwierig«, sagte Euphemia, aber in liebevollem Ton, als spräche sie über ein unartiges Kind. »Sie hatte Angst vor dem Leuchtfeuer und besonders vor dem Nebelhorn. Von den Konserven rührte sie nichts an, nur das Lotsenbrot und das Maismehl.«

»Sie hat Fische gefangen«, sagte Mr. Crawley. »Und Abalonen raufgeholt, tellergroße. Größer. Und sie kam gut mit den Kindern zurecht. Sie war's, die sie veranlasste, das ganze Zeug zu sammeln, die Muscheln und was weiß ich.«

Wir schienen nicht zum Kern der Sache vorzudringen.

»Warum ist sie jetzt nicht hier?«, fragte ich. »Warum lebt sie ...«

»Wie eine Indianerin?«, unterbrach Oskar mich. »Ich glaube, das Leben hier war ihr unangenehm. Indianer können auf eine Weise mit der Natur kommunizieren, die uns verloren gegangen ist. Ich nehme an, dass sie sich danach gesehnt hat, zu ihrer traditionellen Lebensweise zurückzukehren. Habe ich recht?«

Henry, mit seiner Pfeife beschäftigt, machte sich nicht die Mühe zu antworten. Auch Euphemia sagte eine Zeitlang nichts. Sie blickte auf das Tischtuch vor einem der leeren Plätze der Kinder. Wahrscheinlich dachte sie über Oskars Vermutung nach.

»Sie hielt es einfach nicht aus«, räumte sie widerwillig ein. »Schließlich ist sie eine wilde Indianerin, wie Oskar sagte. Eines Morgens war sie verschwunden.« Sie seufzte. »Es stimmt, dass sie ihre eigenen Bräuche vorzieht, und ich glaube, es ist am besten, sie in Ruhe zu lassen. Das ist ihr Wunsch. Wir können sie nicht zwingen, hier zu leben.«

Ich dachte an jenen ersten Tag am Strand mit den Kindern, als Euphemia plötzlich aus dem Nichts, wie mir schien, aufgetaucht war. »Sie besuchen sie!«

Euphemia runzelte die Stirn. »Ich bringe ihr ab und zu ein paar Sachen, ja.«

Die Kinder besuchen sie auch, dachte ich, äußerte es aber nicht.

»Wegen der Decke haben sie uns den Lohn gekürzt«, murrte Mr. Crawley.

Euphemia zuckte die Achseln.

»Hat Archie sie geliebt?«, fragte ich verwegen. Die Vorstellung, dass Archie sie gerettet hatte, fand ich sehr romantisch.

»Falls ja, war es eine krankhafte Liebe«, sagte Euphemia. Sie erhob sich vom Tisch und wurde wieder die harte, pragmatische Mrs. Crawley, die wir bei unserer Ankunft kennen gelernt hatten. »Ich habe mein Bestes getan, aber er hat alles ruiniert.« Sie nahm den hohen Stapel Teller, den sie angehäuft hatte, und ging in die Küche.

Ich stand auf, um die Gläser einzusammeln. Euphemia kratzte schon Essensreste für die Hühner in den Eimer, als ich die Küche betrat. Ihre hängenden Schultern verrieten mir, dass sie es war, die die Indianerin geliebt hatte.

## KAPITEL 24

Sobald wir die Tür hinter den Crawleys geschlossen hatten, wandte sich Oskar zu mir. »Du musst mir die Höhle zeigen.«

»Ich habe dir ja gesagt, dass sie interessant ist.« Ich konnte nicht verhindern, dass meine Stimme ein wenig ärgerlich klang; er hatte mir kaum Beachtung geschenkt, als ich ihm erstmals von ihr erzählt hatte.

»Du hast nicht erwähnt, dass sie Indianerin ist. Eine wilde Indianerin. Eine Indianerin, unbeeinflusst vom Kontakt mit Weißen.«

»Sie hatte Kontakt!«, protestierte ich. »Sie hat hier gelebt!« Genau hier, dachte ich und schaute mich mit neuer Einsicht im Zimmer um.

Er wedelte lässig mit der Hand, als wäre diese Tatsache eine Fliege, die er verscheuchen konnte. »Davor.«

»Wir haben keine Ahnung, wie sie davor gelebt hat.« Ich begann, die Requisiten einzusammeln, die wir auf dem Boden verteilt hatten, und trennte dabei die Überreste des Schiffbruchs von den Dingen aus dem Meer.

»Genau! Genau! Wir haben keine Ahnung. Willst du das denn nicht wissen? Vielleicht zeigt sie uns etwas über ihr Volk, das kein Weißer je gesehen hat. Glaubst du, du findest die Höhle wieder?«

Ich selbst wollte auch wieder in die Höhle, obwohl der Gedanke, Oskar dorthin mitzunehmen, mich nervös machte. Seine zu neuem Leben erwachte Energie gefiel mir zwar, doch ich wusste, dass sie mit Vorsicht eingesetzt werden musste, und die Indianerin erschien mir als ein sehr fragiles Objekt dafür.

»Ich glaube schon«, sagte ich. »Wir sollten bloß auf trockeneres Wetter warten.«

»Warum? Wen stört das bisschen Nässe? Hast du Angst, dass du dich auflöst?«, neckte er mich.

»Oskar, bitte sieh dich vor!« Er hatte angefangen, mir beim Aufräumen zu helfen, handhabte die zarten Präparate aber viel zu hastig und grob. Behutsam nahm ich ihm einen getrockneten Krebs ab, der noch alle seine acht Beine hatte. »Ich denke nur, es wäre dann ungefährlicher. Sie haust doch schon seit Jahren dort. Ich bin sicher, dass sie da ist, wenn der Regen aufhört.«

Würde sie da sein? Es war schwer, sich vorzustellen, wie sie überlebte. Mir wurde klar, dass ich sie bis heute Abend als eine Art Kuriosität der Natur betrachtet hatte, den Muscheln und Seesternen und Kraken ähnlicher als einem echten menschlichen Wesen, das Kälte spürte und Hunger bekam. Hatte sie sich während all dieser nassen Tage in ihrer Höhle verkrochen wie wir uns in unseren Häusern? Die Baumstämme, die ich gesehen hatte, ineinander verheddert und ausgeblichen, mussten wie Sturmböcke in schäumenden Flüssen aus Regenwasser von den Bergen heruntergerauscht sein, und ich malte mir aus, wie sie sich vor dem Eingang zur Höhle verkeilten und sie einsperrten, wie das Innere überflutet und der Seehundfellboden durchnässt wurde, die Eicheln davonschwammen, die Konservenpyramide einstürzte und ein Körper mit dem kleinen schwarzen Kopf, den ich im Ozean erblickt hatte, zwischen Abalonengehäusen und Fischgräten in einer Ecke lag, fast tot, wie es das Otterjunge gewesen war.

Ich schreckte zusammen, als Oskar meine Schulter berührte. Er ließ seine Hand meinen Arm hinuntergleiten, bis sich seine Finger mit meinen verflochten. »Wir haben noch ein bisschen Zeit vor meiner Schicht«, sagte er.

In unserem Bett – war es auch ihr Bett gewesen? – merkte ich, dass es nicht der Gedanke an mich gewesen war, der zu dieser Situation geführt hatte, sondern die Vorstellung von der Indianerin.

## KAPITEL 25

Oskar kam am nächsten Morgen nach seiner Schicht nicht zum Frühstück nach Hause. Ich nahm es kaum zur Kenntnis, obwohl seine Gewohnheiten sehr regelmäßig geworden waren, seit er sich von der Elektrizität abgewandt hatte. Oft erforderten Reparaturen oder Wartungsarbeiten zwei Männer im Leuchtturm, und dann blieb er länger. Als er zum Mittagessen nicht auftauchte, wunderte ich mich, war aber nicht alarmiert und dachte auch nicht daran, zwischen den regengepeitschten Nebengebäuden nach ihm zu suchen. Unsere Mahlzeit bestand aus kalter Ente. Seine Portion konnte warten.

Gegen drei, vier Uhr nachmittags wurde ich beim Schwinden des wenigen Lichts, das durch die schweren Wolken gedrungen war, dann doch unruhig. Verärgert zog ich mein Ölzeug über und stürzte mich in den Regen. Ich platschte zur Werkstatt und dann zur Scheune, kletterte hinauf in den Leuchtturm, schaute in den Lagerraum und klopfte bei den Crawleys und Archie Johnston an die Tür. Ich schritt das ganze Gelände ab, überprüfte, ob der Dampfesel den Berg hinuntergefahren war, durchsuchte das Obergeschoss unserer Wohnung – für den Fall, dass er während meiner Abwesenheit nach Hause gekommen war – und ging zurück zum Leuchtturm. Niemand hatte Oskar gesehen, seit die Crawleys uns am Abend zuvor verlassen hatten. Allmählich bedrängte mich große Angst. Ich fürchtete, dass er versucht hatte, die Höhle zu finden, und der Gedanke, er würde ihre Wunder ohne meine

Aufsicht in sich aufsaugen, machte mir ebenso viel Sorge wie die Vorstellung, dass er sich zwischen den Felsen verirrt hatte.

Archie hörte ihn schließlich von der Galerie aus: ein schwaches Blöken, das der Wind durch einen seltsamen Zufall vom Strand herauftrug. Oskar war dem Pfad der Kinder gefolgt, hatte auf halber Strecke über den regennassen und schlammigen Felsen den Halt verloren und war bis nach unten abgestürzt. Dort hatte er, ein Bein unnatürlich abgewinkelt, stundenlang im Wasser gelegen, das vom Kap herunter um ihn herum- und über ihn hinweggeflossen war.

»Was für ein fröhliches Weihnachten«, sagte Euphemia.

Oskar rang nach Luft, als ich ihn berührte.

»Ich bin keine Ärztin«, sagte Euphemia, »aber das wird jetzt sicher wehtun.« Sie wandte sich ihrem Bruder zu. »Hol mir ein Stück Holz. Ungefähr so groß.« Sie hob ihre Hand und zeigte den Abstand zwischen Zeigefinger und Daumen an.

Die Stürme hatten eine Menge Treibholz angeschwemmt. Archie musste nicht lange suchen, bevor er mit einem Stück zurückkehrte. »Wofür soll das sein?« Er reichte es Euphemia. »Eine Schiene kannst du daraus nicht machen.«

»Dafür, dass er sich nicht die Zunge zerbeißt.«

Sie schob Oskar den Stock in den Mund, worauf seine Zähne aufhörten zu klappern, obwohl der Rest seines Körpers jetzt noch heftiger zu zittern schien, trotz der inzwischen durchnässten Decken, in die ich ihn zu wickeln versucht hatte. Ich drückte seine Hand, was bedeutete, dass ich mir nicht die Hände auf die Ohren legen konnte, um seine Schreie zu dämpfen.

Ich erschrak, als er in Ohnmacht fiel, während Euphemia sich mit seinem Bein abmühte, doch sie sagte, das sei eine Gnade. Sie band das Bein mit Stofffetzen an eine Stange, und Oskar kam wieder zu sich, als Mr. Crawley und Archie ihn mit einer Leiter, die als Trage herhalten musste, um den Berg herum zum Dampfesel trugen.

Nachdem wir ihn in unser Bett geschafft hatten, gab Euphemia mir aus ihren Vorräten eine große Flasche Laudanum, das ich ihm verabreichen sollte.

»Geben Sie es ihm regelmäßig«, schärfte sie mir ein. »Lassen Sie nicht zu, dass die Schmerzen sich in ihm festsetzen, sonst wird er sie furchtbar schwer wieder los.« Entrüstet wandte sie sich Oskar zu. »Wohin wollten Sie denn überhaupt?«

»An den Strand«, sagte er zwischen zusammengebissenen Zähnen hindurch.

»Sie haben eine Menge Unruhe gestiftet. Und die Probleme fangen erst an. Sie werden mindestens einen Monat lang in diesem Bett bleiben müssen. Waren Sie hinter der Elektrizität her?«

Er schloss die Augen, damit sie glaubte, er sei wieder ohnmächtig geworden.

Später, als ich sicher war, dass es ihm besser ging, war ich an der Reihe. »Herrgott noch mal! Warum konntest du nicht warten?«

»Ich musste sie sehen!«

»Ich musste! Ich musste!«, spottete ich. »Du nimmst dir, was dir gefällt, und scherst dich nicht darum, was ich sage oder empfinde. Ich hatte dir gesagt, du sollst nicht hingehen!«

Er biss sich auf die Lippe und wandte sich ab. Er war verletzt und hilflos, und ich schämte mich meiner Wut. Trotzdem tat es mir, obwohl ich keine klare Vorstellung von seinen Absichten hatte und er selbst wohl auch kaum, nicht leid, dass er lange Zeit keine Gelegenheit haben würde, die Indianerin aufzusuchen.

In den nächsten Wochen bestanden meine Tage aus Rennen: die Treppe hoch mit Essen und Getränken und wieder hinunter mit dem Nachttopf und schmutzigem Geschirr. Alle paar Stunden musste ich ihm das Laudanum einflößen und die Kissen aufschütteln, Bleistiftspäne vom Bett wischen und entfallene Bücher aufheben. In der Zeit dazwischen unterrichtete ich die Kinder, so gut es ging, und stellte ihnen Aufgaben, die sie erledigen konnten, während ich zwischen Küche und Schlafzimmer und Abort hin und her sprang. Oft hatten wir gerade mit einem Kapitel Geschichte oder mit schriftlicher Division oder Lateinvokabeln begonnen, da drang seine Stimme durch die Tür. Ob er mehr Wasser haben könne? Sein Buch sei ausgelesen. Er liege unbequem; ließe sich das ändern? Er habe ein paar Fragen an Archie; würde ich ihn holen?

Archie? Nach seinem Ausbruch an Heiligabend und der Geschichte, die danach zur Sprache gekommen war, hätte ich mich in seiner Gegenwart unwohl gefühlt, aber die Aufregung und Sorge und Geschäftigkeit im Zusammenhang mit Oskars Unfall hatten das ungeschehen gemacht. Er kam, und sein Blick schweifte in alle Winkel, als er durchs Wohnzimmer ging und die Treppe hinaufstieg. Er machte die Schlafzimmertür hinter sich zu, doch seine und Oskars Stimme waren so laut, dass ich die Klassenzimmertür ebenfalls schloss, damit wir uns darauf konzentrieren konnten, dreistellige Zahlen zu addieren. Danach begann Archie regelmäßig, gegen zehn Uhr zu erscheinen und mit seinen Stiefeln die schmalen Holzstufen hinaufzupoltern.

Ich beschwerte mich bei Oskar, während ich ihm den Rücken mit Salbe einrieb, damit er sich nicht wundlag. »Es passt mir nicht, dass er hier einfach so reinspaziert.«

»So stört er deinen Unterricht nicht. Hast du nicht schon genug Rennerei rauf und runter?«

»Worüber redet ihr so lange?« Welche Rolle spielt das?, fiel mir ein. Ich müsste doch froh sein, dass sich noch jemand für ein, zwei Stunden um Oskar kümmerte.

»Die Indianerin. Ich schreibe alles auf, woran er sich erinnert. Die Situation, in der er sie gefunden hat. Ihre Kleider und Gewohnheiten. Ihre Worte und Gesten.« Er griff nach dem Dienstbuch neben sich auf dem Bett. »Ich bin nicht sicher, was sich als anthropologisch signifikant erweisen wird, deshalb bin ich gründlich.«

»Anthropologisch signifikant?« Ich blätterte die Seiten mit dem Daumen durch. Für mich waren sie unentzifferbar, dicht bedeckt mit seiner hektischen Kurzschrift.

»Erinnerst du dich daran, was Philip gesagt hat? Dass die kalifornischen Indianer praktisch ausgestorben sind und wie wichtig es ist, Informationen über ihre Kultur und Sprache, ihre ganze Lebensweise zu sammeln?«

»Du glaubst, die Leute an der Universität fänden sie interessant?«

»Natürlich! Aber ich werde derjenige sein, der sie studiert. Sie ist meine Entdeckung.«

»Eine Entdeckung ist sie ja nun gerade nicht, oder? Ich meine, sie ist eine Frau, die hier alle kannten. Sie ist kein Naturphänomen wie der Elektromagnetismus. Du planst doch keine Experimente mit ihr?«

Er lachte. »Ich bringe nur alles, was ich kann, in Erfahrung über sie. Aber ich glaube wirklich, sie sollte wissenschaftlich erforscht werden. So wie Franz Boas die Eskimos erforschte. Sie ist ein fantastisches Studienobjekt.«

»Für dich auch, nehme ich an.«

»Na ja.« Er zuckte die Achseln. »Ich fürchte mich nicht vor Größe. Du willst doch wohl nicht behaupten, dass du nicht neugierig bist.«

Das stimmte, also sagte ich nichts.

Er gähnte. »Ich bin schrecklich müde. Es ist anstrengender, als du dir vorstellen kannst, Archie zur Konzentration auf nützliche Informationen zu bewegen. Er will immer wieder darüber sprechen, wie Euphemia sie weggeschickt hat.«

»Weggeschickt? Warum hätte sie das tun sollen?«

Er hatte schon die Augen geschlossen. »Ich weiß nicht. Vielleicht aus Gehässigkeit gegen ihren Bruder. Das scheint er zu denken. Jedenfalls bin ich ihr dankbar. Wenn diese Indianerin die ganze Zeit über hier gelebt hätte, wäre sie jetzt für die Wissenschaft ziemlich unbrauchbar.«

Ich schlief nur zwischendurch, denn ich musste Oskars Schicht im Leuchtturm übernehmen und ihn während des Tages versorgen. In stürmischen Nächten kam Euphemia mit, um, wie sie behauptete, dafür zu sorgen, dass ich nicht wegwehte. Das war tatsächlich eine reale Gefahr. Auf dem Weg zum Turm mussten wir uns mit aller Macht gegen den Wind stemmen, der unsere Röcke in Segel zu verwandeln drohte, und uns am Geländer entlanghangeln, wenn wir die kleine Brücke überquerten. Zweimal pro Schicht schoben wir uns mit unseren schwarzen Brillen außen um den Glaskasten, der das Leuchtfeuer beherbergte, mit einer Hand einen Haltegriff aus Messing umklammernd, während wir mit der anderen so energisch, wie der tosende Wind es zuließ, Salzstreifen von den Scheiben wischten. Auf der schmalen Galerie, wo uns nur das eine dünne Eisenband gegen den Absturz sicherte, hätte es einen Flirt mit dem Tod bedeutet, diesen Messinggriff loszulassen, aber ich war eher hellwach als ängstlich, und meine Hände waren stark. Schlimm fand ich den Heimweg am Morgen, wenn der Wind uns gewaltsam vor sich hertrieb, als wolle er uns vom Kap direkt in das peitschende Wasser und auf die schwarzen Felsen unter uns fegen.

Euphemia war begeistert. »Dafür werden wir gebraucht«, sagte sie öfters mit Blick auf das Feuer, das für uns ebenso sehr ein Leitstern zu sein schien wie für die Seeleute. »Jetzt ist der Leuchtturm wirklich wichtig.«

Ich war dankbar, dass sie mir Gesellschaft leistete, nicht nur wenn wir uns durch Wind und Regen kämpften, sondern auch in der gegenteiligen Situation, wenn ich versuchte, mich in dem warmen Kesselraum wach zu halten.

»Wie war sie?«, fragte ich eines Nachts zaghaft, während wir mit Flickarbeiten im Schoß dasaßen, die diese stillen Stunden ausfüllen sollten. Ich war schon mehrmals auf diese Frage zugesteuert, dann aber zurückgeschreckt aus Angst vor Euphemias Ärger. Die Frau in den Felsen war eindeutig ein schwieriges Thema.

»Wer?«

»Die Indianerin. Helen.« Unser Gespräch wurde immer wieder durch das Nebelhorn unterbrochen.

Euphemias Nadel bewegte sich schnell und produzierte brauchbare, wenn auch sehr lockere Stiche, die weder meine Mutter noch meine Hauswirtschaftslehrerin gebilligt hätten. »Sie war kaum zu etwas nütze«, sagte sie und wiederholte damit die Einschätzung, die sie Weihnachten abgegeben hatte.

»Waren Sie gern mit ihr zusammen?«, wollte ich wissen. »Waren Sie befreundet?«

Sie hörte auf zu nähen und zog an dem Flicken, um sich zu vergewissern, dass er fest saß. »Befreundet nicht gerade«, sagte sie langsam. Das frisch geflickte Kleidungsstück, eine fadenscheinige Schürze, lag auf ihrem Schoß. Den Latz schmückte eine rosa Blüte, offenbar mit ihren eigenen Stichen angebracht, und sie begann, die Naht aufzutrennen. »Rosa ist Marys Farbe«, erklärte sie. »Janie hat Blau lieber.«

Zwei Hornstöße lang schwieg sie, und ich fürchtete schon,

ich müsste ihr nachhelfen, doch dann sprach sie weiter, ihre Arbeit dicht vorm Gesicht in dem schwachen Licht. »Zuerst hatte sie Angst, besonders vor Archie und Henry. Wer weiß, was ihr da auf dem Berg zwischen all den schreienden Bäumen widerfahren ist? Kein Wunder, dass sie sich fürchtete. Auch von weitem sah sie die Männer nur aus dem Augenwinkel an, und wenn sie näher kamen, schaute sie beiseite und erstarrte, wie ein Rehkitz, das hofft, nicht bemerkt zu werden, und wartet, bis sie vorbeigegangen sind. Ich glaube, Archie bildete sich ein, so eine Art Prinz aus dem Märchen zu sein. Wohl deshalb, weil er sie gefunden hatte. Einmal pflückte er ihr Blumen – Sie würden staunen, wie viele Blüten im Frühling aus diesen Felsen sprießen. Als sie sie nicht nehmen wollte, legte er sie ihr in den Schoß.«

Sie kniff einen Moment lang die Augen zusammen, vielleicht um sie vom Nähen auszuruhen, obwohl es mir eher so vorkam, als versuche sie, die schmerzliche Szene zu verscheuchen, an die sie sich erinnerte.

»Sie hielt ihr Gesicht von ihm abgewandt. Schien sich woanders hinzuwünschen. Ich hätte ihn zu mir rufen sollen. Aber ich hoffte … na ja …« Sie stockte und setzte dann erneut an. »Als er gegangen war, stand sie auf und ließ die Blumen zu Boden fallen. Innerhalb einer Stunde waren sie verwelkt. Oder weggeweht. Wilde Blumen sind nicht zum Pflücken da«, fügte sie mit einem Anflug ihrer alten Selbstherrlichkeit hinzu.

»Am glücklichsten war sie mit den Kindern«, fuhr sie fort, unbeschwerter jetzt, während sie blinzelnd Blau in ihre Nadel fädelte. »Natürlich waren sie damals viel kleiner! Babys eigentlich noch. Sie wiegte Nicholas immer und sang ihm ihre eigenartigen Lieder vor, die in meinen Ohren sehr hart klangen. Ich erschrak ein bisschen, als ich ihre braunen Finger auf seiner weichen Haut sah, und hätte ihn ihr am liebsten weggenommen. Aber sie ging sanft mit ihm um, und ihm schien ihre Berührung zu gefallen, deshalb ließ ich sie in Ruhe. Ich wusste, dass wir sie ängstigten, weil unsere Sprache und unsere Sitten ihr ebenso fremd waren wie uns die ihrigen, und da musste der Kleine eine Wohltat für sie gewesen sein. Sie spielte auch mit Mary und Edward; Steine und Federn wurden in die Luft geworfen, oder es hatte mit Kieseln zu tun. Sie lachte, als hätte sie ebenso viel Spaß daran wie sie. Oder sie drehte sich mit Mary im Kreis – Sie wissen schon, wenn man sich gegenseitig die Handgelenke umklammert. Die Kinder erinnern sich an gar nichts von alldem. Sie haben ihr Sachen gebracht – Bänder, bunte Steine, Dosen mit Bildern, die ihnen gefielen. Was sonst hätten sie ihr schenken sollen? Das Essen mochte sie nicht besonders, aber sie stapelte die Konserven auf dem Tisch wie einen Tafelaufsatz. Henry sagte ja schon, sie brachte den Kindern Dinge vom Strand mit, kleine Muscheln und dergleichen. Na, Sie kennen diese Sammlung.«

Ja, die kannte ich. Während Euphemia gesprochen hatte, hatte ich ein Loch in einer von Oskars Socken gestopft. Ich strich mit dem Daumen über die frisch ausgebesserte Stelle und dachte daran, dass ihre Sammlung jetzt meine Sammlung war, und Helen hatte sie dazu angeregt. Die Vorstellung weckte das Gefühl in mir, ihr nahe zu sein.

»Nein.« Euphemia schüttelte den Kopf, als hätte sie meine Gedanken gelesen. »Sie war nicht wie Sie. Als sie gesund war und nicht mehr so abgezehrt, erkannte ich, dass sie sehr jung sein musste, beinahe noch ein Mädchen. Sie sind eine Freundin für mich, sie dagegen war eher eine Tochter, der man alles beibringen musste. Wie man den Tisch deckt und sich die Zähne putzt. Sogar, wie man auf einem Stuhl sitzt.«

»Und trotzdem haben Sie sie dann weggeschickt?« Ich hatte nicht beabsichtigt, es so laut und anschuldigend zu fragen, doch die Vorstellung, dass Euphemia eine Person verstoßen konnte, die sie fast als ihre Tochter betrachtete, schockierte mich.

»Wegschicken?«, wiederholte sie empört. Sie ging mit der Nadel so vehement auf die Schürze los, dass ich fürchtete, sie würde sich blutig stechen. »Das behauptet er wohl, oder? Ich sage Ihnen mal was!« Sie warf das Nähzeug zu Boden und starrte mich grimmig an. »Ich wünschte, ich *hätte* sie weggeschickt. Ich wünschte, ich hätte sie genau an dem Tag, an dem er sie hierherbrachte, das Kap hinuntergestoßen. Das wäre furchtbar grausam gewesen, aber immer noch viel besser als das, was ich getan habe. Was ich ihn habe tun lassen.« Sie war aufgestanden und begann, offensichtlich unter Qualen, hin und her zu laufen.

»Ja, ich habe ihr geholfen zu entkommen. Nachdem ich ihn dabei erwischt hatte, wie er sich aus ihrem Haus schlich. Da wusste ich, was er trieb, wenn Henry und ich im Leuchtturm beschäftigt waren. Und ich verstand, warum sie solche Angst vor ihm hatte. Ja, da habe ich ihr geholfen. Bei der Flucht, so nenne ich das. Ich dachte – und sie vielleicht auch –, dass sie andere ihresgleichen finden würde. Aus ihrem Volk.«

»Warum haben Sie nicht *ihn* weggeschickt?« Ein sinnloses Gejammer! Es war zu spät, viel zu spät für irgendeinen Weg außer dem, den sie eingeschlagen hatte. »Wie halten Sie es aus, ihn ständig zu sehen? Hier mit ihm zu leben?«

»Oh, wir wollten ihn ja zum Weggehen bewegen. Wir dachten, das wäre einfach. Schließlich hasste er diesen Ort. Aber er erinnerte uns an die Anordnung des Richters; wir hatten versprochen, ihn bei uns zu behalten; das war der Grund dafür, dass wir diesen Posten hatten. Und dann drohte er, dem Inspektor zu erzählen, wir hätten eine Wilde aufgenommen, sie mit unseren Rationen gefüttert, zugelassen, dass sie allen möglichen Schaden anrichtet.« Euphemia imitierte den Tonfall ihres Bruders: »›Ein so unzivilisiertes Wesen könnte sogar Ihre kostbare Fresnellinse zerstören.‹« Sie lachte freudlos. »Er dachte, wir wären machtlos. Wir säßen in der Falle und er dürfte tun, was er wollte. Ich sage nicht, dass es richtig war, was ich getan habe. Wahrscheinlich wäre es besser gewesen, ihn in die Tiefe zu stoßen. Aber es ist schwer, einen Menschen wie meinen Bruder zu überlisten, und ich schäme mich zu sagen, dass ich das nicht konnte. Immerhin ist er mein Bruder. Jedenfalls,« fuhr sie mit einem kleinen Kopfschütteln fort, »was geschehen ist, ist geschehen. Helen war für eine kurze und unglückliche Zeit hier und ist dann in ein Leben zurückgekehrt, das sich vermutlich nicht sehr von ihrem vorigen unterscheidet – bevor er sie fand. Es war das Beste, was ich tun konnte.« Damit schulterte sie die Schaufel, um nach oben zu gehen. Es dämmerte. Es war an der Zeit, sich der Vögel zu entledigen, die in unsere falsche Sonne geflogen waren.

Dass Oskar seine Gespräche mit Archie beendet hatte, erleichterte mich. Ich wollte Archie Johnston nie wieder bei uns zu Hause sehen.

## KAPITEL 26

Irgendwann ließen Regen und Wind nach, der Himmel zeigte tagelang ein klares, verwaschenes Blau, und die Sonne brannte stetig. Es war fremd für mich, dass die Luft kalt und die Sonne heiß war und man beide Temperaturextreme gleichzeitig spürte. Die golden gefärbte Landschaft, an die ich mich im Herbst gewöhnt hatte, belebte sich mit Grün- und Blautönen. In den Felsspalten drängten Schösslinge ans Licht und schienen sich stündlich zu vermehren, bis das ganze Kap sich mit orangerotem Habichtskraut und gelben Lupinen geschmückt hatte. Ich dachte an Archie, der Blumen in Helens Schoß häufte.

Ich war misstrauisch gegen Archie Johnston, denn ich wusste nicht, ob er gehofft hatte, sie würde sich in ihn verlieben, oder ob er schlicht und einfach ein Ungeheuer war, deshalb hielt ich mich von ihm fern.

Oskar tat das Bein nicht mehr so weh, und er wurde rastlos. Er beklagte sich, er habe die gesamte Bibliothek ausgelesen – und Lotsenbrot und Rinderpökelfleisch könne er nicht mehr sehen. Tatsächlich hatten wir alle die Seemannsrationen satt, die uns aufgezwungen waren. Zwar machten wir Witze über Skorbut, aber das ständige Warten und die wiederholte Enttäuschung hatten uns, sogar den sanftmütigen Mr. Crawley, reizbar gemacht, bis an einem grauen und nieseligen Februartag endlich ein Beiboot am Strand landete. Aufgeregt öffnete ich ein dickes Paket, das in einer vertrauten schrägen Handschrift an mich adressiert war.

*Liebe Trudy,*
*es hat mich sehr gefreut, von Ihnen zu hören. Was für faszinierende Erfahrungen Sie doch machen! Es war sehr freundlich, die Präparate zu schicken. Manche sind mir durch Abbildungen bekannt, andere dagegen habe ich noch nie gesehen. Ob Sie wohl bereit wären, mehr von diesen Kreaturen nach Milwaukee zu senden, damit ich sie im Unterricht benutzen kann? Wir könnten die äußerlichen Attribute getrockneter Exemplare studieren – dafür wäre Vielfalt wünschenswert –, aber ich hätte auch gern mindestens dreißig von einem einzigen Typus in flexibler Form. Da ich nicht weiß, in welcher Anzahl die jeweiligen Gattungen existieren, muss ich die Wahl Ihnen überlassen.*
*Ich schicke einige Ausgaben einer Zeitschrift mit, die auf den letzten Seiten Anzeigen von Firmen abdruckt, die Alkohol zum Konservieren und geeignete Behälter dafür verkaufen. Ich habe mir auch die Freiheit genommen, als Anzahlung einen Scheck über zehn Dollar von meinem College-Konto beizufügen. Falls mein Vorschlag nicht Ihr Interesse weckt, zerreißen Sie ihn einfach.*
*Ihre Zeichnungen sind sehr schön, und ich möchte Sie ermutigen, damit fortzufahren im Hinblick auf eine mögliche Veröffentlichung als Katalog von Lebewesen in den Gezeitentümpeln des Pazifiks. Über etliche der Organismen, die Sie dargestellt haben, kann ich keine Aufzeichnungen finden, also würden Sie der Biologie wirklich einen großen Dienst erweisen, wenn Sie all Ihre Entdeckungen auf Papier festhielten.*
*Mit freundlichen Grüßen*
*Cecilia Dodson*

Ich las den Brief zweimal. Zugegeben, die Nüchternheit der ersten Zeilen enttäuschte mich. Ich hatte mir, das merkte ich jetzt, ein lebhafteres Interesse an meinem Leben und eine vertraulichere Korrespondenz erhofft. Doch bei der Unterschrift überlief mich ein Schauder. Ich kannte Miss Dodsons Vornamen zwar, hatte mir aber nie erlaubt, sie auch nur innerlich anders zu nennen als »Miss«. Und ihr Vorhaben – die Dinge, die ich sammelte, in ihren Unterricht einzubeziehen, sodass Mädchen in Milwaukee, sogar Miss Dodson (Cecilia Dodson!) selbst, sie erforschen und ihre Beobachtungen in ihren Laborheften notieren konnten – entzückte mich. Noch aufregender war der Gedanke, dass ein von mir zusammengestellter Katalog meine Lehrerin interessieren würde, nicht auf die gönnerhafte Weise, mit der sie die Bemühungen einer Studentin zur Kenntnis nahm, sondern als Werk, das ihr Wissen tatsächlich erweiterte.

Seit Euphemia und ich uns nähergekommen waren, hatte ich erkannt, dass sie ausgehungert nach Freundschaft gewesen war. Jetzt sah ich, dass sie, ob bewusst oder nicht, auch nach einer Möglichkeit gesucht hatte, auf die Welt jenseits unseres Berges einzuwirken, denn Miss Dodsons Plan begeisterte sie ebenso wie mich. Nachts im Leuchtturm blätterte ich die wissenschaftlichen Zeitschriften durch, die Miss Dodson geschickt hatte, und las daraus vor. In einem unserer Lieblingsartikel ging es um Experimente mit meinem alten Freund, dem Seeigel. Anscheinend hatte ein Schweizer Forscher ein Seeigelei halbiert und aus jeder Hälfte einen halben Seeigel gezüchtet.

»Was hat das für einen Sinn«, fragte Euphemia lachend, »einen halben Seeigel zu züchten?«

Ich erklärte, wenn nur ein halber Seeigel aus einer Eihälfte entstehe, bedeute das, dass es jeder Zelle, auch im winzigsten

Ei, ab Beginn seiner Existenz – vielleicht schon früher – vorherbestimmt sei, Teil des Herzens oder des Magens und, im Falle komplexerer Lebewesen, der Finger, Zehen, Ohren oder Zunge zu sein. Jede Zelle hatte ihre Rolle, und auf diese Rolle war sie vielleicht nicht gerade von Gott, aber von ihrem Wesen her festgelegt. Es wäre unmöglich, dieses Wesen zu verändern, wie sehr man es auch versuchte.

Dann behauptete ein zweiter Wissenschaftler, der erste habe sich geirrt. Als er selbst das Experiment wiederholt habe, hätten sich aus den Eihälften ganze Seeigel entwickelt. Das fand ich erfreulich, da ich glaubte, es bedeutete, dass sich etwas, das beschädigt – oder sogar halbiert – wurde, erholen und mit der Zeit wieder heil werden und zu einem Ganzen heranwachsen konnte. Wie es Oskar vielleicht getan hätte, sprang ich von der Welt des Körperlichen in die der Philosophie und sah mich als ein Wesen, das zerrissen worden war, als es den Ort verließ, der es geprägt hatte, und hierhergekommen war, wo es so wenig Vertrautes gab. Ich begann zu fühlen, wie aus der verbliebenen Hälfte Fasern wuchsen und sich mit der neuen Umgebung verknüpften, und spürte, wie ich mich erholte und wieder ganz wurde.

Wir studierten auch die Anzeigen. Bevor ich Organismen sammeln konnte, um sie »in flexibler Form« zu konservieren, brauchte ich Behälter, die weder korrodieren noch leicht zerbrechen würden – schweres Glas vermutlich –, und genügend Ethanol oder eine ähnliche Chemikalie, um sie darin aufzubewahren. Mir gefiel das seriös klingende Inserat der Chicago Scientific Company: *Lieferant zuverlässiger Laborgeräte und -glaswaren* sowie einer *vollständigen Palette von Reagenzien, Färbemitteln, Lacken und Zementen.* Ich konnte ihnen den Scheck von Miss Dodson schicken und sie um dreißig Gläser bitten.

»Nehmen Sie lieber fünfunddreißig«, meinte Euphemia. »Ein paar gehen bestimmt kaputt.« Dann stellte sie am Rand unseres Dienstbuches einige Berechnungen an und befand, dass ich genug Geld für siebzig Gläser und das dazugehörige Ethanol hatte. »Wenn wir ein Geschäft aufziehen wollen«, sagte sie, »sollten wir auf weitere Aufträge vorbereitet sein.«

Die Begeisterung, mit der sie das, was fast sofort *unser* Unternehmen geworden war, in Angriff nahm, überraschte mich. Sie war immer tatkräftig gewesen, aber auf eine grimmig pflichtbewusste Weise. Jetzt schäumte sie vor Munterkeit über; als hätte der Gedanke, ein Geschäft zu eröffnen, einen lange verschütteten Weg in ihr freigelegt, auf dem sich Enthusiasmus und Ideen endlich Bahn brachen. In den stürmischen Nächten im Leuchtturm wurde das Sammeln und Verkaufen biologischer Präparate unser Elektromagnetismus. Das Bewusstsein der riesigen schwarzen Leere, die uns umgab, sowie die dunklen Stunden zwischen dem Trimmen der Dochte und dem Nachfüllen der Ölbehälter ermutigten uns, die Realität aus den Augen zu verlieren, wenn wir unsere Pläne schmiedeten. »Wie viele Colleges, glauben Sie, gibt es in diesem Land?«, fragte Euphemia eines Nachts. »Benötigen die nicht alle solche Präparate?«

Wir beschlossen, die Kinder beim Sammeln helfen zu lassen, denn sie sammelten ohnehin. Die Chemikalien würde ich handhaben, denn die waren womöglich entflammbar und, so argwöhnte Euphemia, auch sonst gefährlich. Sie wollte ihre Kleinen schließlich nicht marinieren!

Die Gläser mit den konservierten Organismen und die Kisten mit den getrockneten würden wir in Gras und Sägespäne verpacken, wie ich es mit meinen ersten Präparaten getan hatte. Henry Crawley könne noch jede Menge Sägearbeiten verrichten, meinte Euphemia. Die Tiergehege mussten repariert werden; der Dampfesel brauchte eine neue Plattform. Oskar sollte die versprochenen Borde bauen. Dabei würde reichlich Verpackungsmaterial abfallen.

»Und genügend leere Fässer haben wir auch«, fügte ich hinzu.

Wir kalkulierten, dass wir sogar bei Verschickung auf eigene Kosten in zwei oder drei Jahren wahrscheinlich gewinnbringend arbeiten und Schulen und Labors auf dem ganzen Kontinent mit Kisten voller konservierter und getrockneter Präparate beliefern würden.

Als unser Imperium begann, sich nach Europa auszubreiten – »Denken Sie bloß«, sagte Euphemia, »was die Schweizer mit *unseren* Seeigeln anfangen könnten!« –, erinnerte ich sie daran, dass wir zunächst eine Bestellung an die Chicago Scientific Company aufgeben mussten.

Ohne zu zögern, schlug sie ein neues Dienstbuch auf, riss eine Seite heraus und reichte sie mir. »Schreiben Sie sie hier auf.«

## KAPITEL 27

Obwohl die Bestellung schnell verfasst und der Scheck beigefügt war, mussten wir auf das Schiff warten, das zweimal würde kommen müssen, bevor wir mit dem Sammeln der zu konservierenden Lebewesen anfangen könnten. In der Zwischenzeit widmete ich mich dem Katalog. Ich begutachtete die Skizzen, die ich von den Organismen in unseren Wannen angefertigt hatte. Sie waren gelungen und detailliert und eigentlich recht gut, obwohl ich wenig über das wusste, was ich da gezeichnet hatte, und jedes Bild für sich allein stand, ohne Beziehung zu den anderen. Sie in einem umfassenden Werk sinnvoll zu ordnen, würde schwierig werden. Ich ärgerte mich über meine mangelnde Aufmerksamkeit im Biologieunterricht und wünschte mir eine lückenlosere Klassifikation als die in *Spezies der Pazifikküste*.

Was ich zeigen und wahrscheinlich besser wiedergeben konnte als sonst jemand, den Miss Dodson kannte, war ein ganzer Gezeitentümpel und die Anordnung von Lebewesen in ihm, vielleicht mit Hinweisen auf die Art ihrer Koexistenz. Ich begann, die Kinder morgens zu Oskar zu schicken, damit er sie vom Bett aus unterrichtete, während ich mit einem der entwendeten Dienstbücher unter dem Arm zum Strand ging.

Üblicherweise trug ich Schuhe, bis ich das Kap hinabgerutscht war, denn seine Steine hatten scharfe Kanten, ließ die Schuhe aber mit meinen Strümpfen darin stehen, sobald ich unten angelangt war. Ich gewöhnte mir an, auf dem festen

Sand direkt am Wasser entlangzulaufen, über den meine Füße hinwegzugleiten schienen, denn sie hinterließen eine Spur, die sich nur einen Wellenschlag lang hielt. Wenn ich die Felsen erreichte, steckte ich meinen Kittel in meinen Schlüpfer – schließlich würde mich keiner sehen –, sprang in die Gischt und arbeitete mich um den Vorsprung herum, der das Ende unseres Strandes markierte und den Anfang dessen, was für mich »ihr« Territorium war.

Den mit Seeigeln gesäumten Tümpel hatte ich am liebsten. Ich konnte dort ohne weiteres auf einer bequemen Stelle hockend zwei Stunden damit verbringen, zu zeichnen und im Geiste die Probleme zu wälzen, die Mutter Natur mir präsentierte. Ich fragte mich, welchen Sinn es hatte, dass viele der Geschöpfe so farbenfroh und wunderschön waren – die dunkelroten und leuchtend blauen Seesterne, die violetten Seeigel, die Seeanemonen in Aquamarin. Es erschien mir gefährlich für sie, Aufmerksamkeit zu wecken; das musste sie zur leichten Beute für etwaige Fressfeinde machen. Bestimmt wären sie doch sicherer, wenn sie mit dem Grau und Schwarz des Gesteins oder dem Grün der Algen verschmölzen. Ich versuchte zu beobachten, was diese Wesen erschreckte und was sie anlockte, wie sie sich bewegten und wie sie sich schützten. Ihr Umfeld war so klein: das ganze Leben verbracht in einem einzigen Becken, ohne zu wissen oder sich dafür zu interessieren, was jenseits der Felswand neben ihnen lag. Auch wenn sie sich nicht regten, veränderte sich ihre Umgebung; bei jeder Tide floss altes Wasser ab und wurde durch frisches ersetzt. Was die Wellen herantrugen, war nicht erkennbar für mich, für diese Organismen aber offenkundig unbedingt notwendig.

An diesem Ort schweiften meine Gedanken unweigerlich zu jener anderen Kreatur ab, die hier ihr Zuhause hatte. Als Kind hatte ich gelesen, dass Indianer nahezu unsichtbar werden könnten, so unauffällig fügten sie sich in ihre Umgebung ein. Oft musterte ich die Schatten zwischen den Felsen und versuchte festzustellen, ob ein dunkler Fleck vielleicht ein schwarzer Haarschopf war oder ein Aufblitzen von Licht die Bewegung des Saums eines Rockes aus Rinde bedeutete.

Ein paarmal betrat ich unter dem Vorwand, bloß nach neuen Tümpeln zu suchen, den engen Korridor zu ihrer Höhle, stellte mich in den Eingang und musterte erneut den seidenweichen Fußboden und die Muschelschalen und die straff geflochtenen Körbe. Soweit ich es beurteilen konnte, hatte sich der Ort nicht verändert, seit die Kinder ihn mir gezeigt hatten. Ich machte mir Sorgen, dass sie ihn aus Angst vor dem Geruch nach uns aufgegeben hatte wie ein Vogel sein Nest, und verspürte unerklärliche Traurigkeit bei dem Gedanken.

Eines Nachmittags sah ich, dass sie vor mir an meinem Gezeitentümpel gewesen war. Genau in der Mitte meines Platzes auf dem Felsen lag ein einzelnes Abalonengehäuse an einer Lederschnur. Ich wusste, es war ein Geschenk für mich.

An diesem Tag zeichnete ich nicht, sondern wanderte in immer größeren Kreisen umher und spähte halb hoffnungsvoll, halb ängstlich in Gesteinsspalten und mögliche Verstecke zwischen den Baumstämmen. Ich sehnte mich nach einer Begegnung mit ihr und schrak gleichzeitig davor zurück. Ich fürchtete, sie könnte sein wie die Indianerin, die ich vom Zug aus gesehen hatte, schlurfend und glotzend, schmutzig und zerlumpt. Vielleicht würde auch sie mich anbetteln. Ich fragte mich, ob ich ihr wie ein Fabelwesen erscheinen würde und ob sie mein feines Haar und den Stoff meines Kleides würde berühren wollen wie die Indianer, über die man in Büchern las. Ich suchte, so lange ich es wagen konnte, denn ich wusste, dass irgendwann das Wasser unbarmherzig steigen und die Sonne unweigerlich unter den Horizont abtauchen würde. Ich fand kein weiteres Lebenszeichen von ihr.

Ich kam ungewöhnlich spät nach Hause und ließ mir mehr Zeit, als ich im Herd Feuer machte und geistesabwesend irgendwelches Fleisch und Gemüse fürs Abendessen in einem Topf verrührte. Als ich schließlich mit dem Tablett in unser Schlafzimmer trat, stand Oskar neben dem Bett. Er hatte vor kurzem angefangen, sein Bein zu erproben, indem er zwischen den beiden oberen Räumen hin und her humpelte. Er fürchtete, es habe ein wenig an Länge verloren, aber da es sein volles Gewicht noch nicht trug, konnte er das nicht testen.

Jetzt ließ er sich auf die Matratze nieder und schloss bei dem dadurch verursachten Schmerz kurz die Augen. »Wo bist du gewesen?«

Vor Monaten hatte ich dieselbe Frage in demselben gereizten Ton gestellt, als er nicht zur erwarteten Zeit zum Essen aufgetaucht war. Ich hatte mich jetzt stark verändert, trug einen Kittel, die Haare nachlässig hochgesteckt wie Euphemia, saß barfuß da, mit einem indianischen Amulett um den Hals! Der einzige Hinweis auf das Mädchen aus Milwaukee, das meine Familie und Freunde gekannt hatten, war die Korallenkette, die vor über einem Jahr mein Weihnachtsgeschenk gewesen war. Die Kette, die Oskar genommen hatte, um sich mir nahe zu fühlen.

Ich hatte das Abalonengehäuse in meinen Ausschnitt gesteckt, während ich unser Essen erhitzte, weil ich mir nicht sicher war, ob ich ihm davon erzählen sollte. Doch der Anblick von Klein-O, verletzt und hilflos, rührte mich. Ich erinnerte mich, wie ich seinen Fingern über die Seiten seiner Bücher gefolgt war, als er mir die Welt eröffnet hatte. Ich erinnerte mich, wie seine aufmerksamen Augen mich zu würdigen gewusst hatten wie kein anderer. Ich erinnerte mich an das Entzücken, mit dem er meine Hand ergriff.

»Ich war bei den Felsen. Sieh mal.« Mit der Vorsicht, die mir ihrer Bedeutung angemessen zu sein schien, hob ich die Schnur über meinen Kopf und reichte sie ihm.

»Was ist das? Haben die Kinder das gemacht?«

»Nein. Es ist von ihr. Sie hat es mir hingelegt.«

Seine Augen leuchteten auf, wie ich es erwartet hatte. Er drehte die Abalone mehrmals um und strich mit den Fingern über das Leder.

Es war eigentlich nichts Besonderes. Auch die Kinder hätten es anfertigen können. Die Gehäuse haben ohnehin schon Luftlöcher, sie hatte nur die Schnur durch eins von ihnen fädeln und verknoten müssen. Was mich beeindruckte, war, dass sie es mir geschenkt hatte.

Oskar dagegen interessierte sich für das Objekt an sich. »Wofür es wohl benutzt wird? Zu spirituellen oder praktischen Zwecken?«

»Ist es nicht einfach ein Halsband?« Ich griff danach. Oskar ignorierte meine Hand.

»Da habe ich meine Zweifel. Vielleicht ist es nicht dazu gedacht, um den Hals getragen zu werden.« Er runzelte die Stirn. »Gib mir dein Notizbuch.«

Ich reichte ihm meinen im Werden befindlichen Katalog. Er blätterte ihn planlos durch, bis er auf ein leeres Blatt stieß.

»Und einen Stift brauche ich.« Er war ganz ungeduldig. »Holst du mir aus der Werkstatt ein Lineal, bitte?«

Ich kam auch diesem Wunsch nach, obwohl ich mich fragte, auf welche Informationen er aus war. Was ich als Geschenk einer Frau an eine andere sah, war für ihn ein Artefakt, das womöglich einen Blick auf das Wesen der Menschheit erlaubte.

Während ich zuschaute, maß Oskar, wog, beschrieb und skizzierte; er bemerkte, dass an einem Rand etwas Erde haftete und ein anderer abgenutzt wirkte. Am Ende allerdings ähnelte seine Darstellung dem tatsächlichen Gegenstand nicht sehr.

»So«, sagte ich. »Jetzt zeichne ich es mal.« Das Schillern des Gehäuses konnte ich zwar nicht einfangen, aber meine Skizze gab die richtige Größe und Form und die relative Rauheit und Glätte der Oberflächen wieder. Ich zeichnete ein stimmiges Bild von einer Abalonenschale an einer Schnur.

»Wissen wir sonst noch etwas?«, fragte ich, als ich wenig später mit dem noch einmal aufgewärmten Abendessen zurückkehrte. Er hatte seine Untersuchung offenkundig beendet, denn die Schnur hing an einem der Knäufe am Kopfende des Bettes.

»Wohl nicht.« Er zuckte die Achseln. »Es ist ja nur *ein* Stück, ganz aus dem Zusammenhang gerissen. Wir brauchen ein umfassenderes Bild, wenn wir etwas damit anfangen wollen.«

## KAPITEL 28

Wegen der langen Zeit, die ich zwischen den Felsen und dann mit der Betrachtung des Anhängers mit Oskar verbracht hatte, war mir keine Zeit zum Schlafen geblieben. Als ich mich im Leuchtturm zu meiner Schicht meldete, war ich seit über vierundzwanzig Stunden wach. Ich erledigte meine ersten Pflichten – das Nachfüllen der Ölbehälter, das Trimmen der Dochte, das Wechseln der Glühstrümpfe und das Anbringen der Kette des Nebelhorns in der Turmkrone – und rückte dann den Tisch an die Stelle, wo die Kette auftreffen würde, kletterte hinauf und legte mir als Kissen ein Tuch unter den Kopf. Ich verließ mich darauf, dass mich die kalte Schwere der Berührung wecken würde, und wusste, dass mir die Zeit, die die Kette brauchte, um sich von der Tischplatte bis zum Boden zu bewegen, genügen würde, um die Treppe hinaufzurennen und sie wieder hochzuziehen, damit das Horn im richtigen Rhythmus tutete. Der Tisch war ein hartes Bett, doch ich schlief ein, kaum dass ich die Augen geschlossen hatte. Schon Minuten später, so schien es mir, wurde ich nicht von der Kette, sondern von einer Hand auf meinem Arm geweckt.

»Gefährlich«, sagte Archie Johnston, »neben einer brennenden Laterne zu schlafen.« Sein Atem stank nach Alkohol, und er roch ungewaschen. »Ich habe Sie heute am Strand gesehen. Weit hinten am Strand. Was haben Sie da gemacht?«

»Gezeichnet. Ich stelle einen Katalog …«

Er schüttelte heftig den Kopf. »Nein, das interessiert mich

nicht.« Wieder packte er meinen Arm. »Was Sie um den Hals hatten. Das war von ihr, oder? Hat sie es Ihnen geschenkt?«

»Ja. Na ja, genau weiß ich es nicht«, sagte ich, zog meinen Arm weg und richtete mich in eine sitzende Position auf. »Ich habe es gefunden.«

»Sie haben sie also nicht gesehen?«

Ich schüttelte den Kopf.

»Es dient zum Abschrecken von Schlangen«, sagte er. »Sie hat es Euphemia mal gezeigt. Die Frauen tragen es bei der Ernte. Die Muschel blitzt in der Sonne auf – bling, bling.« Er bewegte seine Hände dicht vor meinen Augen schnell hin und her, sodass ich erschrocken zurückwich. »Das hält die Schlangen fern.« Er schob sein Gesicht so nah an meins, wie er konnte. »Brauchen Sie Schutz vor Schlangen?«

»Sie gehörte mir!«, sagte er plötzlich, trat zurück und begann, getrieben von Wut, auf und ab zu gehen. »›Halt dich von ihr fern‹, sagt meine Schwester zu mir, wie eine Wärterin. Aber wenn sie selbst was will, nimmt sie es sich. Sie spielt sich auf, als wäre sie die Überlegene, dabei ist sie nicht besser als alle anderen, meine Schwester.«

Er verstummte und schaute in die Ferne, vielleicht auch auf das Haus, wo Euphemia vermutlich schlief, denn es gab in dieser ruhigen Nacht keinen Grund dafür, dass ich ihre Hilfe brauchte. Dann beugte er sich wieder zu mir, und sein Atem lastete auf meinem Gesicht. Ich konnte die schwarzen Pünktchen sehen, wo sein Bart spross.

»Hören Sie«, zischte er, »was Sie auch mit ihr machen, Sie und Swann, ich kriege meinen Anteil. Schließlich gehört sie mir. Ich hab sie gefunden.«

»Was reden Sie da? Wir *machen* doch nichts mit ihr!«

Das erste Glied der Eisenkette des Nebelhorns stieß an meine Schulter. »Das Horn!«, rief ich erschrocken aus.

Zu meiner Erleichterung versuchte er nicht, mich aufzuhalten, als ich vom Tisch rutschte und nach oben eilte. Ich blieb eine ganze Weile dort und beruhigte mich damit, dass ich mich ausgiebig den Aufgaben widmete, die das Feuer von mir forderte. Anschließend schlich ich, so leise ich konnte, die halbe Treppe hinunter und bückte mich, um in den Kesselraum zu spähen. Archie war verschwunden.

Als ich am nächsten Morgen nach Hause kam, saß Oskar auf der Bettkante und machte seine so genannten »Kräftigungsübungen«. Er hatte eine Dose grünen Mais in unsere Reisetasche gesteckt, sich die Griffe über den Knöchel seines verletzten Beins gehängt und hob sie schwitzend vor Anstrengung immer wieder an. Dabei zählte er leise, während ich ihm berichtete, was Archie gesagt hatte.

»Und er war betrunken! Es war abscheulich!« Ich hatte den Gestank noch in den Nasenlöchern und inhalierte ihn mit jedem Atemzug.

»Ich würde ihn nicht allzu ernst nehmen … zwei, drei, vier … Er ist offenbar wütend … zwei, drei … frustriert … vier … darüber, dass der Drachen ihn so unter der Fuchtel hat.«

»Ich hätte schon gedacht, du wärst besorgter um meine Sicherheit!« Als ich ihm vor Wochen Euphemias Geschichte erzählt hatte, war er angemessen angewidert gewesen.

»Wenn du geschrien hättest, wäre ich gekommen«, versprach er. »Gebrochenes Bein hin oder her. Aber anscheinend hat er ja nichts so Schreckliches getan, dass du schreien musstest.«

Ich schüttelte den Kopf, obwohl es stimmte, dass Archie mich nicht bedrängt hatte, und ich war viel zu müde zum Streiten. Ich schlug die Decke zurück und wollte ins Bett steigen, ohne mir die Mühe zu machen, mein Nachthemd anzuziehen und meine Haare zu lösen.

»Was tust du da?«

»Ich habe Euphemia gesagt, dass heute kein Unterricht stattfindet. Ich habe so lange nicht mehr geschlafen!«

»Nein, nein.« Er legte seine Hand auf meinen Arm, wie Archie es getan hatte. »Du musst dahin zurück, wo du das hier gefunden hast.« Er befingerte den am Bettpfosten baumelnden Anhänger.

Später würde ich ihm Archies Geschichte über dessen Zweck erzählen, dachte ich und schloss die Augen. Oskar hatte recht gehabt damit, dass es mehr als ein Halsband war.

»Trudy, ich meine es ernst. Wenn ich laufen könnte, wäre ich schon selbst da.«

Ich schlief fast.

Er schüttelte mich. »Wenn sie dir nun noch was hingelegt hat? Sie wird dich erwarten.«

Er ließ nicht locker, bis seine Überzeugung, sie würde auf mich warten oder hätte mir einen weiteren Gegenstand hinterlassen, ganz in mich eingedrungen war und begann, an mir zu nagen. Ich setzte mich auf und stieß meine nackten Füße in meine Schuhe.

»In Ordnung«, sagte ich, durch den Raum stolpernd. »Ich sollte ihr etwas mitbringen. Ein Geschenk zum Dank für den Anhänger. Was, glaubst du, würde ihr gefallen?« Ich dachte an einige der Sachen, die auf dem Tisch im Wohnzimmer lagen. Eine Häkelnadel? Ein Fingerhut? Eine Schreibfeder? Was besaß ich, das für sie wünschenswert sein könnte? Ich zog ein sauberes spitzengesäumtes Taschentuch aus meiner Tasche. Es war hübsch, und so etwas hatte sie bestimmt nicht.

Oskar entriss es mir. »Nein, Trudy! Du darfst sie nicht korrumpieren! Wenn sie unsere Dinge benutzt, wie soll sie sich dann noch von uns unterscheiden?«

Es war erstaunlich, dass ich nicht wie Oskar den Berg hinunterfiel, so unsicher war ich auf den Beinen. Unten angekommen, zog ich meine Schuhe aus und platschte in das eiskalte Wasser, das mich zusammen mit dem steifen Wind eine Zeitlang aufmunterte. Aber bald schon schleppte ich mich nur noch dahin, kaum bei Bewusstsein, hypnotisiert vom regelmäßigen Wellenschlag der Brandung, zu müde, um umzukehren. Ein paarmal hätte ich mich fast hingelegt.

Endlich erreichte ich meinen Gezeitentümpel und sah, dass der Stein, auf dem der Anhänger gelegen hatte, leer war. Erschöpft umrundete ich den Tümpel und hob dabei ein krummes Stück Treibholz und eine kaputte Muschelschale auf. Das Holzstück war offensichtlich vom Meer oder vom Regen angespült, die Muschelschale von einer Möwe fallen gelassen worden. Sie hatten nichts Menschliches an sich. Enttäuscht legte ich mich auf den sonnendurchtränkten Felsen, um mich eine Weile auszuruhen, bevor ich zurücktrottete.

## KAPITEL 29

Diesmal wurde ich durch das leichte Stechen von kleinen Kieseln geweckt, die wie Hagel auf meine Hand, meinen Fuß, meine Wange prasselten. Abrupt richtete ich mich auf.

Sie stand neben einem großen Felsen, und sie trug ein Korsett, mein Korsett (das sie allerdings nicht zugeschnürt hatte), über einem Kleid aus grauen und grünen Lappen. Sie hatte ein Katapult vorm Gesicht, das auf mich gerichtet war.

Ein Kieselstein traf mich am Hals.

»Au!« Ich bedeckte meine Kehle mit der Hand.

Ich hatte Angst. Nachdem ich ihre Geschichte – zumindest so viel davon, wie Euphemia und die Kinder erzählen konnten – gehört und ihr Zuhause mit seiner fremdartigen Behaglichkeit gesehen und ein Geschenk von ihr erhalten hatte, hatte ich nicht damit gerechnet, dass sie mir wehtun würde. Aber jetzt wurde mir klar, dass ich ihr vollkommen ausgeliefert war.

Sie senkte das Katapult. Sie lächelte, und ihr Gesicht, in dem Nase und Wangenknochen scharf vorstanden, spiegelte die zerklüfteten kupferbraunen Berge im Osten wider. Sie bückte sich, um etwas aufzuheben, das sie dann hinter ihrem Rücken versteckte, während sie langsam auf mich zuging. Ich saß reglos da, fast ohne zu atmen, als wäre sie keine Frau, sondern ein wildes Tier, das sich näherte. Mir fiel ein, dass der Gegenstand, den sie verbarg, der Speer sein könnte, von dem die Kinder mir erzählt hatten.

Als sie dicht bei mir war, erkannte ich, dass die graugrünen Lappen Seetang waren, getrocknet und irgendwie miteinander verflochten oder verwebt. Um ihren Hals hing eine ganze Schlaufe aus Abalonengehäusen oder Stücken davon, ähnlich der Kette, die Mrs. Crawley Jane an unserem ersten Abend im Leuchtturm abgenommen hatte. Um die Taille trug sie an einer Schnur ein Küchenmesser, das dem in der Schublade neben meiner Spüle genau glich.

Ich war es, die sich wünschte, nach ihr zu greifen, stellte ich erstaunt fest. Ich hätte gern die Schwärze ihres Haars ertastet, das ihr in langen Strähnen über die Schultern hing, sodass es aussah wie ein Umhang mit Kapuze, ich hätte gern das spitzenartige Material ihres Kleides berührt. Natürlich hielt ich mich zurück.

Sie streckte die Hand aus und zeigte mir ihre Überraschung: meine Schuhe. Ich nahm sie entgegen. Das Leder war steif, verbogen und von seinem Bad im Meer mit Salz überkrustet.

Sie bewegte die Lippen, und eine raue, eigentümlich modulierte Stimme kam heraus. Ihr erwartungsvoller Blick ließ mich mehr noch als die Silben selbst nach ein, zwei Sekunden darauf schließen, dass sie »Wie geht?« gesagt hatte.

»Sehr gut«, erwiderte ich, wohl wissend, dass dieser eigentlich normale Dialog in diesem Zusammenhang seltsam, ja regelrecht bizarr war. Aber wie sonst hätten wir vorgehen sollen? »Und wie geht es dir?«

»Gut.«

Jedenfalls nahm ich an, dass sie das sagte.

Sie setzte sich neben mich, und das Seetangkleid fügte sich ihren Bewegungen. Ich war gerührt von diesem offensichtlichen Freundschaftsangebot und hätte ihr gern auch etwas geboten. Dank Oskar hatte ich nichts mitgebracht.

Ich hielt ihr die Schuhe hin, die schwer in meinem Schoß lagen. »Möchtest du die behalten?«

Sie nahm einen entgegen und runzelte die Stirn vor Konzentration, während sie sich der für sie bestimmt unbekannten Aufgabe widmete, ihn aufzuschnüren und die Lasche anzuheben. Dann bückte sie sich, um ihre Zehen hineinzuzwängen, so weit es ging, und das war nur ein kleines Stück. Die Haut ihrer Füße glich Baumrinde: grob, dick und grau. Die Füße selbst waren vorn bemerkenswert breit, fast so breit wie lang, sie ähnelten … nun ja … Flossen. Sie bewegte die Zehenspitzen, sodass der Schuh wackelte, und lachte quietschend, aber fröhlich, und ich lachte ebenfalls, dann zog sie den Stiefel aus und gab ihn mir mit einem kurzen Kopfschütteln zurück. Sie konnte mein Geschenk nicht gebrauchen.

Mit jetzt ernsthafter Miene streckte sie eine Hand nach mir aus. Ihr Gesicht war wettergegerbt, ihr Gebiss gelb und zu Stummeln verschlissen. Ihre Fingernägel waren krallenartig spitz und schartig, ein paar davon lang, besonders an den kleinen Fingern, wie bei den Opiumessern, die ich in Chinatown gesehen hatte. Sie kratzten an meinem Hals. Ich hob selbst die Hand, bereit, die ihre mit aller Kraft wegzustoßen, die ich aufbringen konnte.

Sanft zog sie die Korallenkette ein Stück zu sich heran und beugte sich blinzelnd darüber. Ich sah Sandkörner in ihrem Scheitel. Sie roch nach Rauch und Fett und dem Grün des Meeres.

Ich vermutete, dass sie die Kette haben wollte, doch mir war so wenig aus meinem alten Leben geblieben, dass ich sie nicht hergeben konnte. Ich saß still da und wartete und ließ zu, dass sie sie mit Augen und Fingern prüfte, bis sie sich wieder auf ihre Fersen hockte.

Sie verschränkte die Arme unter den Brüsten und bewegte

sie sacht hin und her, als ob sie ein Baby wiege. Wiegte sie ein Baby? War dies eine universelle Gebärde?

Ich schüttelte den Kopf. »Nein«, sagte ich. »Ich habe kein Baby.«

Sie führte ihre Hand ungefähr auf Taillenhöhe und dann nach oben, wobei sie noch drei weitere Punkte markierte. Dann holte sie mit den Fingern aus und strich damit durch die Luft auf sich zu, wie Jane, als sie einen Adler nachgemacht hatte.

Die vier Kinder. Sie wollte, dass ich die Kinder zu ihr brachte. Ein Schrecken durchfuhr mich vom Scheitel bis zur Sohle.

Ich rappelte mich auf, und sie, wieder ein wildes Tier, erschrak bei meiner schnellen Bewegung. Jetzt, im Stehen, sah ich, dass das Wasser schon ein ganzes Stück gestiegen war; ich hatte mich zu lange aufgehalten. Ich zeigte auf den Ozean. »Ich muss weg.«

»Weg«, wiederholte sie. Vielleicht war es auch ein Befehl; das wusste ich nicht.

Sie verschwand rascher als ich, wurde irgendwie von ihrer Umgebung aufgesogen. Ich war erneut gezwungen, zu rutschen und zu kriechen, meine unförmigen Schuhe unbeholfen an die Brust gedrückt. Die stetige Übung hatte mich jedoch beweglicher gemacht. Meine Zehen verstanden inzwischen, wie sie das Gestein greifen mussten, und ich wusste, welche Routen frei von tückischem Schleim und keine Sackgassen waren. Trotzdem, bis ich das letzte durchs Wasser führende Wegstück erreichte, das mich zum sicheren Strand geleiten würde, klatschten mir die Wellen an die Brust. Ich glaubte schon, ich würde meine ruinierten Schuhe wieder zurücklassen müssen, um mit den Händen das Gleichgewicht halten oder vielleicht schwimmen zu können, doch dann hob ich sie mühelos über meinen Kopf, während ich mich durch die Wellen schob. Mein Hochgefühl über die Begegnung mit der Frau in den Felsen schien alles zu sein, was ich brauchte, um mich voranzukämpfen.

Als ich auf unseren in weiter Ferne gelegenen Wohnort zuging, beglückwünschte ich mich dazu, die schwer fassbare Nixe aus ihrem Versteck gelockt zu haben. Ich hatte den größten Schatz dieser Naturlandschaft entdeckt, ein menschliches Wesen, das sich zwischen den Steinen so wohl fühlte wie ein Krebs. Noch aufregender war, dass ich eine Freundin gefunden hatte, eine Frau, die mir in mindestens einer wichtigen Hinsicht glich; sie war von ihren Angehörigen getrennt worden und musste sich ihr Leben, so gut sie konnte, am Rande der Erde einrichten. Erst als ich den ganzen Strand entlanggelaufen war und angefangen hatte, auf das Kap zu klettern, kam mir ein neuer Gedanke: Hatte ich sie gelockt oder sie mich?

Oskar notierte sich ausführlich alles, was ich über Erscheinung und Gestik der Frau berichtete. Er war nicht glücklich gewesen, als ich ihm meine Schuhe gezeigt hatte.

»Das nützt uns nichts, wenn sie dir deine eigenen Sachen gibt. Was lernen wir daraus?«

»Sie weiß, wer ich bin. Sie hat mich beobachtet. Ich muss ihr wichtig sein.«

»Das ist viel zu persönlich«, sagte er. »Erkennst du ihre größere Bedeutung nicht? Diese Frau ist der letzte Rest einer verloren gegangenen Kultur. Du hast ja vom Zug aus gesehen, wie es ist; Menschen wie wir haben sich wie Löwenzahn über das ganze Land verbreitet und denen die Luft zum Atmen genommen, die hier jahrhundertelang gelebt haben. Sie ist vielleicht die Einzige, die noch übrig ist. Der einzige Hinweis auf eine frühere, primitivere Phase der Menschheit, die nicht mehr erfahrbar ist.«

Er bat mich, sie aus dem Gedächtnis zu skizzieren. Nach seiner Reaktion auf die Schuhe beschloss ich, das Korsett wegzulassen.

»Ich glaube, sie möchte, dass ich die Kinder zu ihr bringe«, sagte ich zögernd, den Blick weiter auf meine Zeichnung gerichtet. Ich hoffte, seine Antwort würde mir helfen zu entscheiden, wie ich mit dieser Bitte umgehen sollte.

»Ich bin nicht sicher, ob das eine gute Idee ist. Wir wollen doch nicht, dass sie sie beeinflussen, sie lehren, sich wie eine kleine Crawley zu verhalten. Andererseits könnte es erhellend sein zu sehen, was sie mit ihnen macht.«

»Was sie mit ihnen macht?« Das klang alarmierend nach Archie.

Er schüttelte, ungehalten über mein Erschrecken, den Kopf. »Ich will damit nicht andeuten, dass sie sie kocht und aufisst. Ich meine, wenn wir sie mit ihnen beobachten, könnten wir vielleicht bestimmte Eigenschaften an ihr entdecken. Ist sie selbst wie ein Kind – will sie mit ihnen spielen? Oder will sie ihnen eine Fertigkeit beibringen? Will sie ihnen etwas schenken, ein Andenken an sich, oder haben sie etwas, das sie sich wünscht? Das sind nur einige Möglichkeiten.«

Ich dachte daran, wie sie in dieser Geste des Heranwinkens ihre Finger durch die Luft bewegt hatte. Obwohl ich wusste, dass sie keine wirkliche Macht besaß, hatte sie in ihrer wilden Kostümierung und mit ihrem Umhang aus Haaren etwas von einer Hexe an sich. Ich bildete mir ein, dass die Kinder den von ihr ausgehenden Sog spüren konnten. Ich spürte ihn jedenfalls.

# KAPITEL 30

In der nächsten Woche nahm Oskar seine Schicht im Leuchtturm wieder auf. Jetzt, da er mehr als ein paar Meter am Stück laufen konnte, begann er mir damit auf die Nerven zu gehen, dass ich ihn zu den Felsen bringen solle. Zunächst müsse ich ihn an den Gezeitentümpel führen (der für mich »unser« Gezeitentümpel war, nämlich Helens und meiner), wo ich das Amulett gefunden hatte, und dann zu ihrer Höhle. Ich solle auch ein Dienstbuch mitnehmen, um darin alles, was wir beobachteten, in Wort und Bild festzuhalten. Das sei eine wichtige Aufgabe, erklärte er, die wir gemeinsam erledigen würden.

»Und wir müssen früh los. Ich kann mich nicht schnell bewegen, daher werden wir viel Zeit brauchen. Sag Euphemia, du lässt den Unterricht ausfallen, weil du mit deinem Katalog weiterkommen musst.«

Ich war immer noch unsicher, ob ich Oskar die Höhle zeigen sollte. Natürlich wollte ich dieses Wunder mit ihm teilen. Ich konnte mir niemanden vorstellen, der es mehr zu schätzen wissen würde als er. Schließlich hatte er seine von ihm entdeckten Wunder gern mit mir geteilt. Aber meine Beziehung zu Helen beruhte auf Stille und Warten, und ich bezweifelte, dass Oskar dazu in der Lage war.

Trotzdem, er *wollte* dorthin. Ich konnte ja nicht hoffen, dass er sich auch das andere Bein brach. Wenn er schon in den Felsen herumturnen musste, war es besser, wenn ich ihn begleitete.

Wir fuhren mit dem Dampfesel das Kap hinunter, eine einfache Sache. Wie üblich zog ich mir unten Schuhe und Strümpfe aus. Oskar stand wartend neben mir und rammte wiederholt einen Gehstock, den er sich aus Treibholz gemacht hatte, in die Erde, um seine Ungeduld auszudrücken.

»Barfuß ist das Laufen leichter«, erklärte ich.

»Für dich vielleicht, weil du es seit Monaten tust, aber meine Füße sind nicht daran gewöhnt.«

Das Vorankommen war mühsam. Schon jemanden mit zwei gesunden Beinen kostete es Kraft, den unebenen, trockenen Sand zu überqueren, und Oskar musste seinen Stock mit jedem Schritt tief hineingraben. Bis wir festen Boden erreicht hatten, war sein Gesicht verzerrt von der Anstrengung, sein verletztes Glied durch die weiche Masse zu bewegen und mit seinem Gewicht zu belasten, und seine Stirn schweißnass. Sogar auf der härteren Oberfläche tat ihm das Bein offensichtlich weh.

»Vielleicht sollten wir noch eine Woche warten«, schlug ich vor.

Er schüttelte den Kopf, ohne seinen Blick von den fernen Felsen zu wenden, die unser Ziel waren, und kämpfte sich verbissen weiter.

Es fiel mir schwer, mein Tempo dem seinen anzugleichen. Ich konnte nicht drauflosmarschieren wie sonst, sondern musste mich oft bremsen und stehen bleiben, dann zeichnete ich mit den Zehen Regenbogen in den Sand, um meine Muskeln zu entspannen. Körperlich forderte mich das Ganze zwar heraus, aber ich begrüßte die Verzögerung, denn ich hoffte, dass unser durch die Ebbe vorgegebenes Zeitfenster sich schloss, bevor wir ankamen. Dann wäre Helen vor seiner unbarmherzigen Neugier sicher, jedenfalls eine Zeitlang.

Doch das Wasser war flach, und sobald wir hindurchgestolpert waren und die rauen Felsen dahinter erreicht hatten, erwies Oskar sich als überraschend behände und kletterte unter Zuhilfenahme seiner Hände wie ein Affe. An manchen Stellen war er flinker als ich. Um meine Fußsohlen zu schonen, umging ich die Muscheltrauben und Kolonien von Seeanemonen mit ihren scharfen kleinen Zacken, er dagegen stapfte mit seinen schweren Schuhen einfach über sie hinweg.

»Pass auf!«, rief ich, als er einen Felsen ansteuerte, der voll bewachsen war mit geschlossenen Seeanemonen. »Du zertrampelst die Tiere.« Er war weit genug vor mir, um so zu tun, als hätte er mich nicht gehört.

An dem lila Tümpel suchte ich die Schatten in der Umgebung sorgfältig nach Helen ab, doch sie war nicht in der Nähe oder hielt sich aus Argwohn gegen Oskar gut versteckt. Er konnte nicht länger vor mir hergehen, denn er hatte keine Ahnung, wohin er sich wenden musste, zumindest nicht, bis wir den schmalen Gang erreichten, der direkt zur Höhle führte. Dort liefen wir nebeneinander her, und als es stetig enger wurde, streiften sich erst unsere Schultern, dann unsere Hüften. Obwohl ich nun die Führung hätte übernehmen müssen, drängte er sich vor, nicht grob, aber mit einer Beharrlichkeit, gegen die ich mich nicht wehren konnte, ohne lächerlich zu wirken. Also ging er voran, und ich fiel immer weiter zurück, denn ich blieb alle paar Schritte stehen, um zwischen die Felsen zu spähen. Es war nichts von ihr zu sehen.

Als ich ihn einholte, stand er im Eingang zur Höhle und schaute in den schwach beleuchteten Raum. Ich merkte, dass ihn die mir inzwischen vertraute Szenerie überwältigte. Die Werkzeuge, die sie aus Stein und Knochen gefertigt hatte, und die Schalen voller Eicheln und Seetang waren ordentlich an den Wänden aufgereiht. Ketten aus den Gehäusen von Abalonen und Muscheln baumelten wie immer an kleinen Felsvorsprüngen. Den Boden bedeckten die unglaublich üppigen Seehundfelle.

»Herrlich«, hauchte Oskar. »Sie ist *wirklich* Indianerin.«

»Natürlich ist sie das.«

»Ich war mir nicht sicher. Was wisst ihr, du und die Crawleys, schon über Indianer?«

Ich hätte gern angezweifelt, dass er mehr über sie wusste als ich, konnte mich aber nicht überwinden, so arrogant aufzutreten wie er. »In Wisconsin gab es auch Indianer.«

»Keine wilden.«

»Helen ist nicht unbedingt wild.« Ich benutzte ihren Namen, um ihn daran zu erinnern, dass ich sie besser kannte.

»So heißt sie doch gar nicht«, sagte er.

Als ich mit Oskar dastand und auf die Ausstattung ihres Lebens starrte, fühlte ich mich plötzlich wie ein Eindringling und machte einen Schritt zurück. »Ich bin nicht sicher …«, setzte ich an. »Oskar! Bleib hier!«

Er betrat die Höhle.

Ich war aufrichtig schockiert. Obwohl es keine Tür gab, hatten sich sogar die Kinder zurückgehalten. Wie konnte er es wagen, ihre Grenzen zu durchbrechen? Instinktiv schaute ich über meine Schultern, erst nach rechts, dann nach links. Beobachtete sie ihn? Uns?

»Oskar, komm raus!«

»Nur ganz kurz.« Er trampelte in seinen Stiefeln über das Seehundfell.

»Du darfst da nicht rein.«

»Warum nicht?«

»Das ist ihre Wohnung. Du bist praktisch ein Einbrecher.«

»Ich beschädige ja nichts.«

Aber er befingerte alles. Und nicht nur das; ich sah, dass er etwas in seine Tasche steckte.

»Du darfst nichts mitnehmen!« Ich stürzte selbst in die Höhle, und das Seehundfell war unter den Sohlen meiner nackten Füße so weich wie die blauen Samtvorhänge meiner Mutter. Schon hatte er etwas anderes in die Hand genommen, eine Schnur mit Steinen, grün wie chinesische Jade. Ich packte sein Handgelenk, und er drehte sich zu mir um.

»Das sind bedeutende Artefakte«, sagte er.

»Nein! Das sind ihre Sachen!«

Er antwortete nicht, musste aber das schrille Entsetzen in meiner Stimme gehört haben, denn er wirkte aufgerüttelt, als hätte ich ihn aus einem Traum geweckt. »Du hast recht. Natürlich hast du recht. Wir dürfen nichts durcheinanderbringen.« Er ließ zu, dass ich seinen Arm nahm und ihn nach draußen führte. Dort schaute er sich unsicher um, ernüchtert durch das, was er getan hatte, aber nicht willens, den Ort zu verlassen.

»Ich sage dir, was wir tun. Wir setzen uns hier vor den Eingang, und du zeichnest alles, was du siehst. Eine Skizze des Ganzen und dann detaillierte Studien von einzelnen Gegenständen. Das wäre doch in Ordnung, oder? Guck dir zum Beispiel diese Körbe an. Siehst du, wie fein das Geflecht ist?« Er zeigte auf ein großes rundes Exemplar gleich am Eingang. »Dieses Zackenmuster – ich wette, das ist typisch für ihren Stamm. Ob es wohl Wasser symbolisiert?«

Obwohl ich immer noch böse auf Oskar war, ging es mir jetzt, da wir uns außerhalb der Höhle befanden, besser, und Zeichnen war schließlich auch nicht schlimmer als Anstarren, was ich mir oft genug erlaubt hatte. Ich begann das Projekt widerwillig, klagte über die Härte meines steinernen Sitzplatzes, das unzureichende Licht und die Schwierigkeit des Winkels, doch nachdem ich angefangen hatte zu skizzieren, wurden die nächsten Stunden fast die schönsten, die ich je mit Oskar verbracht hatte. Wir schwelgten in dem Anblick, der sich uns bot, und fühlten uns in eine andere Zeit versetzt, wie damals vor dem Panorama von Athen. Als meine Zeichnung weiter gediehen war, verglich Oskar sie mit der Szenerie, lobte meine perspektivische Darstellung und wies auf Einzelheiten hin, die er für hervorhebenswert hielt – die Textur der Körbe, die Anordnung vermeintlicher Angelhaken auf einem Lederstreifen an der Wand. Er leitete mich an, so genau und methodisch hinzuschauen, dass ich Details bemerkte, die ich allein übersehen hatte. Während die meisten Körbe zum Beispiel ein dunkles Muster auf hellem Untergrund hatten, war es bei wenigen anderen umgekehrt, als hätte Helen experimentieren wollen oder manchmal vielleicht, wie Oskar annahm, Zugang zu anderen Materialien gehabt. Er ermutigte mich, jede Facette jedes Gegenstandes festzuhalten, bremste mich jedoch, als ich begann, die Pyramide aus Konservendosen zu zeichnen.

»Lass die weg«, sagte er. »Die sollten nicht da sein.«

»Aber sie sind da«, insistierte ich.

An der Sorgfalt, mit der sie die Dosen gestapelt hatte, erkannte ich, dass sie ihr wichtig waren. Genau wie die ordentlich gefaltete Decke der Leuchtturmverwaltung bedeuteten sie ihr vielleicht ebenso viel wie meiner Mutter die blauen Samtvorhänge und Euphemia ihre Holzzähne. Ich fand es falsch, sie wegzulassen.

»Sie wurden ihr aufgedrängt«, sagte Oskar. »Sie sind nicht ursprünglich.«

Ich folgte seinem Wunsch – schließlich war die Zeichnung seine Idee gewesen –, merkte mir aber, wo die Konserven standen, da ich plante, für mich selbst ein zweites Bild anzufertigen.

Ab und zu ging Oskar ein wenig herum und sichtete die Spuren von Helens Leben außerhalb der Höhle. Er drückte seine Fingerspitzen auf die Schuppen, die das Gestein bestäubten, und als er dann die Hand hochhielt, glitzerte sie wie mit Pailletten besetzt.

»Stammen die von Fischen, die sie isst?«, fragte er. »Oder sind sie aus einem anderen Grund hier? Wie fängt sie sie? Benutzt sie die Haken da, oder hat sie Netze?«

»Sie spießt sie auf«, sagte ich, und ein kleiner Freudenschauer überlief mich, weil ich diejenige war, die Bescheid wusste.

So machten wir einige Stunden weiter, bis ich mich zu sorgen begann, die Flut könne uns den Heimweg abschneiden, und das Dienstbuch zuklappte.

»Also, Oskar.« Ich hatte beschlossen, ihm gut zuzureden, als wäre er ein kleiner Junge. »Bevor wir gehen, musst du alles zurücklegen. Sie wird ihre Sachen vermissen, wenn wir sie mitnehmen.«

»Ich *nehme* ihr ja nichts. Ich borge nur. Und es ist nur das hier.« Er hielt ein dünnes Stück Knochen in der Farbe von Hafermehl hoch, ein Ende scharf zugespitzt, das andere mit einem kleinen Loch durchbohrt. Eine Nadel. »Ich möchte das nur in aller Ruhe studieren, damit ich maßnehmen und mir Notizen machen kann, wenn ich Zeit zum Nachdenken habe. Und du wirst es zeichnen. Das hier« – er wies weit ausholend in Richtung Höhle – »sollte Gegenstand deines Katalogs sein. Sobald wir fertig sind, bringen wir es zurück. Natürlich.«

Ich dachte daran, wie sie mit den Zehen in meinem Schuh gelacht hatte, und an den Anhänger, ihr Geschenk für mich, und redete mir ein, sie würde nichts dagegen haben, dass wir uns etwas so Kleines ausliehen. Wahrscheinlich würde sie dessen Fehlen nicht einmal bemerken.

Unser Heimweg war ebenso anstrengend, wie es der Hinweg gewesen war, obwohl Oskar, aufgemuntert trotz seiner

Schmerzen, seinen Gehstock mit Schwung handhabte, während ich mich dahinschleppte, ausgelaugt von der Anspannung des Tages.

Oskar blieb nicht genügend Zeit zum Schlafen vor seiner Schicht, und er versuchte es auch gar nicht, sondern setzte sich an den Küchentisch und begann, die Nadel so gründlich zu studieren, dass sie eine Christus-Reliquie hätte sein können.

Später, als er zum Leuchtturm gegangen war, schaute ich mir die Blätter an, die er mit codierten Notizen bedeckt hatte. Was fand er nur an dem Knochensplitter, dass er die Seiten mit diesem Gewimmel von Symbolen füllen konnte?

Beim Zeichnen ging ich peinlich genau vor. Ich fertigte eine Nahansicht, um die Textur zu verdeutlichen, und eine mit einem Lineal daneben, um die Größe zu zeigen. Ich fädelte einen Faden in das Nadelöhr und steckte die Spitze in ein Stück Stoff, sodass man sah, wozu das Ding gebraucht wurde. Ich versuchte, die Zierlichkeit der Nadel hervorzuheben und die Stellen, wo sie schon abgegriffen war. Am Morgen ließ ich die Kinder Aufsätze schreiben, damit ich meine Arbeit vollenden konnte.

»Ich habe sie auf jede mögliche Weise dargestellt«, sagte ich, als ich Oskar beim Abendessen das Dienstbuch reichte. »Jetzt können wir sie zurückbringen.«

»Ja«, sagte er und blätterte geistesabwesend darin. »Die sind sehr gut.«

»Dann sage ich den Unterricht für morgen ab, und wir können sie zurückbringen«, wiederholte ich.

Wir aßen wieder Ochsenschwanzeintopf, und er hielt inne, um einen Knochen aus seinem Mund zu holen, bevor er antwortete. »Ich gehe jetzt los.«

»Heute Abend? Es wird bald dunkel. Und was ist mit deiner Schicht?«

»Ich dachte, die übernimmst du. Das macht dir doch nichts aus, oder?«

Ich wollte nicht, dass er allein hinging. »Warum willst du deinen Hals riskieren? Im Dunkeln ist es ebenso gefährlich wie bei einem Unwetter. Warum wartest du nicht bis morgen?«

»Weil ich glaube, dass abends die größte Chance besteht, sie anzutreffen, und ich möchte sie endlich sehen. Tagsüber hält sie sich vermutlich von dort fern.« Er zerbrach ein Stück Lotsenbrot über den Resten seines Eintopfes und verrührte es energisch in der Sauce. »Mach dir keine Sorgen; ich gehe nicht im Dunkeln. Ich gehe gleich nach dem Essen, sodass ich genug Zeit habe, um ein gutes Versteck zu finden. Und dann warte ich ab. Ich wette, früher oder später taucht sie auf.«

Am Ausmaß meiner Bestürzung erkannte ich, wie gut sein Plan war. »Offenbar möchte sie nicht, dass du sie siehst. Vielleicht hat sie Angst vor dir. Wie vor Archie. Du willst sie doch nicht erschrecken.«

»Das ist albern. Sie hat nichts vor mir zu befürchten. Ich tue ihr ja nichts.«

Ich versuchte es mit einem anderen Einwand. »Ich bin sehr müde. Ich glaube nicht, dass ich die Schicht schaffe.«

Er zuckte die Achseln. »Dann müssen wir das Beste hoffen. Wie wahrscheinlich ist es schon, dass ausgerechnet heute Nacht ein Schiff unser Signal braucht?«

Ich starrte ihn an. »Du würdest den Leuchtturm doch nicht unbeaufsichtigt lassen!«

»Das Entscheidende ist wohl eher«, sagte er, während er mit Genuss den letzten Rest Eintopf auflöffelte, »dass du das nicht tun würdest.«

## KAPITEL 31

Ich ging zur rechten Zeit zum Turm und übernahm Oskars Aufgaben bezüglich Öl und Schere. Wenn jemand ihn hätte weggehen sehen, sollte ich sagen, er wolle sein Bein trainieren, indem er auf Sand lief. Es war eine unglaubwürdige Geschichte, doch er meinte, es sei seine Angelegenheit, was er tue, solange sich jemand um das Leuchtfeuer kümmere.

Als ich meine Pflichten erfüllt hatte, war ich zu unruhig, um mich zu den üblichen Näharbeiten hinzusetzen. Ich hatte ein Buch mitgenommen, aber auch das fesselte mich nicht. Schon bald erlaubte ich mir, die Treppe hochzusteigen und auf die Galerie zu treten, ganz vorsichtig, damit ich meine ungeschützten Augen nicht dem Lichtstrahl aussetzte, wenn er über mich hinwegfegte. Dort stand ich lange, starrte nach Norden und versuchte, die Schwärze zu durchdringen, um zu erkennen, was Oskar trieb. Natürlich konnte ich nichts sehen. Er würde sich jetzt in irgendeinem Felsspalt herumdrücken.

Die Nacht war extrem still, ohne Wind oder Vogelrufe. Tief unten schwappte das Wasser sacht in seinem Bett. Wäre der stetige Schluckauf des Lichtes nicht gewesen, hätte ich mir einbilden können, im Mutterleib zu sein.

Und dann hörte ich gleich unter mir einen kleinen Stein den Berg hinunterrollen. Er nahm Geschwindigkeit auf und schlug gegen andere Steine, bis er mit einem letzten Aufprall verstummte. Zunächst suchte ich nicht nach einer Erklärung. Sicher lösten sich Steine oft spontan. Tatsächlich mussten sie das seit Jahrtausenden tun, wie die gezackten schwarzen Zähne am Fuß des Kaps bewiesen. Dann geriet ein paar Meter weiter südlich ein anderer Stein ins Rollen, und ich vernahm eine Art Scharren. Irgendetwas Großes bewegte sich unter mir. Mein Herz klopfte, und ich gab ein kurzes scharfes Keuchen von mir. Das Scharren hörte auf.

Was immer da auf dem Weg gewesen war, hatte ich eindeutig erschreckt. Ich erinnerte mich, dass Jane erzählt hatte, es gebe hier auf dem Kap keine Raubtiere außer Adlern. Konnte dies ein Adler sein? Oder war es Archie Johnston, der das Grab seines Kindes besuchen wollte? Würde er sich derartig anschleichen? Tapfer beugte ich mich möglichst weit über das Geländer, sodass meine offenen Haare mein Gesicht umflossen wie ein Wasserfall.

»Trudy?« Euphemias Stimme kam nicht von unten, sondern von der Brücke, die die Leuchtturmkrone mit der Ebene verband, auf der unsere Häuser standen. »Was ist los?« Sie trat näher, und ihre Schritte wurden lauter, als sie von der Holzbrücke auf der metallenen Galerie landeten. »Warum sind Sie hier? Tut Oskar das Bein weh?«

Ich führte meinen Finger an die Lippen, aber das konnte sie im Dunkeln nicht sehen. »Schscht«, sagte ich. »Ich höre was.« Ich zeigte über das Geländer.

»Wahrscheinlich ein Opossum. Oder ein Fuchs.« Sie zog die Tür zum Turm auf.

Der Strahl strich als helles Lichtbad über mich hin, und ich musste rasch die Augen schließen, damit er mich nicht blendete. »Jane hat gesagt, hier gibt es keine Füchse.«

»Trudy, kommen Sie rein!«

Ich gehorchte ihr nicht, sondern wandte mich wieder dem Geländer zu und klappte meinen Körper darüber. Als das Licht vorbeifegte, sah ich den kleinen Grabhügel und womöglich noch etwas anderes, das ich allerdings nicht erkennen konnte hinter der aufblitzenden Helligkeit, die sich wie ein Netz auf meine Augen legte, wie ein Geist aus Licht, der aussperrte, was real war.

»Ich glaube, es ist Helen!«

Das sagte ich, aber meine Worte wurden übertönt von einem gewaltigen Krachen, als das Fenster hinter mir zersprang. Ich wich zurück, stolperte und stürzte zusammen mit dem Glas auf die Galerie. Sofort packten Euphemias große Hände mich an den Armen, und sie zog mich hoch. Scherben, die sich an meine Kleider und meine Haut geheftet hatten, fielen ein zweites Mal zu Boden und zerbrachen in kleinere Stücke.

»Kommen Sie weg von hier.« Diesmal folgte ich ihr hilflos.

»Warum hat sie das getan?« Ich drückte meinen Arm fest an meinen Körper, um zu verhindern, dass Blut auf die Treppe tropfte.

»Sie ist wohl manchmal unglücklich.« Euphemia klapperte vor mir die Stufen hinunter. »Vielleicht wegen des Babys.«

»›Baby Johnston geboren und begraben‹«, sagte ich, als mir endlich klar wurde, was ich schon vor Monaten hätte begreifen müssen. Ich konnte mich nicht erinnern, wer diesen Eintrag geschrieben hatte, obwohl die pragmatische Formulierung nach Euphemia klang.

»Sie hat das Kind kaum gekannt. Trotzdem ist es ein schrecklicher Verlust für eine Mutter.« Sie raffte eine Handvoll von dem Rest meines Ärmels an der Schulternaht zusammen. Mit einem Ruck riss sie den Stoff ab und enthüllte die klaffende Wunde darunter.

»Wann hat sie das Baby bekommen? Sie haben gesagt, sie sei in die Berge zurückgekehrt. Ein Baby haben Sie nie erwähnt!«

»Stellen Sie sich hierher.« Ich trat neben den Krug und die

Schüssel, die hier für uns zum Waschen bereitstanden. Sie machte einen sauberen Lappen nass und begann mit einer Bestimmtheit, die mich beruhigte, meinen Arm abzutupfen. »Als sie ging, hatte sie noch kein Baby«, sagte sie bloß, spülte den Lappen aus und tupfte wieder. »Aber sie kam zurück. Das war natürlich zu einer anderen Jahreszeit, im Juni, wenn es neblig wird. Ich hatte mittlerweile selbst noch ein Kind zur Welt gebracht. Für das habe ich genau hier immer ein kleines Nest aus Decken gemacht.« Sie zeigte zu Boden, den blutbefleckten Lappen in der Hand.

Der Gedanke an eine winzige Jane, die sich einkuschelte wie ein Kätzchen, erinnerte mich daran, dass mein eigenes Kind jetzt auch in so einem Nest liegen könnte.

Euphemia bückte sich, um ein abgetragenes Hemd von Archie aus dem Flickkorb zu nehmen, und drückte es mir auf den Arm. »Setzen Sie sich und halten Sie es eine Weile so.«

»Eines Nachts war sie ganz plötzlich da, direkt im Kesselraum«, fuhr sie fort und wählte aus ihrem Nadelkissen eine dünne Nadel. »Ich möchte gern glauben, dass sie hoffte, mich hier zu finden, aber es kann auch Archie gewesen sein, dem sie es geben wollte. Sogar Henry. Vielleicht war es ihr egal, wer es aufzog, solange sie selbst es nicht war. Manche Mütter sind so.« Sie hielt inne.

»Ich verstehe nicht …«, setzte ich an.

»Das ist keine einfache Sache, wissen Sie«, sagte sie ungeduldig. »Eins, zwei, drei.« Sie schnippte mit den Fingern. »Dies, das und jenes. Es gibt gewisse Umstände. Manche Dinge können wir nur mutmaßen.« Sie drehte die Flamme der Lampe hoch und fuhr mit der Nadel mehrmals hindurch.

»Tut mir leid«, sagte ich.

»Sie stand am Fuß der Treppe, als ich vom Nachfüllen runterkam, und ich war so überrascht, dass ich fast das Öl hätte fallen lassen.« Euphemia wickelte ein Stück schwarzen Faden von der Spule und biss es ab.

»Wissen Sie, einen Moment lang glaubte ich, sie sei ein Gespenst oder mein Gehirn spiele mir einen Streich. Ich hatte sehr oft an sie gedacht, aber nie erwartet, sie je leibhaftig wiederzusehen. Ihr Haar war gewachsen, ihr Gesicht runder geworden. Sie schien nicht gelitten zu haben, seit sie gegangen war. Das erleichterte mich sehr. Ich war froh, sie zu sehen.« Blinzelnd brachte Euphemia das Nadelöhr auf eine Höhe mit dem Faden. »Ich war auch nervös. Wo sollte ich sie verstecken? Wie wurde ich sie los, ehe Archie sie fand? Darüber dachte ich nach. Aber sie hatte ihre eigenen Pläne. Sie brauchte mich nicht. Jedenfalls nicht dazu, mich um *sie* zu kümmern. So«, sagte sie, »legen Sie Ihren Ellbogen ab.« Sie deutete auf den Tisch zwischen uns.

Sie zog sich die Lampe heran, drückte dann die Ränder meiner Wunde mit der linken Hand aneinander und stach mit der rechten hindurch. Ich sog meinen Atem ein und biss die Zähne zusammen, als ich fühlte, wie der Faden durch meine Haut lief. Flink band sie einen Knoten und biss den Faden wieder ab, wobei ihre Lippen mich streiften.

»Genau dort hat sie gekniet«, sagte sie und zeigte mit der Nadel auf die Stelle, »und dann zog sie ihre Arme aus den Tragegurten um ihre Schultern.«

Ich spürte kaum, wie die Nadel meine Haut durchbohrte, so gespannt folgte ich ihrer Geschichte.

»Ich hatte vermutet, es sei Bettzeug, was sie da auf dem Rücken trug, aber als sie den Korb vor ihren Knien abstellte, sah ich, was es war. Ein Neugeborenes lag darin, ganz winzig. Es schrie ein bisschen, als sie es aus seinem Kokon hob.« Erneut stach sie mit der Nadel zu. »Es war ein schlaues kleines Ding. Es wusste, seine Befreiung aus dem Korb bedeutete, dass es bald gefüttert werden würde. Aber sie stillte es nicht. Stattdessen hielt sie es mir hin. Ich dachte, sie wollte, dass ich es bewunderte. Wie ich schon sagte, sie war so eine Art Tochter für mich, da erschien mir das normal, trotz der nicht normalen Umstände. Sie hatte das Kind in ein Stück von meinem alten roten Kattunkleid gewickelt. Können Sie sich das vorstellen? Es schrie noch lauter, als ich es nahm. Ich roch wohl falsch. Aber wenn Sie selbst schon vier haben, regt Sie ein schreiendes Baby nicht auf. Ich versuchte, es zu beruhigen, drückte es an meine Schulter und umschlang es fest mit den Armen, denn ich hatte gesehen, dass es Enge gewöhnt war. Babys mögen das, was sie kennen. Ich erinnere mich, dass ich es angelächelt habe – wie komisch das Püppchen aussah! Es hatte einen dichten Schopf dunkler Haare, die kreuz und quer wuchsen, und darunter runde Ohren, die abstanden wie Henkel von einem Krug.«

Euphemia war fertig mit Nähen und blickte auf nichts im Besonderen, einen Punkt in der Luft, wie Leute es tun, wenn ihnen eine Szene vor Augen steht. Jetzt sah sie mich an und musterte mein Gesicht.

»Und dann?«, fragte ich. Es kam mir irgendwie vor, als ob sie die Geschichte nicht in der richtigen Reihenfolge erzählte. Ich schaute auf meinen Arm. Ich wusste zwar, dass die Stiche notwendig gewesen waren, aber die Wunde schmerzte jetzt mehr als zuvor.

Euphemia schlang die Arme um sich selbst, als wäre sie das Baby, das gewiegt werden wollte. »Ich drehte mich zu ihr um. Ich erinnere mich, dass ich lächelte und dachte, es würde ihr gefallen, meine Freude über ihr Kind zu sehen.« Sie schüttelte den Kopf. »Sie war verschwunden.«

»Verschwunden wohin?«

»Sie war einfach weg und hat mir das Baby dagelassen.«

Ganz ungebeten kam mir das Bild von Euphemia mit einem Stein über dem Kopf des Otterjungen in den Sinn.

»Ich wusste nicht, dass sie wollte, dass ich es behielt. Ich dachte, sie würde Minuten später wieder auftauchen, dann am nächsten Morgen, dann in einer Woche oder in zweien. Noch viele Monate danach rechnete ich jede Minute mit ihr, vor allem, wenn ich allein hier im Leuchtturm war.«

»War die Kleine Archies Kind?«

»Oh ja. Das war eindeutig. Sie sah genauso aus wie er. Aber er tat so, als ginge sie ihn nichts an. Egal, ich hätte einen Säugling jemandem wie ihm ohnehin nie anvertraut. *Mich* brauchte die Kleine, und ich sorgte dafür, dass sie alles bekam, was sie verlangte, wie Babys es eben tun. Schon in der ersten Stunde tropfte mir die Milch in mein Kleid, weil sie schrie. Sie war viel fordernder als meine eigene.« Sie seufzte. »Ich hatte reichlich für beide. Die Natur ist großzügig. Ich gebe zu, manchmal wünschte ich mir sehnlichst, Helen würde sie wieder abholen. Zwei Babys auf einmal, das war nicht einfach, sage ich Ihnen. Aber sie kam und kam nicht, und irgendwann gestattete ich mir, die Kleine zu lieben, zu lieben wie meine eigene.«

»Oh!« Die Trostlosigkeit in ihrer Stimme überwältigte mich so, dass ich das Stechen in meinem Arm nicht mehr spürte. Ich wusste, was aus dem Kind geworden war.

»Beide wurden krank«, sagte sie. »Erst das eine, dann das andere. Es geschah, kurz nachdem der Inspektor hier gewesen war. Ich erinnere mich, dass er erzählte, er sei selbst ein Zwilling, und meine zwei bewunderte er sehr. Ich habe mein Bestes für sie getan, wirklich, das versichere ich Ihnen.« Sie schaute mich an, geradezu flehend, als ob ich daran zweifeln könnte. »Ich habe es nur geschafft, eins zu retten.« Sie rieb sich mit den Fingerspitzen über die Stirn, wie um die Erinnerung auszulöschen. »Als Helen dann schließlich doch zurückkehrte, musste ich ihr die Steine zeigen.«

## KAPITEL 32

Kalt, steif und erschöpft und mit einem Bein, das fast unerträglich schmerzte, kam Oskar am nächsten Morgen ins Haus gehumpelt. Ich hatte mit dem Frühstück nicht auf ihn gewartet, sondern aß bereits ein weichgekochtes Ei und eine Scheibe echten Brots mit Pflaumenmus.

»Hast du sie angetroffen?« Ich stand auf, um ein zweites Ei zu kochen. Ich fürchtete, dass mein Gesichtsausdruck, wenn ich ihn ansah, verraten würde, was ich wusste – dass er zwar die Indianerin hatte aufsuchen wollen, die Indianerin aber zu mir gekommen war. Nun ja, mehr oder weniger.

Ich hätte mir keine Sorgen zu machen brauchen. Oskar beachtete mich gar nicht, obwohl ich mit meinem unpassenden Ärmel, genäht aus den Resten von Archies Hemd, seltsam ausgesehen haben musste.

Er ließ sich auf einen Stuhl fallen. »Ich vermute, sie hat mich entdeckt. Oder gerochen. Es ist klar, dass sie mir nicht traut.« Seine Jacke trat an den Seiten bauchig hervor; die Schulternähte dehnten sich. Ihre Taschen waren vollgestopft.

»Du hast noch mehr mitgenommen!«

Er begann, Gegenstände hervorzuholen und auf den Tisch zu legen. »Verdammt schwer.«

Es waren überwiegend Steine. Das Halsband aus dem jadeartigen Material, an dessen Diebstahl ich ihn beim ersten Mal gehindert hatte, ein roter Stein, so groß wie seine Handfläche, mit einer zur Klinge geschärften Kante, dann ein weißer, glatt wie gekneteter Teig, mit einer Vertiefung in der Mitte, dazu einer, der bequem in seine Hand passte – zusammen schienen sie als Mörser und Stößel zu dienen. Und noch mehr waren da, manche flach, manche spitz, manche abgegriffen.

»Hast du ihr überhaupt was dagelassen?«

»Natürlich«, erwiderte er ruhig, als wäre ich diejenige, die sich falsch verhielt. »Ich habe mir nur ein paar repräsentative Stücke ausgeliehen. Das hier habe ich ihr allerdings weggenommen.« Er knöpfte sein Hemd auf. An seine Brust geschmiegt war ein Polster aus blauer Seide. »Es ist ebenso schlimm, ihr Dinge zu geben, wie ihr welche wegzunehmen, weißt du. Schlimmer. Mit diesem Plunder machst du sie zur Lachnummer.«

»Oskar«, sagte ich empört und entriss ihm den Stoff, »ich habe keine Ahnung, wie sie daran gekommen ist. Ich hatte nichts damit zu tun, wenn ich auch wünschte, es wäre so!« Ich packte mein Kleid bei den Schultern und versuchte, die Falten auszuschütteln. »Du hast die Tournüre ruiniert!« Ich weinte, obwohl mich der Zustand des Kleides gar nicht kümmerte. Ich dachte an das Mädchen, das ich noch vor einem Jahr gewesen war, als ich es im Panorama getragen und geglaubt hatte, mein Leben werde sich nun entfalten. Ich sah meinen Ehemann in seinem aufgeknöpften Hemd und der ausgebeulten Jacke an, der die Beute liebkoste, die er vor sich auf dem Tisch ausgebreitet hatte.

»Mrs. Swann, warum hast du das Kleid von der Nixe?«

Das war Janes Piepsstimme. Oskar hatte in seiner Erschöpfung versäumt, die Tür hinter sich zu schließen, und die Kinder waren hereingekommen, weil sie glaubten, der Unterricht beginne.

Ich wischte meine Augen rasch an dem Seidenärmel ab. »Das Kleid von der Nixe? Das ist mein Kleid. Wisst ihr nicht mehr, dass ich es Mary gegeben habe, damit sie es in unserem Stück trägt?«

»Ich dachte, Sie sagten, ich kann es behalten.« Marys Stimme zitterte ein wenig.

»Das stimmt. Und das darfst du auch. Nur ist es irgendwie bei der … na ja, der Nixe gelandet.«

Oskar beugte sich heimlichtuerisch zu ihnen. Ich sah, dass sein Haar und sein Bart zusammenzuwachsen begonnen hatten. »Wisst ihr, wie das in die Höhle gekommen ist?«, fragte er durchtrieben.

»Wir haben es ihr gegeben«, sagte Nicholas.

»Es passte Mary nicht so gut, wissen Sie«, fügte Edward hinzu.

»Wir dachten, Sie hätten nichts dagegen«, sagte Mary. »Wir dachten, Sie hätten es mir geschenkt.«

»Das Ganze war Janes Idee«, sagte Edward.

»Es sah aus wie ein Kleid, das eine Nixe tragen würde«, erklärte Jane leise. »So wie Wasser.«

»Sie war dankbar dafür«, sagte Nicholas, seine Schwestern verteidigend. »Sie hat es über ihrem Kopf im Wind flattern lassen wie eine Fahne. Es ist eine viel bessere Fahne als ein albernes Kleid.«

»Ihr habt sie damit gesehen?« Oskar schaute von einem Gesicht ins nächste. »Ihr habt es ihr mit eigenen Händen gegeben?«

»Wir haben es für sie auf die Steine gelegt. Aber als sie es gefunden hatte, kam sie uns holen«, sagte Jane. »Wie sie es immer tut.«

## KAPITEL 33

Es hatte seit unserer Ankunft immer wieder Nebel gegeben, aber keinen wie den, der sich jetzt auf uns senkte. Etwas Kompaktes, klamm und kalt, so dicht, dass ich mehr als einmal versuchte, es mit den Armen beiseitezuschieben. Es war unempfindlich gegen die Sonne, die bestenfalls matt hinter dem Grau aufschien. Das Nebelhorn brüllte Tag und Nacht sein beharrliches Klagelied.

Oskar schnitt aus den Materialien im Flickkorb Stoffstücke aus und nähte sie als Taschen auf seine Jacke, innen und außen. »So habe ich die Hände frei«, erklärte er. »Und sie sind besser als ein Beutel oder Rucksack, weil die Sachen nicht aneinanderschlagen und womöglich zerbrechen. Außerdem ist das Gewicht gleichmäßiger am Körper verteilt. Du solltest so etwas auch benutzen, wenn du deine Präparate sammelst.«

Mit der modifizierten Jacke unternahm er noch etliche Ausflüge zur Höhle, und jedes Mal kam er mit Beute beladen zurück, die er auf einem auf dem Boden unseres Schlafzimmers ausgebreiteten Bettlaken arrangierte. Alles beschriftete er höchst sorgfältig: Helens Werkzeuge und Körbe, ihre Ketten aus Nuss- und Muschelschalen, sogar die Knochen, die vermutlich Überreste ihrer Mahlzeiten waren. Dazu verwendete er Englisch statt seines Codes, denn er plante, seine Sammlung irgendwann Philip und anderen Mitgliedern der Universität zu präsentieren.

Als ich versuchte, einige Gegenstände zurückzubringen, wurde er böse auf mich und holte sie am nächsten Tag wieder.

»Das sind wissenschaftliche Belege!«, blaffte er und versah die Steine wieder mit den richtigen Etiketten. »Du hättest mit deiner Sentimentalität eine Woche Arbeit zunichtegemacht.«

»Du stiehlst ihre Sachen!«

»Ich stehle sie nicht. Ich studiere sie.«

»Dieser Unterschied ist für Helen ohne Bedeutung. Du hast die Sachen und sie nicht.«

Er schüttelte ungeduldig den Kopf. »Anscheinend weißt du es nicht zu würdigen, dass diese Artefakte Zeugnisse ihres Stammes sind, vielleicht die einzigen. Sie kann doch wohl ein paar Gerätschaften und Schmuckstücke opfern, um zu verhindern, dass ihr Volk völlig unbeachtet und unerkannt in Vergessenheit gerät. Interessiert es dich nicht, ob die Menschen von der Existenz dieser Indianer auf Erden erfahren? Diese Gegenstände sind viel zu wichtig, als dass eine einzige Frau sie für sich behalten dürfte.«

»Und wenn sie sie braucht?«

Er setzte seine Arbeit fort, als seien meine Argumente keine Antwort wert. Ich hatte den Verdacht, dass er hoffte, sie würde kommen und nach ihren Sachen suchen, was ihm die Gelegenheit bieten würde, sie zu beobachten. Sie musste gewusst haben, wo sie waren, denn niemand konnte sie genommen haben außer einem von uns vom Leuchtturm. Es entsetzte mich, dass sie womöglich glaubte, ich plündere ihr Heim. Und mir war nur allzu bewusst, dass ich Oskar zu ihrer Höhle geführt hatte und dass all ihre Schätze, obwohl ich sie nicht weggetragen hatte, am Fußende meines Bettes ausgebreitet waren.

Es dauerte nicht lange, bis Werkzeuge der Leuchtturmverwaltung aus der Werkstatt abhandenkamen. Ein Hammer, eine Säge, ein Bohrer und eine Zwinge, Geräte aus Eisen und Stahl als Entschädigung für die aus Stein. Eines Morgens fehlte ein Huhn. Die Fenster zersprangen Nacht um Nacht, so viele, dass uns das Glas ausging, um sie zu reparieren, und die kostbare Linse den Elementen ausgesetzt war. Zum Glück war bei diesem Wetter das Nebelhorn am wichtigsten, denn jede Brise blies das Feuer aus. Der Wärter musste in eine Decke gewickelt und mit der schwarzen Brille auf der Nase im Lampenhaus sitzen und jederzeit bereit sein, die Dochte neu zu entzünden.

»Das wird sie bestimmt auch zerschlagen«, sagte Mr. Crawley. »Ich weiß gar nicht, was in sie gefahren ist.«

Wir versuchten, die auf der Rückseite des Turms verbliebenen Fenster herauszutrennen und nach vorn zu bringen, um uns gegen den Wind vom Meer zu wappnen. Dabei riskierten wir, das Glas entweder beim Schneiden oder beim Transport zu zerbrechen, und dann wären wir schlechter dran als vorher, aber Oskar hatte in der letzten Nacht im Laufe seiner Schicht zwei Dutzend Mal die Dochte neu entzünden müssen – bei dieser Quote würden uns bald die Streichhölzer ausgehen.

Die Crawleys und Archie Johnston standen Helens Verhalten so fatalistisch gegenüber, als wäre es eine Naturgewalt wie ein Unwetter. Doch sie machten sich Sorgen wegen der Schäden am Leuchtturm, vor allem, weil mit dem nächsten Schiff wahrscheinlich der Inspektor eintreffen würde. In Vorbereitung darauf mussten jeder Knauf und jedes Kugellager, jedes Scharnier und jede Fensterscheibe, jedes Gerät, jedes Rad, jede Rolle, jeder Hebel und Griff, jede einzelne Schraube auf Hochglanz gebracht werden, und die Anzahl der Dochte und die Häufigkeit des Trimmens, die Qualität des Holzes und der Appetit des Kessels, der Verbrauch an Öl, die Menge der beobachteten Wasserfahrzeuge und ihre ungefähre Entfernung vom Land, die Gallonen Lack, die verstrichen worden waren, und die Zahl der bis zum Stumpf abgenutzten Pinsel, all das musste genau im Dienstbuch dokumentiert werden. Dank Helens jüngsten Aktionen wiesen sowohl die äußere Erscheinung als auch die Verzeichnisse ernsthafte Mängel auf.

»Er wird sagen, wir warten nicht richtig«, befürchtete Mr. Crawley.

»Da hätte er recht«, sagte Euphemia.

Eine Stunde lang mühten wir uns; Mr. Crawley und Oskar schabten vorsichtig die Dichtungen weg, während Euphemia, Archie und ich das Glas mit den Händen abstützten und behutsam aus dem Rahmen zogen. Wir schafften es, zwei Scheiben zu versetzen, zwei andere dagegen zerbrachen uns. Mr. Crawley klappte kopfschüttelnd sein Messer zu.

»Ich finde«, sagte Oskar in seinem gewohnt beiläufig selbstsicheren Ton, der keine Widerworte zu dulden schien, »die Indianerin müsste an einem Ort sein, wo andere sich für sie interessieren und ihr helfen. Menschen sollten nicht allein leben.«

»Unmöglich«, erwiderte Euphemia schnell. »Hier kann sie nicht wohnen.«

»Nein, das meine ich auch nicht«, sagte Oskar.

»Du meinst, man müsste einen anderen Stamm für sie finden?«, fragte ich.

Er schüttelte den Kopf. »Nein, das wäre naiv. Selbst wenn wir irgendwo einen intakten Stamm fänden, wäre ihr dieser ebenso fremd wie wir. Ich glaube, eine wissenschaftliche Einrichtung wäre am besten. Anthropologen würden ihre Kultur zu schätzen wissen und bewahren. Ich … na ja, Trudy und ich … könnten sie zu jemandem bringen, den wir an der Universität von Kalifornien in Berkeley kennen.«

»Sie bringen?« Meine Stimme klang erstickt, so entsetzt war ich.

»Ja, ich habe darüber nachgedacht«, entgegnete er kühl, »und es scheint mir vernünftig, so vorzugehen.« Oskar beschrieb Philips Arbeit an Mrs. Hearsts Sammlung und sein

Interesse am Studium einheimischer Indianer. »Er forscht an der Universität. Er könnte uns mit den richtigen Leuten bekannt machen, die ihre Bedeutsamkeit verstehen.«

Die Crawleys staunten. »Es hat doch nichts mit Elektrizität zu tun, oder?«, fragte Mr. Crawley misstrauisch. »Wir wollen nicht, dass sie Stromschläge bekommt.«

Oskar versicherte ihm, Anthropologie sei ungefährlich. Helen würde ein Segen für die Menschheit sein.

Und sie würde ihm die Anerkennung verschaffen, nach der er sich sehnte, dachte ich. Ich stellte mir vor, wie er einem Raum voller bärtiger Wissenschaftler die möglichen Funktionen verschiedener Steine erläuterte, und wusste, dass er sich etwas ganz Ähnliches ausmalte. Mit Helen würde Oskar sie verblüffen. Ich fragte mich, wie lange er das schon geplant hatte.

Archie Johnston nickte. »Ich komme mit. Ich habe sie gefunden und habe deshalb das Recht dazu.«

»Dich lässt sie keine zwanzig Schritte an sich heran«, sagte Euphemia.

»Er will nur Geld«, warf ich ein, weil ich mich daran erinnerte, was er im Leuchtturm zu mir gesagt hatte. Mir kam der Gedanke, Oskar könnte schon in den Tagen seiner Bettlägerigkeit nach Weihnachten Archie sein Vorhaben angedeutet haben.

»Geld gibt es nicht«, sagte Oskar. »Was glauben Sie denn? Dass Leute dafür bezahlen, einen Blick auf die Wilde werfen zu dürfen? Wir werden sie nicht in einen Käfig stecken und in Felle kleiden. Sie soll uns helfen, unser Wissen über die Menschheit zu vertiefen. Damit ist kein Geld zu machen.«

»Es ist deine Schuld, dass sie den Leuchtturm zerstört«, sagte ich, nicht zum ersten Mal, als wir allein waren.

Er zuckte die Achseln. »Kann sein. Aber das ist nicht zu ändern.«

»Du könntest ihr ihre Sachen zurückgeben.« Selbst in meinen eigenen Ohren klang das allmählich ermüdend. »Dann hört sie vielleicht auf.«

»Vielleicht auch nicht. Stimmt, ich habe sie verärgert, aber man weiß nicht, ob es sie besänftigt, wenn ich alles zurückbringe.«

»Wir könnten es probieren. Schließlich hast du ja so viele Notizen und Bilder.« Trotz meiner Einwände dagegen, die Objekte zu behalten, hatte ich sie weiterhin gezeichnet. Ich hatte geglaubt, mit einer solchen Dokumentation in der Hand wäre er eher bereit, die Sachen zurückzugeben, doch ehrlich gesagt, hatte mich das Projekt eines Katalogs dieser Artefakte ebenso begeistert wie ihn.

»Verstehst du nicht, dass Bilder und Worte nicht genügen? Wir müssen die Gegenstände an sich haben.«

Er meinte, er müsse die Frau an sich haben; das erkannte ich ganz klar. Allmählich ging mir Oskar auf die Nerven, ebenso wie den Crawleys.

»Ich bin sicher, sie lebt nicht gern allein«, wiederholte er öfters. »Das ist ja auch nicht normal.« Er erklärte uns, falls die Universität nicht sofort eine Wohnung zur Verfügung stellen könne, würde Philip bestimmt etwas Passendes für sie finden.

»Sie kann sich kein Zimmer leisten«, wandte Mr. Crawley ein.

Oskar sagte, er würde es von seinem Gehaltsguthaben selbst bezahlen. Er wisse, wie es an Universitäten zugehe. Innerhalb eines Monats würde sich alles regeln und ein Cottage bereitstehen. Eine Wissenschaftlerin würde als Gesellschafterin und Freundin mit Helen zusammenleben; die Crawleys sollten sich keine Sorgen machen, sagte Oskar, die Universität würde nicht versuchen, die Indianerin in eine Weiße zu verwandeln. Musselinkleider und Törtchen würde es für sie nicht geben, so drückte er sich aus.

»Törtchen würde sie mögen, glaube ich«, sagte Euphemia.

»Sie aß gern Süßes«, fügte Mr. Crawley hinzu.

Mir gefiel die Vorstellung von Helen in einem Universitäts-Cottage, auch wenn sie bedeutete, dass sie auf einem Stuhl sitzen und mit Messer und Gabel würde essen müssen. Ich malte mir einen Blumengarten aus und fragte mich, ob in San Francisco Pfingstrosen wuchsen.

»Ohne Archie wäre sie bei den Crawleys geblieben«, drängte Oskar. »Offenbar lebt sie nicht freiwillig wie eine Einsiedlerin.«

Es stimmte, dass keiner von uns wusste, ob es ihr Wunsch war, allein in den Felsen zu hausen, wir wussten nur, dass sie nicht von hier wegging. Ich glaubte, ihr Leben wäre in mancher Hinsicht besser, wenn sie an einem geschützteren, saubereren Ort wäre. Wenn sie ein Heim hätte und Menschen, die sich um sie kümmerten, wie es die Wissenschaftlerin sicher täte.

»Meinst du, sie wird glücklich in Berkeley?«, fragte ich.

Die Frage ärgerte Oskar. »Dafür kann ich nicht garantieren. Meinst du, sie ist hier glücklich? Jedenfalls wirst du ja dabei sein, wenn sie sich eingewöhnt. Du kannst dafür sorgen, dass sie sich wohlfühlt.«

»Du meinst, ich soll die Wissenschaftlerin sein?«

»Keine wäre besser geeignet.«

»Ich habe keine Ahnung von Anthropologie.«

»Das macht nichts! Über Anthropologie im Besonderen weiß ich auch sehr wenig, aber ich beobachte und analysiere ebenso gut wie jeder, der darin ausgebildet ist, also könnte ich einen wichtigen Beitrag leisten. Darauf basiert jede Wissenschaft, Trudy, auf genauer, gründlicher und unvoreingenommener Beobachtung. Und wer beobachtet mit größerer Genauigkeit und Unvoreingenommenheit als du? Weißt du noch, wie du den Schoner entdeckt hast? Außerdem«, fuhr er fort, ehe ich erwidern konnte, dass die Entdeckung des Schoners reines Glück gewesen war, »vertraut sie dir. Ich glaube nicht, dass sie sich mit irgendjemandem wohler fühlen würde.«

Also würde ich die Wissenschaftlerin sein, zumindest für ein paar Monate. Ich würde dafür sorgen, dass sie sich einlebte, sie mit ihrem neuen Zuhause und vielleicht mit der Stadt bekannt machen, während Oskar ihre Position an der Universität etablierte. Dieser Gedanke linderte meine Ängste, denn dann konnte ich Helen vor all dem beschützen, was sie unglücklich machen würde. Ich gebe zu, dass es mich auch faszinierte. Ich würde in der Lage sein, Helen genauer zu beobachten als jeder andere. Womöglich würde auch ich einen Beitrag zur Anthropologie beisteuern.

Euphemia weigerte sich, Oskar ernst zu nehmen, als wäre seine Idee ebenso weit hergeholt wie die vom drahtlosen Telegrafen. »Es ist ja gut und schön, dass Sie sie nach Berkeley bringen wollen«, sagte sie lachend, »aber ich bezweifle, dass Sie sie ins Boot bekommen.«

Doch Oskar hatte einen Plan, und ich war der Schlüssel dazu. »Sie vertraut dir«, wiederholte er. »Du kannst sie bestimmt überreden.«

»Sie spricht kein Englisch, und ich spreche ihre Sprache nicht«, protestierte ich. »Wie soll ich so etwas Komplexes erklären? Das ist unmöglich.«

»Du nimmst die Kinder mit«, sagte er. »Wenn sie ihr zeigen, dass sie wollen, dass sie mit ihnen zum Leuchtturm kommt, tut sie das doch vielleicht, oder?«

»Ich soll sie täuschen? Und die Kinder mit hineinziehen? Oskar, überleg mal, was du da vorschlägst! Das ist schrecklich!«

»Du hast selbst gesagt, man kann es ihr nicht erklären. Dies ist eindeutig ein Fall, in dem der Zweck die Mittel heiligt. Sie ist wie ein Kind, Trudy. Wir tun es zu ihrem eigenen Besten.

Außerdem sollst du sie ja nur zum Beiboot führen und ihr die Möglichkeit mitzufahren präsentieren. Du könntest zuerst einsteigen, um sie zu beruhigen, und sie folgt dir dann, wenn sie will. Wenn wir sie nicht dazu bringen herzukommen, wie können wir sie dann vor eine Wahl stellen?«

»Und was ist mit den Kindern? Werden sie nicht außer sich sein, wenn sie wegfährt?«

Er zuckte die Achseln. »Sie ist nicht ihr Schoßtier. Wir dürfen nicht ihr Leben aufs Spiel setzen, nur damit sie weiterhin ihre kleinen Geschenke austauschen können.«

»Und wir geben ihr ihre Sachen zurück? Wenn sie mit ins Boot steigt?«

»Natürlich. Wir nehmen alles mit. So wird sie sehen, dass sie ihr Zuhause nicht verlassen muss, sondern dass wir es an einen neuen Ort bringen, einen Ort, der geeigneter für sie ist.«

»Und du glaubst, dann will sie mitkommen?«

»Herrgott noch mal, ich habe dir schon gesagt, dass ich nicht wissen kann, was sie will. Ich bin überzeugt davon, dass es besser für sie ist, nicht wie ein Tier zu leben, Trudy. Da musst du mir doch zustimmen. Und überhaupt, eine Universität ist kein Gefängnis. Wenn es ihr nicht gefällt, kann sie ja zurückkommen. Dann steigt sie einfach wieder auf den Tender.«

Auf jede besorgte Frage und jeden Einwand hatte er eine Antwort. Kindischerweise ließ ich mich von ihm überreden, weil ich mir so sehr wünschte, dass der Mann, den ich liebte, bewundenrungswürdig war, dass Oskar, an den ich mich gebunden hatte, wusste, was richtig war, und dementsprechend handelte.

»Roberts inspiziert immer im Nebel«, beklagte Euphemia sich, als hätte der Mann das Wetter persönlich bestellt.

»Ist es nicht schön«, fragte ich, »zur Abwechslung mal ein anderes Gesicht zu sehen?«

»Seins nicht«, sagte Mr. Crawley. »Manche Inspektoren versuchen einem zu helfen, alles richtig zu machen, aber Roberts freut sich, wenn er uns Fehler anhängen und sie in sein kleines Heft eintragen kann. Ihm entgeht nichts, und diese Fenster und die fehlenden Werkzeuge werden ihm nicht gefallen.«

»Zu Recht«, sagte Euphemia. »Das darfst du ihm nicht verübeln.«

Euphemia und ich planten ein besonderes Mittagessen für Inspektor Roberts. Sie hatte für diesen Anlass einige ausgewählte Konserven beiseitegestellt wie für Weihnachten, allerdings nur deshalb, weil keine Zeit zum Fischen bleiben würde. Zwar würden mit dem Inspektor neue Fässer eintreffen, doch die zu öffnen würden wir vor dem Essen keine Gelegenheit haben. Außerdem wollten wir sie uns für die Fassöffnungszeremonie nach seiner Abreise aufsparen. Roberts missbilligte Lagerfeuer. An diesen Tagen der Vorbereitung fiel der Unterricht aus. Wir achteten wenig auf die Kinder, außer um ihnen kleine Aufträge zu geben und einzuschärfen, nichts schmutzig zu machen. Meistens liefen sie draußen herum, vertieft in ihre eigenen unergründlichen Angelegenheiten.

Der Nebel war so dicht, dass alles verschwunden zu sein schien bis auf die wenigen Gebäude, in denen wir wohnten und arbeiteten. Vor lauter Klaustrophobie geriet ich in Panik und musste den Impuls unterdrücken, mit den Fingernägeln ein Loch in den Himmel kratzen zu wollen. Oft kam ich versehentlich von den Wegen ab. Ein paarmal fand ich mich fast am Abgrund wieder, von dem ich noch Meter entfernt zu sein geglaubt hatte. Ich begann, sehr vorsichtig zu gehen und aufzupassen, wohin ich trat, und betete, dass meine Zehen rechtzeitig den Rand des Kaps ertasten würden.

Wir waren also in keiner Weise vorgewarnt.

## KAPITEL 34

Juhu! Hallo, da oben! Juhu!« Die Stimme kam eines Morgens vom Fuße des Felsens und stieg dünn und gedämpft durch die Wolken.

Schritte polterten schwer vom Leuchtturm über die Brücke. Mr. Crawley, der ein Stück Geländer repariert hatte, rannte. »Das ist Roberts!«, zischte er. »Roberts ist da!« Er lief hinter das Haus zum Dampfesel. »Halbe Stunde, bis ich das Ding in Gang habe!«, schrie er ins Graue. Schweigen von unten.

Nachdem er Archie zugerufen hatte, er solle auf seinem Posten in der Laterne bleiben, und Euphemia, sie möge mit dem Mittagessen beginnen, heizte Mr. Crawley den Kessel des Dampfesels an. Jetzt durfte nichts schiefgehen; heute durfte nichts zerbrechen oder sich lockern oder abgenutzt wirken. In diesem Moment der Krise nahm Mr. Crawley eine andere Persönlichkeit an; sein sonstiges ruhiges Auftreten wich dem eines Kommandanten. Euphemia sah stolz aus, als sie sich zur Scheune aufmachte.

Unsere mit Artefakten gefüllte Reisetasche wartete an der Haustür, und ich ging noch hinein, um meinen Kittel gegen ein Kleid zu tauschen, das mich nicht in Verlegenheit bringen würde, wenn ich in San Francisco das Schiff verließ. Dank meiner häufigen Märsche durch den Sand hatte ich abgenommen und passte nun auch ohne Korsett in alle meine Sachen. Oskar war im Schlafzimmer und nähte seine Taschen zu, die er mit den seiner Meinung nach wissenschaftlich wertvollsten Gegenständen vollgestopft hatte, die keinesfalls verloren gehen durften.

»Die Inspektion müsste dir reichlich Zeit geben«, sagte er. »Falls Helen sich überhaupt blicken lässt.«

Seine Aufgabe war es, das Schiff aufzuhalten, sofern das notwendig werden würde. Er glaubte, dass der Kapitän und der Inspektor bereit wären zu warten, wenn man ihnen die Bedeutsamkeit der Fracht verständlich machte. Waren sie nicht einverstanden, gab es andere, weniger freundliche Methoden, die Abfahrt zu verzögern.

Ich hatte geplant, alle Kinder mit zum Strand zu nehmen; bei dem Nebel, dachte ich, und der Unruhe, die der Inspektor erzeugen würde, müsste es ein Leichtes sein, sich unbemerkt fortzustehlen. Aber Euphemia hatte die Jungen losgeschickt, damit sie den Brettertisch aufbauten, und Mary zu sich in die Küche geholt. Sie erwartete eindeutig von ihnen, dass sie ihren Teil zum guten Verlauf der Inspektion beitrugen.

Nur Jane fand ich Trübsal blasend hinter dem Haus. »Sie sagt, ich bin zu nichts nütze.«

»Willst du mit mir mitkommen?«

Ich streckte meine Hand aus, und sie nahm sie bereitwillig. Sie fragte nicht einmal, wohin wir gingen, bis wir den Fuß des Kaps erreicht hatten. Die Brandung war hoch und laut. Die feuchte Luft verstärkte das drohende Donnern des Wassers, wenn es sich überschlug, und sein frustriertes Zischen, wenn es wieder ins Meer gesogen wurde. Am Strand luden zwei Matrosen Fässer vom Beiboot. Sie beachteten uns nicht.

Ich hatte damit gerechnet und vielleicht halbwegs gehofft, vergeblich an unserem Gezeitentümpel warten zu müssen, doch als wir dort ankamen, saß Helen in ihrem Seetanggewand und dem Korsett auf meinem Felsen. Das war offenbar Jane zu verdanken. Helen musste uns gehört haben – Janie hatte stetig drauflosgeplappert, und ihre Stimme trug weit wie die einer Möwe. Die Indianerin lächelte und nickte mir schüchtern zu, aber es war Jane, die ihre Aufmerksamkeit fesselte. Euphemia hatte recht; die Kinder mochte sie am liebsten. Sie griff so gierig nach der Hand des Mädchens, dass ich erschrak. Jane dagegen schien es nicht zu stören, und mir fiel ein, dass sie »die Nixe« ja schon früher besucht hatte, vielleicht sogar oft.

Helen zog die Kleine an den Tümpel und zeigte auf einen Krebs von einer Art, die ich bei all meinen Bemühungen bisher noch nicht entdeckt hatte. Ich fragte mich, ob sie ihn selbst hier angesiedelt hatte. Während Jane das Wasser musterte, musterte die Indianerin Jane, fuhr mit der Fingerspitze dem Rund ihres Ohrs nach, streichelte ihre Haare und hob sie an. Sie sehnte sich eindeutig nach menschlicher Berührung. Ab und zu schob das Mädchen mit einer Beiläufigkeit, die mir die Tränen in die Augen trieb, Helen jedoch nicht entmutigte, deren Hände geistesabwesend beiseite. Ich wünschte, ich hätte alle Kinder mitbringen können, damit die Frau sie hätschelte.

Obwohl Oskar mir eingeredet hatte, Berkeley wäre das Beste für Helen, verspürte ich Unsicherheit. Als ich sie jetzt beobachtete, wurde mir klar, dass ihr Leben zwar ungewöhnlich, aber nicht ohne Vorzüge war. Sie hatte zwar niemanden, der für sie sorgte, doch kam auch so ganz gut zurecht. Ich beneidete sie um ihre Unabhängigkeit; sie musste weder den Anfordungen eines Ehemanns noch denen eines Leuchtfeuers gehorchen. Ich bewunderte ihre Kreativität und ihre Vertrautheit mit der Natur. Ich sah, dass sie eine Beziehung zu den Kindern hatte, die liebevoll, sogar mütterlich war; offenbar erfreute sie sich an ihnen. All das hätte ein Ende, wenn sie mit uns käme, und vielleicht würden ein Cottage und eine Wissenschaftlerin den Verlust nicht ausgleichen.

Wegen des Schadens, den sie dem Leuchtturm zufügte, war uns an einer schnellen Lösung gelegen. Wenn man sie dazu bewegen könnte, ihre Attacken einzustellen, wäre Zeit gewonnen, alles gründlicher zu überlegen. Dann könnten wir nach und nach vielleicht lernen, richtig mit ihr zu kommunizieren, sodass sie selbst die Dinge besser durchdachte. Während Jane damit beschäftigt war, Sand anzuhäufen, berührte ich Helen an der Schulter, um ihre Aufmerksamkeit auf mich zu lenken.

»Du musst aufhören, die Fenster zu zerschlagen«, sagte ich und tat so, als höbe ich einen Stein auf und schleuderte ihn in die Luft. Ich machte Fäuste und lockerte sie wieder, spreizte die Finger und riss die Augen auf und schlug mir die Hände auf die Ohren, um ihr das laute Zerspringen des Glases zu verdeutlichen. Dann runzelte ich die Stirn, schüttelte den Kopf und sagte streng »Nein«. Das alles wiederholte ich mehrmals in der Hoffnung, sie würde irgendwann begreifen, was ich meinte, doch sie reagierte bloß mit immer heftigerem Kopfschütteln darauf. Anscheinend vermittelte ihr meine Schauspielerei nur Unsinn. Oder sie verstand mich, lehnte meine Bitte aber ab.

So verstrich über eine halbe Stunde. Ich würde unseren Plan jetzt umsetzen oder ihn ganz aufgeben müssen.

»Sollen wir die Nixe mit zum Leuchtturm nehmen, Janie?« Ich zwang mich, diese Worte auszusprechen, obwohl ich sie dabei kaum ansehen konnte. Ich hinterging sie beide. Jane würde das Herz brechen, wenn wir ins Beiboot stiegen. Fast hörte ich ihr wütendes Schreien schon. Was die Nixe denken würde, konnte ich mir nicht vorstellen, so fremd war mir ihr Empfinden. Ich rief mir ins Gedächtnis zurück, dass ich sie schließlich nur hinführen würde; was sie dann tat, war ihre eigene Entscheidung.

Jane ergriff Helens Hand und zog ein wenig daran. Mehr

war nicht nötig. Die Frau folgte ihr, auch noch, nachdem Jane ihre Hand losgelassen hatte, als wären die beiden durch einen unsichtbaren Faden verbunden.

Es kam mir seltsam vor, mit Helen den Strand entlangzulaufen. Ich merkte, dass ich sie trotz ihrer vielen Werkzeuge und Schmuckstücke, trotz unseres Gelächters über meine Schuhe, trotz des Fasses voller Glasscherben, das wir ihretwegen ins Meer hatten werfen müssen, immer noch für ein mythisches Wesen gehalten hatte, das sich in der realen Welt in Luft auflösen würde. Aber ihre Fußabdrücke kreuzten sich mit unseren im Sand; sie war körperlich ebenso greifbar wie wir.

Der Nebel am Strand hatte sich verdichtet, sodass wir kaum noch etwas sahen; unser Vorankommen beurteilte ich nach der wachsenden Lautstärke des Horns. Ich fragte mich, wie viel Zeit vergangen war, seit Jane und ich das Kap verlassen hatten. Ob die Inspektion beendet war? Hatte Oskar den Tender aufhalten können? Ich wünschte mir fast, er sei schon weg.

Irgendwann tauchte das Beiboot auf, eine dunkelgraue Masse in der hellgrauen Luft. Es wartete im flachen Wasser, beladen mit leeren Fässern, und die Matrosen hockten geduldig daneben und spuckten Tabak in den Sand. Zuerst dachte ich, sie seien allein, doch dann sah ich ein Stück weiter entfernt am Strand noch andere Menschen. Sie bildeten eine Gruppe, steif und dunkel wie eine Traube Miesmuscheln. Da war Oskar, die Jackentaschen so vollgestopft mit Helens Steinen und Abalonenschalen, dass seine Arme vom Körper abstanden, zusammen mit Euphemia und Mr. Crawley und einem kleinen Mann mit rundem Kopf und Bauch wie eine Meise, der Inspektor Roberts sein musste.

Ich hatte gedacht, wir drei – Helen, Jane und ich – würden allein beim Boot eintreffen, sodass Helen Gelegenheit fand, es sich in Ruhe anzusehen. Dann hatte ich als Erste einsteigen wollen, um die Zuverlässigkeit des Fahrzeugs zu demonstrieren, und vielleicht hätten wir zu dritt eine Weile darin sitzen können. Das war jetzt mit den anderen Umstehenden unmöglich.

Jane rannte zu ihrer Mutter. »Wir haben die Nixe mitgebracht! Guck mal, Mama! Das ist die Nixe!«

Euphemia drückte ihre Tochter fest an sich. »Ja, ich sehe sie, Janie.« Sie schaute Helen mit argwöhnischem Gesichtsausdruck an und trat nicht vor, um die Frau zu umarmen oder auch nur zu begrüßen, wie ich erwartet hatte.

Oskars Mund hatte sich bei Helens Anblick leicht geöffnet. Vermutlich hatte auch er geglaubt, sie sei womöglich nicht real. »Mr. Roberts findet auch, es ist das Beste, sie nach San Francisco zu bringen.« Er sprach zu mir, doch seine Augen waren auf sie gerichtet.

»Wir können nicht zulassen, dass jemand den Leuchtturm zerstört und Werkzeug stiehlt«, sagte Mr. Roberts. Er hatte eine Pfeife in der Hand und klopfte sie aus. »Kriminelles Verhalten ist das.«

»Sie ist keine Kriminelle«, sagte ich, wie ich meinte, ganz ruhig, doch in meiner Stimme schwang Erschrecken mit, und Helen, die bisher wachsam, aber entspannt neben mir gestanden hatte, begann zurückzuweichen.

»Oskar«, sagte ich, »gib Helen ihre Sachen. Die Jadekette. Gib ihr die, damit sie sieht, dass wir ihre Freunde sind.«

»Wenn wir auf dem Schiff sind«, sagte er und trat vor. »Lass uns erst mal ins Boot steigen.«

Jetzt entdeckte ich unseren Koffer – meinen Koffer – hinter ihm. »Warum hast du den Koffer mitgenommen? Wir brauchen doch nicht all unsere Sachen für ein paar Monate in San Francisco.«

Oskar war auf Helen konzentriert und antwortete nicht. Als er näher kam, verkrampfte sie sich; wie ein scheues Pferd schätzte sie seine Bewegungen ab. Langsam griff er nach ihrem Arm. Sie blieb starr stehen, ohne sich zu wehren. Er schlang seine Hand um ihr Handgelenk, sanft, aber bestimmt.

»Trudy«, sagte er, wobei er mich immer noch nicht ansah, »warum steigst du nicht als Erste ein? Zeig ihr, dass es ungefährlich ist.«

»Du hast gesagt, sie soll selbst entscheiden«, erinnerte ich ihn.

»Es ist keine echte Entscheidung, wenn sie auf Angst basiert. Steig ein, dann sieht sie, dass alles in Ordnung ist.«

Das Wasser um das Boot herum wurde stetig tiefer. Die Flut würde uns das Ablegen erleichtern. Vor fast einem Jahr hatte ich dasselbe Boot in Richtung Leuchtturm verlassen. Damals hatte Oskar mir die Hand gereicht, damit ich aussteigen konnte wie eine Dame, und meine Stiefel wurden durchnässt. Jetzt kletterte ich ohne jedes Zeremoniell barfuß über das Dollbord und setzte mich angespannt auf eine der Bänke.

»Meine Schuhe …«, fing ich an, weil mir einfiel, dass jemand sie vom Fuß des Kaps würde holen müssen. In der Stadt würde ich sie brauchen.

Doch da unterbrach mich qualvolles Jammern vom Strand. Janie schrie, als wäre sie von einer Qualle gestochen worden. Sie zeigte auf mich, und ich verstand: dass ich wegfuhr, tat ihr weh. Ich wollte schon wieder hinausklettern, um sie zu trösten und ihr zu versichern, dass ich zurückkommen würde.

Die Panik des Kindes schien Helen wachzurütteln. Der Arm, den Oskar festhielt, wand und drehte sich wie ein Fisch, der aus dem Wasser springt. So konnte sie sich aus seiner Umklammerung lösen und flitzte davon.

Aber sie wurde fast sofort wieder gepackt, und diesmal mit

mehr Kraft. Archie Johnston war aus dem Nebel aufgetaucht und hatte sich – vielleicht, als ich in das Boot gekrabbelt war und nur darauf geachtet hatte, dass mein Rock nicht nass wurde – angeschlichen.

»Nun komm schon«, sagte er in einem schmeichlerischen Ton, den ich bei ihm noch nie gehört hatte, »du willst doch nicht wieder wegrennen.« Langsam, damit es nicht aussah, als ob er sie dränge, schob er sie auf das Boot und mich zu. Sie stolperte leicht, denn ihre Füße verfingen sich in seinen, weil er sie so fest an sich drückte. »Wir bringen dich an einen schönen Ort. Du und ich, wir gehen zusammen.«

»Archie.« Euphemia trat vor. »Ich habe dir gesagt, du sollst im Leuchtturm bleiben.«

»Von dir nehme ich keine Befehle entgegen«, erwiderte er. »Der Leuchtturm ist deine Angelegenheit. Und sie ist meine.«

Ich vermutete, dass er den Wein getrunken hatte, den wir für das Mittagessen mit dem Inspektor aufgehoben hatten.

»Aber von mir«, sagte Mr. Crawley. »Und mein Befehl lautet, dass du zum Leuchtturm zurückkehrst. Wir brauchen dich hier nicht.«

»Ich bin es, der *dich* nicht braucht, Henry. Das ist meine Sache. Sie gehört nicht dir.« Fast liebevoll legte er seine Hand auf Helens Hüfte und schlang seine Finger um den Griff ihres Messers. »Eigentum der Leuchtturmverwaltung, glaube ich«, sagte er und ließ die Klinge sehen. »*Sie*« – er schaute Oskar verächtlich an – »hätten sie entkommen lassen.«

»Es ist das verdammte Bein. Ich kann immer noch nicht richtig laufen. Wir werden sie wohl fesseln müssen«, sagte Oskar. Mit Mühe öffnete er seine schwere Jacke. Um seine Taille waren zwei Stricke geschlungen.

»Was machst du da?« Ich war aus dem Boot gestiegen und

platschte durch das kalte Wasser. »Du kannst sie doch nicht gefangen nehmen!«

»Geh zurück ins Boot, Trudy«, sagte Oskar scharf. Er wickelte ihr einen der Stricke um die Handgelenke und band sie aneinander. »Sie ist keine Gefangene. Das hier ist nur, bis wir sie auf dem Tender haben. Sie darf im Beiboot nicht rumzappeln. Sie könnte es zum Kentern bringen. Wenn Sie sie hochheben«, sagte er zu Archie, »nehme ich ihre Füße.«

»Oskar!«

Helen wand sich in Archies Armen und trat um sich, sodass Oskar ihre Füße nicht festhalten konnte. Ich packte sein Handgelenk, aber er schleuderte mich heftig von sich, und ich landete mit einem Knall rücklings auf dem Sand. Ich rang nach Luft, ebenso schockiert von meiner Schwächlichkeit wie von seinem Verhalten.

Auch Helen war den Männern an Stärke unterlegen. Der Strick wurde um ihre Knöchel gewickelt, und obwohl sie sich immer noch aufbäumte und wehrte, hatte Archie sie gut im Griff.

Als ich mich auf Oskar gestürzt hatte, waren Mr. Crawley und der Inspektor ebenfalls losgelaufen. Ich erwartete, sie würden Helen befreien, doch sie kamen zu mir. Sie halfen mir auf die Beine und hielten mich leicht, aber entschlossen fest, während die Matrosen, die sahen, wer hier Autorität hatte, Oskar beim Fesseln unterstützten. Helen hing hilflos in Archies Armen. Er trug sie zum Boot, eine widerwillige Braut.

»Es ist das Beste, wenn sie geht, Trudy«, sagte Mr. Crawley. »Oskar hat recht. An der Universität, mit Menschen, die sich um sie kümmern, wird sie es besser haben.«

»Ja«, stimmte der Inspektor zu und wischte sich Sand von seiner Hose. »Die Leuchtturmverwaltung ist nicht darauf eingerichtet, sich mit solchen Sonderfällen zu befassen. Wenn die Universität sie will, kann sie sie gern haben. Sie wird es sowieso nicht lange machen. Diese Leute sind schwach, wissen Sie, anfällig für Krankheiten und haben keine Disziplin in ihren Lebensgewohnheiten, das ist ihr Problem.«

»Komm schon, Trudy.« Oskar streckte mir die Hand hin. »Es wird besser, wenn wir erst mal weg sind.«

Unsicher schaute ich mich nach Euphemia um. Aber sie hatte sich bereits abgewandt. Sie hielt Jane an der Hand und half der Kleinen, durch den weichen Sand zurück zum Kap zu stapfen. Sie hatten fast den Pfad erreicht, und ihre Gestalten verschwammen im Nebel. Ich wünschte, ich könnte mit ihnen hinaufklettern, dies alles hinter mir lassen.

»Euphemia!«

Auf mein Rufen drehten sich Euphemia und Jane um. Einen Moment lang standen sie reglos da und starrten, doch dann befreite Jane, die Verwirrung ihrer Mutter nutzend, ihre Hand mit einem Ruck. Ohne zu zögern, begann sie draufloszurennen, weg von der Sicherheit ihres Zuhauses, über den pockennarbigen Sand und das dunkle Wirrwarr aus Kelp her zu mir, ihr Körper angetrieben von steifen, immer noch kleinkindlichen Schritten, ihr Gesicht strahlend vor Begeisterung über ihr Tempo.

»Bleib stehen, Janie!« Euphemia kam hinter ihr hergelaufen, aber Jane hatte einen Vorsprung.

Archie wandte sich vom Boot ab, wo er Helen zwischen die leeren Fässer im Bug gesetzt hatte, und nahm das Mädchen auf den Arm. »In Ordnung«, sagte er. »Ich nehme sie auch mit.«

Oskar drückte meine Hand. »Widersprich ihm nicht«, mahnte er leise. »Sobald die Indianerin auf dem Tender ist, bringen wir Jane zurück.«

Der Kopf des Inspektors ruckte wie der eines Vogels hin

und her, als er uns abwechselnd anblickte. »Was geht hier vor?«

Mit Erleichterung sah ich, dass Euphemia ihren Bruder erreicht hatte. Ich wusste, dass sie ihm Jane abnehmen und ihn in seine Schranken weisen würde. Sie würde es zurechtbiegen. Was als Nächstes passierte, entsetzte mich mehr als alles Schreckliche, was bisher geschehen war: Euphemia fiel im Sand auf die Knie.

»Archie.« Mr. Crawley sprach wieder mit besänftigender Stimme. »Du willst Jane doch gar nicht mitnehmen. Was fängst du mit einem Kind an?«

»Setzen Sie das Mädchen ab«, befahl der Inspektor. »Was ist hier los, Crawley?«

»Was los ist?«, erwiderte Archie rasch, bevor Mr. Crawley etwas sagen konnte. »Ich will meine Frau und meine Tochter von hier wegbringen. Wozu ich jedes Recht habe.«

»Nein, Jane darf nicht mit!« Euphemia und ich benutzten gleichzeitig dieselben Worte. Aber mein Ton war empört, ihrer dagegen flehend, verzweifelt, ein Ton, der nicht in den Mund von Euphemia Crawley passte.

»Darf sie doch.«

Die Kleine, die zunächst vertrauensvoll auf dem Arm ihres Onkels gesessen hatte, einen Ellbogen um seinen Hals geschlungen, neigte sich jetzt von ihm weg wie eine welkende Blume und langte nach ihrer Mutter.

»Ich habe ein Recht darauf«, sagte Archie. »Sie ist mein Kind.«

Er war zugrunde gerichtet, sah ich, von Kummer und Schmerz. Die Macht dieser Gefühle kannte ich selbst jetzt auch.

»Das ist sie nicht«, entgegnete ich ruhig und entschieden. »Ihr Baby ist gestorben.«

Vom Boot her ertönte Helens Stimme, in ihrer eigenen Sprache, eine Abfolge drängender, unverständlicher Silben.

»Sie hat recht.« Oskar ließ meine Hand los und trat zögernd auf Archie zu, als nähere er sich einem Verrückten. »Es tut mir leid, aber Ihr Kind ist seit Jahren tot. Das wissen Sie.«

Archie schaute uns nicht an. Er hielt seinen Blick auf Euphemia gerichtet, Schwester wie auch Mutter für ihn, und sie erwiderte ihn stetig. Sie streckte die Arme aus. »Bitte, Archie, denk an Janie. Gib sie mir.«

Ich glaubte, seine Schultern zucken zu sehen, als bereite er sich darauf vor, ihr zu gehorchen.

»Das stimmt«, warf Inspektor Roberts ein. »Ihr Baby ist tot, Johnston. So steht es im Dienstbuch. Ich habe ein gutes Gedächtnis für solche Details. ›Baby Johnston geboren und begraben.‹«

Jane hatte sich wieder aufgerichtet. Nervös rieb sie mit sandigen Fingern über die blaue Blumenapplikation auf dem Latz ihrer Schürze.

Archie schüttelte sie ein wenig, sodass ihr Kopf auf und ab wippte. »Jane ist Baby Johnston«, blaffte er. »Sie gehört mir.«

Inspektor Roberts sah von Archie zu den Crawleys. »Jetzt erwarten Sie wohl von mir, dass ich das Mädchen halbieren lasse.« Er wirkte angewidert. »Wir müssen los, bevor der Nebel noch dichter wird, sonst verpassen wir unsere Chance. Wir regeln das alles in San Francisco und schicken sie zurück, falls notwendig.« Er klatschte rasch in die Hände, um sich von den letzten Sandkörnern, von allem Schmutz hier zu befreien, und kletterte ins Boot.

Als die beiden Matrosen sich mit den Schultern dagegen stemmten, rutschte es über den nassen Sand.

»Verdammt noch mal, Archie, setz Jane ab!« Mr. Crawley wollte sich auf seinen Schwager stürzen, doch Archie war schneller. Er hob Jane auf die Bank und sprang hinterher.

»Trudy! Komm!« Oskar saß auf dem Dollbord, ein Bein innerhalb, das andere außerhalb des Bootes. Er streckte mir seine Hand entgegen.

Jane heulte erbärmlich. Helens Gesicht war von ihren Händen und Haaren verdeckt. Der Gedanke, Teil dieser Entführung zu sein, widerstrebte mir, aber ich wusste, dass ich bereits ungeheuren Schaden angerichtet hatte, und ich wollte ihn nicht vergrößern, indem ich den beiden den Rücken kehrte. Ich griff nach Oskars Fingern und ließ mich von ihm ins Boot ziehen.

Sofort krabbelte Jane auf meinen Schoß. »Ich will nicht auf das Schiff!«, rief sie. »Ich will zu meiner Mama!«

Ich versuchte, sie zu beschwichtigen, während die Matrosen uns immer weiter ins Meer schoben. Sie hielten das Boot fest, bis sie fast schulterhoch im Wasser standen, dann hievten sie sich mit geübter Leichtigkeit übers Dollbord und ergriffen jeweils ein Ruder. Die Wellen brachen sich direkt vor uns. Der Trick war der, erkannte ich, über die schäumende Brandung hinwegzugelangen, ohne an die Küste zurückgeworfen zu werden oder gar zu kentern. Dieses Kunststück erschien mir undurchführbar, und der Inspektor, der sich mit der Ruderpinne abmühte, sah aus, als sei er meiner Meinung.

»Wir sind zu schwer«, bellte er. »Zu tief im Wasser.«

Die starke Brandung brachte uns plötzlich vom Kurs ab, und unser Bug drehte nach Norden. Ich spürte, wie die Woge die Steuerbordseite hoch anhob und die Backbordseite sich gefährlich tief dem Wasser zuneigte.

Jane kreischte, den Mund an meinem Hals.

»Herrgott noch mal, können Sie sie nicht beruhigen?«, sagte Archie.

Oskar kletterte über die Bänke ins Heck und drängte den Inspektor grob beiseite. Er klemmte sich die Ruderpinne unter den Arm und drückte sie an seine Brust. Früher hätte ich die Geschicklichkeit vielleicht bewundert, mit der er dafür sorgte, dass das Boot sich über den Wellenkamm hob, und es dann beim Abtauchen in das Wellental stabilisierte, aber jetzt fand ich die Art und Weise, wie er unseren Kurs korrigierte, arrogant und seine Selbstsicherheit unangemessen.

Der Bug schaukelte auf eine zweite Welle zu, die uns gleich nach der ersten erwischte. Mit einer Hand umklammerte ich Jane, mit der anderen den Rand meines Sitzes, so fest ich konnte, um nicht rücklings von der Bank zu kippen. Die Welle wölbte sich unter uns, und wir schwankten vorwärts. Ich stemmte die Füße gegen den Boden und knickte in der Taille ein, um nicht kopfüber auf Helen und die leeren Fässer im Bug zu fallen. Gischt spritzte in alle Richtungen und benetzte kalt und salzig unsere Gesichter.

Neben mir wippte unser Schrankkoffer. Die Matrosen hatten ihn ins Boot geladen, während ich auf Helen und Jane konzentriert gewesen war. Ich wusste, was seine Anwesenheit bedeutete. Oskar würde im Triumph gehen; hierher würden wir nicht zurückkehren.

Helens Kopf war immer noch in ihren Händen vergraben. Ich konnte nur ihre Finger und ihre Haare sehen, die schwer und wirr wie Seetang herunterhingen. Dazu hatte ich sie erniedrigt, zu einem hoffnungslosen, gesichtslosen Ding.

Es ging auf und ab, in Richtung Tender, vermutete ich, der nahe der Küste ankern musste, obwohl ich nichts als grauen Nebel und dunkelgraues Wasser sah. Das Boot erzitterte bei jedem Abtauchen; die Wellen straften uns und versuchten, uns zurückzutreiben. Übelkeit stieg in mir auf, ebenfalls in Wellen, Übelkeit über das, was wir taten, indem wir diese

Frau entwurzelten. Und was war mit Jane? Oskar hatte versprochen, sie zurückzubringen, wenn wir das Schiff erreicht hatten, aber ich glaubte nicht mehr, dass er irgendetwas tun würde, das nicht seinen Zwecken diente.

Ich drehte mich um und rief über meine Schulter hinweg: »Oskar! Kehr um!«

»Was?«

»Ich möchte umkehren!«

Ein Schwall Wasser, kalt, als wäre es nicht Frühling, klatschte mir ins Gesicht.

»Nein!«, schrie er. »Sieh doch! Wir sind fast da!«

Tatsächlich hatte sich der Nebel vorübergehend gelichtet, und in der dunstigen Luft zeichnete sich die dunkle Masse des Tenders ab. Wir *waren* fast da. Wieder wallte die grässliche Übelkeit in mir auf. Ich wusste, dass der Inspektor recht hatte. Helen würde sterben. Sie würde ein Objekt sein, ein Präparat, das von anderen Oskars und anderen Archies unter dem Mikroskop untersucht wurde, bis sie der Tuberkulose oder den Masern oder einer der sonstigen Krankheiten erlag, die in unserer Zivilisation üblich waren. Und ich hatte sie ihr ausgeliefert. Ich hätte sie ebenso gut in ein Glas mit Konservierungsflüssigkeit stecken können.

Und was würde aus Jane werden?

»Es tut mir leid.« Meine Stimme wurde vom Wind übertönt; meine Tränen waren nicht von dem Meerwasser zu unterscheiden, das mir übers Gesicht rann. Mein Kummer wurde durch die Vergeblichkeit meiner Bitte um Verzeihung noch vergrößert. Es würde mich sowieso keiner verstehen.

Und dann, während wir uns über den Kamm einer weiteren Woge schwangen, hob eine Bö eine Strähne von Helens Haaren an, und ich erkannte, dass sie nicht von Verzweiflung gebeugt ruhig dasaß. Sie nagte, kaute mit ihren gelben, abgenutzten Zähnen auf dem Strick herum, mit dem ihr die Hände gebunden waren.

»Helen!«

Ich hievte mich auf die Füße, Jane eng um mich geschlungen, und begann, unbeholfen auf den Bug zuzustolpern.

»Was tun Sie da? Setzen Sie sich!«, blaffte der Inspektor.

Das Boot schwankte, und ich verlor mit ihm beinahe das Gleichgewicht. Wieder schwappte kaltes Wasser über das Dollbord und durchnässte die Vorderseite meines Kleides und die Rückseite von Janes.

Ja, was tat ich? Es fühlte sich an, als risse ich mich aus einer Strömung, die mich gefangen gehalten hatte. Ich hatte ihn geliebt, war mit ihm gegangen, ihm gefolgt, aber jetzt dachte ich nur noch daran, die Zerstörung aufzuhalten, die wir beide in Gang gesetzt hatten.

»Hinsetzen!« Archie stürzte auf mich zu.

»Nein! Wir kehren um! Wir kehren um!«

Helen hatte ihre Hände befreit und beugte sich jetzt über ihre Füße, zog an dem Strick und versuchte, seine schwachen Punkte zu finden. Der Tender war in etwa fünfzig Metern Entfernung deutlich zu erkennen. Der Kapitän hatte uns gesehen und rief dem Heizer zu, er solle die Maschine befeuern.

Archie schlang seine Arme um Jane und mich, als wären wir eins der Fässer. Er zerrte an uns, wollte mich zurück auf die Bank zwingen. Da erhob sich Helen. Ich kann nicht behaupten, wir hätten uns verständigt, aber wir hatten dasselbe Ziel. Als die nächste Woge anschwoll und das Boot anzuheben begann, beugten wir uns zueinander, Helen, Jane und ich, und drückten uns mit unserem ganzen Gewicht ans Dollbord, das sich bereits gefährlich tief neigte. Wir drückten weiter, und das Boot schlug um.

Es ist eine Sache, wenn einem kaltes Wasser ins Gesicht

spritzt, aber eine ganz andere, darin einzutauchen. Ich erinnere mich an den Schock und das eisige Brausen in meinen Ohren, als ich hineinstürzte. Klein-Jane hing mir wie ein Stein am Hals, und mein schwerer Rock schlang sich um meine Beine wie die Finger einer Nixe. Ich schob meine Hände unter die gekreuzten Bänder von Janes Schürze, um sie noch enger an mich zu pressen, dann trat ich und trat, mit aneinandergelegten Beinen, wie ich es in unseren Wannen kleine Kraken hatte tun sehen.

Als zweiköpfiges Wesen tauchten Jane und ich aus dem Meer auf und würgten alle atembare Luft in uns hinein. Einen Moment lang sah ich nichts außer der graugrünen Wölbung der nächsten Welle, die auf uns zukam, aber statt über uns zu brechen, hob sie uns auf ihren Kamm, zusammen mit einem leeren Kerosinfässchen, über das ich mühelos meinen freien Arm schlang. Das Schiff hatte sein Rettungsboot herabgelassen, und schon nach wenigen Minuten hängte ich Janes Schürzenbänder über einen Bootshaken, den der Kapitän persönlich uns entgegenstreckte.

Wir wurden als Erste gerettet, doch die anderen waren in der Nähe. Während der Kapitän eine Decke um Jane wickelte, hielt ich ängstlich Ausschau nach Helens dunklem Kopf. Sie war nicht bei den zwei Matrosen, die sich auf das gekenterte Beiboot gehievt hatten, oder neben dem Inspektor, der eins der umhertreibenden Ruder gepackt hatte, oder bei Archie, der sich an ein großes Fass klammerte. Ich verrenkte mir den Hals, konnte aber überall nur Wellen sehen, die erbarmungslos auf die jetzt in Nebel gehüllte Küste zurollten. Ich war voller Hoffnung, denn ich glaubte nicht, dass eine Frau, die nach Abalonen tauchte und Fische mit dem Speer jagte, ertrinken würde, wenn das Ufer in Reichweite war.

Ich suchte auch nach Oskar, und als ich ihn nicht gleich

entdeckte, nahm ich an, er sei hinter der nächsten Woge oder dem gekenterten Beiboot oder einem Fass. Schließlich hatte er keinen Grund wegzuschwimmen. Doch bald schon schrie ich seinen Namen und stellte mich auf den Sitz des Rettungsbootes, um weiter sehen zu können, und versuchte, den Nebel mit meinen Blicken zu durchlöchern. Diesmal forderte mich niemand auf, mich hinzusetzen.

Wir ruderten eine Stunde lang in immer größeren Kreisen, während das Nebelhorn klagte. Jane zitterte vor Kälte und ich vor Angst, die dazu führte, dass ich mich über Bord erbrach. Wir fanden den Postsack und alle Fässer, aber Oskar war zusammen mit unserer Reisetasche und unserem Koffer verschwunden.

»Ein Ertrunkener müsste doch nach oben treiben«, sagte der Kapitän.

Erst jetzt fiel mir ein, was Oskar alles in den zugenähten Taschen hatte – die Axtklinge, den Stößel, den flachen Stein, »wahrscheinlich zum Zermahlen von Eicheln«, den Schaber, »vielleicht zum Säubern von Fellen oder Abschälen von Rinde«, und eine kleinere Version, »vermutlich zum Entschuppen von Fischen«, die Jadestücke, durchbohrt und auf einen fünfundsechzig Zentimeter langen Strang aus geflochtenen Haaren gefädelt, »Schmuck oder zum rituellen oder religiösen Gebrauch«, sowie viele andere Gegenstände, mehr als genug, um ihn auf den Meeresboden zu ziehen.

Irgendwann musste die Suche abgebrochen werden, und wir ruderten ans Ufer. Der Kapitän und der Inspektor fuhren mit uns auf der Plattform nach oben und warteten, während Archie seine Sachen packte. Der Inspektor meinte, über die Entführung könne er hinwegsehen, weil das Kind wieder da sei, aber er dürfe nicht zulassen, dass ein Mann, der aufsässig gegen einen Vorgesetzten gewesen war, seinen Posten in einem Leuchtturm behalte. Archie murmelte, er sei sowieso fertig mit Point Lucia und könne es gar nicht abwarten, von hier wegzukommen.

Euphemia berichtete mir später, der Kapitän habe sich an sie und Henry gewandt. »Vielleicht weiß ich, was dem jungen Mann zugestoßen ist«, hatte er gesagt, »doch eine Witwe sollte sich das nicht anhören.« Und dann erzählte er ihnen, dass er vom Schiffsdeck aus, bevor er in das Rettungsboot gestiegen war, Helen gesehen hatte oder, wie er sie beschrieb, »ein seltsames Wesen mit dem Kopf und den Armen eines Menschen, aber einem Fischschwanz« – anscheinend war es ihr nicht gelungen, ihre Fußfesseln rechtzeitig zu lösen –, das die Wellen in Richtung Strand durchpflügt habe wie ein Delfin. Ein solches Geschöpf, meinte er, hätte leicht einen Mann verschlingen können.

# EPILOG

Einige Monate lang war ich in einem düsteren Zustand und nicht fähig, zu meiner früheren Regelmäßigkeit des Unterrichtens und der Hausarbeit zurückzukehren. Dennoch, der Leuchtturm musste gewartet werden, und dazu waren nur noch die Crawleys und ich da, also bestand ich darauf, Oskars Nachtschicht zu übernehmen. Schlafen konnte ich sowieso nicht. Während der langen Aufenthalte im Kesselraum versuchte ich, zu lesen oder neue Aufgaben für die Kinder zu entwickeln, aber mein Gehirn wusste nicht mehr mit Wörtern oder Zahlen umzugehen. Ich konnte nicht einmal nähen. Ich griff nach einem Kleidungsstück und stellte eine Stunde später fest, dass ich müßig dasaß und einer Naht oder einem Flicken nur zwei lockere Stiche hinzugefügt hatte.

Jede Nacht zog es mich auf die Galerie, wo ich mich mit der Taille an das dünne Geländer lehnte, in die Schwärze vorbeugte und lauschte. Obwohl ich nicht wagte, meine Sehnsucht zu artikulieren, wünschte ich mir sowohl Oskar als auch Helen zurück. Ich malte mir so intensiv aus, wie sie auf dem Sand oder zwischen Felsen eingeklemmt lagen und meine Hilfe brauchten, dass ich oft glaubte, von unten den Ruf eines Menschen zu hören oder auf dem vom Mond erhellten Strand eine menschliche Bewegung wahrzunehmen. Aber nach langem Horchen und Spähen musste ich mir unweigerlich irgendwann eingestehen, dass die vermeintlichen Lebenszeichen meiner Fantasie entstammten und nicht ihnen. Bei Tageslicht hatte ich keine Hoffnungen oder Illusionen.

Euphemia stellte mir freundlicherweise Mahlzeiten in die Küche, von denen ich ein wenig Suppe oder ein Stück Lotsenbrot aß, während ich zwischen den Dosen und Säcken und Flaschen voller Proviant stand, die zusammen mit dem Inspektor eingetroffen waren. Euphemia hatte sie möglichst ordentlich gestapelt, mir aber, da sie im Hinblick auf ihre eigene Küche selbst so penibel war, für die Zeit, in der ich mich damit würde konfrontieren können, das Einräumen überlassen. Zwei von unseren drei Vorratsschränken waren bei Ankunft des Tenders völlig leer gewesen, und die nahm ich mir jetzt vor. Zunächst wollte ich sie mit warmem Wasser und Essig auswischen. Als ich den ersten öffnete, fand ich darin die zu einem Bündel zusammengerollte Leinentischdecke meiner Mutter. Ich hob sie heraus – sie war erstaunlich schwer – und entrollte sie auf dem Küchentisch. Eins nach dem anderen kamen darin die Werkzeuge zum Vorschein, deren Diebstahl wir Helen zugeschrieben hatten. Jetzt erkannte ich, was ihr hartnäckiges Kopfschütteln als Antwort auf meine Imitation des Zerschlagens der Fenster bedeutet hatte: Sie leugnete, es getan zu haben.

Philip schickte einen Kondolenzbrief.

*Wie verhält es sich mit der Frau?*, fügte er in einem Nachsatz hinzu. *Sie ist ja wohl ebenfalls ertrunken, aber war sie wirklich eine Indianerin, wie Roberts zu glauben scheint? Seit mindestens einem Vierteljahrhundert hat dort niemand von Eingeborenen berichtet. Soll ich kommen und der Sache nachgehen?*

Ich entgegnete, Oskar habe sie tatsächlich für eine Indianerin gehalten, doch was heiße das schon? Oskar, rief ich ihm ins

Gedächtnis, war fantasievoll und leicht zu begeistern gewesen. Ich deutete an, sie sei womöglich eine Exzentrikerin wie der Mann aus Yale, über den die Leute redeten. Außer meinem Brief schickte ich ihm einige einfache Gegenstände, die ich die Kinder hatte anfertigen lassen – ein sperriges Schilfkörbchen, einen »Schaber« aus Kiefernzapfen und Muschelschale, ein »Gerät« aus Treibholz und das zackige Stück einer Blechdose. Wir hätten sie, so behauptete ich, in der Hütte der Frau gefunden. Glaubte er, wie Oskar, sie seien ein Beweis für ihr Indianertum? Es tat mir weh, Oskar derartig zu hintergehen und ihn als naiv darzustellen, doch ich hatte gelernt zu tun, was nötig war. Obwohl Philip und ich noch jahrelang miteinander korrespondierten, erwähnte er die Indianerin nie wieder.

Euphemia hatte nicht vergessen, meine Bestellung an die Chicago Scientific Company in den Postsack zu stecken. Obwohl sie von ihrem Aufenthalt im Meer sicher feucht war, blieb sie offenbar leserlich, denn mit dem nächsten Schiff trafen die Gläser und Chemikalien ein. Unser Geschäft weitete sich langsam aus, ähnlich, wie wir es uns in unseren gemeinsamen Nächten im Leuchtturm vorgestellt hatten. Wir achteten darauf, nur wenige Exemplare einer Art einzusammeln, damit sie immer wieder nachwachsen konnten. So hatte es mich meine Mutter beim Schneiden der Blumen in ihrem Garten gelehrt.

Es war bald klar, dass wir bei unserer Arbeit beobachtet wurden, denn hübsch geflochtene Körbe voll mit dem, was wir suchten, begannen auf dem Grabhügel zu erscheinen. Ich fragte mich, was Helen wohl glaubte, das wir damit anfingen, aber ich war dankbar, weniger für die Exemplare selbst als für den Beweis, dass sie lebte und sich als unsere Freundin sah.

Euphemia trieb uns zur Expansion an und durchforschte die Zeitschriften, die ich inzwischen abonniert hatte, nach Biologen, die an unseren »Organismen direkt von der Pazifikküste«, wie sie es in den Briefen formulierte, die sie ihnen schickte, interessiert sein könnten. Unser Leuchtturm-Logo, ein Duplikat des Porzellanaufdrucks, war ihre Idee, und sie klebte es mit großer Befriedigung auf jede Kiste.

Nach, wie mir schien, nur wenigen Jahren ging Mary nach San Francisco, um ein Berufskolleg zu besuchen, und die Jungen verpflichteten sich zur Marine. Sie wollten einige der Orte sehen, die wir auf meinem Schrankkoffer mit Kieseln markiert hatten. Ich hoffte, Jane würde bei mir bleiben. Sie hatte ein lebhaftes Interesse an Biologie entwickelt und immer Freude am Zeichnen gehabt. Ich dachte, gemeinsam würden wir eine schönere, noch umfassendere Version des Katalogs herausbringen können. Aber sie war infiziert von der Sehnsucht, eigenständig ihr Leben zu meistern oder selbst ihr Schicksal zu gestalten, oder sonstigem jugendlichen Unsinn. Eines Tages fuhr sie mit dem Tender ab, der sie nach San Francisco brachte. Ihre Weiterreise per Zug führte sie auf eine normale Schule in San José. Ich habe sie nie wiedergesehen.

Nur kurze Zeit später verließen mich auch die Crawleys und folgten ihrer jüngsten Tochter nach San José. Obwohl wir die Schweiz dann doch nicht mit Seeigeln belieferten, hatten wir so viele Colleges und Universitäten in den Vereinigten Staaten und Kanada mit »getrockneten und konservierten« Organismen versorgt, dass Euphemia und Henry es sich leisten konnten, bei der Leuchtturmverwaltung zu kündigen und einen Lebensmittelladen zu eröffnen.

Oskars Ehrgeiz hatte in mir die Angst vor den Konsequenzen einer Entdeckung Helens durch jemand anderen geweckt.

Ich wollte die Welt von Point Lucia fernhalten. Deshalb kämpfte ich um die Erlaubnis, den Leuchtturm ohne Gehilfen zu warten, als ich Hauptleuchtturmwärterin wurde. Der neue Inspektor, Mr. Roberts' Nachfolger, wusste, dass man mich nicht leicht ersetzen konnte, besonders da er selbst nicht mit allen Arbeitsvorgängen vertraut war, und als er begriff, dass ich einem etwaigen Assistenten das Leben schwer machen würde, willigte er ein, mir eine faire Chance zu geben – eine Woche Probezeit. In seinen letzten Dienstjahren hatte Mr. Crawley ein raffiniertes System aus Flaschenzügen und Plattformen entwickelt, über das sich das Öl mit wenig Mühe in die Laterne transportieren ließ, und der Mechanismus, der das Nebelhorn steuerte, war verbessert worden, sodass es jetzt länger lief, ohne zurückgestellt werden zu müssen. (Auch Oskar hätte solche Fortschritte erzielen können, wenn es ihm nicht so sehr darum gegangen wäre, die Welt zu verblüffen.) Am Ende bedauerte die Leuchtturmverwaltung es nicht, eine Menge Geld für Gehälter und Lebensmittel zu sparen. Ich wurde mit einem Radiotelegrafen ausgestattet – anscheinend liegt in der Luft tatsächlich Elektrizität – und angewiesen, das Signalbuch zu studieren, damit ich im Notfall mit einem vorbeifahrenden Schiff kommunizieren konnte.

Seit die Crawleys weg sind, sammle ich weniger Organismen, da mir unangenehm klar geworden ist, dass ich mit diesen hilflosen Lebewesen genau das tue, was Oskar mit Helen tun wollte. Stattdessen konzentriere ich mich auf meine eigenen Überlegungen. Mein stundenlanges Starren in die Gezeitentümpel hat mich darauf gebracht, diese Gewässer mit ihren winzigen Kreaturen als vereinfachte Versionen der Welt im Großen zu sehen – als gute Beispiele dafür, wie jede Spezies und vielleicht jedes einzelne Geschöpf die anderen beeinflusst, mit denen es sich sein begrenztes Universum teilt. Ich gebe zu, das ist eine romantische Vorstellung, aber ich habe zu dem Thema eine Handvoll Artikel geschrieben, die von der wissenschaftlichen Gemeinde überwiegend positiv aufgenommen wurden.

Meine Eltern kamen tatsächlich zu Besuch. Schließlich hatte ich nicht wie sie im 19. Jahrhundert einen Ozean überquert. Sie drängten mich, »nach Hause« zurückzukehren, da mich jetzt doch nichts mehr, wie meine Mutter meinte, »am Rande der Erde« halte. Ich lehnte ab, und mittlerweile ist meine alte Welt nicht viel mehr als ein Schimmer der Erinnerung, obwohl Lucy und ich immer noch miteinander korrespondieren. Sie kann sich mein Leben ebenso wenig vorstellen wie ich mir ihres, und ihre Beschreibungen von Konzerten und Kochrezepten und ihrer Arbeit im Gemeindezentrum haben dasselbe märchenhafte Flair, das die Geschichten meiner Mutter über die goldbeinigen Tische und Keramikschäferinnen in Hamburg für mich als Kind hatten. Einmal habe ich Philip gebeten, den Laden in San Francisco aufzusuchen, wo Oskar unsere Sachen verpfändet hatte. Die silberne Toilettengarnitur und das Taschenmesser waren weg. Er schickte mir eine Beilagengabel, aber ich glaube nicht, dass es die richtige war.

Vor kurzem habe ich mit einem neuen Projekt begonnen, einer Art Collage auf dem Leuchtturm. Euphemia würde lachen. Ich tue so, als diente sie dazu, den Turm mit seiner Umgebung verschmelzen zu lassen, doch in Wahrheit will ich damit das Letzte bewahren, was zu verlieren ich nicht ertragen kann: das wunderbare Strandgut, das die Kinder gesammelt und mit dem sie ein ganzes Zimmer bevölkert hatten.

Ich bin nicht ganz allein geblieben. Nicht lange, nachdem die Körbchen mit Organismen auf dem Grabhügel aufgetaucht waren, begannen die Kinder wieder, Helen zwischen den Felsen zu besuchen. Der Abstand zwischen uns fing an, sich zu verringern, vielleicht, weil Archie weg war, obwohl ich mir gern einbilde, dass auch mein Kommen eine Rolle spielte. Zuerst traf sie uns am Strand. Irgendwann brachten sie und ich den Kindern das Schwimmen bei, dann nahm sie sie weiter mit hinaus und lehrte sie, nach Abalonen zu tauchen. Und schließlich kam sie zu uns aufs Kap, um ihre Geschenke persönlich abzuliefern, statt sie auf den Grabhügel zu legen, und aß mit uns am Brettertisch über dem Meer. In das leere Haus wollte sie jedoch nie ziehen, obwohl die Crawleys und ich unser Bestes taten, um ihr begreiflich zu machen, dass sie uns willkommen war. Abends stieg sie immer wieder den Berg hinunter.

So hatte ich, auch als die anderen alle weg waren, eine Freundin, die mir half, Pflanzen und Tiere zu sammeln, sogar im tiefen Wasser, wo ich Angst hatte. Eine Freundin, die meine Konserven zu Pyramiden stapelte, wenn sie mich besuchte, und nach der ich in meinem Katalog eine Krabbe benannte – *Pugettia Helena* –, obwohl dies, wie Oskar angemerkt hätte, nicht ihr richtiger Name war.

Sie lebte noch sechsundzwanzig Jahre. Ich vermute, sie wusste, wann ihr Lebensende bevorstand, denn sie verbrachte viele Monate damit, aus gefiederten Vogelbälgen ein Kleid zu fertigen. Ich habe es Oskar in meinen Träumen mehrmals gezeigt. Als ich sie fand, lag sie still und kalt da und trug das Kleid sowie die Korallenkette, die ich ihr einige Jahre zuvor dann doch geschenkt hatte. Falls ihr Leichnam jemals ausgegraben wird, frage ich mich, welche Theorie sich wohl über eine kalifornische Indianerin mit einer Kette aus Florida-Korallen entspinnt. Keiner wird erraten, dass sie über Wisconsin zu ihr gelangte.

Es steht mir jetzt frei zu gehen, aber ich glaube, ich werde bleiben. Hier habe ich eine Welt jenseits meiner Vorstellung erlebt; hier habe ich mich auf eigene Füße gestellt. Hier, am Rande der Erde, bin ich zufrieden.

## *Jane*
## *1977*

Wir sind durch alle Gebäude gegangen, haben den Film gesehen und den Kakao getrunken und uns ermutigen lassen, doch gerne einen Schlüsselanhänger oder einen Becher oder eine Postkarte von der Fresnellinse zu kaufen. Die Teenager fangen an, allein das Kap hinunterzuschlurfen, die Gesichter verdeckt von ihren flatternden Haaren. Der kleine Junge hängt im Fünfundvierzig-Grad-Winkel an der Hand seiner Mutter. Es ist Zeit zu gehen.

Während wir den Fuß des Leuchtturms umrunden, fällt mir eine letzte Sache ein. Ich trete an den Rand und beuge mich vor, um einen Blick auf den Grabhügel zu werfen. Es war zwar immer schwierig, ihn aus dieser Perspektive zu sehen, aber ich weiß genau, wo ich mich hinstellen muss. Doch da ist nichts als der nackte braune Fels.

Lydia schnappt nach Luft, kommt herbeigeeilt und zieht an meinem Ärmel. »Bitte. Sie sind viel zu dicht am Rand.«

Ich mache einen Schritt zurück und drehe mich zu ihr um. Ich möchte nicht, dass sie meinetwegen einen Herzinfarkt bekommt. »Ich habe nach den Steinen gesucht.« Ich hatte nicht gewusst, dass es ein Grab war, bevor ich Trudy Swanns Geschichte gelesen hatte. Mir war es eher wie ein Altar erschienen.

»Wonach, meine Liebe?« Lydias Regenmantel hängt gefaltet über ihrem Arm. Sie hält sich eine Hand an die Stirn, um ihre Augen vor der Sonne abzuschirmen, während sie mich verblüfft und ein bisschen ungeduldig anblinzelt.

»Nach dem Haufen glatter Steine. Der war früher hier unter dem Leuchtturm.«

»Ach, Sie meinen das Baby. Ja, das erwähne ich nicht gern, wenn Kinder in der Gruppe sind, wissen Sie. Es könnte sie verstören.«

Sie fragt nicht, woher ich von dem Grab weiß. Manche Menschen kennen keine Neugier.

»Jemand hat die Steine weggeworfen. Wahrscheinlich derselbe, der auf die Fenster geschossen hat. Sie wissen ja, wie die Leute sind. Ich glaube, es ist besser, dass das kleine Grab nicht gekennzeichnet ist. Wer weiß, was die Menschen an einem Ort wie diesem tun würden.«

»Es liegt also immer noch ein Leichnam da?«

»Oh ja. Lucius Crawley. Benannt nach Point Lucia, nehme ich an. Der Name war in den winzigen Sarg geschnitzt. Ich stelle ihn mir gern als kleinen Engel vor. Den Engel des Leuchtturms.«

Wir gingen hinunter, und ich musste Dannys Arm nehmen und mich darauf konzentrieren, wohin ich meine Füße setzte und nicht an die Schmerzen in meinen Knien zu denken. Außerdem dauert es in meinem Alter, bis sich durch Jahre voller verschwommener Mutmaßungen Erkenntnis ihren Weg bahnt. Erst als ich mich in Dannys japanische Kiste gequetscht hatte und wir die Straße entlangrollten, die für mich immer noch der »neue« Highway ist, und ich nach Westen auf die wehrhaften Gemäuer und jenen Bergvorsprung schaute, auf dem ich aufgewachsen bin, wurde mir klar, dass das kleine Crawley-Grab den Verdacht bestätigte, der mir gekommen war, als ich Mrs. Swanns Geschichte gelesen hatte. Ich war die Tochter der Nixe.

Trudy Swann hatte geschrieben, sie wolle, »dass jemand erfährt, wie sie lebte«. Sie hatte die Nixe gemeint, die Frau, die sie gerettet hatte. Aber jetzt erkannte ich auch, wie ich gelebt hatte. Dreimal war ich zur Welt gekommen, zuerst durch die, die mich geboren hatte, dann durch die, die mich aufgezogen hatte, und dann durch die, die mich beiden zurückgegeben hatte.

»Ich möchte dir was erzählen«, sagte ich zu Danny, als wir um eine Kurve fuhren und Point Lucia nicht mehr zu sehen war, »über Trudy Swann. Ich will, dass jemand erfährt, wie sie lebte.«

## DANKSAGUNGEN

Ich danke der resoluten Jennifer Rudolph Walsh für ihre Hartnäckigkeit und Freundlichkeit sowie ihre Scharfsichtigkeit und Großzügigkeit beim Lesen. Ihretwegen kann ich meinen Lebensunterhalt mit dem Schreiben von Büchern verdienen. Ich danke der warmherzigen Greer Hendricks für ihre genaue Wahrnehmung, ihre akribische Sorgfalt und ihren ermutigenden Enthusiasmus. Mir scheint, dass ich keinen Roman ohne die Unterstützung von Caitlin Flanagan schreiben kann. In diesem Fall war ich besonders anspruchsvoll, und sie begegnete der fast täglichen Herausforderung mit der Großherzigkeit und den verblüffenden kreativen Instinkten, die typisch für sie sind. Sehr viele Freundinnen und Freunde schenkten Entwürfen dieses Manuskripts ihre Zeit und Aufmerksamkeit und gaben mir ehrliches, hilfreiches Feedback: Ich danke Jennifer Stuart Wong, Jenny Kowal, Abigail Deser, Gina Hahn, Barbara Faculjak, Sonja Alarr, Cindy Davis Stephenson, Linda Rudell-Betts und Alan und Kathy Buster. Für ihre Hilfe bei den deutschen Begriffen und ihrer Rechtschreibung danke ich Belinda Cooper und Nick Meyer, der mir auch einiges über den Elektromagnetismus erklärte. Die Szene auf dem Bahnsteig bei der Zugfahrt nach Westen ist stark inspiriert von Helen Hunt Jacksons poetischem und anschaulichem Bericht ihrer Reise durch die Vereinigten Staaten, *Bits of Travel at Home,* erschienen 1878. Ben und Nicky Schwarz bin ich zu Dank verpflichtet für ihre Bereitschaft, sich in Big Sur wochenlang in eine winzige Unterkunft zu zwängen und von Pizza zu leben. Ich kann immer darauf vertrauen, dass Ben mir sagt, wo ich danebenliege und wo ich es gut gemacht habe. Ich bin dankbar für seine beharrlichen Erwartungen, sein rückhaltloses Engagement und sein unbestechliches Auge. Er ist der beste Leser, den ich kenne.